Kiebitzjagd

Georg Gracher, geboren 1949 in Bad Gastein, war dreieinhalb Jahrzehnte Deutsch- und Geschichtslehrer an der HS Bad Hofgastein und widmet sich nun im Ruhestand vermehrt seinem liebsten Hobby, dem Verfassen von Kriminalromanen, die er vorwiegend in seiner engeren Heimat, der bekannten Kur- und Tourismusdestination Gasteiner Tal, spielen lässt.

GEORG GRACHER

Kiebitzjagd

KRIMINALROMAN

emons:

Bibliografische Information der Deutschen Nationalbibliothek
Die Deutsche Nationalbibliothek verzeichnet diese Publikation in der Deutschen Nationalbibliografie; detaillierte bibliografische Daten sind im Internet über http://dnb.d-nb.de abrufbar.

MIX
Papier aus verantwortungsvollen Quellen
FSC
www.fsc.org
FSC® C083411

Umschlagmotiv: Montage aus mauritius images/Walter Geiersperger und shutterstock.com/mike_expert
Umschlaggestaltung: Tobias Doetsch
Gestaltung Innenteil: César Satz & Grafik GmbH, Köln
Lektorat: Susanne Bartel
Druck und Bindung: CPI – Clausen & Bosse, Leck
Printed in Germany 2016
ISBN 978-3-95451-971-2
Originalausgabe

1 GERADE NOCH RECHTZEITIG trat Charon Rauner, der in seinem BMW X5 auf der kühn konzipierten und zum Rasen verlockenden Pinzgauer B 311 Richtung Zell am See unterwegs war, auf das Bremspedal. Fast hätte er die Ausfahrt zur L 266 nach Embach verpasst, so sehr war er mit sich und der Unerträglichkeit seiner Situation beschäftigt gewesen. Dass der vierzigjährige Windkraft-Manager auch etliche Stundenkilometer zu viel auf dem Tacho gehabt hatte, war nur am Rande für seine späte Reaktion verantwortlich gewesen.

Während er mit gedrosselter Geschwindigkeit die Bundesstraße verließ und nach der Überführung Kurs auf die steile Landstraße am Embacher Heuberg nahm, kehrten seine Gedanken zum Ausgang seiner Überlegungen zurück.

Vielleicht war es doch keine so gute Idee gewesen, dem Rat des einzigen ihm noch verbliebenen Freundes zu folgen und die Einkehrwoche im Spirituellen Zentrum Embach, kurz SPIZ genannt, zu buchen? Gewiss, die Bezeichnung »Haus für Exerzitien, Meditation und kontemplative Begegnung« auf der Homepage der Einrichtung hatte gleich sein Interesse geweckt. Ausschlaggebend für seine Entscheidung waren jedoch die guten Erfahrungen gewesen, die Hans, sein erster Servicetechniker und guter Freund, mit der Einrichtung gemacht hatte. Hilfe suchenden Menschen, die an seelischen Erschöpfungszuständen wie dem Burn-out-Syndrom litten, wurden Besinnungstage auf passendem Level angeboten, ignatianische Exerzitien kamen für jene in Frage, die eher über schweigende Betrachtung wieder zu sich selbst finden wollten. Am weitaus häufigsten wurde aber die überregional nachgefragte Einkehrwoche mit dem international klingenden Titel »Session For Spiritual Reforestation« nachgefragt, die laut Rauners Freund eine ausgewogene Mischung aus Vorträgen, logotherapeutischen Sitzungen, Meditationen und kontemplativen Wanderungen darstellte und auf Wunsch auch von einer reinigenden Fastenkur auf Basis von Gemüsebrühen und Biosäften begleitet wurde. Dazu versprach der Schwerpunkt-Vortrag in der kommenden Woche mit dem Titel »Die Sinnfrage vor dem Hintergrund des Konflikts zwischen Rationalismus und Pragmatismus auf der einen und unverhandelbaren ideologischen und konfessionellen Postulaten auf der anderen Seite«, überaus interessant zu werden, wurde er doch nicht von einem Gastreferenten, sondern vom Leiter des Instituts, Pater Dr. Franz Xaver Wagner, persönlich gehalten. Doch unbesehen der Tatsache, dass Einrichtungen wie das SPIZ in so deprimierenden Zeiten wie den heutigen vermehrt beansprucht wurden: War eine Einkehrwoche wirklich das Richtige für ihn und seine Befindlichkeiten?

Rauner fluchte vor sich hin und hasste sich – wieder einmal – selbst für seine Unentschlossenheit. Was konnte man auch von jemandem erwarten, dessen Mutter ihr ungeborenes Kind eigentlich hatte abtreiben wollen und nur von ihren bigotten Eltern daran gehindert worden war? Dass sie ihn schließlich auf den Namen Charon getauft und damit deutlich gemacht hatte, dass sie sowohl den dissidenten Vater als auch dessen Hinterlassenschaft am liebsten in den Hades fahren gesehen hätte, war, als er es erfuhr, seinem Selbstwertgefühl nicht unbedingt zuträglich gewesen.

Schluss! Aus! Hans hatte recht: Er musste etwas gegen seine emotionale Erosion unternehmen! Und da er zwar von Psycho-Gurus, von einer Ausnahme abgesehen, bisher nichts gehalten hatte, sich aber aus irgendeinem Grund von dem in Frankl'scher Tradition stehenden Logotherapeuten und Seelsorger Pater Franz Xaver von der Gesellschaft Jesu doch einiges erwartete, sah er nach den Querelen der letzten Monate in den kommenden sechs Tagen Auszeit wenn schon nicht die Chance zur tiefenpsychologischen Generalüberholung, so doch wenigstens eine überfällige mentale Verschnaufpause.

Wie war es überhaupt so weit gekommen? Wie hatte er sich nur in eine derartige Paranoia hineinsteigern können? Sich mit bornierten Querköpfen herumzuärgern, die mit viel medialem Wirbel jedes Windkraftprojekt zu Fall bringen wollten, weil sie störte, was jahrhundertelang in zugegeben kompakterer Form das Landschaftsbild Europas geprägt hatte, das war für Rauner doch längst business as usual gewesen. Auch die Saturiertheit mancher Beamter, die, zwar mit den Agenden befasst, nicht einmal wichtige E-Mails abriefen, zermürbte ihn nicht. Nein, es war vor allem die Hinterfotzigkeit und Engstirnigkeit mancher regionaler Funktionäre, die vorneweg alles versprachen, jedoch beim leisesten Medienfurz einem sofort in den Rücken fielen und vor jeder Kamera Verständnis selbst für die lächerlichsten Gegenargumente heuchelten. Die zeitschleifenartige Wiederholung solch destruktiven Verhaltens hatte ihn schließlich so dünnhäutig gemacht, dass seine Einsicht, professionelle Hilfe zu benötigen und diese in Anspruch zu nehmen, fast zu spät gekommen war.

Als Ausnahmen in jenem Panoptikum persönlicher Eitelkeiten hatten sich nur einige wenige Bürgermeister erwiesen, wie etwa jener von Thalgau, der noch immer zu den gefassten Gemeinderatsbeschlüssen stand. Solche Persönlichkeiten hatten Rauner manchmal – zumindest vorübergehend – Hoffnung schöpfen lassen, letztlich an der festgefahrenen Salzburger Windenergie-Politik und am eigenen zerrütteten Nervenkostüm aber nicht viel ändern können.

Mit sonorem Brummen zog der xDrive 40d durch die Kurven der bis zu zwanzig Prozent ansteigenden Bergstraße. Eine der Ausweichbuchten hätte genug Platz geboten, um zu wenden. Sollte er vielleicht doch …?

Nein! Er hatte sich vorgenommen, das zu tun, was schon der von ihm geschätzte Psychiater und Philosoph Dr. Viktor Frankl nie müde geworden war zu fordern: Sich nicht mehr alles von sich selbst gefallen zu lassen! Und außerdem war da ja auch noch diese andere Sache, die – wenngleich irreversibel – zumindest einige klärende Worte verlangte.

2 RAUNER HATTE DAS ZENTRUM der Katastralgemeinde Lend/Embach, das sich an beiden Ufern der Salzach erstreckte, von der B 311 aus nicht einsehen können, doch die Streusiedlung Embach, das nach Eigendefinition größte Bauernhofdorf Salzburgs, auf der Hochebene zwischen Gasteiner und Kitzlochklamm gelegen, präsentierte sich ihm in bäuerlich-idyllischer Verträumtheit.

Rasch hatte er den Ortskern mit etlichen blumengeschmückten Höfen erreicht. Rechtzeitig vom Navi vorgewarnt, übersah er auf Höhe des Gasthofs Oberwirt auch nicht die als Fußweg ausgewiesene Zufahrt zum Pfarrhof, dem sogenannten Viktoriatshaus. In einer Anwandlung von Übermut ließ er das SUV die sehr steile Trasse hinaufklettern und hielt auf dem kleinen Platz zwischen der neugotischen St.-Laurentius-Kirche, dem dreigeschossigen Gründerzeitbau und dem für den SPIZ-Betrieb adaptierten Wirtschaftsgebäude. Alle drei Objekte lagen an der bergseitigen Peripherie der Ortschaft.

Wohl wissend, dass er sein Vehikel eigentlich im Ortszentrum zu parken hatte, stieg Rauner aus und sah sich um. Es war keine Menschenseele in der Nähe, die er etwas hätte fragen können. Für einen Samstagvormittag im Spätfrühling wirkte Embach nicht gerade belebt. Aber was hatte er erwartet? Die Wintersaison war im Mai seit Wochen zu Ende und die Sommersaison noch nicht angelaufen.

Neun Uhr fünfundvierzig! Dass er spät dran war, wusste er. Eigentlich hätte er schon vor einer Dreiviertelstunde vor Ort sein sollen, weil um zehn ein erstes, unverbindliches Gespräch mit Wagner und den Teilnehmern der Einkehrwoche im Tagungsraum des SPIZ angesetzt war, der sich laut Homepage im scheunenartigen Nebentrakt des Pfarrhofs befand. Nachdem Rauner den etwas versteckten Eingang auf der Bergseite entdeckt hatte, wollte er möglichst schnell das für ihn reservierte Zimmer finden, um dort sein Gepäck abzulegen und noch rechtzeitig zum Einführungsgespräch zur Stelle zu sein. Schon beim Öffnen der Haustür hatte er ein Déjà-vu: Der Geruch erinnerte den einstigen Internatszögling an den Duft, der nach seinem Dafürhalten fast allen katholischen Einrichtungen dieser Welt anhaftete.

Die schmale Portierloge am Eingang war verwaist, aber ein Zimmerplan, der auf einer Tafel angeschlagen war, half ihm, sich zu orientieren. Durch ihn erfuhr er zum Beispiel, dass sich die Zimmer für weibliche Gäste im ersten und die für männliche im zweiten Stockwerk befanden. Die Namen der Teilnehmer dieses Wochenkurses waren fett gedruckt in einer Liste eingetragen, die daneben hing.

Nachdem er im blitzblank geputzten Flur und auch im engen Stiegenhaus niemandem begegnet und eben die letzten Stufen zur zweiten Etage hochgestiegen war, sah er eine schlicht gekleidete junge Frau aus einer Tür auf den Gang treten.

Kaum hatte sie ihn erblickt, fragte sie: »Herr Magister Charon Rauner?«

Der Windenergie-Projektmanager nickte. »Guten Tag. Ich habe mich leider ein bisschen verspätet. Ich bin –«

»Grüß Gott. Sie haben Zimmer sieben«, unterbrach sie ihn mit einem freundlichen Lächeln. »Das ist da vorn.« Sie nahm ihm die schwere Reisetasche ab. »Ich bin Schwester Elisabetta. Sollten Sie etwas brauchen oder Fragen haben, wenden Sie sich einfach an mich. Ich gebe Ihnen später meine Handynummer. Und jetzt kommen Sie.«

Rauner ging ihr nach und hob die Brauen. »Habe ich nicht auf Ihrer Homepage gelesen, dass jede Art von Telekommunikation während der Einkehrwoche nicht gern gesehen ist?« Sie standen vor Zimmer sieben, der Schlüssel steckte im Schloss.

»Stimmt, aber in dringlichen Fällen – sollte zum Beispiel jemand beim Wandern vom Weg abgekommen sein und nicht zurückfinden – machen wir Ausnahmen.« Wieder lächelte sie, und Rauner konnte nicht beurteilen, ob die Information ernst gemeint war oder Schwester Elisabetta ihn auf den Arm nehmen wollte.

Inzwischen hatte sie die Tür geöffnet. »Vielleicht wollen Sie noch rasch einen Blick auf Ihre Bleibe für die nächsten sechs Tage werfen, aber dann sollten Sie sich beeilen, um das Antrittsgespräch nicht zu versäumen.«

Da das kleine Bad offensichtlich nachträglich eingebaut worden war, war das spartanisch eingerichtete Zimmer nicht eben geräumig. TV und Radio suchte man vergebens. Neben einem kleinen hölzernen Kruzifix an der Wand wies auch ein befüllter Weihwassertiegel im Eingangsbereich darauf hin, wessen Gastfreundschaft der Besucher hier genoss. Rauner konnte sich nicht erinnern, wo er ein derartiges Accessoire zum letzten Mal zu Gesicht bekommen hatte.

»Das Einführungsgespräch findet, wenn ich mich richtig erinnere, in der ersten Etage des Nebengebäudes statt, stimmt's?«, fragte er.

»Ja, im Tagungsraum«, bestätigte sie. »Wenn Sie jetzt losgehen, schaffen Sie es noch. Ich räume Ihnen gern den Inhalt Ihrer Reisetasche in den Schrank und ins Bad – natürlich nur, wenn Sie nichts dagegen haben.«

Rauner schmunzelte und schüttelte den Kopf. »Wer würde sich gegen einen solchen Service schon wehren? Aber ... Schwester Elisabetta ... darf ich fragen, warum Sie weder eine Schwesterntracht tragen noch aussehen wie eine Italienerin?«

»Ich gehöre der Congregatio Jesu an, früher besser bekannt als die Englischen Fräulein.«

»Ah, das weibliche Pendant zur Societas Jesu, den Jesuiten.«

»Wenn Sie so wollen. Sie scheinen ja bestens informiert zu sein.«

»Ich gebe nur das wieder, was ich im Prospekt über die Mitarbeiter des SPIZ gelesen habe«, sagte Rauner so trocken und unverblümt, dass es ihr ein silberhelles Lachen entlockte, welches ihn prompt an eine Jugendliebe erinnerte.

»Ihre Aufrichtigkeit ehrt Sie«, sagte sie, »aber dann ist Ihnen sicher auch bekannt, dass eine Tracht für Angehörige unsrer Gemeinschaft, den Gefährtinnen Mary Wards, nicht vorgesehen ist. Und was meinen Vornamen betrifft: Den trage ich schon von Geburt an. Wir werden bestimmt noch genügend Zeit haben, miteinander zu plaudern, Herr Rauner, aber jetzt müssen Sie sich wirklich sputen. Die Pünktlichkeit beim Antrittskolloquium gilt als Gradmesser der Wertschätzung, die unsre Gäste der Einkehrwoche entgegenbringen. Und nehmen Sie Ihren Zimmerschlüssel mit, ich sperre dann mit meinem Ersatzschlüssel ab, wenn ich fertig bin.«

»Wird sogar an einem Ort wie diesem geklaut?«, feixte Rauner aufgeräumt. Das Englische Fräulein mit den blauen Augen und dem kastanienbraunen Zopf war dem zweifachen Familienvater von der ersten Sekunde ihrer Begegnung an sympathisch, wozu auch Schwester Elisabettas weibliche Formen beitragen mochten, die von ihrem Gewand im Schlabberlook gerade so weit kaschiert wurden, dass sie männlicher Phantasie noch genügend Spielraum ließen.

»Eigentlich nicht, aber was ist heutzutage schon sicher?« Verschmitzt blinzelte sie ihm zu und verschwand dann samt Gepäck in seinem Zimmer.

Rauner hingegen machte sich erheblich besser gelaunt, als er es noch vor Minuten für möglich gehalten hätte, auf den Weg in den Tagungsraum.

3 KAUM EINE MINUTE SPÄTER betrat er den in gedecktem Weiß gehaltenen kleinen Saal im Dachgeschoss des einstöckigen Holzgebäudes – als letzter der sieben Teilnehmer an der Einkehrwoche.

Die sechs bereits Anwesenden saßen auf eierschalenfarbenen Stühlen in lockerem Halbkreis um ein Pult an der Stirnseite des Raums herum, das Ähnlichkeit mit einem antiquierten Schulkatheder hatte.

An ihm sichtete ein fast zwei Meter großer, dunkel gekleideter Mann mit schlohweißer Löwenmähne und beeindruckender Hakennase einige Papiere. »Herr Magister Rauner, nicht wahr?«

Wer jemals den raumfüllenden Bass von Pater Franz Xaver SJ gehört und in seine Habichtsaugen geblickt hatte, vergaß beides so schnell nicht wieder.

Um den Geistlichen als solchen zu identifizieren, bedarf es

nicht einmal mehr des Messingkreuzes am Revers seines schwarzen Anzugs aus Mikrokammgarn, schoss es Rauner durch den Kopf, während er bestätigend nickte. »Entschuldigen Sie bitte meine Verspätung.« Er nahm auf einem freien Stuhl Platz.

»Es besteht kein Grund für eine Entschuldigung, Herr Rauner«, entgegnete Pater Franz Xaver, »wir fangen gerade erst an. Außerdem wäre es für ein Projekt wie das unsrige kaum besonders förderlich, die Einhaltung von Terminen mit der Stoppuhr zu kontrollieren. Und nun zum eigentlichen Grund unsrer Zusammenkunft: Ich bin, wie Sie sicherlich schon erraten haben, Pater Franz, der Leiter des Spirituellen Zentrums in unserem altehrwürdigen Pfarrhof. Zunächst möchte ich mit Ihnen den Ablauf Ihrer Pilgerschaft zum eigenen Ich besprechen. Dazu gleich eines vorweg: Die Einkehrwoche ist kein Ersatz für eine Psychotherapie, die auf Ihre Bedürfnisse zugeschnitten ist, aber sie kann eine solche effektiv ergänzen. Jetzt aber zu unserem Programm.«

Er hielt einen Augenblick inne, beugte sich ein wenig vornüber, wobei er sich mit den Fingerknöcheln nachlässig auf das Pult stützte, und fuhr nach einer wohl berechneten Pause fort: »Vermutlich haben Sie sich diesbezüglich schon kundig gemacht, aber einige Details sind Ihnen möglicherweise noch nicht geläufig. Die Vorbesprechung, deren Eckpunkte Sie auch in schriftlicher Form dort hinten auf der Kommode vorfinden, dient dazu, Ihnen noch einmal sämtliche Informationen zu liefern und mögliche Fragen zu klären.« Übergangslos fuhr er fort: »Vier Personen werden Sie durch das Programm begleiten: Schwester Elisabetta, die Sie schon kennengelernt haben und an die Sie sich bitte mit jedem Anliegen wenden; daneben Bruder Nikodemus, der Sie bei den Ausflügen chauffieren wird und Ihnen Tipps für Wanderungen und gern besuchte Bauernhöfe in der Umgebung geben kann; weiters Frau Irmgard Loderer, die für Ihre Verköstigung und gemeinsam mit Elisabetta für Haushalt und Management des SPIZ zuständig ist, und schließlich meine Wenigkeit. Am Montag und Mittwoch sind Vorträge geplant, die bei wetterbedingten Verschiebungen der Outdoor-Aktivitäten auch auf andere Tage verlegt werden können, wobei die Teilnahme selbstverständlich nicht verpflichtend ist. Daneben wird Ihnen Gelegenheit zu im wahrsten Sinne des Wortes zwanglosen Gesprächen geboten – zum Teil werden diese in Dialogform, zum Teil auch in vollzähliger Runde wie jetzt stattfinden. Das erste dieser Gespräche, zu dem ich Sie alle herzlich einlade, findet gleich heute Nachmittag um fünfzehn Uhr statt. An dieser Stelle möchte ich nun Sie, die Teilnehmer der Einkehrwoche, einander vorstellen.«

Wieder legte der Jesuit eine kurze Pause ein und warf einen Blick auf die vor ihm liegende Teilnehmerliste. »Da haben wir ganz rechts Frau Olga Fliegenschnee aus Schwaz in Tirol, gelernte Bankkauffrau, seit vielen Jahren aber schon als Prokuristin und Chefbuchhalterin bei der Tauernbergbahnen AG im benachbarten Gasteiner Tal tätig.«

Eine mittelgroße, schlanke Brünette in einem hellgrauen Chanel-Kostüm erhob sich und deutete in Richtung der anderen sechs eine Verbeugung an. Für ein zwangloses Einführungsgespräch war die verhärmt wirkende Fünfzigjährige eindeutig overdressed, fand Rauner.

»Die Dame neben ihr«, fuhr Pater Franz fort, »ist Frau Shirin Barzani, freie Journalistin aus Salzburg, vormals Korrespondentin für den kurdischen Sender Ronahi-TV in Istanbul – und außerdem aramäische Christin. Ich erwähne das, um zu verdeutlichen, dass wir nicht nur von eingeborenen Katholiken gebucht werden. Uns sind alle Hilfesuchenden willkommen, egal, welcher Konfession oder welchem Kulturkreis sie angehören.«

Die Angesprochene, eine kaum dreißigjährige dunkeläugige Schönheit mit olivfarbenem Teint und lackschwarzer, fast bis zur Taille wallender Haarpracht, stand ebenfalls freundlich lächelnd auf. Das schicke malvenfarbene Ensemble, das man ihr auf den schlanken Leib geschneidert zu haben schien, war nicht mehr der letzte Schrei und wirkte da und dort sogar ein wenig abgetragen.

Schließlich wandte sich der Priester der dritten Dame zu, einer Mittvierzigerin mit weinrot gefärbter Pagenfrisur und buntem Jogginganzug – die Kombination ließ sie zwar nicht sonderlich attraktiv, dafür aber jünger erscheinen, als sie war. »Frau Dr. Doris Unbescheid stammt aus Wien und ist seit Jahren Internistin und

Oberärztin in einem Krankenhaus unweit von hier. Wir kennen uns bereits, wenn auch nur als Ärztin und Patient. Danke, Frau Doktor, es ist nicht nötig, dass Sie aufstehen. – Nun zu den Herren: Der Nachbar von Dr. Unbescheid ist Herr Jens Pökelschot aus München. Er ist Headhunter und Trendscout. Ein interessanter, wenn auch bestimmt nervenaufreibender Beruf, der mit ein Grund sein mag, warum er uns schon zum zweiten Mal die Ehre erweist.«

Der Genannte, ein Modellathlet in lockerem Tieless-Look, dessen glatt rasierter Schädel und entstellende Pockennarben im Gesicht eine Schätzung seines Alters kaum zuließen, hielt es nicht für nötig aufzustehen, sondern nickte stattdessen säuerlich lächelnd in die Runde.

Pater Franz Xaver hatte sich inzwischen dem zuletzt Eingetroffenen zugewandt: »Herr Magister Charon Rauner aus Salzburg Stadt ist Onshore-Projektmanager, den – er wird mir meine Indiskretion hoffentlich nachsehen – ähnliche Probleme zu uns führen wie Herrn Pökelschot. Auch ihm macht im Beruf jene spezifische Form von Gruppenegoismus zu schaffen, die sich heutzutage überall breitmacht. Sie verkauft ihre Ad-hoc-Ansprüche unter anderem über Social Media als Gemeinsinn und Solidarität und hat sich mittlerweile zum Krebsgeschwür in unsrer demokratischen Wertegesellschaft entwickelt.«

Der sozialphilosophische Exkurs des Paters hatte fragende Blicke zur Folge, weshalb er sich genötigt sah nachzuschieben: »In den nächsten Tagen werden wir uns aus naheliegenden Gründen mit derartigen gesellschaftlichen Aspekten beschäftigen, wobei ich die Herren Rauner und Pökelschot von Fall zu Fall ersuchen werde, den daraus entstehenden Stress mit signifikanten Beispielen aus ihrem Berufsleben zu veranschaulichen. – Jetzt bin ich Ihnen aber noch die Vorstellung von zwei anderen Herren schuldig: Der junge Mann neben Herrn Rauner ist Herr Titus Schatzmann aus Linz-Urfahr, angehender Wirtschaftstreuhänder oder Wirtschaftstreuhänder-Berufsanwärter, wie es wohl im korrekten Amtsdeutsch heißt.«

Der hagere Blondschopf in Jeans und lilafarbenem Sweater

zuckte mit den Achseln. »Ich hab die Terminologie nicht erfunden, aber auch die Bezeichnung als angehender Steuerberater greift im Moment noch zu hoch. Ich bin nach wie vor nur ein gewöhnlicher Buchhalter.«

Die Introvertiertheit und Empfindsamkeit kann man schon an seinem blassen Babyface ablesen, dachte Rauner. Für eine so sensible Person war ein Beruf, der eine dicke Haut gegenüber Klienten voraussetzte, möglicherweise die falsche Wahl. Dass der Mittdreißiger bereits eine »spirituelle Aufforstung« benötigte, war Zeichen genug.

»Und last, but not least sitzt dort am Fenster noch Herr Isidor Krautstingl, der ehemalige Vizebürgermeister und Volksschuldirektor einer kleinen Innviertler Gemeinde«, schloss der Jesuit die Vorstellung der Kursteilnehmer ab.

Der Oberösterreicher war ein kaum mittelgroßer, leger gekleideter Mann in den Fünfzigern, dessen mit Wasserstoffperoxyd blondiertes Haar und Ray-Ban-Sonnenbrille seiner ansonsten eher austauschbaren Erscheinung wohl ein paar Akzente verleihen sollten.

»Nun aber weiter im Text«, setzte Pater Franz fort, ohne diesmal seine Unterlagen zurate zu ziehen. »Um dreizehn Uhr sehen wir uns im Speisesaal, drüben im Parterre des Haupthauses, zum Mittagessen und zwei Stunden später wie schon angekündigt hier zu unsrem ersten gemeinsamen Gespräch. In der Zwischenzeit haben Sie Gelegenheit, sich selbst gewissermaßen auf den Zahn zu fühlen und sich zu fragen, ob Sie schon heute in der Lage wären, sich über die Schwierigkeiten, die Sie hierhergeführt und über die Sie mich zum Teil vorab informiert haben, in unsrer Runde zu äußern.« Er blickte, wie nicht anders zu erwarten war, fast ausschließlich in betretene Mienen, ehe er, ein unsichtbares Stäubchen vom Ärmel seines Anzugs schnippend, auch schon die nächste Katze aus dem Sack ließ: »Ich würde das Gespräch gern aufzeichnen, um mir später Notizen machen zu können. Denken Sie darüber nach, ob Sie damit einverstanden sind – und berücksichtigen Sie dabei, dass ich zwar auch Therapeut, aber in erster Linie Priester bin. Sie werden zu nichts gedrängt oder gar gezwungen und sollten auch meinen Vorschlag als solchen interpretieren. Wer ihn dennoch als Nötigung empfindet, etwas von sich preiszugeben, anstatt diese Form der Kommunikation als Möglichkeit zu sehen, sich Belastendes von der Seele zu reden, ist eben noch nicht so weit. Wenn diese Person über ihre Probleme, aus welchen Motiven auch immer, nicht coram publico sprechen will, so muss sie das nur sagen. Sollte es allen so gehen, würde ich dem Rechnung tragen und Ihnen Geschichten vorstellen, die sich im Kern kaum von Ihren eigenen unterscheiden. Geschichten, die mir von Menschen anvertraut wurden, die hier im Spirituellen Zentrum ebenso wie Sie Erleichterung gesucht und gefunden haben. Ich möchte allerdings hinzufügen, dass bisher eine derartige Steigbügelhilfe kaum nötig war.«

Rauner hatte über den Therapieansatz des Jesuiten, Kursteilnehmer mit Burn-out- oder posttraumatischem Belastungssyndrom bereits am ersten Tag ins kalte Wasser zu werfen, schon gelesen und war überrascht gewesen. Von einer Koryphäe wie ihm hatte er sich eine etwas subtilere Herangehensweise erhofft, nicht diese Holzhammermethode.

»Daneben werde ich mit jedem von Ihnen wie angekündigt natürlich unter vier Augen reden«, ergänzte Wagner, dem diesbezügliche Vorbehalte seiner Klientel nicht fremd waren. »Gelegenheit dazu besteht am Dienstag von vierzehn bis achtzehn Uhr und an den folgenden Tagen nach Terminvereinbarung. Morgen früh findet die kontemplative Wanderung auf dem Pinzgauer Marienweg von Weißbach nach Maria Kirchental statt – eine, wie ich finde, bestens geeignete Möglichkeit, den Kopf von Ballast zu befreien.«

»Kontemplative Wanderung?«, warf Shirin Barzani, die Journalistin, ein. »Ist das so etwas Ähnliches wie eine Wallfahrt?«

»Durchaus«, pflichtete ihr Wagner bei. »Eine solche findet in vorösterlicher Zeit alljährlich auf genau jener Route statt und war Ideengeberin für unseren Wandertag, auf dem Schwester Elisabetta und Bruder Nikodemus Sie begleiten werden. Aber eins nach dem anderen! Nach Tagen der Meditation und Diskussion steht der Donnerstag zu Ihrer freien Verfügung, wobei

Ihnen die Teilnahme an einer weiteren geführten Wanderung in die Umgebung offensteht. Sollten Sie Interesse haben, bitte ich Sie nur, sich rechtzeitig vom Mittagessen abzumelden. Keinesfalls sollten Sie den Tag dazu nutzen, um in Ihre gewohnte Umgebung zurückzukehren. Die sechs Tage, die uns zur Verfügung stehen, sind wenig Zeit für Ihre ebenso wünschenswerte wie nötige mentale Erholung – zu wenig, um sie zu verknappen. Am Freitagvormittag treffen wir uns noch einmal in einer gemeinsamen Runde, in der ich dann gern jene hören würde, die es heute Nachmittag noch nicht schaffen, sich zu öffnen. – Und jetzt gehen Sie und machen Sie sich mit der Umgebung vertraut. Bis später.«

Die verbleibende Zeit bis zum Essen nutzten die Neuankömmlinge, um sich in ihren Zimmern häuslich einzurichten, soweit das Schwester Elisabetta nicht ohnehin inzwischen für sie erledigt hatte, oder sich im Foyer über Details der für den nächsten Tag angesetzten Wanderung schlauzumachen. Vom auf jung gestylten Krautstingl abgesehen, der zu der halb so alten Shirin Barzani gleich einen Draht gefunden zu haben schien, umschwirrten die Männer die attraktive Elisabetta wie die sprichwörtlichen Motten das Licht. Die Ordensfrau ertrug die Aufmerksamkeit so geduldig wie höflich. Die Vertrautheit zwischen ihr und Pökelschot blieb allerdings nicht unbemerkt. Sie versetzte Rauner einen Stich der Eifersucht, was wohl weniger daran lag, dass sich das Englische Fräulein und der Headhunter bereits von dessen erstem Aufenthalt im SPIZ kannten. Es war vielmehr der Umstand, dass Pökelschot, mit dem Rauner auch schon das eine oder andere Mal geschäftlich zu tun hatte, bei Frauen trotz seiner hässlichen Visage nach wie vor ankam. Die Avancen, die der offensichtlich schwule Titus Schatzmann Schwester Elisabetta seltsamerweise machte, wurden dagegen glatt ignoriert.

»Wir fahren morgen um sieben nach dem Frühstück los«, wiederholte sie für den Windkraft-Manager noch einmal, was sie zuvor schon Pökelschot und Schatzmann erläutert hatte. »Bei der Gelegenheit möchte ich auch darauf hinweisen, wie wichtig passende Kleidung bei der gegenwärtigen Wetterlage ist. Aber nun zum Tagesablauf: Nikodemus bringt uns mit dem Minibus, den wir für solche Anlässe von einem ortsansässigen Unternehmen mieten, zunächst nach Weißbach. Für die, die nicht ortskundig sind: Das ist eine kleine Gemeinde auf halber Strecke zwischen Saalfelden und St. Martin bei Lofer. Wir starten am Parkplatz vor dem Gasthof Auvogel, folgen aber nicht der klassischen Wallfahrerroute auf der rechten Saalachseite, sondern dem asphaltierten Tauernradweg entlang der B 311 am linken Ufer zunächst bis zur Gaststätte Lamprechtsofenhöhle. Anschließend geht der Radweg im Schiederwald leicht bergauf, und nach einigem Auf und Ab gelangen wir in den Schiedergraben, den Ausgang der Vorderkaserklamm, und zu einer Weggabelung.«

»Die kenn ich«, fiel ihr Rauner ins Wort. »Direkt an der Abzweigung zur Klamm ist ein Parkplatz, und einige hundert Meter weiter flussaufwärts hat man an den Schüttach-Auswaschungen eine Naturbadeanlage mit Hängebrücke, Grillplätzen und allerlei Vorrichtungen zum Picknicken errichtet.«

»Genau so ist es. Und eben dorthin machen wir einen Abstecher und legen auf der Flussinsel der Schüttach eine kurze Rast ein. Natürlich wäre auch die Klamm selbst einen Ausflug wert, doch dazu müssten wir kilometerweit in südwestlicher Richtung flussaufwärts wandern. Unsere Route ist glücklicherweise weniger anstrengend. Sie führt uns saalachabwärts durch den Dürnberger Wald, wo der Radweg wieder in etwa parallel zur Bundesstraße durch leicht kupiertes Gelände verläuft und hinter dem Luftensteinpass zunächst in St. Martin endet.«

»Ich habe leider ein kleines Problem mit meiner rechten Hüfte«, wandte Rauner ein. »Was, wenn ich –«

Schwester Elisabetta winkte ab. »Selbstverständlich wartet Nikodemus mit dem Zwölfsitzer in St. Martin auf dem Parkplatz neben dem Mauthäuschen, um allfällige Fußmarode mitzunehmen, die den Anstieg nach Maria Kirchental nicht per pedes bewältigen wollen oder können. Am Ziel unsrer Wanderung steht es Ihnen frei, zunächst am Sonntagsgottesdienst in der Wallfahrtskirche teilzunehmen und sich anschließend im Wallfahrtsgasthaus Maria Kirchental zu laben oder selbiges gleich nach Ihrer Ankunft zu tun. Machen Sie sich aber keinen Stress. Die Rückfahrt werden wir ohnehin erst antreten, wenn alle sich ausreichend gestärkt haben.«

4 ISIDOR KRAUTSTINGL, der über die Wanderroute bereits informiert worden war, wollte nicht untätig auf das Essen warten und unternahm einen Spaziergang in die Umgebung. Shirin Barzani bot ihm ihre Begleitung an, die er kaum hätte ablehnen können, falls ihm Derartiges einer so attraktiven Frau gegenüber überhaupt in den Sinn gekommen wäre.

»Mir ist aufgefallen, dass Sie die Sonnenbrille auch in geschlossenen Räumen tragen«, bemühte sie sich, das Gespräch in Gang zu halten, das beim Dahinschlendern durch den weitläufigen Gemüse- und Kräutergarten immer wieder einzuschlafen drohte. Der Garten war nach den Richtlinien der TEH, der Traditionellen Europäischen Heilkunde, angelegt, wie Krautstingl – nomen est omen! – der Homepage des SPIZ entnommen hatte. Sie gingen zwischen Lorbeer-, Oregano-, Koriander-, Liebstöckl-, Majoran- und anderen Kräuterbeeten hindurch, auf denen zum Teil erst die Saaten ausgebracht waren, zum Teil aber auch bereits kräftige Triebe sprossen. Vor allem sprang dem Betrachter das Frühlingsgemüse, etwa Jungspinat, Kohlrabi, verschiedene Kohlsorten, Wirsing und Blattsalat, ins Auge.

Schließlich gelangten Krautstingl und Barzani durch ein schmales Gartentürl auf eine Streuobstwiese, die zum benachbarten Hadrach-Gut gehörte, und standen vor einer lang gestreckten Bienenhütte, deren stacheldrahtbewehrte Umzäunung wohl ebenso wie die Verhaue an den Obstbäumen das hofeigene Vieh auf Distanz halten sollte.

»Die Ärzte raten mir wegen meiner chronischen Bindehautentzündung dazu«, beantwortete Krautstingl geistesabwesend und mit beträchtlicher Verzögerung die unausgesprochene Frage seiner Begleiterin. Umso interessierter blickte er einem Mann hinterher, der in diesem Augenblick ein gutes Stück hinter der Bienenhütte in einem Wirtschaftsgebäude mit gemauerten Fundamenten verschwand. Das Pultdach des massiv wirkenden Baus bedeckten Solarpaneele, die von einem stattlichen Windrad, das unmittelbar neben dem Haus stand, bei der Stromproduktion unterstützt wurden.

»Ob das der Bauer war?«, sprach Barzani Krautstingls Gedanken laut aus, während beide neugierig auf das Gebäude zugingen.

»Der Vater der Bäuerin«, ertönte es von drinnen. Der Senior des Hadrach-Hofs, der trotz fortgeschrittenen Alters Ohren haben musste wie ein Luchs, trat aus der mit Stahlblech beschlagenen Tür. »Zacharias Schwabeneder. Was wollt ihr zwei denn wissen? Ihr seid sicher Kursteilnehmer im SPIZ.«

»Stimmt«, bestätigte Krautstingl und stellte sich und seine Begleiterin vor. »Ihr Garten und Ihre Bienenhütte haben es mir angetan, meine Familie hatte früher auch mal Bienen. Aber wozu dient dieses Blockhaus? Darauf kann ich mir ehrlich gesagt keinen Reim machen.«

»Das ist ein EU-konformes, behördlich abgenommenes Schlachthaus«, sagte Schwabeneder, dem die Blicke der Spaziergänger auf das Pultdach des Baus und das Windrad natürlich nicht entgangen waren, mit einem gewissen Stolz. »Seine Nutzung sieht man ihm von außen nicht an, nicht wahr? Wir schlachten noch selbst, die Energie der Solarzellen und des Windrads decken den Bedarf für Geräte und Kühlraum. Vor allen anderen Abnehmern beliefern wir das SPIZ. Den Überschuss verkaufen wir ab Hof an Stammkunden und Metzgereien. Lamm-, Kitz-, Kalbfleisch, Jungschweinernes, hie und da auch Fohlenfleisch, eben alles, was das Herz begehrt.«

»Alle Achtung, Herr Schwabeneder«, lobte Krautstingl, wobei seine Aufmerksamkeit jetzt eher seiner Begleiterin galt, die zwei heftig gestikulierende Personen am anderen Ende des Gartens beobachtete. Die eine war Dr. Unbescheid, die andere, ein älterer Mann mit Strohhut und in blauem Overall, höchstwahrscheinlich Bruder Nikodemus, der Gärtner. Schließlich ließ die Ärztin ihren Gesprächspartner im Blaumann stehen und ging zum SPIZ zurück.

Als sich Krautstingl wieder von Frau Barzani ab- und dem Altbauern zuwenden wollte, war dieser sang- und klanglos im Schlachthaus verschwunden. Der Innviertler war nicht allzu erstaunt: Mit der fragwürdigen Sitte, zwanglose Plaudereien ohne jedes Grußwort zu beenden, machte man gelegentlich auch im Alpenvorland Bekanntschaft. »Ich denke, auch für uns wird es Zeit, den Rückweg anzutreten«, sagte er achselzuckend zu seiner Begleitung.

Das Mittagessen, das an drei aneinandergereihten Tischen im Bogengewölbe des kleinen Speisesaals serviert wurde, hätte locker einem Vergleich mit den entsprechenden Angeboten guter Salzburger Kuranstalten standgehalten. Es war um Klassen besser, als die Feinspitze unter den Neuankömmlingen befürchtet hatten, und die Fastenkost hatte ohnehin keiner von ihnen gebucht. Dass in der Pfarrhofküche ausschließlich Lebensmittel aus dem hauseigenen Garten oder von Bauernhöfen aus der Umgebung verarbeitet wurden, hatten inzwischen alle Teilnehmer der Einkehrwoche von der resoluten Küchenchefin Irmgard Loderer oder von Frater Nikodemus erfahren, die wie Elisabetta und Pater Franz mit den Gästen speisten.

Angesichts der rosigen Gesichtsfarbe des etwa sechzigjährigen Nikodemus drängte sich nicht nur seinem Gegenüber Rauner der Verdacht auf, dass der für den Pfarrgarten zuständige Laienbruder auch im Weinkeller zu Hause war. Möglicherweise speiste sich das Konversationstalent des Bacchusjüngers nicht zuletzt aus dieser Quelle. Den Kursteilnehmern ließ Nikodemus' Redegewandtheit jedenfalls den Kaffeetratsch wie im Flug vergehen, sodass es sich für sie kaum noch lohnte, vor der nächsten Sitzung ihre Zimmer aufzusuchen.

5 AM FRÜHEN NACHMITTAG waren an der Westseite des Tagungsraums die Jalousien zur Hälfte heruntergelassen, sodass die Sonne nur in gewisse Bereiche des Saals fiel, während der im Schatten liegende Teil des polierten Holzbodens und das antiquierte Mobiliar die nostalgische Atmosphäre noch verstärkten.

Diesmal waren die Stühle im Kreis aufgestellt, Pater Franz saß mit dem Rücken zu den Fenstern, sodass sein ausdrucksvolles Gesicht ebenfalls im Schatten lag. Die Abstände zwischen den Stühlen waren weder zu groß noch zu gering. Der sozialpsychologisch geschulte Pökelschot hatte dies schon bei seinem ersten Aufenthalt im SPIZ registriert: Bei Wagners Therapie-Gesprächen wurde nichts dem Zufall überlassen.

»Wie ich mich selbst überzeugen durfte, hat den meisten von Ihnen das Essen gemundet«, begann der Jesuit sehr entspannt, kaum dass der letzte Teilnehmer – diesmal war es Krautstingl – Platz genommen hatte. »Mir übrigens auch, was bei den Kochkünsten von Irmgard freilich nicht weiter verwunderlich ist. Ich verrate Ihnen jetzt ein Geheimnis, um das mich besonders die Damen beneiden werden: Ich kann so viel essen, wie ich will: Ich nehme partout nicht zu.«

»Sie sind ein Schmock, Pater«, sagte Dr. Unbescheid lächelnd. »Gerade so etwas drückt man uns Frauen doch nicht aufs Aug.«

»Üblicherweise nicht, da gebe ich Ihnen recht, Frau Doktor. Aber ›Geheimnis‹ ist nun mal heute mein Stichwort, mit dem ich gleich in medias res gehen will: Jeder von Ihnen kann doch ein Geheimnis für sich behalten, nicht wahr?«

Alle nickten.

»Sehen Sie«, fuhr der Therapeut fort, »und genau das ist Ihr Problem. Dass man Geschäfts-, Berufs- und ähnliche Geheimnisse nicht ausplaudert, folgt einem logischen Prinzip und liegt in der Natur der Sache. Existenzbedrohend, ja lebensgefährlich sind dagegen persönliche Geheimnisse, die man zwar in seinem Innersten vergräbt, die einem aber nachts bleischwer auf der Seele und im Magen liegen. Darunter fallen Versagens- und Verlustängste verschiedenster Art, Rollenzwänge, denen man sich unterwerfen muss, unauflösbare soziale Konflikte et cetera, et cetera – man könnte die Aufzählung bis in den grenzpathologischen Bereich und weiter fortsetzen.«

»Und wir sollen diesen krank machenden Albdruck durch das Ventil, das Sie vorgeben, jetzt entweichen lassen. Ist das in etwa so gedacht?« Rauner war – nicht zum ersten Mal an diesem Tag – von dem bekannten Therapeuten enttäuscht. Wie sollten traumatisierte oder neurotische Personen auf Knopfdruck über das, was sie aus Selbstschutz in den hintersten Winkel ihrer Psyche verbannt hatten, frisch von der Leber weg plaudern?

Doch Wagner grinste. »So pointiert habe ich es bisher noch nie formuliert. Danke, Herr Rauner. Und ja, genau das meine ich. Nur der Terminus ›sollen‹ passt mir nicht. Von einem Zwang ist keine Rede, ich hoffe doch, mich diesbezüglich am Vormittag klar genug ausgedrückt zu haben. Meiner Methode der Logotherapie liegen keine akademischen Bewältigungsstrategien zugrunde, weshalb sie Ihnen vielleicht auf den ersten Blick simpel erscheinen mag. Die eigentliche Arbeit wird von Ihnen selbst geleistet, indem Sie über das reden, was Sie bedrückt. Und das ist bei Weitem nicht immer simpel.« Längst war er wieder ernst geworden, der Blick seiner Habichtsaugen glitt von einem zum anderen Kursteilnehmer.

Nach nicht einmal einer halben Minute hob Olga Fliegenschnee als Erste die Hand. »Ich möchte über meine Probleme sprechen, hier und jetzt.«

Der Jesuit nickte. »Danke, Frau Fliegenschnee, im Namen aller Anwesenden. Avantgarde zu sein, das erfordert immer viel Mut und kann gar nicht genug gewürdigt werden. Ich habe damit gerechnet, dass eine Dame die Erste sein würde, die sich meldet, würde aber aus einem bestimmten Grund ganz gern einem Herrn den Vortritt lassen – vorausgesetzt, es ist einer bereit dazu. Herr Rauner vielleicht?«

Der schüttelte den Kopf. »Ich ziehe – wenn überhaupt – den Freitagstermin vor.«

Krautstingl gab ein Handzeichen. »Wenn es Ihnen recht ist, möchte ich es versuchen.«

»Danke, Herr Krautstingl«, sagte Wagner gleichmütig, als

hätte er von ihm nichts anderes erwartet. Er stand auf, zog einen Digital-Voice-Rekorder aus einer Sakkotasche und reichte ihn dem Kommunalpolitiker. »Bitte hier drücken, aber Sie kennen das ja sicher. – Also, Herr Krautstingl, was hat in Ihnen letztlich den Entschluss reifen lassen, sich um professionelle Hilfe zu bemühen? Nehmen Sie sich Zeit und wenden Sie sich mit dem, was Sie sagen wollen, ganz bewusst nicht an Zuhörer, sondern reflektieren Sie für sich, was Sie ins SPIZ geführt hat.« Die sonore Stimme des Psychotherapeuten hatte einen eindringlichen Klang angenommen, dem sich kaum jemand im Raum entziehen konnte.

»Was mir passiert ist, kann man eigentlich in jeder drittklassigen Illustrierten nachlesen«, begann Krautstingl so entspannt, als wollte er tatsächlich nur eine Zeitungsnotiz erörtern. »Mit dem einen wesentlichen Unterschied, dass es sich wirklich so abgespielt hat: Ich habe schon seit Jahrzehnten ein Alkoholproblem, das ich aber trotz beruflicher Doppelbelastung – ich bin unterrichtender Leiter einer Volksschule und Vizechef meiner Heimatgemeinde – bis vor drei Jahren leidlich im Griff hatte.«

»Haben Sie Kinder?«, warf Wagner ein.

»Eine Tochter, aber deren Erziehung habe ich, der Lehrer, schon sehr früh zur Gänze an meine Frau abgetreten, die mir das bis heute zum Vorwurf macht. Julia maturierte mit Ach und Weh und studierte bald dies, bald das. Dann geriet sie an einen windigen Typen, der sie tagtäglich hinter dem Tresen seiner Spelunke schuften lässt, während meine Interventionen bis heute ins Leere gehen. Da ich früher nie Zeit für sie hatte, lässt meine Tochter sich natürlich auch jetzt nicht in ihr Leben reinreden – weder von mir noch von ihrer Mutter. Lieber nimmt sie in Kauf, dass ihr Lude sie ständig prügelt. Aber Julias Tristesse ist nicht mein einziges Problem, wenn auch das, was mir am meisten Sorgen macht.«

Krautstingl lupfte leise seufzend seine Sonnenbrille, sodass nun erstmals seine traurigen braunen Dackelaugen sichtbar wurden, und fuhr sich übers Gesicht, als wollte er etwas Unangenehmes von dort wegwischen. »Der Auslöser meiner Katabasis«, setzte er fort, »war letztlich der Neubau unsrer Volksschule, den ich von A bis Z vermasselt habe. Als Baureferatsleiter beharrte ich im Gemeinderat zunächst darauf, die neue Schule am Standplatz der alten zu errichten, obwohl uns wegen der hervorragenden Lage des Grundstücks ein lukratives Wohnbauprojekt vorlag und sich gleichzeitig die Chance geboten hätte, alle unsre Schulen an einem Platz anzusiedeln. Schließlich erkaufte ich mir die Verwirklichung meines Plans, indem ich einem Parteifreund den Vortritt bei der Kandidatur zum Amt des Bürgermeisters ließ, nachdem ich selbst schon zweimal bei den Gemeinderatswahlen gescheitert war«, sagte er mit einem wehmütigen Blick auf die postmodernen Fenster des Tagungsraumes. »Damit aber nicht genug. Der Architekt, der den Zuschlag für den Neubau bekam, hatte sich vorweg gegen jede Änderung an seinem Entwurf juristisch abgesichert. Als Resultat werden die Schüler heute an warmen Tagen in ihrem Glaspalast gegrillt, weil an den riesigen Rundfenstern keine Jalousien angebracht werden dürfen, die diesen Namen auch verdienen.«

»Die Eltern werden das wohl kaum goutiert haben«, warf Rauner ein, der selbst zwei halbwüchsige Kinder hatte.

»Sie sagen es.« Diesmal war der Seufzer von Krautstingl deutlich hörbar. »Die Querelen mit Schülereltern, politischen Gegnern, aber auch einem Parteifreund setzten mir immer stärker zu und ließen mich noch tiefer als gewöhnlich ins Glas schauen. Letztlich halluzinierte ich schon, ein Entzug war also unumgänglich. Doch kaum war ich aus der Klinik zurück, stürzte ich in eine noch schwerere Depression. Meine Frau, die ich bis dahin treu an meiner Seite wähnte, hatte meine Abwesenheit genutzt, um aus dem gemeinsamen Heim aus- und pikanterweise bei jenem eben erwähnten Parteifreund einzuziehen. Tja, und an diesem Punkt stehe ich jetzt und weiß nicht mehr weiter.«

»Sie wissen durchaus weiter«, widersprach Pater Franz. »Ihre klare Analyse beweist ja, dass Sie Ihr Leben in die Hand nehmen. Sie haben nicht wieder angefangen zu trinken, sondern sich stattdessen an uns gewandt. Ihre Entscheidung war vernunft- und nicht gefühlsgesteuert, also wird sich ganz sicher auch Ihre

Depression in absehbarer Zeit wieder verabschieden. Vielen Dank für Ihre Wortmeldung, Herr Krautstingl! Sie haben damit nicht nur sich, sondern allen Anwesenden Mut gemacht, in ihren eigenen Abgrund zu blicken und sich so von dessen gefährlicher Faszination zu befreien.«

Er wandte sich an die neben ihm sitzende Prokuristin der Tauernbergbahn. »Darf ich Sie jetzt bitten, Frau Fliegenschnee, uns Ihre Geschichte zu erzählen?«

»Die wird relativ kurz ausfallen«, erklärte die Angesprochene. »Ich denke, deshalb ist es mir wohl am leichtesten von allen hier gefallen, mich zu melden. Kurz deshalb, weil ich leider nicht über alles reden darf, was mir auf der Seele liegt.«

Es war der Frau anzusehen, dass gerade das, worüber sie nicht reden durfte, sie zu dem nervlichen Wrack gemacht hatte, das jetzt zitternd ein weißes Taschentuch in seinem Schoß zusammenknüllte.

»Fast alle Anwesenden sind ebenfalls beruflich sehr gefordert und können sich bestimmt vorstellen, was Sie meinen, Frau Fliegenschnee«, sprang ihr Wagner sofort zur Seite. »Aber da Ihnen Sachverhalte, die nicht Sie allein betreffen, anscheinend am meisten zu schaffen machen, ersuche ich Sie, nach der Sitzung einen Termin für ein Vier-Augen-Gespräch mit mir zu vereinbaren.« Und um einem Einwand ihrerseits zuvorzukommen, fügte er rasch hinzu: »Sie können ganz beruhigt sein: Alles, was Sie mir dabei erzählen werden, betrachte ich als unter das Beichtgeheimnis fallend.«

»Danke, Pater, ich werde von Ihrem Angebot Gebrauch machen, obwohl ich seit Kindertagen keine Kirche mehr von innen gesehen habe«, sagte Olga Fliegenschnee so ehrlich wie erleichtert. »Neben meinen beruflichen Schwierigkeiten haben mir allerdings, ähnlich wie Herrn Krautstingl, auch private Tiefschläge zugesetzt, über die ich jetzt reden kann und will.«

Sie holte tief Luft, ehe sie fast überstürzt weitersprach: »Ich bin so gut wie geschieden, kinderlos, meine Mutter ist früh an Magenkrebs gestorben, und mein einziger Bruder hat sich umgebracht. All das hat sehr viel mit meinem neurotischen Vater zu tun, zu dem ich den Kontakt abgebrochen habe. Kurt, mein jüngerer Bruder, war sozusagen sein Hauptprojekt, während ich, das erstgeborene, aber ungewollte Mädchen, Bankangestellte in Schwaz und später Buchhalterin bei den Ischgler Bergbahnen werden durfte.«

»Was ist unter ›Hauptprojekt‹ zu verstehen, Frau Fliegenschnee?«, fragte Dr. Unbescheid ahnungsvoll.

»Mein Vater war vor Jahren ebenfalls Bankangestellter in Schwaz. Er wollte Kurt um jeden Preis zum Überflieger im österreichischen Skizirkus machen. Tatsächlich schien ihm das auch zu gelingen, denn im Bemühen, die väterlichen Erwartungen zu erfüllen, gewann Kurt sogar bei Weltcup-Rennen zunächst den einen oder anderen Spezial- und Riesenslalom, aber bei den ganz großen Wettkämpfen versagten ihm jedes Mal die Nerven, was Papa ebenso regelmäßig ausrasten ließ.« Die Stimme von Olga Fliegenschnee wurde brüchig. »Irgendwann ertrug Kurt die Schmähungen nicht mehr und schluckte eine Überdosis Diclazepam. Nur kurz darauf starb auch Mutter. An dem Punkt hatten meine Panikattacken eine Qualität erreicht, die mich die Reißleine ziehen und Tirol verlassen ließ. Ich wollte nicht so enden wie mein Bruder.«

Mit den Bildern von damals vor Augen hielt sie inne und schwieg fast eine Minute, bis sie fortfahren konnte. »Die Tragödie war damit freilich noch nicht zu Ende. Papa hatte schon lange vor diesen Ereignissen in Schwaz eine riesige Villa für den künftigen Weltmeister und Olympiasieger bauen lassen, deren Finanzierung er zunächst mit riskanten Spekulationen an der Börse und buchhalterischen Tricks an der Bank aufrechterhalten konnte. Aber noch ehe es ihm gelang, auch mich zum Zocken mit fremdem Geld zu nötigen, flog sein Betrug auf und er aus der Bank.«

Diesmal holte sie nur kurz Atem, ehe sie, noch immer bewegt, zum vorläufigen Ende ihrer Geschichte kam. »Dass mich mein Vater, der nunmehrige Sozialhilfeempfänger, danach auch noch an meinem neuen Lebensmittelpunkt im Pongau heimsuchte, mein Eheglück zerstörte und die Chuzpe hatte, mich abermals aufzufordern, an der Börse für ihn zu spekulieren, brachte das Fass zum Überlaufen. Ich ließ durch meinen Anwalt eine Beurteilung seiner psychischen Verfassung erwirken und eine Wegweisung aussprechen. Anschließend war Ruhe bis … ja, bis die Dämonen meines Vaters zu guter Letzt auch mich befielen, aber eben darüber möchte ich zumindest jetzt noch nicht sprechen.«

Nach diesen Eröffnungen blieb es still im Tagungsraum. Die Anwesenden, denen bekannt war, welche Position Olga Fliegenschnee bei der Tauernbergbahnen AG im benachbarten Gasteiner Tal bekleidete, glaubten zu erraten, worüber sie nicht reden wollte. Umso heftiger zuckten alle zusammen, als eine Drossel, möglicherweise verfolgt von einem Beutegreifer, gegen eine Fensterscheibe knallte. Wider Erwarten zerbrach das Glas nicht und der Vogel blieb regungslos, wahrscheinlich tot auf dem Fenstersims liegen.

»Das müssen Sie auch nicht, Frau Fliegenschnee«, versicherte der Jesuit, der sich nicht einmal umgewandt hatte, um die Ursache des Geräuschs festzustellen. »Es bleibt bei unsrer Vereinbarung.«

»Ich wäre gern der Nächste, der ausspricht, was mir ›wie ein Geier am Leben frisst‹«, meldete sich, Anleihen bei Goethe nehmend, Jens Pökelschot zu Wort. »Auch meine Geschichte hat wie die der Vorredner neben der beruflichen eine private Komponente.«

»Bitte, Herr Pökelschot.« Wagner untermalte seine Aufforderung mit einer einladenden Handbewegung.

Wer allerdings geglaubt hatte, der Headhunter würde nun unverzüglich loslegen, musste sich gedulden. Pökelschot kostete es sichtbar Überwindung, den ersten Satz zu formulieren.

Mühsam, immer wieder Pausen dazwischen lassend, würgte er die ersten Worte hervor: »Vielleicht sollte ich für die anderen Teilnehmer vorausschicken, dass mir schon als Jugendlichem von zwei Kollegen Dr. Wagners, und zwar unabhängig voneinander, eine bipolare Veranlagung attestiert wurde.«

»Eine solche Veranlagung, mit der Sie übrigens in dieser Runde nicht allein sind, ist durchaus zu kontrollieren, wenn früh genug darauf eingegangen wird«, unterbrach ihn Wagner, indem er psychotherapeutische Prinzipien einfach über Bord warf.

Pökelschot schob unwillig das Kinn nach vorn. »Heute weiß ich das auch, aber als ich einige Jahre nach dieser Diagnose meine Partnerin kennenlernte, verschwieg ich ihr meinen … Defekt aus Angst, verlassen zu werden.«

Diesmal verzichtete der Seelenarzt auf einen Kommentar.

»Doch ausgerechnet, als unser Sohn in die Pubertät kam«, fuhr der Münchner mit verkniffener Miene fort, »musste eine boshafte Tante den beiden mein Geheimnis verraten. Nach der Enthüllung ging es mit unsrer Kleinfamilie bergab: Jeder Konflikt wurde mit meiner psychischen Instabilität in Zusammenhang gebracht, obwohl ich bereits unmittelbar nach der Diagnose medikamentös bestens eingestellt war. Aber anstatt den Meinen und mir selbst durch angemessenes Verhalten das Gegenteil zu beweisen, scheiterte ich sowohl als Vater als auch als Partner. Irgendwann zog meine Frau die Reißleine, um einem Schrecken ohne Ende zuvorzukommen, und reichte die Scheidung ein.« Hatte er eben noch vor sich hin gestarrt, so blickte Pökelschot Wagner nun direkt in die Augen. »Damit nicht genug, erfuhr ich infolge der Trennung viel zu spät vom Abgleiten Martins ins Drogenmilieu – und auch eigentlich eher durch Zufall. Leider war meiner Frau schon viele Wochen zuvor nichts Besseres eingefallen, als ihn der dubiosen Angelus-Stiftung zu überantworten. Entschuldigen Sie, Pater, auch Sie sind katholischer Priester, aber diese –«

Mit einer energischen Handbewegung schnitt ihm der Angesprochene das Wort ab. »Die Angelus-Stiftung, Herr Pökelschot, ist nicht Teil der katholischen Kirche, und das wissen Sie auch. Aber Sie sagten: ›viel zu spät‹. Glauben Sie, Sie hätten Ihren Sohn vor den Drogen bewahren können?«

»Das vielleicht nicht, aber über meinen Psychiater – der mir im Übrigen auch das SPIZ empfohlen hat – hätte ich sicher professionelle Hilfe für Martin organisieren können. Die Angelus-Leute steckten ihn in Isolierhaft und suchten, ihn durch kalten Entzug und Gehirnwäsche zu kurieren – wohlgemerkt ohne ärztliche Begleitung. Noch heute wird er gegen seinen Willen auf dieser Burg in der Nähe von Stams festgehalten, weshalb ich mich bis zuletzt mehr mit dem Prozess gegen die Stiftung beschäftigt habe als mit meinem Job.«

»Was mit zu Ihren nicht unerheblichen wirtschaftlichen Problemen geführt hat«, ergänzte der Psychotherapeut, der die Geschichte des Headhunters ja bereits kannte und mit seinen Bemerkungen einen bestimmten Aspekt im Auge zu haben schien.

Pökelschots Stirnfalten vertieften sich. »Ja, ich verlor zusehends den Instinkt für Trends und auch das Gespür für die besten Profis. Beides ist in unserem Job aber unerlässlich. Mitbewerber, die früher nur angeheuert wurden, wenn ich aus Termingründen Arbeit delegieren musste, zogen plötzlich die Jobs, die mir zugestanden hätten, an Land und schnappten mir die profilierten Leute weg. Und während ich früher Maßstab und Richtlinie für andere war, überließ man mir nur noch die weniger lukrativen Betätigungsfelder.«

»Woraufhin Sie auf einem davon, das Ihnen bis dahin fremd gewesen war, Gewinn machen und – wenn ich das so sagen darf – damit Ihre Defizite ausgleichen wollten«, ergänzte Wagner.

»Fremd war mir das Terrain nicht, Pater«, präzisierte Pökelschot, »aber ich hatte mich zuvor noch nie so intensiv darauf eingelassen, wie ich zu diesem Zeitpunkt glaubte, es tun zu müssen. Schon vorhin ist von Börsenspekulationen die Rede gewesen, und zu eben solchen ließ auch ich mich hinreißen. Anfangs hatte ich sogar Glück und machte einige Hunderttausend Gewinn, aber gerade mit jenem Deal, bei dem laut Börsenbarometer überhaupt nichts schiefgehen hätte dürfen, fiel ich ganz fürchterlich auf die Nase. Und das, obwohl der österreichische Finanzminister höchstpersönlich die Mohrenkopf-International-Power-Aktie beworben hatte.«

»Was? Sie auch?«, rief Dr. Unbescheid, und auch Shirin Barzani, die neben Krautstingl saß, machte plötzlich einen betroffenen Eindruck.

Wagners Augen erinnerten nicht nur an jene von Greifvögeln, sie besaßen auch fast deren Schärfe. So hatte er nicht nur die geröteten Wangen der Journalistin, sondern auch den plötzlich auftretenden Schweiß auf der Stirn von Olga Fliegenschnee registriert. Trotzdem sagte er nur: »Die Mohrenkopf-Aktie hat wohl Tausende ruiniert. Eine miese Abzocke sondergleichen. Wie steht es also jetzt um Sie, Herr Pökelschot?«

»Nicht gut. Ich habe meinen einstigen Traumjob endgültig verloren und dazu einen Berg von Schulden angehäuft, den ich nie mehr abzahlen kann. Mit Müh und Not kann ich mir noch die Medikamente leisten, die meine schizophrenen Episoden hintanhalten sollen. Dazu belastet mich sehr, dass mein Sohn sich immer noch in den Fängen der Angelus-Leute befindet.«

Wieder herrschte Schweigen im Tagungsraum, bis Wagner schließlich auch für Pökelschot aufmunternde Worte fand und sich dann an einen anderen Teilnehmer wandte. »Und Sie, Herr Schatzmann? Hatten Sie damals nicht auch Mohrenkopf-Aktien gezeichnet wie so viele andere Gutgläubige? Buchhalter stehen doch mit dem Bank- und Finanzwesen auf Du und Du.«

Der Angesprochene schüttelte langsam den Kopf. »Nein, ich hatte einen ähnlich problematischen Vater wie Frau Fliegenschnee, und meine Erziehung war von jener Art, die einen später instinktiv jedes Risiko meiden lässt.«

»Womit wir eigentlich schon mitten in Ihrer Geschichte wären«, warf Wagner ein, um die Mitteilsamkeit des Buchhalters nicht gleich wieder versiegen zu lassen. »Wie ging es bei Ihnen zu Hause zu?«

»Mein Alter war Kunsthistoriker und Antiquitätenhändler – und in seinen besten Zeiten recht wohlhabend.«

Auch Schatzmann hatte, wie schon Pökelschot zuvor, mehrmals ansetzen müssen, ehe er den ersten Satz herausbrachte. Damit aber schien ein Damm gebrochen zu sein, denn plötzlich sprudelten die Worte nur so aus ihm heraus: »Mutter hatte er auf einer Auktion kennengelernt, und solange sie bei uns war, behandelte er sie wie einen kostbar wirkenden, aber nicht wirklich wertvollen Kunstgegenstand. Einen, mit dem man angibt, wenn Interesse besteht, und ihn dann wieder in die Ecke stellt. Seine Kälte ertrug sie nur ein paar Jahre: Als ich schulpflichtig wurde, war sie eines Morgens nicht mehr da. Über ihre Flucht durfte zu

Hause nie geredet werden, weshalb ich bis heute nicht weiß, ob sie überhaupt noch lebt, und wenn ja, wo ich sie suchen sollte.«

»Aber Sie haben versucht, sie zu finden?«, warf Wagner ein.

»In den ersten Jahren nach Mutters Verschwinden habe ich immer wieder ihre Stimme gehört«, überging der Buchhalter die Frage, als hätte er sie nicht gehört, »aber der Alte hielt es nicht für nötig, einen Therapeuten hinzuzuziehen. Er hatte seine eigene Methode, mir die Halluzinationen auszutreiben.«

»Und auch noch etwas anderes, das in seinen Augen abnormal war?«, stieß der Psychotherapeut ein zweites Mal nach.

»Stimmt, aber diese Facette meiner Persönlichkeit tut hier nichts zur Sache und hat auch nichts mit meinen derzeitigen Befindlichkeiten zu tun. Aber zurück zur Steinzeit-Pädagogik meines Erzeugers: In unsrer Villa gab es eine Kältekammer, die zur Behandlung von antikem Holz diente.«

»Nein! Sagen Sie nicht, er hätte Sie dort eingesperrt!«, rief Dr. Unbescheid entsetzt.

»Doch. Und ich habe ihm die Stunden, die ich dort verbringen musste, nie verziehen. Da er das wusste und schon damals nicht mehr der Jüngste war, ließ er sich dagegen absichern, eines Tages von mir in ein Heim abgeschoben zu werden, wofür er einem Winkeladvokaten ein stattliches Legat überschrieb.«

»Die Villa?«, riet Wagner.

Schatzmann nickte. »Ja, zunächst einmal die. Ihm selbst sollten lukrative Baugründe in bester Lage, die er einst ergaunert hatte, einen angemessenen Lebensabend in einer Seniorenresidenz garantieren.«

»Sie haben keine Geschwister?«

»Nein, ich bin das einzige Kind und zog, sowie ich mein eigenes Geld in einer Steuerberatungskanzlei in Urfahr verdiente, sofort von zu Hause aus. Aber schon damals war ich auf Medikamente angewiesen, damit sich mein angeschlagener psychischer Zustand nicht verschlechterte und ich ein annähernd normales Leben führen konnte.«

»Was war mit Ihrem Pflichterbteil?«

»Futsch. Als Vater bereits an der Grenze zur Demenz stand,

hat er alles diesem Rechtsverdreher in den Rachen geworfen. Der hat ihm dann auch noch die zwanzig Parzellen Baugrund abgeluchst und ihn in ein grindiges Altenheim gesteckt.«

»Statt in die versprochene luxuriöse Seniorenresidenz?«

»Die Residenz war ein Luftschloss! Und für mich ist wie schon gesagt ebenfalls nichts übrig geblieben, als der Alte schließlich den Löffel abgab. Aber auch ohne sein Geld habe ich mich bis heute leidlich über Wasser halten können.«

Der Geistliche blickte Schatzmann nachdenklich an. »In Ihnen hat sich, was in Ihrem Fall verständlich ist, sehr viel Verbitterung aufgestaut, Herr Schatzmann. Die gilt es aufzulösen, sonst werden Sie eines Tages von ihr gefressen. Im Laufe dieser Woche werden wir gemeinsam versuchen, eine Strategie zu entwickeln, die es Ihnen ermöglicht, sie allmählich abzubauen.«

Pater Franz schwieg eine Weile, lehnte sich auf dem Stuhl zurück und begann langsam und bedächtig, das bisher Gehörte zu resümieren. »In der Anamnese von vier Personen, die in dieser Runde die jeweils anderen einen Blick in ihre Seele haben werfen lassen, ergeben sich wenig überraschend drei Gemeinsamkeiten: Dreimal nämlich haben enge Angehörige einen nicht unwesentlichen Anteil am Belastungssyndrom der Betroffenen, was von diesen auch so empfunden wird. Nur Herr Krautstingl hat sich – untreue Gattin hin, unglückliche Tochter her – seine Kalamitäten selbst zuzuschreiben. Das Burn-out durch die berufliche Doppelbelastung war bei ihm zuerst da und hat dann die Sucht ausgelöst beziehungsweise eine bereits vorhandene verstärkt, die wiederum die schwere endogene Depression hervorgerufen hat.«

»Ein solcher Fall bin auch ich«, meldete sich Dr. Unbescheid zu Wort, noch ehe Krautstingl auf Wagners Diagnose reagieren konnte. »Ich war schon lange ausgebrannt. Siebzig Wochenstunden auf der Inneren waren ja nicht die Ausnahme, sondern eher die Regel. Aber erst im letzten Jahr wurden die Spannungszustände und Panikattacken so unerträglich, dass ich einsehen musste, dass ich in dieser Art nicht mehr weitermachen konnte.«

Wagner nickte. »Ich hoffe, Sie geben nicht sich die Schuld an Ihrem Leiden, Dr. Unbescheid. So hat es nämlich eben geklungen. So wenig, wie allein die Angehörigen Ihrer Vorredner deren Depressionen zu verantworten haben, dürfen umgekehrt Herr Krautstingl und Sie die Ursachen nicht exklusiv bei sich suchen. Weder die rückwärtsgewandte Nabelschau auf eigene Fehler noch das Gegenteil, die Verdrängung, helfen Betroffenen, das tut einzig und allein der Blick nach vorn. Nebenbei bemerkt findet der moralisierende Begriff der Schuld als Argument in der Psychotherapie ohnehin kaum Verwendung.«

Dr. Unbescheid lächelte resignativ. »Seien Sie unbesorgt, Pater, ich schaue nicht zurück. Aber da ich sehe, dass die meisten hier doch eher positiv auf den von Ihnen verlangten Seelenstriptease ansprechen –«

»Verlangt habe ich gar nichts«, verwahrte sich der Geistliche gegen den unterschwelligen Vorwurf eines Zwangs.

»Gut, dann haben Sie eben dazu angeregt. Ich für meinen Teil möchte diesbezüglich jedenfalls nicht abseits stehen. Und vielleicht hilft meine Geschichte ja nicht nur mir, sondern auch anderen in der Runde.«

Während sich neben Wagner auch die Teilnehmer der Besinnungswoche über die letzte Bemerkung der Ärztin ihre Gedanken machten, begann diese bereits zu erzählen.

»Angefangen haben die Spannungszustände schon vor vielen Jahren an meinem ersten Arbeitsplatz, einem allgemeinen Krankenhaus, dessen Namen ich nicht nennen möchte. Damals wurde es noch von Nonnen geleitet, mit denen ich, die Jungärztin, mich schon im ersten Monat überwarf. Bei den Bräuten Christi war es nämlich Usus, bei Krebspatienten, sobald sie sich in Agonie befanden, die schmerzstillenden Medikamente abzusetzen. Man war der irrigen Meinung, die Patienten würden im Endstadium der Krankheit ohnehin nichts mehr spüren. Und daran änderten weder das Schreien der Sterbenden noch meine Interventionen etwas. Die Schwestern waren die Bosse, bestimmten also auch den Modus Operandi.«

Wagner runzelte die Stirn. »Ich weiß, dass es solche Grenzfälle leider gegeben hat. Aber der Stand der Schmerzforschung war vor Jahrzehnten auch noch ein anderer als heute.«

»Diese Meinung, Herr Kollege, kann ich nicht teilen. Vielen Dank übrigens für die ›Jahrzehnte‹! Und solche Grenzfälle, wie Sie sie nennen, hätte es nie geben dürfen; sie waren inhuman und unchristlich. Mich hat es fertiggemacht, mich für jede verabreichte Dosis Oramorph rechtfertigen zu müssen. Nicht zuletzt wegen dieser Zustände habe ich mich der Palliativmedizin zugewandt und mich in der Hospiz-Bewegung engagiert. Als sich die Chance bot, habe ich mich an eine entsprechende Einrichtung versetzen lassen.«

»Das war sehr ambitioniert von Ihnen. Die Tätigkeit in einem Hospiz verlangt dem medizinischen Personal weit mehr ab als die in einer allgemeinmedizinischen Einrichtung.«

»Leider ist das tatsächlich so«, räumte Dr. Unbescheid ein. »Nach drei Jahren im Hospiz hatte ich zwar das Gefühl, etwas Wichtiges geleistet zu haben, wollte aber nicht länger an die Grenzen meiner physischen und psychischen Belastbarkeit gehen. Ich wechselte also an die Interne des Kardinal-Schwarzenberg-Krankenhauses in Schwarzach, wo ich bis zu meinem Nervenzusammenbruch arbeitete.«

»Mir ist aufgefallen, dass in Ihrem Anmeldeformular nicht erwähnt wird, wer Sie an uns verwiesen hat, Frau –«

»Niemand hat mich ans SPIZ verwiesen«, fiel ihm Unbescheid verdächtig rasch ins Wort. »Die Idee zu der Einkehrwoche hatte ich eigentlich schon vor meinem Zusammenbruch. Da Ihr Projekt einen sehr guten Ruf genießt, habe ich bereits während meines Reha-Aufenthalts in der Landesklinik St. Veit beschlossen, anschließend hierherzukommen.«

»Danke. Wenigstens einer von uns beiden macht dem anderen Komplimente«, sagte Wagner grinsend. »Und wäre es für einen Jesuiten nicht ungehörig, würde ich sagen, dass ich mich dadurch geschmeichelt fühle. Was allerdings meine berufliche Neugier nicht beeinträchtigt. Verstehen Sie mich recht: Ihr Berufsethos und Ihre Empathie in allen Ehren, aber die Überbelastung im Job kann doch unmöglich der Grund für Ihren Zustand sein, wie ihn der Befund aus der Klinik St. Veit beschreibt. Neben dem Beruf muss noch etwas anderes Sie belastet haben, das Sie bisher niemandem anvertraut haben.« Natürlich erwartete der erfahrene Therapeut ad hoc keine befriedigende Antwort auf die unausgesprochene Frage, aber im Vertrauen auf seinen guten Draht zu der Internistin ließ er nicht locker. »Wollen Sie darüber nicht reden?«

Sie schwieg.

»Sie haben vorhin angedeutet, Ihre Geschichte könnte auch anderen hier helfen.« Wagner schien nicht aufgeben zu wollen. »Und damit meinten Sie sicherlich nicht nur Ihren – verzeihen Sie – trivialen Zusammenbruch infolge beruflicher Überlastung, wie er tagtäglich Tausenden passiert.«

»Nicht nur«, gab die Ärztin überraschenderweise zu. »Es ging auch um eine Beziehung, die lange Zeit auf der Kippe stand und dann endgültig zerbrach. Sie hatte wesentlichen Anteil an meinem Zustand. Noch Monate nach der Trennung konnte ich mich nicht damit auseinandersetzen, erwachte aber nachts oft schweißgebadet und neben meinem Bett stehend, während ich mich tagsüber wie gerädert fühlte.«

»Und was hat Ihnen, abgesehen von den physischen Unzukömmlichkeiten, in der Krise am meisten zu schaffen gemacht?«, drängte er so sanft wie möglich.

Unvermittelt traten der Ärztin die Tränen in die Augen, und sie lachte bitter auf. »Weder die Treulosigkeit noch die ständigen Lügen haben mich so verletzt wie die Erkenntnis, nie geliebt, sondern nur ausgenutzt worden zu sein.«

Es hätte nicht der Qualifikation eines Dr. Wagner bedurft, um nachzuvollziehen, wie befreiend diese Äußerung für Dr. Unbescheid war. Kaum zu überhören war gleichwohl eine unterschwellige Aggressivität in ihrer Stimme. Ihre Worte klangen, als wären sie an einen der Anwesenden gerichtet.

»Ging es – um Geld?«, fragte er behutsam.

»Bei Junkies geht es um nichts anderes.«

»Heroin?«

»Nein, Koks. Und zwar in rauen Mengen.«

Rauner blickte unwillkürlich zu Pökelschot, dessen Sohn mit seiner Drogensucht ebenfalls zum Zerfall einer Familie beigetragen hatte, und beschloss, sich in Zukunft wieder intensiver seinen beiden halbwüchsigen Kindern zu widmen.

»Stammte die betreffende Person aus Ihrem eigenen bürgerlichen Umfeld, oder war sie eher das, was man salopp einen Underdog nennt?«, fragte Wagner weiter, und Rauner fühlte sich dabei nicht von ungefähr an einen Schachpartner erinnert, der prinzipiell über die Flanken angreift.

Dr. Unbescheid schien sich wieder etwas gefangen zu haben und starrte jetzt vor sich hin. »Ist es denn von Bedeutung, welcher sozialen Schicht jemand angehört, der einem das Herz gebrochen hat? Aber ja, die betreffende Person war ursprünglich durchaus gut situiert – vermutlich war sie sogar bessergestellt als ich, aber ihr familiärer und kultureller Hintergrund ließ sich, um es vorsichtig auszudrücken, eines Tages mit ihrer Lebensweise und ihrem Herumvagabundieren nicht mehr vereinbaren.«

Alle Zuhörer warteten gespannt auf Wagners nächste Frage, doch der Pater schien plötzlich der Meinung zu sein, Unbescheid fürs Erste genug gequält zu haben. »Möchte uns sonst noch jemand etwas sagen?« Offensichtlich wollte er die Gesprächsrunde abschließen. Sein Appell konnte sich ohnehin nur an Shirin Barzani richten, denn nach Rauner war sie die Einzige, die noch nichts von sich preisgegeben hatte.

Die Journalistin schüttelte den schwarzen Lockenkopf. »Nein. Ich bin noch nicht so weit.«

Wagner griff nach seinen Unterlagen auf dem Pult. »Dann machen wir für heute Schluss. Die meisten von Ihnen waren sehr mutig, schon am ersten Tag in die Vollen zu gehen. Ich bin außerordentlich zufrieden mit Ihnen, und Sie sollten es auch sein, obwohl noch nicht alles auf den Tisch gekommen ist. Doch letztlich ist es zweitrangig, ob Belastungssyndrome und Depressionen berufliche Ursachen haben oder durch privaten Stress hervorgerufen werden. Wichtig ist, dass Sie Ihre Situation akzeptieren, sich mit ihr auseinandersetzen und gewünschte Änderungen selbst in Angriff nehmen, statt auf entsprechende Reaktionen Ihrer Umgebung zu hoffen.« Unvermittelt bekam seine Stimme wieder jenen eindringlichen Klang wie zu Beginn der Sitzung. »Ordnen Sie Ihr Leben neu und lassen Sie es zu, dass Ihnen, von wem auch immer, dabei geholfen wird, aber erwarten Sie es nicht! Morgen auf der Wanderung nach Maria Kirchental werden Sie Gelegenheit haben, weiter darüber nachzudenken.« In wieder nüchtern geschäftlichem Ton fügte er hinzu: »Damit ist unsre erste Sitzung beendet, wir sehen uns beim Abendessen. Anschließend stehe ich für Terminvereinbarungen zu den angekündigten Vier-Augen-Gesprächen in meinem Büro zur Verfügung. Frau Fliegenschnee? Sie kommen bitte jetzt gleich zu mir.« Ohne eine Reaktion der Tirolerin abzuwarten, strebte der Psychotherapeut und Priester dem Ausgang zu.

6 AM SONNTAGMORGEN UM neun Uhr dreißig traf Schwester Elisabetta mit den Teilnehmern der Einkehrwoche an der Naturbadeanlage Vorderkaser ein, wo sich jenseits der Schüttach-Hängebrücke ein lauschiger Grillplatz zu einer frühen Rast anbot. Dort sollte noch einmal das Augenmerk auf die Fitness des einen oder anderen, besonders aber auf jene von Olga Fliegenschnee gerichtet werden, die am Vorabend über leichtes Fieber geklagt hatte.

Unter den Wanderern herrschte nicht gerade die beste Stimmung – und Grund dafür waren nicht die dunklen Regenwolken, die bestenfalls arabische Touristen entzückt hätten, und die für Ende Mai alles andere als ersprießlichen Temperaturen. Vielmehr ging es einigen gegen den Strich, dass Olga Fliegenschnee noch am Vorabend Pater Franz ihr Herz ausgeschüttet hatte. Das war zumindest Pökelschots Meinung, und mit dieser wusste er sich durchaus nicht allein. Zudem hatte es zwischen Dr. Unbescheid und Shirin Barzani einen kurzen Disput gegeben, der aber, kaum entbrannt, schon wieder vorüber war, weshalb die anderen den Auslöser nicht mitbekommen hatten.

Um sieben Uhr dreißig, unmittelbar nach dem Frühstück, aber lange nach dem allmorgendlichen Hahnenschrei-Konzert, war die Gruppe in Embach aufgebrochen und mit dem Ford Transit über Zell am See nach Weißbach gefahren, wofür sie allerdings wegen der umfangreichen Straßenbautätigkeiten bei Saalfelden eine volle Stunde benötigt hatte. Vom Parkplatz beim Gasthof Auvogel waren die acht Personen dann nach letzten Instruktionen um acht Uhr fünfundvierzig losmarschiert, während Bruder Nikodemus mit dem Zwölfsitzer nach St. Martin vorausfuhr.

Ein längerer Aufenthalt an der Schüttach war nicht vorgesehen, für eine kleine Erfrischung war jedoch allemal Zeit. Nach der Feststellung, dass alle gut genug zu Fuß waren, drängte Schwester Elisabetta sanft, aber bestimmt zum Aufbruch, da es zu nieseln begonnen hatte. Gemäß der Anregung von Pater Franz sollte nun nicht mehr gemeinsam, sondern dem Zweck einer kontemplativen Wanderung entsprechend einzeln oder allenfalls paarweise gegangen werden.

Titus Schatzmann war der Erste, der um Punkt zehn Uhr seinen Rucksack wieder schulterte, sich die Stöpsel seines MP3-Players in die Ohren steckte, nach einem missmutigen Blick zum Himmel die Trekkingstöcke ergriff und losmarschierte. Zwei Minuten später folgte ihm Dr. Unbescheid. Als Shirin Barzani keine Anstalten machte, wie von Schwester Elisabetta vorgegeben, als Dritte aufzubrechen, machte sich Rauner an ihrer statt leicht hinkend auf den Weg, und nach einer weiteren Pause von zwei Minuten war Krautstingl an der Reihe. Der behäbig wirkende Best Ager ließ es bewusst langsam angehen. Er wollte nicht gleich auf seinen gehandicapten Vordermann auflaufen. Doch dadurch hörte er andererseits schon bald Shirin Barzani hinter sich näher kommen, die ihm bereits auf der Fahrt zum Ausgangspunkt der Wanderung wie schon am Vortag Gesellschaft geleistet hatte.

Schwester Elisabetta hatte Olga Fliegenschnee bereits am Morgen im Minibus vorgeschlagen, sie zu begleiten und mit ihr den Schluss der Gruppe zu bilden, um bei einer Unpässlichkeit jedweder Art Hilfe leisten zu können. Doch die Prokuristin hatte abgelehnt. Sie wollte mit sich und ihren Gedanken allein sein und beharrte darauf, wenn schon nicht als Letzte, so doch wenigstens allein als Vorletzte den nächsten Streckenabschnitt in Angriff zu nehmen. Jens Pökelschot, der ursprünglich diese Position hatte einnehmen wollen, ging also wohl oder übel vor ihr los, allerdings erst, als Shirin Barzani auf der Forststraße oder dem parallel dazu verlaufenden Wanderweg den Tauernradweg längst wieder erreicht haben musste.

Auch Olga Fliegenschnee konnte Pökelschot nicht im geplanten Zwei-Minuten-Abstand folgen, weil die Diskussion über ihren Gesundheitszustand zwischen ihr und Schwester Elisabetta noch einmal aufgeflammt war. Erst mit beträchtlicher Verspätung verließen beide als Letzte der Wandergruppe den Grillplatz und marschierten über die holzverkleidete Hängebrücke zur Klammstraße zurück.

Um der kontaktscheuen Olga Fliegenschnee zu ermöglichen, für sich zu bleiben, wie sie es ausdrücklich wünschte, folgte ihr Schwester Elisabetta von nun an nicht weiter, sondern setzte sich auf eine Bank vor einem Geräteschuppen an der Straße und sah ihr nach, bis sie aus ihrem Blickfeld verschwunden war.

Olga Fliegenschnee ihrerseits wandte sich auf den ersten paar hundert Metern immer wieder um. Sie wollte sichergehen, dass ihrem Wunsch auch wirklich entsprochen wurde, und entspannte sich erst, als sie weder vor noch hinter sich einen Mitwanderer ausmachen konnte. Auf dem Parkplatz an der Ausfahrt zur Bundesstraße hatte sie gedacht, Jens Pökelschot hinter eine Streukies-Hütte huschen gesehen zu haben, doch vermutlich war sie nur, wie neuerdings des Öfteren, Opfer einer Sinnestäuschung geworden. Der Research-Manager musste ihr eigentlich ziemlich weit voraus sein.

Wieder auf dem Radweg legte sie einen Zahn zu. Auch wenn sie sich aufgrund des grippalen Infekts schlapp fühlte, wollte sie doch nichts weniger sein als ein Klotz am Bein jener Kursteilnehmer, die wegen der anderen Sache ohnehin schon nicht gut auf sie zu sprechen waren. Aber am Ende eines langen geraden und leicht abfallenden Wegstücks, an den sich ein kurzes bergauf führendes anschloss, musste sie sich eingestehen, dass sie sich mit ihrem Tempo zu viel zugemutet hatte. Sie blieb stehen, um zu verschnaufen, und schaute durch eine Lücke im lockeren Baumbestand rechts von sich zu einer kleinen Kapelle jenseits der B 311 hinüber, als sie einen leichten Schlag gegen ihren linken Oberschenkel spürte und überrascht nach unten blickte.

7 »ZUR MAUTSTRASSE MÜSSEN WIR links hinauf«, erklärte Charon Rauner seiner Begleiterin auf dem Kirchplatz der kleinen Gemeinde St. Martin. »Sie beginnt nach etwa hundertzwanzig bis hundertfünfzig Metern. Dort befindet sich auch der Parkplatz, auf dem Frater Nikodemus auf uns warten soll.«

Er hatte Dr. Unbescheid zuvor am Luftenpass eingeholt und, nachdem sie gegen seine Gesellschaft nichts einzuwenden hatte, sich ihr angeschlossen. Während sie gemeinsam dem Etappenziel zustrebten, erzählte er ihr zu ihrer nicht geringen Verwunderung von den Problemen, über die zu sprechen er am Vortag vor der größeren Zuhörerschaft nicht bereit gewesen war. Zwischendurch versuchte er immer wieder, der Leidensgenossin zu entlocken, warum zwischen ihr und Shirin Barzani offensichtlich Aggressionen bestanden, die auch vorhin an der Schüttach wieder zutage getreten waren. Da sich Unbescheid aber diesbezüglich ebenso ahnungs- wie verständnislos gab, ließ Rauner die Angelegenheit fürs Erste auf sich beruhen.

Der Parkplatz lag hinter dem Mauthäuschen zur Kirchental-Straße und war für einen Sonntag eher spärlich belegt. Neben dem Minibus standen Bruder Nikodemus und Titus Schatzmann und blickten Unbescheid und Rauner entgegen. Dass Schatzmann rauchte, war bisher niemandem aufgefallen. Die jetzige Zigarette musste er gerade erst angeraucht haben, da ihre Glut noch kaum Asche verloren hatte.

Krautstingl und Barzani folgten Rauner und Unbescheid wenige Minuten später. Die kurdischstämmige Journalistin hatte den Kommunalpolitiker aus dem Innviertel schon auf halber

Strecke eingeholt und ihn nicht einmal gefragt, ob ihre Anwesenheit ihn vielleicht in seiner Kontemplation störe. Zunächst war sie eine Weile stumm neben ihm hergegangen, aber schon recht bald hatte sie dem spießigen Schweigen ein Ende gesetzt und den jugendlich gestylten älteren Herrn in ein angeregtes Gespräch verwickelt.

Pökelschot, der als Nächster auftauchen sollte, schien es nicht besonders eilig gehabt zu haben. Eine Viertelstunde verging, und noch immer war nichts von ihm zu sehen. Inzwischen hätte bereits Olga Fliegenschnee – selbst unter Berücksichtigung ihrer Unpässlichkeit – jeden Moment um die Ecke biegen müssen.

Aber nichts dergleichen geschah. Weitere zehn Minuten verstrichen. Rauner griff schon unter Missachtung der SPIZ-Gepflogenheiten nach seinem Smartphone, um Schwester Elisabetta anzurufen, da sah er Pökelschot, der in seiner Marken-Outdoorkluft schon von Weitem zu erkennen war, die Straße heraufkommen – ein paar Dutzend Schritte hinter ihm folgte bereits die Mary-Ward-Schwester in der gelben Segeljacke.

»Sie lassen sich aber Zeit!« Rauner konnte sich die Nörgelei einfach nicht verkneifen. Dass die beiden miteinander und noch dazu mit so auffälliger Verspätung eintrudelten, ging ihm gegen den Strich. Weshalb er sie sogar unabsichtlich duzte, als er fragte: »Wo habt ihr Olga Fliegenschnee gelassen?«

»Ist sie denn nicht da?« Jens Pökelschot wirkte ehrlich verblüfft. »Ich bin zwar vor ihr losgegangen, wurde aber von einem menschlichen Bedürfnis in die Büsche gezwungen.«

»Und?«

»Muss ich in die Details gehen? Jedenfalls brauchte ich einige Zeit. Ich dachte, Olga hätte mich währenddessen überholt.«

»Olga?«, fragte Krautstingl, der ebenfalls näher getreten war. »Sie kennen Frau Fliegenschnee näher?«

Der Headhunter aus Oberbayern schüttelte den Kopf. »Das wäre zu viel gesagt. Aber vor Jahren hat ihr Büro unsre Agentur für eine Personalberatung engagiert, und bei einem spätabendlichen Geschäftsessen hat man sich dann halt wechselseitig das Du angeboten.«

Er wandte sich an Schwester Elisabetta, die inzwischen zu ihm getreten war. »Frau Fliegenschnee ist noch nicht da. Muss wohl irgendwo falsch abgebogen sein, oder haben Sie sie nach unserem Aufbruch noch einmal gesehen?«

Auf Schwester Elisabettas Stirn erschien eine steile Falte. »Ich bin als Letzte vom Naturbad aufgebrochen und habe zwischendurch angehalten, um ihr einen großen Vorsprung zu lassen. Sie bestand darauf, allein zu wandern. Ehe sie losmarschiert ist, hat sie mir versichert, sie fühle sich wieder gut und habe überdies Medikamente dabei. Außerdem würde sie doch …« Sie stockte.

»Was würde sie?«, stieß nun Dr. Unbescheid nach.

»Sie hätte mich doch angerufen, wenn es ihr wieder schlechter gegangen wäre.«

»Nicht wenn sie zum Beispiel unversehens kollabiert wäre«, wandte die Ärztin ein. »Ihr war schon morgens anzusehen, dass die Wanderung zu viel für sie ist.«

»Aber falls sie kollabiert wäre, hätte Schwester Elisabetta sie doch auf dem Radweg liegen sehen müssen«, mischte sich nun auch der sonst eher einsilbige Titus Schatzmann ein.

»Von ›müssen‹ kann keine Rede sein. Ehe sie tatsächlich ohnmächtig wurde, hätte Olga Fliegenschnee auch zur Seite taumeln und in die Büsche fallen können«, gab Isidor Krautstingl zu bedenken. »Dort wäre sie nicht unbedingt bemerkt worden.«

»Ich habe Frau Fliegenschnee nirgendwo liegen sehen«, entgegnete die Ordensfrau sorgenvoll. »Womit wohl auch klar ist, dass wir unsre Wanderung nicht fortsetzen können, ohne uns über ihren Verbleib Gewissheit verschafft zu haben. Ich werde jetzt in den Gaststätten Lamprechtsofenhöhle und Auvogel anrufen. Allerdings kann ich mir eigentlich nicht vorstellen, dass sie am Schiedergraben-Parkplatz falsch abgebogen und wieder zurückgegangen sein soll. Erst einmal fahren wir alle zum Naturbad zurück«, entschied sie. »Von dort aus werden zwei von Ihnen, die gut zu Fuß sind, mit mir die Route noch einmal abgehen und dabei die Augen offen halten, während Nikodemus mit den übrigen wieder hierher zurückfährt.«

Schwester Elisabettas allseits geschätzte Liebenswürdigkeit hatte sich in diesem Augenblick fast zur Gänze verflüchtigt, fand Rauner. Sie wirkte fast so bestimmend und kategorisch wie ihr Boss.

»Sollten wir nicht die Polizei über das rätselhafte Verschwinden von Frau Fliegenschnee informieren?«, regte ein verunsicherter Titus Schatzmann an, doch Schwester Elisabetta winkte ab.

»Alles der Reihe nach, Herr Schatzmann. Falls wir sie beim erneuten Abgehen der Strecke nicht finden sollten und auch die Telefonate nach Weißbach keinen Hinweis liefern, benachrichtige ich erst einmal Pater Franz. Er wird dann entscheiden, was weiter geschieht. Ich gebe jetzt jedenfalls schnell im Gasthof zu Maria Kirchental Bescheid, dass wir uns verspäten werden.«

8 ALS SCHWESTER ELISABETTA und ihre beiden Begleiter, Shirin Barzani und Jens Pökelschot, nach zwei Stunden wieder am Mauthäuschen an der Peripherie von St. Martin eintrafen, goss es in Strömen. Das Ergebnis ihrer Suche war den dreien an ihren Gesichtern abzulesen: Weder hatten sie Olga Fliegenschnee unterwegs entdecken können, noch war diese nach Weißbach, dem Ausgangspunkt der Wanderung, zurückgegangen oder Radfahrern auf der Strecke begegnet.

»Ich habe Pater Franz bereits informiert«, erklärte Schwester Elisabetta. »Er hat angeordnet, unverzüglich die Polizei einzuschalten, und das werde ich jetzt tun. Bleiben Sie bitte bis auf Weiteres in der Nähe.«

Es dauerte keine halbe Stunde, dann bog ein dunkelgrauer Audi A4 der Bundespolizei auf den Parkplatz vor der Kirchental-Straße ein und hielt vor dem Minibus und den Wanderern. Ihm entstiegen zwei Beamte in Zivil. Bei ihrem Anblick glaubten sich einige der Wartenden in einen amerikanischen Film versetzt: Der Beifahrer in Jeans und Windjacke sah aus wie eine jüngere Ausgabe von George Clooney, der ähnlich gekleidete Fahrer wie der stiernackige Anthony Quinn in der Rolle des Quasimodo.

»Chefinspektor Leo Feuersang und Major Lorenz Redl vom LKA Salzburg«, stellte der Jüngere erst seinen etwa fünfzigjährigen Kollegen und dann sich selbst vor. Beide zeigten Schwester Elisabetta, die auf sie zugetreten war, nachlässig ihre Ausweise.

»Sie haben mit der Inspektion Lofer telefoniert?«, wollte der Clooney-Doppelgänger wissen.

Sie nickte und fragte betreten: »Aber warum nimmt sich die Kripo aus Salzburg dem Verschwinden einer Frau an? Wäre das nicht Sache der hiesigen Polizei? Und warum sind Sie und Ihr Kollege so schnell hier, Major? Ohne Ihnen nahetreten zu wollen, aber so fix zu erscheinen, wenn nach ihr gerufen wird, ist sonst nicht unbedingt die Stärke der Exekutive.«

»Wir waren zufällig in einer anderen Angelegenheit in der Nähe, als wir die Meldung gehört haben«, erklärte Redl. »Und was die Zuständigkeit für den Fall betrifft, kann ich Sie beruhigen: Beamte der Inspektion Lofer und ein Hundeführer der Alpinpolizei werden uns bei der Suche nach Frau Fliegenschnee unterstützen.«

»Warum ein Fall? Und warum gleich mit Suchhund?«, wunderte sich nun auch Jens Pökelschot. »Olga Fliegenschnee ist uns doch nicht irgendwo im Hochgebirge abhandengekommen.«

»Natürlich ist das ein Fall. Und wie unsre Suchmannschaften ihren Job machen, das ist nicht Ihr Problem, Herr …?«

»Pökelschot. Jens Pökelschot.«

»Herr Pökelschot. Alles Weitere besprechen wir in Ihrem Bus.«

Während sich die Wanderer in den wasserabweisenden Trekking-Klamotten vom Regen kaum beeinträchtigt fühlten, lag den Kriminalbeamten wenig daran, ihre Wetterfestigkeit unter Beweis zu stellen.

Ehe Krautstingl hinter Shirin Barzani in den Kleinbus stieg, fing er ihren taxierenden Blick auf den jüngeren der beiden Kriminalbeamten auf. Ein cooler Typ, wenn auch vermutlich weniger gut betucht als gewisse nicht mehr taufrische Innviertler, schien dieser Blick zu sagen, sodass sich Krautstingl still seufzend, aber auch ein wenig erleichtert mit der Rolle des nur bedingt coolen Typen begnügte.

Kaum hatten sie Platz genommen – der Major in der ersten, nur aus zwei Sitzen bestehenden Reihe hinter dem Fahrer Nikodemus, der Chefinspektor auf der Rückbank neben Schatzmann, alle übrigen auf den Sitzen dazwischen –, wiederholte Schwester Elisabetta, ohne dazu aufgefordert worden zu sein, was sie bereits dem diensthabenden Beamten der Inspektion Lofer mitgeteilt hatte. »Frau Barzani, Herr Pökelschot«, sie deutete auf beide, »und ich sind die Strecke zwischen dem Naturbad Vorderkaser und St. Martin noch einmal abgegangen, haben Olga Fliegenschnee aber nirgendwo entdecken können und auch keine Nachricht über ihren Verbleib erhalten.«

»Weshalb ich zwei Szenarien für möglich halte«, knüpfte Redl sofort daran an. »A: Frau Fliegenschnee könnte sich aus irgendeinem Grund plötzlich genötigt gesehen haben, sich von der Gruppe zu entfernen. Möglicherweise wollte sie überhaupt abreisen. Dazu hätte sie sich vermutlich um eine Fahrgelegenheit bemüht, wobei ihr Handy in einer Funkzelle eingeloggt gewesen sein müsste. Erkundigungen im SPIZ Embach und an ihrem Wohnort Bad Hofgastein könnten uns in diesem Fall rasch wieder auf ihre Spur bringen.«

»Und B?«, fragte Shirin Barzani, nicht zuletzt, um die Blicke des Beaus auf sich zu ziehen.

»B ist eine weniger schöne Möglichkeit«, antwortete Redl, wobei er ihr verführerisches Lächeln geflissentlich ignorierte. »Übelkeit, Kollaps und dergleichen dürften als Gründe für das rätselhafte Verschwinden der Frau ausscheiden, sonst hätte Ihr Suchtrupp sie spätestens beim nochmaligen Begehen der Route finden müssen. Es sei denn, sie wäre durch fremde Hand außer Gefecht gesetzt und ein Stück weit ins Unterholz gezogen worden, wo niemand sie bisher gesucht hat.«

»Halten Sie solche Kaffeesudleserei wirklich für verantwortungsvoll?« Schwester Elisabetta schien unschlüssig, ob sie lachen oder weinen sollte.

»Unsre Hypothese hat nichts mit Kaffeesudleserei zu tun«, sagte der Ermittler ruhig. »Wir sind nicht von der Fahndung, die für Vermisste zuständig ist, sondern vom Referat 112, Delikte gegen Leib und Leben. Unter den gegebenen Umständen ist die Annahme, Frau Fliegenschnee könnte Gewalt angetan worden sein, leider nicht auszuschließen.«

»Die Möglichkeit, dass Frau Fliegenschnee kollabiert ist und andere Wanderer ihr geholfen haben, schließen Sie also aus?«, vergewisserte sich Isidor Krautstingl noch einmal, um die allgemeine Betroffenheit zu überbrücken. Auch ihm war die Empörung über die ungeheuerliche Unterstellung des Majors anzusehen. Jemand sollte also tatsächlich einen Anschlag auf eine Teilnehmerin des SPIZ-Kurses verübt haben?

»Sie meinen, Frau Fliegenschnee könnte in weiterer Folge das Bewusstsein wiedererlangt haben, danach aber verstört durch die Gegend geirrt sein?« Redls Tonfall ließ keinen Zweifel daran, was er von Krautstingls Einwand hielt. »In diesem Fall wäre sie längst aufgegriffen und wir, die Polizei, informiert worden. Da wir darauf aber immer noch vergeblich warten, bin ich mir sicher, dass wir sie zwischen Schiedergraben und St. Martin finden werden – nur eben abseits des von Ihnen überprüften Bereichs.«

Die letzte Bemerkung richtete sich an Schwester Elisabetta, Shirin Barzani und Jens Pökelschot, die nach Olga Fliegenschnee gesucht hatten und jetzt auf Redls ausdrücklichen Wunsch direkt hinter ihm in der zweiten Sitzreihe im Minibus hockten.

»Sie sagten vorhin, Olga Fliegenschnee wohne in Bad Hofgastein, Major«, meldete sich da Rauner aus der dritten Reihe zu Wort. »Woher haben Sie diese Information, wenn ich fragen darf?«

»Durch einen Blick ins Melderegister, in diverse Versicherungsdateien und in das EKIS, unsre zentrale Datenerfassung, Herr Rauner. Die relevanten Angaben sind uns gleich nach der Vermisstenmeldung übermittelt worden, im Zuge derer wir auch Ihre Namen erfahren haben. Wir wissen daher auch, wo Sie derzeit wohnen und arbeiten, ob Sie häufig krankgemeldet und wie oft Sie mit dem Gesetz in Konflikt gekommen sind.« Dabei sah Redl angelegentlich Shirin Barzani an, woraufhin diese, die es noch Sekunden zuvor auf Blickkontakt mit ihm angelegt hatte, genau den jetzt vermied.

Niemand außer den Beteiligten schenkte der Szene Beachtung, da sich der neurotische Windkraft-Manager noch immer nicht ausreichend informiert fühlte. »Sie haben auch den Namen ›SPIZ Embach‹ verwendet, als sei er Ihnen geläufig.«

»Das ist er in der Tat, weil ich aus Embach stamme«, beantwortete der Major bereitwillig die unausgesprochene Frage. »Und obwohl sich mein Lebensmittelpunkt längst woanders befindet, nehme ich noch immer Anteil daran, was sich in meiner Heimat tut. Zufrieden?«

»Wir machen Ihnen einen Vorschlag.« Die von hinten kommende Bassstimme Leo Feuersangs enthob Rauner einer Antwort. »Natürlich können Sie ihn auch ablehnen, weil Frau Fliegenschnee vorläufig ja nur als vermisst gilt und – rein theoretisch – jederzeit wieder auftauchen kann. Wie gesagt: rein theoretisch.«

»Was für einen Vorschlag?«, fragte Krautstingl, blickte dabei jedoch nach wie vor den Major an.

»Es geht um Ihre Alibis«, erklärte Redl schlicht.

»Alibis setzen ein Verbrechen voraus, aber welches liegt denn um Gottes willen vor?«, entrüstete sich Pökelschot. »Oder ist mir da etwas entgangen?«

»Nein. Deshalb ist ja auch nur von einem Vorschlag die Rede«, erinnerte der Major. »Gehen Sie auf ihn ein, werden Ihnen später allfällige Behördenwege erspart, und auch die Arbeit für uns Beamte wird vereinfacht.«

»Weil jetzt sämtliche Wandervögel so nett beieinandersitzen und in einem Aufwasch befragt werden können, nicht wahr?«, ergänzte Doris Unbescheid sarkastisch.

»So ist es, Frau Doktor«, bestätigte Redl, wobei klar wurde, dass er Unbescheid kannte. »Jeder Einzelne von Ihnen wird uns jetzt erzählen, wann und gegebenenfalls mit wem er vom Naturbad Vorderkaser abmarschiert und wann er auf dem Maut-Parkplatz eingetroffen ist. Wer das nicht will, kann die Zeugenaussage auch verweigern, aber in diesem Fall werden wir uns natürlich fragen, was die Gründe für eine solche Weigerung sein mögen.« Redl blickte von einem zum andern. Als niemand protestierte, nickte er zufrieden, zog Notizblock und Stift aus einer Sakkotasche und wandte sich zunächst an den Fahrer. »Ich nehme an, Sie sind Bruder Nikodemus. Als die Wanderer vom Parkplatz in Weißbach Richtung Vorderkaserklamm abgezogen waren, fuhren Sie weiter nach St. Martin, wie ich bereits gehört habe. Wann war das genau?«

»Ich bin aufgebrochen, unmittelbar nachdem die Gruppe weg war, also etwa um zehn vor neun. Kurz nach neun war ich schon in St. Martin, wo ich mir in der Café-Konditorei Volgger erst mal ein zweites Frühstück gegönnt habe.«

Nicht nur Rauner hegte den Verdacht, dass es sich bei dem zweiten Frühstück des Konversen wohl eher um einen Frühschoppen gehandelt hatte.

»Anschließend fuhr ich hierher auf den Parkplatz«, vervollständigte Nikodemus seine Aussage, »und wartete auf die Wanderer.«

»Wann haben Sie die Konditorei verlassen?«

»Ungefähr um halb elf, ich habe nicht auf die Uhr geschaut, weil ich mich ohnehin nicht beeilen musste.«

»Wer von den Wanderern traf zuerst ein?«

»Herr Schatzmann – um ein paar Minuten nach elf.«

»Das dürfte hinkommen«, mischte sich Charon Rauner ungefragt ein. »Frau Dr. Unbescheid und ich kamen genau Viertel nach elf hier an – ich habe auf die Uhr gesehen –, da hatte sich Herr Schatzmann eben eine Zigarette angesteckt.«

»Ich bin ja auch als Erster vom Naturbad aufgebrochen«, erklärte Schatzmann und kam damit Redls nächster Frage zuvor. »Um Punkt zehn. Ohne mich irgendwo aufzuhalten oder eine Pause einzulegen, marschierte ich auf dem Radweg bis nach St. Martin, war also etwas mehr als eine Stunde unterwegs.«

»Wer folgte auf die ersten drei?«, fragte Redl, vom Notizblock aufblickend.

»Das waren Frau Barzani und ich«, meldete sich Krautstingl. »Sie hatte mich auf etwa der Hälfte des Weges eingeholt – ich bin nicht allzu schnell gegangen. Wir trafen um elf Uhr fünfundzwanzig hier ein, wo wir Frau Dr. Unbescheid und die Herren Nikodemus, Rauner und Schatzmann vor dem Bus stehen sahen.«

»Haben Sie abgesehen von Frau Barzani unterwegs noch jemanden aus Ihrer Gruppe gehört oder gesehen?«

»Nein, niemanden. Weder Herrn Pökelschot noch Frau Fliegenschnee, obwohl ja alle in Abständen von nur wenigen Minuten losmarschiert sein wollen und man zudem von der Luftenpasshöhe aus die eben zurückgelegte Strecke einen Kilometer weit einsehen kann.«

»Und? Haben Sie zurückgeschaut?«

»Mehrmals sogar.«

»Danke, Herr Krautstingl.« Nachdem der Ermittler seine Notizen vervollständigt hatte, wandte er sich an Jens Pökelschot. »Sie haben es gehört. Was können Sie uns also als Alibi anbieten?«

Der Angesprochene hob abwehrend die Hände. »Ich sagte meinen Wanderkameraden bereits, dass ich gezwungen war, ein Geschäft in der Botanik zu verrichten. Für solche Notfälle habe ich immer Toilettenpapier und Feuchttücher in meinem Rucksack dabei. Im Wald oberhalb der Schottergewinnung Saalachbrücke habe ich mich an einem Bächlein gesäubert und bin dann weitergewandert. Kurz vor St. Martin holte Schwester Elisabetta mich fast ein, aber Frau Fliegenschnee habe ich seit der Rast am Naturbad nicht wieder gesehen. Mehr kann ich dazu leider nicht sagen.«

»Doch: Wann trafen Sie auf dem Parkplatz ein?«

»Um elf Uhr fünfzig«, antwortete Rauner anstelle des Befragten. »Ich habe auf die Uhr gesehen.«

»Also fast eine halbe Stunde nach Herrn Krautstingl und Frau Barzani«, hielt Redl fest. »Können Sie uns erklären, warum Sie so lange gebraucht haben, Herr Pökelschot?«

»Da gibt's nicht viel zu erklären. Ursprünglich wollte ich als Vorletzter von der Schüttach aufbrechen, also wartete ich das Geplänkel zwischen Schwester Elisabetta und Frau Fliegenschnee ab. Letztere forderte mich aber plötzlich auf, noch vor ihr loszugehen. Was blieb mir anderes übrig, als ihrem Wunsch zu entsprechen? Mittlerweile waren allerdings etliche Minuten vergangen. Und weitere sind –«

»Im Gebüsch an der Saalachbrücke verstrichen«, ergänzte Redl, »das wissen wir bereits. Okay, Herr Pökelschot, dann belassen wir's einstweilen dabei. Schwester Elisabetta, nun sind Sie an der Reihe. Ihre Aussage dürfte die wichtigste der hier Anwesenden sein.« Seine ernste Miene ließ kaum einen Zweifel daran aufkommen, dass er meinte, was er sagte.

»Frau Fliegenschnee ging es schon gestern Abend nicht besonders gut«, begann die Ordensfrau langsam, aber gefasst. »Sie klagte über Kopfweh und erhöhte Temperatur. Als ich mich heute früh nach ihrem Befinden erkundigte, sagte sie, sie fühle sich wieder besser und wolle die Wanderung unbedingt mitmachen.«

»Was war da an der Schüttach zwischen Ihnen los?«, versuchte der Major, den Bericht zu straffen. »Herr Pökelschot erwähnte ein Geplänkel, und Sie selbst haben in Ihrer Meldung an die Polizeiinspektion Lofer angegeben, Sie hätten Olga Fliegenschnee wegen ihrer gesundheitlichen Probleme von einer Fortsetzung der Wanderung abgeraten.«

»Das ist richtig, aber als Geplänkel würde ich den Meinungsaustausch nicht bezeichnen.«

»Frau ... äh ... Schwester Elisabetta, es geht hier nicht um Kaisers Bart, sondern möglicherweise um die Rettung eines Menschenlebens. Also?«

»Frau Fliegenschnee ließ sich nicht davon abhalten weiterzuwandern und lehnte auch meine Begleitung ab.«

»Die Sie ihr angeboten hatten?«

»Genau. Sie betonte, weder krank noch senil zu sein und keine Pflegerin zu benötigen. Vor allem aber wollte sie, dem Sinn einer kontemplativen Wanderung entsprechend, allein gehen.«

»Und diesem Wunsch haben Sie entsprochen?«

»Musste ich ja wohl, oder was hätten Sie an meiner Stelle getan?«, funkelte das Englische Fräulein Redl an und wirkte dabei alles andere als fräuleinhaft. »Ich habe fünf Minuten, nachdem Frau Fliegenschnee bereits außer Sichtweite war, auf einer Parkbank vor dem Naturbad gewartet, bis ich ihr als Letzte der Gruppe gefolgt bin.«

»Und das war wann?«

»Ich habe wie gesagt nicht auf die Uhr gesehen, aber es dürfte zehn Uhr vierzig oder fünfundvierzig gewesen sein.«

»Und Sie haben Olga Fliegenschnee nicht mehr eingeholt?«

»Nein, kurz vor St. Martin habe ich zwar zu Herrn Pökelschot aufgeschlossen, doch sie hab ich auf der gesamten Strecke nirgendwo mehr gesehen.«

Redl stand vom Beifahrersitz auf. »Ich rekapituliere: Zwischen elf Uhr zehn und elf Uhr fünfzig trafen der Reihe nach Herr Schatzmann, Frau Dr. Unbescheid, Herr Rauner, Herr Krautstingl, Frau Barzani und schließlich mit einigem Abstand auch Herr Pökelschot und Schwester Elisabetta hier ein, wobei Unbescheid, Krautstingl und Pökelschot zwar von den jeweils Nachkommenden eingeholt, aber nicht überholt wurden.«

»Nur wurde Herr Pökelschot nicht von Frau Fliegenschnee, sondern von Schwester Elisabetta eingeholt!«, rief Feuersang von der Rückbank aus.

»Du sagst es, Kollege.«

»Was geschieht nun?«, fragte Krautstingl. »Ich meine, unter diesen Umständen können wir doch nicht einfach zur Tagesordnung übergehen und nach Maria Kirchental weiterwandern.«

Der Major nickte. »Damit haben Sie sehr recht, Herr … jetzt hab ich wieder Ihren Namen vergessen.«

»Isidor Krautstingl aus Hochburg, Bezirk Braunau.«

»Nun, Herr Krautstingl, Ihnen allen bleibt es unbenommen, jetzt irgendwo ein spätes Mittagessen einzunehmen. Ich ersuche Sie aber, anschließend unverzüglich in das SPIZ zurückzukehren und sich bis auf Weiteres dort aufzuhalten. Sie hören dann von uns.« Der LKA-Beamte öffnete die Beifahrertür.

»Bis auf Weiteres?«, rief ihm Rauner ungehalten hinterher. »Was haben wir uns darunter vorzustellen?«

»Bis über den Verbleib von Olga Fliegenschnee Klarheit herrscht«, klärte ihn Redl auf, ehe er und Feuersang den Bus verließen.

9 AM NACHMITTAG REGNETE ES noch immer in Strömen. Eine Saatkrähe hatte unter einem Mauersims an der Front der neugotischen Kirche Schutz gesucht und plusterte ihr nasses Gefieder zu einer struppigen schwarzen Federboa auf.

Rauner, der vom Fenster seines Zimmers aus freien Blick nach Norden zum Ortskern von Embach und darüber hinaus hatte, beachtete den Vogel nicht. Sein Interesse galt einem der Pkws, die auf der Hauptstraße parkten, einem dunkelgrauen Audi A4. Der Wagen war ihnen von St. Martin aus zunächst nach Maria Kirchental zum gleichnamigen Wallfahrtsgasthof gefolgt und nach dem einsilbigsten Mittagessen, das er, Rauner, je erlebt hatte, bis hierher nach Embach. Seit ihrem Eintreffen stand er unten auf der Hauptstraße, der Mündung der Pfarrhofgasse direkt gegenüber.

Hinter dem Lenkrad saß jener Kriminalbeamte, der die Rolle des Zerberus allein durch sein Äußeres repräsentierte und bereits bei ihrem ersten Zusammentreffen einen bleibenden Eindruck bei ihm hinterlassen hatte. Anscheinend hatten die beiden Ermittler die Aufgaben unter sich aufgeteilt: Während der Major in St. Martin geblieben war, um dort die Suche nach der Vermissten zu koordinieren, beobachtete Chefinspektor Feuersang bis auf Weiteres die Quasi-Wallfahrer. Zurzeit wäre es keinem der Kursteilnehmer möglich gewesen, das SPIZ über den Haupteingang zu verlassen oder gar in eines der dort geparkten Autos zu steigen, ohne von dieser Reinkarnation eines mythologischen Monsters bemerkt zu werden. Umso stärker beunruhigte Rauner der rigorose Ermittlungsmodus der Polizei. Von der ersten Sekunde an waren die Kripo-Beamten davon ausgegangen, dass Olga Fliegenschnee einem Verbrechen zum Opfer gefallen sei.

Warum diese Gewissheit? Irgendetwas war doch da im Busch. Rauner konnte es riechen, es herrschte eine Stimmung wie bei einer Verhandlung um ein heftig umstrittenes Windkraft-Projekt, in deren Verlauf sich hinter den Kulissen schon der obligate Brutus bereit machte.

Tumultartiger Lärm im Parterre schreckte ihn aus seinen Gedanken. Fast in derselben Sekunde vibrierte sein Smartphone.

Eine SMS von Schwester Elisabetta: »Die Teilnehmer der heutigen Wanderung werden gebeten, sich sofort im Speisesaal zu versammeln.«

Rauner blickte noch einmal zum grauen Audi hinunter. Der Platz hinter dem Lenkrad war plötzlich leer. Feuersang musste in der letzten Minute ausgestiegen sein. Es ging also los.

Wieder einmal als Letzter betrat Rauner den Speisesaal. Nur heute Vormittag auf dem Tauernradweg vor St. Martin – da war er nicht der Letzte gewesen. Ausnahmsweise einmal Glück gehabt!

Auch Dr. Wagner hatte sich bereits eingefunden und trug diesmal nicht den schicken Kammgarnanzug, sondern die schwarze Jesuitensoutane, die seine asketische Erscheinung noch stärker betonte.

Jens Pökelschot und Schwester Elisabetta schienen ganz schön in der Tinte zu sitzen, weil sie die Nachhut der Wanderer gebildet hatten. Charon Rauner schämte sich für seine unangebrachte Schadenfreude kein bisschen.

Am anderen Ende des Raumes stand der Polizist vor der geschlossenen Durchreiche zur Küche. An den Tischen, die diesmal nicht aneinandergereiht, aber schon für das Abendessen gedeckt waren, hatten die herbeizitierten Zeugen Platz genommen, und Rauner gesellte sich dazu.

»Ich glaube, damit sind wir vollzählig«, wandte sich Feuersang an alle. »Ich muss Ihnen leider die traurige Mitteilung machen, dass Frau Fliegenschnee beziehungsweise ihr Leichnam in einem Graben im Dürnberger Wald, auf halber Strecke zwischen dem Parkplatz Vorderkaser und der Schottergewinnung Saalachbrücke, aufgefunden wurde.«

Nachdem die Anwesenden mehr oder weniger heftig ihrer Bestürzung Ausdruck verliehen hatten und das Stimmengewirr abebbte, fuhr er fort. »Abgesehen von Abschürfungen im Gesicht, die sie sich infolge eines Sturzes zugezogen haben kann, sind bei der ersten Inaugenscheinnahme der Leiche keine Verletzungen festgestellt worden, die ihren Tod herbeigeführt haben könnten. Auch die Halswirbel sind intakt. Die bläuliche Gesichtsverfärbung gibt jedoch zur Vermutung Anlass, dass Frau Fliegenschnee erstickt ist – aber nicht, weil sie etwas in den falschen Hals bekommen hat. Und da sie weder an Asthma noch an irgendeiner anderen Atemwegserkrankung litt, wird ihr Leichnam jetzt in der Gerichtsmedizin Salzburg obduziert.«

»Wenn man weiß, dass in Österreich aus Kostengründen nur bei wirklich suspekten Todesfällen obduziert wird, muss etwas an den Umständen des Ablebens der armen Frau verdächtig sein«, unterbrach Kommunalpolitiker Isidor Krautstingl die entstandene Stille.

Feuersang nickte. »So ist es, Herr Krautstingl.«

»Das alles ist derart schrecklich, dass mir beinahe die Worte fehlen«, bezog nun auch der Leiter des SPIZ, der neben ihm stand, zu den jüngsten Entwicklungen Stellung. »Man hat Frau Fliegenschnee doch nicht etwa … erwürgt?«

Der Ermittler schüttelte den Kopf. »Nein, Pater, es konnten weder Würge- noch Strangulierungsmale festgestellt werden, und auch die Atemwege waren nicht verlegt. Aber man kann einen Erstickungstod auch herbeiführen, ohne dem Betroffenen die Luft abzuschnüren.«

Neun weit aufgerissene Augenpaare waren starr auf ihn gerichtet.

Nach mehreren Sekunden entsetzten Schweigens fragte Schwester Elisabetta schließlich: »Das heißt, Sie gehen von Mord aus?« Sie hatte sich schon am Vormittag, als der Verdacht zum ersten Mal geäußert worden war, erstaunlich gefasst gezeigt.

»Wir gehen von vorsätzlichem Mord aus, ja«, bestätigte der Chefinspektor, »und zwar nicht nur wegen des rätselhaften Erstickungstodes, sondern auch, weil die Leiche mehrere Meter durchs Unterholz in einen Graben oberhalb des Radwegs geschleift wurde. Dort hätte sie so schnell kaum jemand entdeckt. Die dahintersteckende Absicht ist klar: Je später eine Leiche gefunden wird, umso geringer sind die Chancen, den Mord aufzuklären. Ohne Suchhund hätten selbst unsre Leute die Tote wahrscheinlich übersehen.«

Er wandte sich an Wagner. »Es hilft nichts, Pater, Ihre Gäste und Mitarbeiter müssen einvernommen werden.« Und mit erhobener Stimme, um den allgemeinen Protest zu übertönen, fuhr er fort: »Bitte, beruhigen Sie sich doch, meine Damen und Herren! Uns ist durchaus bewusst, dass die Mehrheit von Ihnen ein Alibi hat, und natürlich betreffen unsere Ermittlungen nicht nur Sie, die Wandergruppe, sondern auch Personen aus dem persönlichen Umfeld von Frau Fliegenschnee. Trotzdem sind die Vernehmungen unumgänglich. Major Redl wird gleich eintreffen. Mit ihm zusammen will ich mir zuallererst ein detailliertes Bild von den Vorgängen unmittelbar vor und nach dem Verschwinden von Frau Fliegenschnee machen, aus diesem Grund sind Ihre Aussagen so wichtig. Um die Befragungen zügig durchzuführen, wäre es von Vorteil, sie parallel in zwei Räumen abzuhalten. Ist das möglich, Pater?«

»Schwester Elisabetta wird Ihnen in unserer Remise den Tagungsraum im ersten Stock und den Raum der Begegnung im Erdgeschoss anweisen«, sagte der Gefragte kurz angebunden. »Beide sind an Sonntagen nicht belegt, damit werden Sie hoffentlich zurechtkommen.«

Feuersang bedankte sich, doch Wagners frostiger Ton veranlasste ihn, ebenso unterkühlt hinzuzufügen: »Vielleicht sollte ich Sie daran erinnern, dass Frau Fliegenschnee nicht von der Polizei ermordet worden ist, Pater. Wir tun nur unsere Arbeit.«

»Entschuldigen Sie, Chefinspektor.« Dem Geistlichen schien es im Nachhinein doch peinlich zu sein, ihn so brüsk angegangen zu haben. »Als Therapeut bin ich natürlich schon des Öfteren mit zwischenmenschlicher Gewalt konfrontiert worden, allerdings noch nie innerhalb des SPIZ.«

»Ich kann Ihre Betroffenheit durchaus nachempfinden«, kam ihm Feuersang entgegen. »Aber Sie verstehen sicher, dass ich auch Sie fragen muss, wie Sie den heutigen Vormittag verbracht haben.« Obwohl selbst nicht gerade klein, musste er zu dem Zwei-Meter-Mann aufsehen, der mit keiner Wimper zuckte.

»Ich leite nicht nur das Spirituelle Zentrum, Chefinspektor, sondern bin auch Seelsorger der Gemeinde, wie Ihnen bekannt sein dürfte. Am Sonntag halte ich um zehn Uhr dreißig den

Pfarrgottesdienst. Um rechtzeitig dafür zurück zu sein, bin ich schon um acht zum Austraghaus des Vorderegg-Altbauern gefahren, um ihm die Sterbesakramente zu spenden. Seine Schwiegertochter hatte sie gestern telefonisch für ihn erbeten. Leider kam ich zu spät: Er ist heute Nacht zwar nicht unerwartet, aber doch relativ rasch verschieden.«

»Und niemand war bei ihm? Oder warum hat man Sie nicht benachrichtigt?«

»Nun, er lebte in den letzten Jahren sehr zurückgezogen. Seine Frau ist schon lange vor ihm gegangen, und mit den Kindern verstand er sich nicht. Der Jungbauer mied den Kontakt zu ihm, nur die Schwiegertochter brachte regelmäßig das Essen vorbei und sah auch kommen, dass es mit ihm zu Ende ging. Man war also nicht unvorbereitet, aber wie schon gesagt: Letztlich waren Alt und Jung zu verschieden. Muss ich jetzt im Einzelnen ausführen, warum?«

»Nein, Pater. Wenn Sie mir sagen, dass Sie den Pfarrgottesdienst selbst gehalten haben, reicht mir das vollauf. Uns interessiert nur der Zeitraum zwischen zehn und elf Uhr.«

»In dem habe ich die Messe gelesen, Chefinspektor. Zufrieden? Übrigens glaube ich, die Stelle zu kennen, an der man die sterbliche Hülle von Frau Fliegenschnee gefunden hat. Ich bin den Weg nach Maria Kirchental selbst schon einige Male gegangen. Gleich nach dem Parkplatz am Schiedergraben-Ende führt der Radweg im Mischwald lange bergab, bis man an ein Viehgatter kommt. Schaut man dahinter links hoch, kann man die Geländefurche gar nicht übersehen. Wäre ich allerdings der gesuchte Mörder, hätte ich nach der begangenen Tat nicht einmal mit Lichtgeschwindigkeit pünktlich zur Messe zurück sein können.«

Wagners Sarkasmus verfehlte seine Wirkung auf Feuersang nicht. Der Kriminalbeamte aus dem katholischen Pinzgau fühlte sich in seiner Ermittlerrolle plötzlich unwohl und brachte das auch zum Ausdruck. »Ich habe Ihre Aussage zur Kenntnis genommen, Pater. Mir zusätzlich ein schlechtes Gewissen zu machen, ist also unnötig.«

Draußen im Pfarrhof knirschte der Kies unter Autorädern. Ein Beamter der Inspektion Lofer hatte Major Redl hergefahren.

10 NACHDEM SICH REDL dem Hausherrn vorgestellt und mit dem Chefinspektor kurzgeschlossen hatte, trat er im Speisesaal vor die übrigen neun Personen. »Mein Kollege hat das Prozedere mit Ihnen schon besprochen, wie ich gehört habe. Ich möchte noch hinzufügen, dass niemand von Ihnen abreisen darf, ehe alle einvernommen worden sind. Unter Umständen kann das auch erst morgen der Fall sein. Je kooperativer Sie sich verhalten, umso rascher haben wir die Befragungen hinter uns. Ich erwarte also gleich anschließend die erste Zeugin, Schwester Elisabetta, drüben im Tagungsraum.«

»Aber warum?«, fragte die Genannte ungehalten. »Sie haben uns doch schon in St. Martin Löcher in den Bauch gefragt.«

»In St. Martin habe ich mich nur nach Ihrem Alibi erkundigt, nichts weiter. Ich bin mir aber sicher, dass Sie mir noch die eine oder andere Info liefern können, die uns den vielleicht entscheidenden Schritt weiterbringt. Deshalb möchte ich Sie auch ersuchen, nach Ihrer Vernehmung zu veranlassen, dass der Reihe nach Herr Krautstingl, Herr Pökelschot und Herr Rauner zu mir kommen. Chefinspektor Feuersang erwartet ab sofort nacheinander Herrn Schatzmann, Bruder Nikodemus, Frau Dr. Unbescheid und Frau Barzani im Raum der Begegnung. Es bleibt Ihnen unbenommen, einen Anwalt hinzuzuziehen, ich mache Sie aber noch einmal darauf aufmerksam, dass Sie nur als Zeugen, nicht als Verdächtige befragt werden.« Er wandte sich wieder an Wagner: »Kann ich Sie vor der ersten Vernehmung noch kurz unter vier Augen sprechen, Pater?«

»Da kann ich wohl schlecht Nein sagen. Wir gehen dazu am besten in mein Büro.«

Nach kaum zehn Minuten kam Redl in den Speisesaal zurück, wo nur noch die Mary-Ward-Schwester auf ihn wartete. Feuersang war bereits mit Herrn Schatzmann in den Raum der Begegnung hinübergegangen, die übrigen hatten sich in mehr oder weniger bedrückter Stimmung auf ihre Zimmer zurückgezogen.

»Unsre Unterredung wird nicht lange dauern«, begann Redl, nachdem die Ordensfrau und er im Tagungsraum Platz genommen hatten. »Es sei denn, Sie können mir etwas über einen Zwist zwischen Olga Fliegenschnee und einem der Kursteilnehmer berichten.«

»Selbst wenn ich das könnte, würde ich über so private Dinge nicht ohne triftigen Grund mit einem Dritten plaudern. Oder halten Sie mich für ein Tratschweib?« Schwester Elisabetta stand sichtlich nicht der Sinn danach, die Informantin zu spielen.

»Ein triftiger Grund ist mit dem Mord vorhanden«, sah sich Redl gezwungen, die Amtsperson raushängen zu lassen. »Damit ist es Ihre staatsbürgerliche Pflicht, der Polizei zumutbare Hilfe zu leisten, verdammt noch mal.«

»Solange ich nicht selbst gegen ein Gesetz verstoße, bin ich nur dem Herrgott verantwortlich«, entgegnete sie aufsässig. »Außerdem ist es nicht nötig, wegen jeder kleinen Meinungsverschiedenheit gleich zu fluchen.«

Redl setzte sein charmantestes Lächeln auf. »Sie haben recht, so kommen wir wahrscheinlich nicht weiter, Elisabetta.«

»Für Sie Schwester Elisabetta.«

»Nun gut, Schwester Elisabetta, dann schildern Sie bitte noch einmal den Ablauf des Wandertags bis zu Ihrem Eintreffen auf dem Maut-Parkplatz in St. Martin.« Er schaltete einen Rekorder ein, den er in der Hand behielt.

»Was soll das? Ich hab Ihnen doch bereits heute Vormittag –«

»Tun Sie's einfach, Schwester Elisabetta«, schnitt ihr Redl kurzerhand das Wort ab.

Also tat sie, was von ihr verlangt wurde, wobei ihr Bericht nicht einmal in Details von jenem vor einigen Stunden abwich.

Als sie geendet hatte, nickte Redl zufrieden. »Passt. Eine Kleinigkeit haben Sie freilich vergessen zu erwähnen.«

Schwester Elisabetta runzelte die Stirn. »Und die wäre?«

»Als Sie unmittelbar hinter Jens Pökelschot auf dem Parkplatz vor der Mautstraße eintrudelten, erwähnte er, dass er Frau Fliegenschnee von früher gekannt habe. Sie müssen das gehört haben.«

»Jetzt, wo Sie's sagen. Aber heute Vormittag wusste ich noch nicht, dass diese Info wichtig sein könnte, weshalb ich sie anscheinend auch nicht als solche abgespeichert habe.«

»Gilt das möglicherweise auch noch für andere Kursteilnehmer?«

»Was?«

»Dass sie schon früher Kontakt zu Frau Fliegenschnee hatten?«

»Nicht dass ich wüsste. Beim gestrigen Abendessen fiel mir allerdings auf, dass niemand außer mir sie direkt ansprach, obwohl die anderen Kursteilnehmer sehr angeregt miteinander plauderten.«

»Interessant. Haben Sie gestern oder heute Morgen noch andere erwähnenswerte Wahrnehmungen gemacht, die das spätere Mordopfer betreffen?«

Schwester Elisabetta dachte kurz nach oder erweckte zumindest den Anschein, dies zu tun, schüttelte dann aber den Kopf. »Wie gesagt: Abgesehen davon, dass Frau Fliegenschnee schon bei ihrer Ankunft gestern gesundheitlich nicht ganz auf der Höhe war, fällt mir nichts ein. Erinnerungen kann man schließlich nicht erzwingen, stattdessen überfallen sie einen, wenn man eigentlich mit ganz anderen Dingen beschäftigt ist.«

»Das wäre für Sie zu hoffen, denn ich werde bestimmt noch einmal auf Sie zurückkommen. Vorläufig sind wir fertig. Geben Sie mir bitte noch Ihre Handynummer, und wären Sie so freundlich, mir Herrn Krautstingl hereinzuschicken?« Er begleitete die Schwester zur Tür, weniger aus Höflichkeit, sondern um festzustellen, ob Feuersang die Vernehmung seines ersten Zeugen im Raum der Begegnung ebenfalls abgeschlossen hatte.

Der Chefinspektor hatte Schatzmann bereits entlassen und stand am Fuß der Holztreppe. Als er Redl am andern Ende bemerkte, hob er kurz die Schultern. Ein Zeichen, dass die

Vernehmung des Buchhalters nicht viel gebracht hatte. Redl nickte. Titus Schatzmann war schließlich als Erster am Parkplatz in St. Martin eingetroffen, was drei Zeugen, nämlich Nikodemus, Rauner und Dr. Unbescheid, bereits bestätigt hatten. Also hätte er schwerlich eine relevante Beobachtung machen können.

Nikodemus, der in diesem Moment in das ehemalige Wirtschaftsgebäude trat, schaute über Feuersang hinweg und vorbei an Elisabetta, die durch das enge Stiegenhaus nach unten eilte, ins Obergeschoss. Nur für einen Sekundenbruchteil bemerkte Redl den auf sich gerichteten ängstlich forschenden Blick, ehe der trinkfeste Laienbruder gefolgt von Feuersang im Raum der Begegnung verschwand.

Dem Major blieb kaum Zeit, diese Wahrnehmung einzuordnen. Isidor Krautstingl betrat das Holzhaus und kam zu ihm herauf. Redl bat ihn in den Tagungsraum, wo der Kommunalpolitiker, noch ehe Redl die erste Frage an ihn richten konnte, sofort loslegte. »Auf dem Marsch selbst hab ich wie schon gesagt keine signifikante Beobachtung gemacht, Herr Major. Nicht zuletzt wegen meiner hübschen, aber sehr anhänglichen Begleitung, die mehr an meinen finanziellen Verhältnissen als an der Beschaulichkeit des Pilgerpfads interessiert war.«

»Sie Armer!«

»Sie sagen es. Deshalb war es mir auf den letzten Kilometern vor St. Martin auch kaum möglich, meine Aufmerksamkeit anderen Dingen zu widmen.«

»Das klingt immerhin so, als hätten Sie vor oder nach der Wanderung sehr wohl etwas beobachtet beziehungsweise gehört?«

»Das habe ich auch, Major. Jens Pökelschot hat in der Gesprächsrunde gestern Nachmittag öffentlich gemacht, dass er mit dem Erwerb der Mohrenkopf-Aktie furchtbar auf die Nase gefallen ist, woraufhin Shirin Barzani und das Mordopfer Fliegenschnee sehr betroffen wirkten und auch Dr. Unbescheid sich als Schicksalsgenossin von Pökelschot outete.«

»Ähnliches soll auch für den Onshore-Projektmanager Rauner gelten«, sagte der Ermittler mehr zu sich selbst als zu dem Zeugen.

»Ach?« Krautstingl wirkte nicht sehr überrascht. »Und woher haben Sie das?«

»Von Wagner«, antwortete Redl, ohne sich den vom Zeugen vorgenommenen Rollentausch zu verbitten. »Natürlich hat er mir nicht verraten, was Frau Fliegenschnee ihm gestern im Rahmen einer Beichte sonst noch anvertraut hat, aber dass Rauner ebenfalls Mohrenkopf-Aktien gezeichnet hatte und sie sich dafür anscheinend mitverantwortlich fühlte, fiel seiner Meinung nach offenbar nicht unter das Beichtgeheimnis.«

»Also haben fünf Kursteilnehmer mit der ominösen Aktie schlechte Erfahrungen gemacht«, sinnierte Krautstingl, der an der Rolle des Ermittlers sichtlich Gefallen fand. »Fünf Geschädigte der geplatzten Aktienblase buchen dieselbe Einkehrwoche. Ein mehr als seltsamer Zufall, oder sind Sie da anderer Meinung?«

Redl schüttelte den Kopf. »An solche Zufälle ist in der Tat schwer zu glauben. Das riecht vielmehr nach Verabredung.«

»Mindestens eine Person muss die Info über die Buchung von Fliegenschnee an die anderen weitergegeben haben, wenn nicht gar sie selbst.«

»Apropos ›selbst‹: Sie selbst haben sich wohl nie für Mohrenkopf-Aktien interessiert?«

Redls Frage nötigte Krautstingl ein schiefes Lächeln ab. »Nein, ich habe in meinem Leben so manchen Fehler gemacht, diesen jedoch nicht. Ebenso wenig wie Schatzmann übrigens – vorausgesetzt, seine Aussage diesbezüglich entspricht der Wahrheit.«

»Sie trauen ihm nicht über den Weg? Gibt es dafür einen Grund?«

»Nein, wenn man davon absieht, dass auch er – rein hypothetisch – der Mörder von Frau Fliegenschnee sein könnte.«

»Weil?«

»Weil er zum Beispiel schon vor seiner Ankunft im SPIZ einen Mietwagen auf einem Rastplatz an der B 311 in unmittelbarer Nähe des Tatorts bereitgestellt haben könnte.«

»Mit dem er nach begangener Tat die vier Wanderkameraden, die inzwischen auf dem Radweg an ihm vorbeimarschiert waren, auf der Bundesstraße wieder überholen, den Wagen irgendwo in

St. Martin parken und knapp, aber doch als Erster bei Nikodemus eintreffen hätte können, meinen Sie das?«

»Sie haben diese Möglichkeit bereits erwogen?«

»Herr Krautstingl, wir sind keine Anfänger«, sagte Redl mild und grinste. »Die Kollegen von der Inspektion Lofer überprüfen momentan alle in St. Martin geparkten Fahrzeuge. Ich erwarte die Ergebnisse ihrer Recherchen noch heute, spätestens morgen früh.«

»Tja, dann wissen Sie vielleicht, dass ein Mietwagen unter den überprüften Pkws ist, kennen aber noch immer keine Namen und Daten. Außerdem könnte der Wagen auf Geheiß des Mieters inzwischen von der Verleihfirma abgeholt worden sein.«

»Das würde nur eine unwesentliche Verzögerung der Ermittlungen bewirken. Heute ist Sonntag, Herr Krautstingl, weshalb wir die richterliche Verfügung zur Herausgabe aller erforderlichen Daten erst morgen bekommen. All das wird von uns einkalkuliert. Trotzdem würde einem Mörder Schatzmann immer noch das Wichtigste fehlen: das Motiv. Oder haben Sie auch diesbezüglich eine Idee?«

»Ich wollte ja nur darauf hinweisen, dass auch er die Möglichkeit gehabt hätte«, zog sich Amateurdetektiv Isidor Krautstingl schrittweise wieder zurück.

»Schon gut. Haben Sie also irgendeine Beobachtung gemacht?«

»Ja, sie betrifft Frau Dr. Unbescheid. Sie hat uns gestern erzählt, sie sei von einem geliebten, jedoch süchtigen Partner hintergangen, sprich ausgenommen und schließlich verlassen worden.«

»Und?«

»Bemerkenswert dabei war die überaus emotionale Komponente ihres Beitrags, die für mich nur einen Schluss zuließ, nämlich dass die gescholtene Person im Raum anwesend war und direkt angesprochen wurde.«

»Ach? Und wer sollte das sein?«

»Zunächst hatte ich verständlicherweise einen Mann vor Augen, bis ich mir ihre Bemerkung vom kulturellen Hintergrund des Partners noch einmal vergegenwärtigte: Da wusste ich, dass nur Shirin Barzani gemeint sein konnte, denn alle anderen Kursteilnehmer haben ihre Wurzeln in Österreich oder Deutschland.«

Der Major zückte sein Smartphone. »Das wäre tatsächlich eine Möglichkeit. Frau Barzani hat nämlich gleich mehrere Eintragungen im EKIS aufzuweisen.«

»Drogen?«, fragte Krautstingl.

»Ja, Missbrauch und Handel«, bestätigte Redl. »Außerdem ist sie wegen einer Latte von Eigentumsdelikten vorbestraft.« Als Krautstingl einem Reflex folgend nach seiner Brieftasche griff, setzte er verständnisvoll grinsend fort: »Die klassische Junkie-Karriere eben. Die Einkünfte aus ihren Jobs als freie Journalistin und Dolmetscherin tröpfeln eher spärlich, und vor Jahren wurde ein Einreiseverbot in die Türkei, ihr Geburtsland, gegen sie verhängt.« Mittlerweile hatte er Verbindung zu Feuersang und brachte ihn für die nun folgenden Vernehmungen von Unbescheid und Barzani auf den letzten Stand. Nachdem er aufgelegt hatte, sagte er stirnrunzelnd: »So gesehen wäre natürlich auch Ihr Alibi, Herr Krautstingl, zu relativieren. Schließlich stützt es sich auf die Aussage einer Drogenabhängigen.«

Der Befragte ließ ein unwirsches Schnauben hören. »Hoffentlich gilt dann wenigstens meine Aussage etwas. Für mich kommen ohnehin nur Schatzmann, Pökelschot und Schwester Elisabetta als potenzielle Täter in Frage.«

»Die Schwester auch? Was wäre denn ihr Motiv?«

»Das herauszufinden, ist Ihre Aufgabe, Major. Aber vielleicht helfe ich Ihnen ein wenig auf die Sprünge, wenn ich Ihnen verrate, dass sich die von Ihnen offenbar geschätzte Ordensfrau und Jens Pökelschot schon von dessen erstem Aufenthalt hier kennen. Die Vertrautheit zwischen beiden ist nicht nur mir aufgefallen, weshalb die Spekulation erlaubt sein muss, dass sie sich möglicherweise zwischenzeitlich auch abseits von Embach getroffen haben.«

»Ziemlich kühn! Sie wollen doch nicht etwa andeuten, die beiden könnten den Mord an Frau Fliegenschnee geplant und im Team begangen haben?«

»Ich wiederhole mich nur ungern, Major, aber es fällt in Ihre Zuständigkeit, die Mosaiksteine der Ermittlung richtig zusammenzusetzen. Trotzdem könnte ›Team‹ ein passendes Stichwort sein. Tatsache ist: Olga Fliegenschnee kann weder von Frau Unbescheid oder Herrn Rauner noch von Frau Barzani oder mir ermordet worden sein, was aber nicht zwangsläufig eine Kumpanei von einer der drei erstgenannten Personen mit dem Mörder oder der Mörderin ausschließt.«

»Sie selbst rechnen sich nicht zu den möglichen Kumpanen?«

Der Kommunalpolitiker schnitt ihm eine Grimasse. »Sie sagen es. Bei Frau Unbescheid und Frau Barzani bin ich mir dagegen nicht so sicher. Meine anhängliche Begleiterin und ich haben gestern vor dem Mittagessen während eines gemeinsamen Spaziergangs Frau Doktor und Pater Nikodemus im Pfarrgarten heftig streiten gesehen, wobei Frau Barzani gespannt versuchte, die Auseinandersetzung mitzuverfolgen. Aber wir waren viel zu weit weg, um verstehen zu können, was gesprochen wurde.«

»Mit Ihrer Beobachtungsgabe könnten Sie ohne Weiteres bei uns anfangen, Herr Krautstingl.«

»Danke, aber mein Bedarf an beruflicher Selbstverwirklichung ist gedeckt. Wenn ich Ihnen sonst noch irgendwie behilflich sein kann …?«

»Ich denke, für heute haben Sie uns bereits ein ganzes Stück geholfen. Falls Ihnen darüber hinaus noch etwas einfallen sollte: Hier ist meine Nummer.«

Nachdem Krautstingl gegangen war, gab Redl Schwester Elisabetta Bescheid, Jens Pökelschot zu ihm zu schicken.

Die Vernehmung von Frater Nikodemus war ähnlich unergiebig verlaufen wie jene von Titus Schatzmann, obwohl ein alter Hase wie Feuersang schon in der ersten Minute gemerkt hatte, dass der stark schwitzende Konverse mit etwas hinterm Berg hielt. Doch welche Fallstricke der Ermittler auch zu legen versuchte, der Jesuit Nikodemus blieb wortkarg wie ein Kartäuser. Er sagte nur das Allernötigste und gab sich zu keiner Sekunde die Blöße, auf die sein Gegenüber gehofft hatte. Und da sein Alibi anhand der Aussage der Konditorei-Azubi Tiffany

Beifuß minutiös nachzuvollziehen und belegt worden war, kam eine eindringlichere Befragung von vornherein nicht in Betracht. Tiffany Beifuß! Feuersang schüttelte missbilligend den Kopf. Überspannte Eltern dachten bei der Namensgebung nur allzu häufig an die Betroffenen, an ihre Kinder, ganz zuletzt. Die mussten schließlich ihr Leben als Tiffany, Justin, Zoe oder Kevin verbringen.

Er blickte auf seine Seiko: achtzehn Uhr! Eine höchst unbefriedigende Viertelstunde war vergangen, aber es half alles nichts: Er musste Nikodemus ziehen lassen, ohne auch nur in die Nähe seines mutmaßlichen Geheimnisses gekommen zu sein. Noch ehe er Schwester Elisabetta anrufen konnte, um ihr zu sagen, sie möge Dr. Unbescheid ersuchen, in den Raum der Begegnung zu kommen, erschien die Ordensfrau persönlich an der Tür.

»Da Sie beide partout nicht Feierabend machen wollen, verlangt Pater Franz, die Befragungen wenigstens zu unterbrechen, damit unsre Gäste zu Abend essen können. Ihrem Kollegen im Tagungsraum habe ich es schon ausgerichtet. Und bitte, kommen Sie danach auch bald zum Ende.«

»Und wann dürfen wir die noch ausständigen Zeugen wieder hier erwarten?«, fragte Feuersang kurz angebunden. Ihr vorwurfsvoller Ton ärgerte ihn.

»Major Redl meinte, Sie beide würden auf dem Hof seiner Eltern ebenfalls eine Kleinigkeit essen, da Sie ja tagsüber noch nicht dazu gekommen seien, und in etwa eineinhalb Stunden zurück sein.« Und salopp fügte sie hinzu: »Wenn Sie dann anrufen, stehen Ihnen Dr. Unbescheid & Co. sicher wieder zur Verfügung. Bis dahin werde ich Ihnen auch Erfrischungsgetränke in beiden Räumen bereitstellen. Zufrieden mit Mineralwasser und Bier?«

»Sehr aufmerksam, danke«, gab sich Feuersang schon wieder umgänglicher und steckte Notizblock und Kugelschreiber ein.

11 DER ELFJÄHRIGE KARL TRENKER, genannt Charly, hatte die SMS auf dem Display seines Smartphones zum x-ten Mal gelesen und blickte zu seiner Mutter hinüber, die auf der Couch jenseits des Küchentisches entspannt lächelnd schlief.

Die Drei-Zimmer-Wohnung am Rand der Taxenbacher Penningsiedlung war klein, aber gemütlich – sogar relativ sauber, weil er, Charly, dafür sorgte. Seine selbst auferlegten Pflichten waren vielfältig. In erster Linie kümmerte er sich um die suchtkranke Mutter, die in immer kürzeren Abständen ihr Dope benötigte, dann um die Wohnung. Flüchtige Kosmetik reichte da nicht, nachdem das Jugendamt mindestens zweimal im Monat vorbeischaute. Aus demselben Grund durften auch seine Leistungen in der Hauptschule nicht nachlassen: Die dicke Anna von der Behörde wartete ja nur darauf, ihn und Mom zu trennen und ihn in ein Heim zu stecken. Das Problem war, dass Mom mit der Sozialhilfe bei Weitem nicht über die Runden kam und ihre Freier, zwei alte Säcke, die sie nur sehr sporadisch besuchten, das Kraut auch nicht fett machten. Vor zwei Jahren hatte es danach ausgesehen, als würde vieles leichter werden. Damals war Niki an ihn herangetreten und hatte ihm den schweinischen Deal vorgeschlagen. Niki war zwar auch alt und stand auf Knaben, hatte ihm aber zum Einstand gleich mal das tolle Smartphone und für Mom ein Heftchen Dope geschenkt. Er, Charly, hatte eine Woche Bedenkzeit bekommen, nach der er ihn anrufen sollte.

Doch als schließlich die letzte Ration des guten Stoffs aufgebraucht war und Mom ihm nicht mehr in die Augen sehen konnte, hatte er keine Wahl mehr gehabt. Er hatte Niki bereits nach drei Tagen angerufen, der ihn noch am selben Abend für einundzwanzig Uhr nach Embach hinauf in die Bienenhütte des Hadrach-Bauern bestellte.

Es war jedes Mal eine Tortur, bei Taschenlampenlicht stundenlang die Kitzlochklammstraße durch den Dechantwald nach Embach hinauf- und danach wieder hinunterzustolpern, ganz zu schweigen von den ekligen Sauereien, die Niki von nun an alle vierzehn Tage mit ihm anstellte. Aber letztlich war auch das wie alles andere im Leben nur eine Frage der Gewöhnung.

Immerhin erhielt Charly jedes Mal ein stattliches Taschengeld und genügend Dope für Mom in einer luftdicht verschlossenen Kapsel.

Charly war nicht dumm. Auch wenn Niki sich selbst keine harten Drogen reinpfiff, sondern nur soff wie ein Loch, bezog ein Kleindealer wie er das Heroin nicht gratis. Und tatsächlich waren keine zwei Monate seit ihrem ersten Treffen vergangen, als Niki von ihm verlangte, nicht nur ihn, sondern noch weitere alte Männer regelmäßig zu bedienen. In dieser Situation einen Rückzieher zu machen, wäre vermutlich heikler gewesen, als es die unappetitlichen Jobs waren. Nicht nur, weil Mom es viel weniger verkraftete, auf Turkey zu kommen als andere Junkies, wodurch sie Nachbarn und Jugendamt auf sich aufmerksam gemacht hätte. Niki, der biedere Laienbruder, hatte bei jedem Treffen in der Bienenhütte eine russische Makarov dabei, von der er zwar behauptete, sie nur mit sich herumzuschleppen, weil er manchen Leuten, mit denen er zu tun hatte, nicht trauen könne. Doch Charly hatte kapiert, dass die Pistole auch als Warnung an ihn gedacht war, die Klappe zu halten und seinen Teil der Abmachung weiterhin zu erfüllen.

Umso mehr befand er sich jetzt im Zwiespalt. Es war knapp neunzehn Uhr. Die SMS war erst vor wenigen Minuten eingegangen, aber seither schrillte in seinem Gehirn unentwegt eine Alarmglocke.

Bestelle Nikodemus per SMS heute um 22 Uhr in die Bienenhütte. Lass dir nicht zu lange Zeit damit. Mail ihm, deine Mutter hätte ihr Dope durch ein Missgeschick unbrauchbar gemacht und benötige umgehend neues, weil sie sonst durchdreht. Sollte Nikodemus um 22 Uhr nicht bei der Bienenhütte sein, wird das Jugendamt über dich und deine Kunden informiert.

Der anonyme Absender wusste von seinem Deal mit Nikodemus. Ignorierte Charly die Forderung, landete er mit Sicherheit im Jugendheim, kam er ihr nach, beendete er damit möglicherweise die Drogenlieferungen von Mom. Trotzdem war die letztgenannte

Variante eindeutig das kleinere Risiko, und wenn alle Stricke rissen, konnte Mom sich immer noch an ihren alten Dealer wenden. Außerdem trug Niki seine Pistole immer bei sich, wenn er das SPIZ verließ, und es war nicht gesagt, dass der Absender der SMS etwas Böses im Schilde führte. Vielleicht wollte er nur mit Niki ins Geschäft kommen. Andererseits war die Aussicht, sich nicht mehr schmutzig und benutzt fühlen zu müssen, auch verlockend. Wie auch immer Charly sich entschied: Er hatte das Gefühl, in jedem Fall die Arschkarte zu ziehen.

12 REDLS MUTTER KATHI freute sich sichtlich über den Besuch ihres Ältesten, den sie nicht allzu häufig zu Gesicht bekam, während sich ihr Mann Bartl, der Mitteregg-Bauer, zur Begrüßung nur ein verbindliches Lächeln abrang. Er hatte es noch immer nicht verwunden, dass sein Erstgeborener eine Übernahme des Hofes ausgeschlagen und berufliche und private Bestätigung auswärts gesucht hatte. Dabei war Lorenz Redls jüngerer Bruder Blås', der den prächtigen Hof am Kalvarienberg übernommen hatte, zum Landwirt geboren, und Redl senior hätte sich keinen besseren Nachfolger wünschen können. Aber dass sich ein Nachkomme dem Willen des Patriarchen widersetzte, ging nun mal nicht an und war mit ein Grund, dass die Hofübergabe noch immer nicht stattgefunden hatte.

Doch Mutter Kathi, Blås' und dessen tüchtige Frau Margit ließen sich deshalb die Laune nicht verderben. Lenz musste versprechen, nach den Vernehmungen im SPIZ gleich zurückzukommen und sich vor dem Schlafengehen noch auf einen kurzen Plausch mit ihnen zusammenzusetzen, erst dann durften sich die Gäste in die gute Stube zurückziehen, wo ihnen ausgiebig aufgetischt wurde.

Während Redl und Feuersang bei einem deftigen Holzknecht-Gröstl, im Garten gezogenen Salat und einem Schluck Bier die bis dahin gewonnenen Erkenntnisse und ihre weitere Vorgehensweise erörterten, saßen die Teilnehmer der Einkehrwoche im Speisesaal des Pfarrhofs so still und stumm vor ihrer kalten Platte, dass sogar das gelegentliche Klappern von Besteck oder das Schlürfen von Tee als peinlich laut empfunden wurde. Schwester Elisabetta versuchte zwar mehr als einmal, ein Gespräch in Gang zu bringen, scheiterte aber immer wieder an der Wortkargheit ihrer Tischgenossen. Im Gegensatz zum Essen am Vortag, wo auch anschließend noch lockerer Small Talk gepflegt worden war, erhob sich diesmal jeder von ihnen, kaum dass er fertig gegessen hatte, von seinem Platz, um sich auf sein Zimmer zurückzuziehen. Einigen von ihnen stand die Vernehmung noch bevor.

Die Ermittler beeilten sich nicht allzu sehr, ins SPIZ zurückzukehren, und machten sich erst kurz vor zwanzig Uhr wieder auf den Weg. Unterwegs rief Redl Schwester Elisabetta an, sie möge nun die nächsten Zeugen zur Befragung bitten. Als er und Feuersang eintrafen, wartete Jens Pökelschot bereits im Tagungsraum und Unbescheid im Raum der Begegnung.

13

DIE INFORMATIONEN, über die der Chefinspektor inzwischen verfügte, hätten ihm gestattet, die Ärztin Dr. Unbescheid von Beginn an unter Druck zu setzen. Schatzmann und Nikodemus gegenüber wäre er mangels archimedischen Punktes dazu noch nicht in der Lage gewesen. Vorerst aber ließ er Dr. Unbescheid noch einmal rekapitulieren, wie sie die Wanderung vom Naturbad Vorderkaser bis zum Parkplatz in St. Martin erlebt hatte.

Als sich aus ihrer Schilderung wenig überraschend keine neuen Erkenntnisse ergaben, da sie zum Beispiel nicht einmal annähernd angeben konnte, wann Rauner zu ihr aufgeschlossen hatte, zündete Feuersang den ersten Sprengsatz. »Sie und Frau Barzani kennen sich von früher?«

Es war seine Spezialität, Zeugen zur richtigen Zeit die richtige suggestive Entscheidungsfrage zu stellen. Solchermaßen Bedrängte konnten sich kaum noch zu einer abschlägigen Antwort durchringen – so auch Dr. Unbescheid.

Nach der obligaten Schrecksekunde räumte sie tatsächlich ein: »Ja, wir waren mal eine Zeit lang zusammen.«

»Sie hat sie sehr enttäuscht – und auch empfindlich geschädigt, nicht wahr?«

»Warum fragen Sie, wenn Sie es doch ohnehin schon wissen? Und was sollen diese privaten Dinge mit dem Tod von Olga Fliegenschnee zu tun haben?«

»Frau Barzani, die ja in ständiger Geldnot ist, könnte durchaus die Mörderin von Olga Fliegenschnee sein, wenn man etwa davon ausgeht, dass sie sich ihr Alibi durch gewisse Gefälligkeiten von Krautstingl erkauft hat«, spekulierte der Ermittler provokant ins Blaue hinein. »Sie könnte mit dem Täter aber auch gemeinsame Sache gemacht haben.«

Überraschenderweise ließ sich Unbescheid sofort aus der Reserve locken. »Nie im Leben! Das ist doch kompletter Unsinn! Weshalb sollte sie etwas so Hirnrissiges tun?«

»Sagen Sie's mir, oder soll ich Ihnen das Stichwort liefern? Wie wär's mit: Mohrenkopf-International-Power-Aktie?«

Die Ärztin wurde noch nervöser. »Ja, mein Gott! Natürlich sind viele darauf reingefallen, aber deshalb bringt man doch noch lange niemanden um!«

»Sie selbst haben auch Lehrgeld bezahlt, und zwar nicht zu knapp«, blieb Feuersang dran, und noch während er die letzten Worte sprach, durchzuckte ihn einer jener Geistesblitze, für die sonst sein Chef, der Leiter des Referats 112, Oberst Oskar Jacobi, zuständig war: »Nein, nicht Sie haben die Schundaktie gezeichnet, sondern Ihre Geliebte, die so ans große Geld zu kommen hoffte und sich zu diesem Zweck Ihrer Rücklagen bediente.«

Dr. Unbescheid schüttelte den Kopf. »Das ist doch Mumpitz, totaler Mumpitz! Außerdem geht Sie das überhaupt nichts an. Tatsache ist dagegen, dass Shirin außerstande wäre, einen Menschen umzubringen.«

»So? Immerhin hat man ihr, die ja ihre Wurzeln in der Osttürkei hat, noch vor zehn Jahren eine gewisse Nähe zur PKK nachgesagt, und die ist bekanntlich alles andere als zimperlich. Außerdem hatte sie zur selben Zeit eine Anklage wegen Schlepperei an der Backe.«

»Beide Anschuldigungen waren völlig aus der Luft gegriffen. Regierungskreise in Ankara wollten eine kritische Journalistin mundtot machen, und das ist ihnen damit auch gelungen.«

»Ach?«

»Ja, sie ist auf einen Romeo reingefallen, der sie sukzessive auf Koks gebracht hat.«

»Ich denke, Frau Barzani steht auf ihr eigenes Geschlecht?«, warf Feuersang ein.

Dr. Unbescheid richtete in stummer Verzweiflung den Blick zur Decke. »Schon mal etwas von Bisexualität gehört, Chefinspektor? Also, dieser windige Agent Provocateur hat sie angefixt –«

»Wozu bekanntlich stets zwei gehören«, merkte er neuerlich an. »Jemand, der das Zeug bringt, und jemand, der's nimmt.«

»Schließlich hat man sie in der Türkei wegen Rauschgiftkonsum, -besitz und -handel verurteilt und nach Verbüßung einer Gefängnisstrafe des Landes verwiesen«, vervollständigte die Ärztin den Satz.

»Völlig ungerechtfertigt natürlich«, provozierte Feuersang weiter.

Sie winkte müde ab. »Sie beurteilen eine Drogenkarriere aus der Sicht eines Polizisten, ich aus der einer Ärztin. Als Shirin und ich einander vor fünf Jahren trafen, war sie äußerlich noch immer eine Venus, innerlich jedoch bereits jenes Wrack, zu dem der türkische Geheimdienst sie gemacht hatte. Ich wusste, dass es aussichtslos ist, um einen Junkie zu kämpfen, tat es aber dennoch drei lange Jahre.«

»Weil Sie sie liebten«, sagte der grobschlächtige Pinzgauer, und Dr. Unbescheid war sich nicht sicher, ob sie seine Äußerung als Anteilnahme oder Sarkasmus werten sollte.

»Ja, weil ich sie liebte, und das tue ich auch jetzt noch. Gefühle kann man eben nicht ablegen wie Garderobe – obwohl ich es gern täte, das können Sie mir glauben. Shirin ist eine verlorene Seele, die mich immer wieder verraten und beklaut hat. Mein desolates Nervenkostüm geht nicht zuletzt auf ihre Kappe, aber eine Mörderin – nein, eine Mörderin ist sie ganz bestimmt nicht.«

»Junkies töten durchaus, wenn sie keine andere Möglichkeit sehen, an ihre Droge zu kommen, das wissen Sie so gut wie ich. Immerhin ist Frau Barzani auch schon in Österreich mit dem Gesetz in Konflikt geraten.«

Dr. Unbescheid war augenblicklich klar, wovon die Rede war. »Sie spielen auf die Hanfplantage bei Kautzen im nördlichen Waldviertel an? Ebenfalls wieder so eine hirnrissige Idee von Shirin! Das war unmittelbar, nachdem sie mich verlassen und das Weite gesucht hatte – in diesem Fall eben im einsamsten Winkel des Waldviertels.«

»Weil dort ganz legal Hanf angebaut wird, ich weiß. Ihre Freundin hat mitten in einem der Hanffelder ihre Marihuana-Kultur angelegt, um so ihren eigenen Drogenkonsum zu finanzieren. Sie dachte, niemand würde es bemerken.«

Die Ärztin zog die Schultern hoch. »Es ist eines der ungelösten Rätsel im weiten Feld des Suchtverhaltens, dass selbst intelligente Menschen zu Idioten mit Scheuklappen mutieren, wenn es um den Gegenstand ihrer Sucht geht.«

»Sie waren also auch nach Ihrer Trennung von Frau Barzani noch immer sehr gut über ihren Verbleib informiert?«

»Das war keine große Kunst. Shirin selbst hat mich auf dem Laufenden gehalten. Sie schilderte mir immer wieder, wie schlecht es ihr ging, und wollte mich anpumpen.«

»Ziemlich unverfroren nach allem, das sie Ihnen angetan hatte«, fand Feuersang. »Apropos: Wer hat Frau Barzani überhaupt auf den Coup mit den Mohrenkopf-Aktien gebracht?«

»Die Medien, wer sonst?«, sagte Dr. Unbescheid so rasch, dass ihr die Lüge meilenweit anzusehen war.

Feuersang kniff ein Auge zusammen. »Frau Doktor, wenn Ihre Freundin irgendwann einmal Kontakt zu Frau Fliegenschnee hatte, kriegen wir das raus, das sollte Ihnen klar sein. Also?«

Die Ärztin seufzte. »Olga Fliegenschnee war nach einem Nervenzusammenbruch auf Reha im Krankenhaus St. Veit, das übrigens auch mich noch vor Kurzem als Patientin beherbergt hat.«

»Sie war zu einer Zeit dort, als auch Frau Barzani dort war?«, riet der Ermittler, da Dr. Unbescheid nicht weiterredete.

Sie nickte. »Shirin knüpft ständig neue Bekanntschaften, weil sie immer auf der Suche nach neuen Geldquellen ist.«

»Sogar auf Reha?«, entfuhr es ihm ungläubig.

»Auch wenn sie grad mal wieder auf Entzug ist, ja«, bestätigte Dr. Unbescheid. »Sie kehrte nicht nur wegen des Hungerleiderjobs bei ihrem Pongauer Bezirksblättchen an ihren früheren Wohnort in St. Johann zurück, sondern auch, weil sie zur Klinik in St. Veit Vertrauen hatte. Eben dort begegnete sie Olga Fliegenschnee, die auf derselben Station lag und ebenfalls Mohrenkopf-Aktien gezeichnet hatte. Nicht nur privat, sondern pikanterweise auch für ihren Arbeitgeber, die Tauernbergbahn, nachdem diese angeblich wegen ihrer Frankenkredite ins Trudeln geraten war. Olga Fliegenschnee muss ihr den Floh ins Ohr gesetzt haben, denn gleich nach ihrem Klinikaufenthalt hat Shirin …« Wieder verstummte die Zeugin.

»Sich Ihr Erspartes gekrallt und damit spekuliert«, ergänzte Feuersang an ihrer Stelle. »So war es doch, Frau Doktor, nicht wahr?«

»Ja, zum Teufel. Aber ehe Sie sich allzu sehr auf Shirin einschießen, möchte ich zuvor noch Ihre Aufmerksamkeit auf Herrn Rauner lenken, der mit Frau Fliegenschnee auch ein Hühnchen zu rupfen hatte.«

»Ich bin ganz Ohr. Möchten Sie vielleicht etwas zu trinken? Schwester Elisabetta hat uns dankenswerterweise mit Bier und Mineralwasser versorgt. An Gläser hat sie auch gedacht, nur ein Tisch steht uns leider nicht zur Verfügung. In Ermangelung dessen schlage ich vor, dass wir die Getränkekiste als solchen benutzen.«

»Ein Bier könnte ich jetzt schon vertragen«, sagte Dr. Unbescheid und staunte dabei über sich selbst. So schmerzhaft sich die Vernehmung noch Minuten zuvor für sie angefühlt hatte, so schnell fiel paradoxerweise nun der Druck von ihr ab. »Auch wenn ich nicht auf die Minute genau weiß, wann Rauner mich heute Vormittag auf dem Radweg eingeholt hat, und auch nicht, warum er ausgerechnet mir sein Herz ausgeschüttet hat«, begann sie entspannt zu berichten, während Feuersang ihnen beiden Bier einschenkte, »so ist mir doch noch zu gut präsent, was er erzählt hat. Anfangs lamentierte er ganz allgemein über berufliche Schwierigkeiten, mit denen er zu kämpfen habe, dann aber kam er auf etwas zu sprechen, das für Sie interessant sein dürfte: Er hat Olga Fliegenschnee im Zuge eines Onshore-Projekts kennengelernt. Ursprünglich wollte man es unter Beteiligung der Tauernbergbahnen AG in den Föhn-Einfallschneisen der Gebirgsgaue auf die Beine stellen. Als er durchblicken ließ, dass er beim ›Tauernwind‹-Projekt zum Erfolg verdammt sei, hat sie ihn auf die Mohrenkopf-Aktien aufmerksam gemacht.«

»Ich verstehe: Nicht der Tauernwind, sondern ein starker Gegenwind bläst der Austria Onshore Company, für die Rauner tätig ist, hierzulande entgegen. Fast wie in den Anfangszeiten der Windenergie, da können die Nerven schon mal blank liegen.«

»Allerdings. Und eben weil Rauner nervlich so bedient ist, hat er die Einkehrwoche sicher nicht in erster Linie wegen Olga Fliegenschnee gebucht. Aber falls er über ihre Buchung Bescheid wusste, könnte er …« Zum dritten Mal während der Vernehmung ließ sie einen Satz unbeendet.

»Dann könnte ihn die Aussicht darauf, Olga Fliegenschnee persönlich gegenüberzutreten, veranlasst haben, für dieselbe Woche zu buchen wie sie«, ergänzte Feuersang, der die Rolle des Souffleurs inzwischen perfekt beherrschte.

»Hoffentlich hat er wirklich nur auf eine Aussprache gehofft«, gab Dr. Unbescheid sich skeptisch. »Als wir beide auf St. Martin zumarschierten, hat er mir, abgesehen von dem Reinfall mit den Mohrenkopf-Aktien, noch etwas anderes anvertraut.«

»Sie machen es aber spannend, Frau Doktor.«

»Eigenen Angaben zufolge befindet Rauner sich seit jener Fehlentscheidung in einer sehr angespannten finanziellen Situation.«

»Wie vermutlich auch Pökelschot und Fliegenschnee«, relativierte Feuersang achselzuckend.

»Sie sagen es. Nur gibt, oder besser gesagt gab Rauner, anders als Pökelschot, der unglücklichen Frau Fliegenschnee die Schuld an seiner Misere, als wäre ein erwachsener Mann, noch dazu ein Manager, nicht selbst Herr seiner Entscheidungen. Er bombardierte sie mit Anrufen und Mails, beschuldigte sie, ihn falsch beraten zu haben, bedrohte sie massiv und forderte Schadenersatz.«

»Das mag ja alles so gewesen sein, ist aber per se noch kein Mordmotiv.«

»Lassen Sie mich zu Ende erzählen, Chefinspektor! Irgendwann wurde Olga Fliegenschnee der Telefonterror zu viel, weshalb sie Rauner im Gegenzug unterstellte, er ließe radioaktiven Abfall von der tschechisch-oberösterreichischen Grenze über das Mühl- und Innviertel nach Salzburg und von dort über die Tauernbahn weiter bis in den Kosovo transportieren. In einer abgelegenen Ecke des Landes sollten aufgelassene Stollen als illegale Deponien dienen.«

»Was soll denn ein Windkraft-Manager mit nuklearem Müll zu schaffen haben? Das klingt doch wie an den Schwanzhaaren jenes Bären herbeigezogen, den man Ihnen oder Frau Fliegenschnee aufgebunden hat.«

»So würde das jeder sehen, der nicht weiß, dass die Austria Onshore Company tatsächlich unter anderem an Schrotttransporten beteiligt ist. Die Anschuldigung enthielt also durchaus Zündstoff, weil Olga Fliegenschnee zudem drohte, damit an die Öffentlichkeit zu gehen, sollte Rauner das Stalking nicht einstellen.«

»Unter diesen Umständen könnte der Konflikt in der Tat eskaliert sein, aber woher wollte Olga Fliegenschnee von solchen Transporten gewusst haben, die – wenn überhaupt – bestimmt bei Nacht und Nebel durchs Gasteiner Tal gerollt wären?«

»Ein Angestellter der Tauernbergbahn soll einen Tipp von einem Verwandten, einem Eisenbahner aus Freistadt, erhalten haben und daraufhin einen avisierten Güterzug der AOC mit einem Geigerzähler überprüft haben.«

»Und?«

»Nichts ›und‹! Rauner hat behauptet, dass an den Anwürfen nichts dran sei. Ob der Geigerzähler etwas angezeigt hat, war von ihm natürlich erst recht nicht zu erfahren.«

Feuersang nickte. »Wir werden ihn jedenfalls zu dieser Geschichte befragen. Einen Moment noch, bitte, wir sind gleich fertig.«

Er rief Redl an und wandte sich, nachdem er sich im Telegrammstil für die Informationen, die er von ihm erhalten hatte, revanchiert hatte, wieder an die Zeugin. »Wenn Sie mir jetzt noch sagen, worüber Sie mit Bruder Nikodemus im Pfarrgarten gestritten haben, haben Sie unsre Ermittlungen schon erheblich unterstützt.«

Verdutzt zog die Ärztin die Augenbrauen hoch. »Das Spionieren, scheint's, ist nicht nur Mephistos Lust«, variierte sie ein Faust-Zitat. »Aber mein Streit mit dem unappetitlichen Nikodemus hatte nichts mit Olga Fliegenschnee zu tun. Der Mann ist ein Päderast, und bevor Sie mich fragen, woher ich das weiß: Eine Patientin im Krankenhaus Schwarzach hat es mir gesteckt. Deren Nachbarin, eine Fixerin aus Taxenbach, schickt ihren nunmehr elfjährigen Sohn regelmäßig zu ihm und ebenso veranlagten Männern, um auf diese Weise ihren Drogenbedarf zu decken.«

»Vielleicht nur ein böswilliges Gerücht?«

»Bestimmt nicht! Das Detailwissen der Informantin ließ keinen Zweifel offen.«

»Ich werde die zuständigen Kollegen und das Jugendamt auf die Angelegenheit aufmerksam machen. Aber woher sollte Nikodemus das Geld und die Kontakte zu Dealern haben, die er bräuchte, um seine Abartigkeit ausleben zu können?«, fragte Feuersang weniger entrüstet als pragmatisch. In den Jahrzehnten beim Referat 112 hatte er zu viel erlebt, als dass ihn noch irgendein Delikt aus der Fassung hätte bringen können.

»Das müssen Sie selbst herausfinden, Chefinspektor. Als ich dem Menschen gestern allein im Garten begegnete, habe ich jedenfalls die Gelegenheit genutzt und ihn zur Rede gestellt, wobei ich ihm auch klarmachte, dass ich es mir als Ärztin schuldig bin, einen solchen Sachverhalt anzuzeigen.«

»Wie hat er reagiert?«

»Natürlich bestritt er den Missbrauch zuerst. Als ich ihm aber mit den erwähnten Details kam, die bei Gericht jederzeit zu seiner Verurteilung führen würden, schwor er hoch und heilig, die Finger von Charly – so heißt der Junge – zu lassen, und flehte mich an, mein Vorhaben, zur Polizei zu gehen, aufzuschieben. Er werde ohnehin in einigen Wochen an ein Kloster im Trentino versetzt, wo er seinen Lebensabend zu verbringen habe.«

»Dann weiß Wagner vermutlich von den Vorlieben seines Ordensbruders und will ihn deshalb loswerden. Wie sind Sie schließlich verblieben?«

»Ich sagte, ich wäre nur dann bereit, vorläufig auf die Anzeige zu verzichten, wenn mir die Angaben über seinen Ortswechsel von Wagner bestätigt würden. Gestern konnte ich ja noch nicht wissen, was heute geschehen würde. Unter den aktuellen Umständen denke ich natürlich gar nicht daran, mich in Ihre Ermittlungen einzumischen, indem ich die Angelegenheit noch weiter verfolge. Ich will nicht eine Minute länger als nötig hier im SPIZ bleiben.«

Feuersang drehte die Pilsflöte, die sich in seinen Pranken wie ein Gefäß aus einer Puppenküche ausnahm, gedankenverloren hin und her. »Ich kann den Schock, den Sie erlitten haben, und Ihren Wunsch, sofort abzureisen, durchaus nachvollziehen. Letzterem stünde eigentlich auch nichts im Weg, weil Major Redl Sie persönlich kennt und uns Ihre Adresse vorliegt. Dennoch muss ich Sie bitten, wenigstens noch bis morgen Vormittag zu bleiben. Sie sind eine wichtige Zeugin, und das ist bestimmt keine Floskel.«

Dr. Unbescheid seufzte. »Sie haben Shirin immer noch ganz oben auf Ihrer Liste und wollen mich benutzen, um an sie ranzukommen. Aber ich weiß wirklich nicht –«

»Frau Doktor«, unterbrach Feuersang sie sanft, »wir wissen derzeit noch zu wenig, weshalb wir logischerweise alle Möglichkeiten in Betracht ziehen, aber dass Ihre Shirin eine Favoritenstellung unter den Verdächtigen einnimmt, ist Unsinn.«

»Sie ist nicht mehr meine Shirin«, reagierte die Fünfzigjährige fast kindlich trotzig.

Er hob die Schultern, wohl um auszudrücken, dass ihm so ein Detail im Moment egal war. »Natürlich wäre jeder Ermittler zunächst versucht, von Frau Barzanis Kokainsucht ein Mordmotiv abzuleiten, dazu käme in ihrem Fall noch die Bauchlandung mit den Mohrenkopf-Aktien – aber sie hat dieses Alibi, das niemand wegdiskutieren kann.«

»Sie halten Krautstingl also für so vertrauenswürdig, dass er selbst für einen Feger wie Shirin keinesfalls lügen würde?« Nicht was sie sagte, sondern wie sie es tat, ließ erkennen, was Dr. Unbescheid von dem Kommunalpolitiker hielt.

Feuersang nickte. »Unter weniger brisanten Umständen würde ich so einem Wald-und-Wiesen-Funktionär jeden Schwindel zutrauen, nicht aber bei Mord. Selbst wenn Krautstingl ein alter Lustmolch wäre, dem Frau Barzani übrigens recht eindeutige Avancen gemacht hat, so würde er sich nach dem heutigen Vormittag wohl schwerlich auf einen Deal einlassen, bei dem er rasch in Teufels Küche kommen kann.«

Sein Handy vermeldete mit einem durchdringenden Klingelton aus der Pionierzeit des Fernsprechwesens einen Anruf Redls. Feuersang wischte über »Halten« und war nun bestrebt, die Vernehmung schnellstmöglich zu Ende zu bringen. »Für heute sind wir fertig, Frau Doktor. Aber ich ersuche Sie noch einmal, nicht überstürzt abzureisen. Wir brauchen Sie hier noch. Außerdem werden Sie auch wegen Frau Barzani nach Embach gekommen sein und sich vermutlich mit ihr aussprechen wollen.«

»Zweimal falsch, Chefinspektor. Nicht Shirin, sondern Olga Fliegenschnee hat mich über ihren Buchungstermin benachrichtigt, aber da stand meiner ohnehin schon fest. Dass es sich um dieselbe Woche handelte, war also entweder Zufall oder von der bedauernswerten Frau beabsichtigt. Sollte Letzteres der Fall gewesen sein, ist es gut möglich, dass sie auch andere Personen informiert hat.«

»Sie meinen, Olga Fliegenschnee wollte in passendem Rahmen ihr Gewissen jenen gegenüber erleichtern, an deren Unglück sie sich mitschuldig fühlte?«

»Auf mich bezogen könnte das jedenfalls zutreffen, obwohl sie in ihrem Mail nichts dergleichen angedeutet hat. Vor Jahren habe ich ihr durch die Früherkennung eines Tumors die Lebenszeit verlängert. Sie wusste auch über Shirin und mich Bescheid, weil ich Shirin oft in der Klinik St. Veit besucht habe und Frau Fliegenschnee mich zu diesem Zeitpunkt bereits kannte. Wenn Sie in der Aktiensache Gewissheit haben wollen, wenden Sie sich am besten an Pater Franz. Sie soll ihm noch gestern Abend unter vier Augen ihr Herz ausgeschüttet haben.«

»Ich habe bereits mit ihm gesprochen und kann Ihnen sagen, das wäre vergebliche Liebesmüh. Wagner nimmt das Beichtgeheimnis todernst, wie es von einem Jesuiten erwartet wird, und behält eisern für sich, was ihm unter dem Siegel sakraler Verschwiegenheit anvertraut wurde. Aber Sie sagten, ich hätte zweimal falschgelegen, Frau Doktor. Womit noch?«

»Ich habe nicht vor, mich mit Shirin auszusprechen, und erst recht nicht, mich mit ihr zu versöhnen. Dass ich sagte, ich würde sie immer noch lieben, heißt nicht, dass ich auch die Kraft habe, mich wieder auf sie einzulassen. Die Beziehung zu ihr hätte mich um ein Haar zerstört.«

»So schlimm?« Feuersangs Mitgefühl war diesmal zweifellos echt und wurde von Dr. Unbescheid auch so empfunden.

»So schlimm, Chefinspektor, in der Tat. Also gut, ich werde mir das mit der Abreise noch einmal überlegen, aber spätestens morgen Abend bin ich weg, davon können mich keine zehn Pferde abhalten.«

»Danke, Frau Doktor.«

14 DIE TÜR ZUM RAUM der Begegnung hatte sich kaum hinter der Zeugin geschlossen, als Feuersang Redls Anruf entgegennahm.

»Ja, Lenz? Ich konnte nicht rangehen, weil Dr. Unbescheid noch einige interessante Infos für uns hatte. Was gibt's?«

»Es ist fast neun. Ich bin mit Pökelschot ebenfalls durch und denke, wir sollten es für heute sein lassen. Max ist schon da und wird die Zufahrt zum Haus von der Straße aus bis morgen früh im Auge behalten. Sollte sich jemand umgehend an uns wenden oder überraschend abreisen wollen, wird er gegebenenfalls aktiv. Schwester Elisabetta weiß über das Prozedere morgen bereits Bescheid. Um neun sind wir wieder hier und nehmen die noch ausstehenden Aussagen von Frau Barzani und Herrn Rauner auf. Auch alle anderen Zeugen sind angehalten, vor Ort zu bleiben.«

»Ich bin auch sehr dafür, dass wir Schluss machen, schließlich habe ich noch hundert Kilometer bis nach Hause, während du es dir bei deinen Eltern gemütlich machen kannst. Was also hast du noch auf Lager?«

»So einiges, aber das besprechen wir nicht in diesen Räumen.«

Sekunden später standen sie vor der Haustür, und Redl begann zu berichten: »Das Wichtigste vorweg: Die Blutergüsse und Schrammen an der Leiche hatte der Gerichtsmediziner ja zunächst auf Fliegenschnees Sturz auf den asphaltierten Radweg infolge eines Kreislaufversagens zurückgeführt, was im Großen und Ganzen auch stimmt. Doch ein stark verschmutztes Hämatom am linken Oberschenkel und die perforierte Trekkinghose weckten das Interesse unsres Leichenfledderers, sodass er unter dem Schmutz einen raffiniert kaschierten Einstich entdeckte.«

»Einen Einstich? Von einer Injektion?«

»Von einem Blasrohrpfeil.«

»So einem, wie südamerikanische Indios ihn verwenden?«, entfuhr es Feuersang ungläubig.

»Es war wohl eher ein Injektionsprojektil, wie es Tierärzte zur Betäubung ihrer Patienten benützen. Dabei wird der Verschluss an der Kanüle beim Eindringen der Hohlnadel ins Muskelgewebe nach hinten verschoben, sodass die sogenannte Hellabrunner Mischung durch den Aufschlagdruck austritt und in die Blutbahn gelangt.«

»Aber der Täter oder die Täterin wird vermutlich eine andere Mischung benutzt haben.«

»Anzunehmen«, bestätigte Redl, der plötzlich das Gefühl hatte, beobachtet zu werden. »Dass man Olga Fliegenschnee das in Tiergärten verwendete Xylazin und Ketamin injiziert hat, ist eher unwahrscheinlich.«

»Hör auf, mit Pernauers Fachchinesisch, das du dir zufällig gemerkt hast, um dich zu werfen«, feixte Feuersang. »Übrigens muss da jemand mächtig Druck gemacht haben, sonst hätte unser Eingeweidebeschauer sich kaum so beeilt. Bei seiner Überlastung dauert das doch sonst oft Tage.«

Redl erwiderte das Grinsen. »Nicht nur das: Auch Stubi und seine Hiefler sind darauf vergattert worden, jeden Stein an der Auffindungsstelle noch einmal umzudrehen. Dass auch auf und nahe dem Radweg keine weiteren Spuren geschweige denn das Injektionsprojektil gefunden wurden, weist auf einen überlegt agierenden Täter hin. Deshalb muss Hans sämtliche Verdächtigen auf jede noch so geringfügige Ungereimtheit abklopfen.« Den Hinweis auf die verstärkte Einbindung des Kriminaltechnikers, Abteilungsinspektor Oliver Stubenvoll, und seines Alter Egos im Innendienst, IT-Spezialist Chefinspektor Hans Weider, hätte es nicht gebraucht: Feuersang wusste auch so, dass es sich bei dem Mord an Olga Fliegenschnee um ein nicht alltägliches Tötungsdelikt handelte. Redls Nachsatz verdeutlichte das noch: »Auch wir beide dürfen uns keine Fehler erlauben, die im Nachhinein als vermeidbar gelten könnten.«

Feuersang legte die Stirn in Kummerfalten. »Was ist eigentlich mit den Angehörigen?«

»Olga Fliegenschnees Vater ist benachrichtigt worden, aber ihren Ehemann, einen Malermeister aus Gastein, der schon lange bei ihr ausgezogen ist, konnten die Kollegen noch nicht erreichen.«

»Traut jemand aus dem Umfeld der Ermordeten dem Mann eine sizilianische Scheidung zu? Immerhin könnte er über die Wanderung Bescheid gewusst haben.«

Redl hob die Schultern. »Wie sollten wir ein paar Stunden

nach Beginn der Ermittlungen bereits über solche Infos verfügen? Es heißt, das Familienvermögen bestünde nur aus einer beinah abbezahlten Eigentumswohnung.«

»Nur?«

»Ja, nur – wenn man von kaum nennenswerten Rücklagen absieht. Bringt man dafür eine Partnerin um, die man einmal geliebt oder wenigstens zu lieben geglaubt hat?«

»In Rosenkriegen ist schon für viel weniger als für eine Eigentumswohnung gemordet worden«, entgegnete Feuersang, wobei er sich freilich eingestehen musste, dass ein Giftpfeil nicht unbedingt das typische Instrument für einen Gattenmord im Salzburger Land war.

»Zunächst müssen wir ohnehin warten, bis die Kollegen vom Posten St. Johann Herrn Fliegenschnee gefunden und sein Alibi überprüft haben«, machte Redl aus eben dieser Erwägung dem fruchtlosen Disput ein Ende. »Da fuchst mich etwas anderes viel mehr: Als ich nach den Halterüberprüfungen der in St. Martin geparkten Pkws fragte, sagte mir der diensthabende Kollege in Lofer, man habe damit erst spätnachmittags beginnen können und sei daher frühestens morgen Vormittag fertig.«

»Mann, da haben wieder einmal nicht drei Sachen zeitgleich in irgendeinem Spatzenhirn Platz gehabt! Wenn man nicht alles selbst macht …«

»Nun, aufgeschoben ist nicht aufgehoben, Leo. Uns zu entrüsten, hilft uns auch nicht weiter, aber morgen ist auch noch ein Tag. Wie ist es also mit Dr. Unbescheid gelaufen?«

»Recht gut. Sie will zwar mit ihrer ehemaligen Partnerin Frau Barzani nichts mehr zu tun haben und sei sehr überrascht gewesen, sie hier anzutreffen, verteidigt sie aber nichtsdestotrotz gegen den Mordverdacht. Dafür hat sie Kenntnis von einem Konflikt zwischen Herrn Rauner und Frau Fliegenschnee, der sich zugespitzt haben soll. Aber mehr darüber später. Schließlich hat sie mir gesteckt, dass Nikodemus sich an einem Elfjährigen aus der Nachbarschaft vergeht, dessen Mutter, eine Drogenabhängige, er dafür mit Stoff versorgt.« Feuersang musste einem Top-Ermittler wie Redl nicht vorbeten, was ein erpressbarer Laienbruder als

Zeuge wert war. »Wie erging es dir mit Herrn Pökelschot?«, fragte er stattdessen.

»Er steht, was Zeit und Gelegenheit zur Tat betrifft, auf unsrer Liste der Verdächtigen neben Schwester Elisabetta ganz oben. Sein mögliches Motiv schwächelt allerdings. Wegen eines falschen Börsentipps bringt man doch nicht gleich den Tippgeber um. Wenn das Usus wäre, müsste die Wallstreet tagtäglich von Leichen übersät sein.«

»Ist sie das denn nicht? Aber Scherz beiseite: Du schließt ihn also wegen eines vermeintlich schwachen Motivs als Täter von vornherein aus?«

»Wer sagt denn, dass ich das tue? Nein, mal im Ernst: Würde ein Vater, der um seinen Sohn kämpft, dieses Engagement durch einen Mord gefährden, der an seiner finanziellen Lage nichts ändert, ihn jedoch lebenslänglich hinter Gitter bringen kann?«

»Was hat seine Befragung sonst noch ergeben?«, wollte Pragmatiker Feuersang das Thema wechseln. Kaffeesudlesen brachte sie nicht weiter. »Läuft tatsächlich was zwischen ihm und dem Englischen Fräulein, wie verschiedentlich behauptet wird?«

»Pökelschot bestreitet ein solches Techtelmechtel vehement. Zu vehement für meinen Geschmack«, sagte Redl. »Weshalb mir auch auffiel, wie sorgfältig die Aussagen der beiden aufeinander abgestimmt waren. In ihnen findet sich nicht die Spur einer Widersprüchlichkeit, bei der man einhaken könnte. Er bleibt dabei, dass er vor Olga Fliegenschnee beim Naturbad aufgebrochen ist, was Schwester Elisabetta bestätigt. Anschließend will er das spätere Mordopfer nicht mehr gesehen haben. Analog dazu schwört sie Stein und Bein, Olga Fliegenschnee fünf Minuten Vorsprung gegeben und sie danach nicht mehr zu Gesicht bekommen zu haben, obwohl sie sehr flott gegangen sei und kurz vor St. Martin sogar Pökelschot eingeholt habe.«

»Und er beharrt auch auf der Geschichte mit der Notdurft?«

»Natürlich. Selbst wenn wir einen Lokalaugenschein anberaumen: Wie willst du ihm das Gegenteil beweisen? Erinnerungslücken und Orientierungsmängel vorzutäuschen, ist eine der leichtesten Übungen.«

»Vielleicht können wir ihn darauf festnageln, das Gspusi von Schwester Elisabetta zu sein?«

»Und was sollte das bringen? Wir schreiben das einundzwanzigste Jahrhundert, Leo! Da endet eine Nonne nicht mehr auf dem Scheiterhaufen, weil sie Sex mit einem Mann gehabt hat. Vielmehr sollten wir uns klarmachen, dass, abgesehen von der Mohrenkopf-Malaise, Bezugspunkte zwischen Olga Fliegenschnee, Herrn Pökelschot und Schwester Elisabetta Mangelware sind. Letztere und das Mordopfer hatten vor letztem Samstag noch nie miteinander zu tun.«

»Aber Jens Pökelschot und Olga Fliegenschnee sehr wohl.«

»Ja, du Schlaumeier! Deshalb gehört Pökelschot ja auch zu unseren Hauptverdächtigen. Aber für heute ist es genug. Wir machen morgen um neun weiter und fahren jetzt heim. War ein ziemlich langer Tag.«

»Ich dachte, du übernachtest bei deinen Eltern?«

»Tu ich auch. Ich meinte: Du fährst heim und erzählst mir von unterwegs aus, was du noch von Dr. Unbescheid erfahren hast. Ich werde zunächst noch mal mit Wagner reden, um mit ihm den geänderten Tagesablauf von morgen abzuklären. Falls einer der Kursteilnehmer entgegen der Abmachung noch heute Nacht abreisen will, soll er uns sofort Bescheid geben.«

»Und du glaubst, das wird er tun?«

»Ich drohe ihm einfach Beugehaft an, so wie jedem anderen in diesem Fall, der sich nicht kooperativ verhält.«

15 NACH EINEM HERZHAFTEN FRÜHSTÜCK auf dem väterlichen Hof spazierte Redl erfrischt, aber auch etwas nachdenklich in Richtung SPIZ. In Ermangelung eines Dienstfahrzeugs war er am Vorabend auf der sogenannten Elend-Gasse, einem eingezäunten Güterweg, der direkt hinter dem Pfarrhof begann, zu seinem Elternhaus am Kalvarienberg gegangen. Der Rückweg zum SPIZ war derselbe. Als Spross einer katholischen Bauern-

familie und Messdiener hatte er die Strecke Hunderte Male bei jedem Wetter zurücklegen müssen. Heute genoss er es, unter der sich auflockernden Wolkendecke den Weg aus Kindertagen entlangzuschlendern, auch wenn seine Gedanken zwischendurch immer wieder zum Fliegenschnee-Mord zurückkehrten.

Die Beschaulichkeit war ohnehin nicht von langer Dauer: Ein Anruf Feuersangs holte ihn aus seinen Erinnerungen in die Gegenwart zurück. Sein Kollege war von Salzburg kommend eben am SPIZ eingetroffen. Er hatte Kontrollinspektor Max Haberstroh, der kaum noch die Augen offen halten konnte, nach Hause geschickt und Shirin Barzani in den Raum der Begegnung bestellen lassen.

»Ich bin gleich da, fang schon mal mit ihr an«, gab ihm Redl Bescheid. »Wird ja vermutlich eh nicht lange dauern. Wie bewegt Barzanis Lebensgeschichte auch sein mag: Am Mord kann sie nicht beteiligt gewesen sein – wenigstens nicht direkt. Schon Pökelschot ist mit Verzögerung vom Naturbad losgelaufen, und Olga Fliegenschnee noch später. Shirin Barzani hätte also Pökelschot an sich vorbeiziehen lassen, auf das Opfer warten, es ermorden, wegschaffen, den auf Höhe der Saalachbrücke im Gebüsch sitzenden Pökelschot wieder überholen und trotzdem schon zur Hälfte der Strecke auf Krautstingl auflaufen müssen. So ein Szenario lässt sich mit den Gesetzen der Logik kaum vereinbaren, wobei die Aussage Krautstingls, er habe Barzani schon länger hinter sich gehört, noch gar nicht berücksichtigt ist.«

»Das weiß ich doch alles, Göd. Trotzdem zählt Barzani wie Rauner und Pökelschot zu den durch Aktienkauf Geschädigten –«

»Barzani hat wie die beiden anderen die Schundaktie zwar gezeichnet«, war Redl um Detailtreue bemüht, »den Verlust aber hatte, wie du mir selbst gesagt hast, Dr. Unbescheid zu tragen.«

»Natürlich, du Erbsenzähler, aber deshalb darf Shirin Barzani noch nicht von der Liste der Verdächtigen gestrichen werden – schon ihrer Drogensucht wegen. Gegen ihre Abhängigkeit ist die Erpressbarkeit von Nikodemus ja fast noch ein Lercherl.«

»Du wirst das schon machen. Sag Schwester Elisabetta Bescheid, sie soll Rauner schon mal in den Tagungsraum schicken.

Und wenn ich mit ihm fertig bin, sorg dafür, dass alle zum gemeinsamen Abgleich der Zeugenaussagen dort oben zusammenkommen. Bis gleich.«

Redl hatte kaum aufgelegt, als er eine Frau mit Kleiderschürze von der L 266 auf dem sogenannten Wasserweg ihm entgegenkommen sah. Da er selbst noch ein gutes Stück vom Pfarrhof entfernt war, schätzte er, dass er etwa auf Höhe der alten Mühle mit ihr zusammentreffen würde. Selbst über die große Entfernung hatte er Irmi Loderer, die als Teenie in ihn verknallt gewesen war, sofort erkannt. Mittlerweile war sie mit einem Mann verheiratet, der bei der SAG Lend geregelten Dienst schob, hatte zwei Kinder, ein schönes Heim und einen Job im Pfarrhaus, den sie engagiert ausübte und der ihr trotzdem auch noch Zeit für die Familie ließ. Vor allem aber hatte sie etwas, das Redl sich nun zunutze machen wollte: nämlich Insiderwissen über die im SPIZ Tätigen. Das eine oder andere hatte er schon beim abendlichen Plausch mit Mutter, Bruder und Schwägerin erfahren. Zum Beispiel, dass der Jesuit Wagner, der auch die Pfarrei betreute, das SPIZ vor zwei Jahren gegründet hatte und Schwester Elisabetta und Bruder Nikodemus etwa zur selben Zeit zu ihm gestoßen waren. Für eine detaillierte Auskunft war Irmi sicher die bessere Adresse.

Einige Minuten später hatte auch diese ihn erkannt und winkte ihrem Jugendschwarm von Weitem zu. »Hallo, Lenz! Schön, dich wieder mal zu sehen«, begrüßte sie ihn strahlend, als sie zusammentrafen. »Freilich wär ich dir lieber bei einem erfreulicheren Anlass begegnet. Musste man denn ausgerechnet dich mit dieser grauslichen Sache betrauen?«

»Ich kann mir meine Fälle leider nicht aussuchen. Grüß dich, Irmi! Siehst ja blendend aus.«

Sie errötete wie ein Backfisch. »Und du bist noch immer der alte Schmeichler. Aber sag: Stimmt es, dass ihr den Mörder von Frau Fliegenschnee unter den Kursteilnehmern vermutet?«

Dass sie selbst das Thema anschnitt, kam seinen Absichten entgegen. »Lass uns ein Stück zusammen gehen, haben ja den gleichen Weg«, sagte er, ohne ihre Frage zu beantworten. »Wann fängt dein Dienst an?«

»Einen festgelegten Beginn gibt es nicht«, meinte sie und hakte sich wie in früheren Zeiten unbefangen bei ihm unter. »Ich teile mir meine Arbeit selbst ein. Also? Wie seht ihr die Sache?«

»Eigentlich darf ich mit Außenstehenden nicht über Ermittlungen sprechen, aber bei dir mach ich eine Ausnahme. Verdächtig sind zunächst alle, die wissen konnten, dass Olga Fliegenschnee zur fraglichen Zeit auf dem Radweg von Weißbach nach St. Martin unterwegs sein würde.«

Irmi Loderer machte ein langes Gesicht. »Aber da käme ja auch ich in Frage: Ich weiß über die Wanderroute ebenfalls Bescheid, es ist ja bei jeder Einkehrwoche dieselbe.«

Redl schüttelte den Kopf. »Ich sagte ›zunächst‹, Irmi. Von denen fallen erstens alle Personen weg, die ein Alibi vorweisen können, und zweitens jene, die keinerlei Beziehung zum Mordopfer und damit kein Motiv hatten. Ich denke, zu jener Gruppe zählst auch du. Ich käme jedenfalls nicht auf die Idee, dich nach deinem Alibi zu fragen.«

»Ich hatte gestern tagsüber frei und war bis sechzehn Uhr daheim bei meiner Familie«, sagte sie fast übereilt und entzog dabei ihre Hand seinem Arm.

»Das weiß ich doch, Irmi. Ich nehme an, dass ihr vormittags in der Messe wart?«

»Nur die Kinder und ich, Philipp hat es nicht so mit dem Kirchgang.«

»Hat Pater Franz die Messe selbst gelesen?«

»Du stellst vielleicht Fragen! Wer denn sonst?«

»Nun, es springen doch auch manchmal Gastpriester für ihn ein, wenn er wegen Veranstaltungen im SPIZ oder seinen Pflichten als Seelsorger unabkömmlich ist, nicht wahr?«

»Schon, aber ... Du verwirrst mich. Ich erinnere mich ganz genau, dass er am Altar gestanden ist. Ich hab mich noch gewundert, dass ein so guter Redner wie er an einem Sonntag die Predigt ausfallen lässt.«

»Schon gut, Irmi. Jetzt mal was anderes: Seit wann ist Bruder Nikodemus bei euch?«

»Das kann ich dir genau sagen: Er kam acht Wochen nach dem

Start des SPIZ-Projekts aus Südtirol zu uns, weil ich wegen der zusätzlichen Aufgaben im Haus den Garten nicht mehr in dem Ausmaß betreuen konnte, wie es für Bio-Produkte notwendig ist. Leider merkten wir rasch, dass Nikodemus die Arbeit nicht erfunden hatte, weshalb Pater Franz die Mary-Ward-Schwestern der einstigen Augustinerabtei St. Zeno in Bad Reichenhall bat, uns eine anstellige Hilfskraft zu schicken. So kam Schwester Elisabetta zu uns.«

»Und es scheint, ihr habt mit ihr einen Haupttreffer gemacht.«

»Das kannst du laut sagen. Schwester Elisabetta ist ein Allround-Talent. Nicht nur versteht sie von Kräutern mehr als Nikodemus und greift mir bei der zeitaufwendigen Buchhaltung und Verwaltungsarbeit unter die Arme, sie betreut auch die Kursteilnehmer und – was nicht mit Gold aufzuwiegen ist – hilft auf dem Hadrach-Hof regelmäßig aus, weil dort buchstäblich Not am Mann ist.« Da Irmi Loderer zu glauben schien, er als Eingeborener müsse über die Verhältnisse bei Schwabeneders ohnehin Bescheid wissen, erläuterte sie die letzte Bemerkung nicht näher.

Doch Redl hatte keine Ahnung, was sie meinte. »Warum Not am Mann?«, sah er sich gezwungen zu fragen. Inzwischen hatten sie den Pfarrhof erreicht. Da aber in der Küche Gemüse benötigt wurde, ging Irmi Loderer zum Gartenhäuschen weiter und griff sich den dort lehnenden Weidenkorb und ein Messer, wobei sie ihren Begleiter mit einem vorwurfsvollen Blick bedachte. »Sag bloß, du weißt nicht, dass Gidi Pfingstner, der Schwiegersohn vom alten Schwabeneder, voriges Jahr in Maishofen von einem Raser niedergefahren wurde?«

Er zog die Schultern hoch. »Unser Referat bearbeitet zwar auch solche Fälle, aber nicht alle landen auf meinem Schreibtisch. Außerdem hatte ich zu den Leuten vom Hadrach-Hof noch nie einen so engen Kontakt, um immer auf dem Laufenden zu sein. Also, wie war das mit Eugidius?«

Sie drückte ihm den Korb in die Hände, um das Gemüse ernten zu können, und begann, während sie von Beet zu Beet gingen, zu berichten: »Gidi und seine Frau Ridi hatten nach der alljährlichen Zuchtviehversteigerung in Maishofen noch an dem obligaten Umtrunk in der Alten Post teilgenommen. Als sie zu vorgerückter Stunde zu ihrem Wagen gingen, raste ein SUV heran, stieß Gidi nieder und fuhr weiter, ohne anzuhalten. Ridi war derart geschockt, dass sie nicht auf die Autonummer achtete. Der Unfallverursacher wurde nie ausgeforscht.«

»Und Gidi ist verstorben?«

»Nein, aber er ist seither ein Pflegefall. Vollständig gesund wäre er ohnehin nicht mehr geworden, aber zu allem Unglück soll bei einer der vielen Operationen ein übermüdeter Anästhesist Gidis jetzigen Zustand verschuldet haben, was jedoch nie bewiesen werden konnte. Ridi fehlt seither nicht nur der starke Mann an ihrer Seite, sondern auch der gelernte Metzger bei der Hausschlachtung«, merkte Loderer pragmatisch an. »Zacherl ist schließlich nicht mehr der Jüngste.«

»Aber beim Schlachten wird ihm auch das Englische Fräulein nicht zur Hand gehen können«, mutmaßte Redl, womit er bei der Jugendfreundin voll ins Fettnäpfchen trat.

»Du traust uns Frauen wohl gar nichts zu, du Macho! Schwester Elisabetta handhabt das Schlachtermesser so geschickt wie der Altbauer. Soviel ich weiß, besaß ihre Mutter ein Gasthaus mit Hausschlachtung, in dem Elisabetta schon in ihrer Schulzeit eine erwachsene Hilfskraft ersetzte. Und auf dem Hadrach-Hof überlässt sie immerhin nur das Töten der Tiere dem alten Zacherl. Als Gegenleistung für ihre Unterstützung erhält das SPIZ sämtliche bäuerlichen Produkte zu einem Vorzugspreis, nicht zuletzt auch für unser ›Essen auf Rädern‹, das wir zweimal pro Woche ausfahren und das auch Ridi an diesen Tagen entlastet. Die meisten Leute haben ja überhaupt keine Ahnung, was es heißt, einen Schwerstbehinderten rund um die Uhr zu betreuen und auch noch auf dem Hof Hand anlegen zu müssen.«

»Gibt es Kinder?«

»Eine Tochter, aber die ist mit drei Jahren schon aus dem Gröbsten raus und macht kaum Probleme. Die machen eher bornierte Tierschützer, mit denen sich Ridi wegen der Fohlenschlachtungen schon jahrelang in der Wolle hat – das begann bereits, als Gidi noch im Vollbesitz seiner körperlichen und geistigen Kräfte war.« Irmi Loderer hielt im Ernten einen Moment inne und blickte zum Hadrach-Gut hinüber. »Übrigens bringt Schwester Elisabetta Ridi auch das Essen an den beiden Tagen, Nikodemus springt für sie nur dann ein, wenn er sich in Zacherls Bienenhütte nützlich macht, denn als Imker ist er wirklich gut. Darüber hinaus fällt mir wenig ein, wobei er die arg gebeutelten Schwabeneders oder auch uns im SPIZ groß unterstützen würde.«

»Du magst Nikodemus nicht?«

»Frag mich lieber was anderes.«

»Na gut. Stimmt es, dass er in ein Kloster im Trentino versetzt wird?«

»Das hör ich jetzt zum ersten Mal.«

»Dann brauch ich dich vermutlich auch nicht nach seinen besonderen Vorlieben zu fragen?«

»Du meinst, dass er den Weinbestand in unserem Keller regelmäßig aufstocken muss und von Schwester Elisabetta und mir wegen der zusätzlich anfallenden Kosten ebenso oft zur Rede gestellt wird?«

»Eigentlich habe ich eher an ein anderes Laster gedacht.«

»Darüber musst du mit Pater Franz reden, zu Gerüchten äußere ich mich nicht. Willst du außer Latrinentratsch auch noch etwas anderes von mir wissen?« Irmgard Loderer klang ein wenig traurig, fühlte sich offensichtlich von ihrer Jugendliebe zur willfährigen Informationsquelle degradiert, was Redl sogar nachvollziehen konnte.

»Es tut mir leid, Irmi, aber diese Fragerei gehört nun mal zu meiner täglichen Arbeit. Und weil du eben Wagner noch einmal erwähnt hast: Ich weiß, dass er das SPIZ vor zwei Jahren gegründet hat, aber nicht, wann und für welchen Teil des Pfarrverbandes Lend/Embach/Dienten man ihn als Seelsorger einsetzt.«

»Das kannst du alles im Internet nachlesen.«

»Die Zeit hab ich nicht«, zog er nun andere Saiten auf. »Es geht um Mord, Irmi, da wird auf Sympathien oder Loyalitäten keine Rücksicht genommen. Es ist ohnehin meine letzte Frage. – Also?«

»Pater Franz ist seit drei Jahren hier, hat sich aber mit der Idee der Gründung eines spirituellen Zentrums schon getragen, noch ehe er, von Innsbruck kommend, den Pfarrverband übernommen hat. Um sich dem gut angenommenen SPIZ noch intensiver widmen zu können, hat ihm das Dechanat Taxenbach, spät, aber immerhin, letztes Jahr einen Pfarrprovisor zur Seite gestellt, der ihn bei der Seelsorge in Lend und Dienten sehr entlastet.«

»Ein Jesuit in einer Salzburger Pfarre ist eigentlich ziemlich ungewöhnlich, oder täusche ich mich? Soviel ich weiß, ist Salzburg das einzige Bundesland ohne Jesuiten-Niederlassung.«

»Der Personalmangel in der katholischen Kirche ermöglicht vieles, sogar einen Jesuiten in einer Salzburger Pfarre, wie du siehst«, sagte Loderer und spielte damit indirekt auf die unrühmliche Rolle der Societas Jesu bei der Protestantenvertreibung im 18. Jahrhundert an. Gleichzeitig bedeutete sie Redl, nun genug Gemüse im Korb zu haben.

16 VOR DEM LANDHAUS aus der Gründerzeit wollten sie sich eben trennen, als Feuersang nur ein paar Schritte weiter aus der sogenannten Remise trat.

»Ich warte schon eine Viertelstunde auf Frau Barzani, aber Madam belieben, nicht zu erscheinen«, maulte er grantig. »Ist sie vielleicht schon abgereist?«

Seine Frage galt Schwester Elisabetta, die in diesem Moment aufgeregt aus der Haustür gestürzt kam, gefolgt von einem etwas langsameren Rauner, der auf dem Weg in den Tagungsraum gewesen war.

»Frau Barzani ist nicht in ihrem Zimmer und auch sonst nirgendwo zu finden«, haspelte das Englische Fräulein atemlos. »Ich habe bereits das ganze Haus nach ihr abgesucht.«

»Sie und Schatzmann sind gar nicht erst zum Frühstück runtergekommen«, dachte Rauner laut, was die Beamten alles andere als beruhigte.

»Max hat niemanden vom Pfarrhof kommen, geschweige denn wegfahren sehen«, fühlte Feuersang sich bemüßigt, Kumpel Haberstroh zu verteidigen.

»Wer nachts ungesehen von hier verschwinden will, schafft das ohne Weiteres auch über den Kirchbachweg, auf dem ich hergekommen bin, oder über den Garten und den Hadrach-Hof«, gab Redl zu bedenken. »Mit einer Überwachung von der Hauptstraße aus ist das unmöglich zu verhindern. Aber Wagner hat uns nicht gestattet, den Wagen hier oben zu parken.« Er wandte sich an Loderer, die mit offenem Mund neben ihnen stand. »Danke, Irmi, ich habe im Moment keine Fragen mehr an dich.« Nachdem die Haushälterin im Pfarrhof verschwunden war, ordnete er an: »Dann kümmern wir uns zunächst um Schatzmann. Würden Sie ihn bitte anrufen, Schwester?«

Elisabetta tat, was verlangt wurde, das Rufsignal ertönte fünfmal, aber niemand ging ran. Schließlich meldete sich Schatzmanns Mailbox.

Redl nickte, als hätte er das erwartet. »Welche Zimmernummer hat er?«

»Nummer sechs«, antwortete die Mary-Ward-Schwester. Er bemerkte die Schatten unter ihren Augen, anscheinend hatte sie schlecht geschlafen.

»Das ist das Zimmer zwischen dem von Krautstingl und meinem«, machte sich Rauner wichtig, obwohl ihn niemand gefragt hatte.

»Das klingt, als hätten Sie eine Beobachtung gemacht?«, hakte Feuersang nach.

»Zunächst war es nur eine akustische Wahrnehmung«, schwächte Rauner ab. »Eine Minute nach Mitternacht habe ich gehört, wie jemand an eine Tür geklopft hat. Ich öffnete meine möglichst geräuschlos einen Spalt breit und sah – man mag es kaum glauben! – im Dämmerlicht der Flurbeleuchtung Frau Barzani im Negligé draußen auf dem Gang vor Krautstingls Tür stehen.«

»Und was ist so unglaublich daran?«, fragte Redl, der aus einem unerfindlichen Grund plötzlich Mühe hatte, ernst zu bleiben.

»Na, hören Sie mal: eine so hübsche junge Frau und dieser alte Zausel!«

»Der Gedanke, dass Barzani weniger am Sixpack von Krautstingl als am Inhalt seiner Brieftasche interessiert sein könnte, ist Ihnen nicht gekommen? Aber wie ist's dann weitergegangen? Hat Herr Krautstingl Frau Barzani reingelassen?«

»Das kann ich nicht sagen, weil ich meine Tür sofort wieder geschlossen habe. Schließlich bin ich kein Spanner. – Was ist jetzt mit meiner Vernehmung? Soll ich immer noch in den Tagungsraum gehen?«

»Nein, erst wollen wir mit Herrn Schatzmann und Frau Barzani sprechen. Bleiben Sie aber bitte in der Nähe, Sie werden von uns benachrichtigt.«

Auf dem Weg in die erste Etage des Pfarrhauses begegneten sie Wagner, der sich über die Selbstverständlichkeit, mit der sich die Polizisten im SPIZ bewegten, äußerst verwundert zeigte und sich ihnen in den Weg stellte.

»Was soll das, meine Herren? Ich kann mich nicht erinnern, Sie ermuntert zu haben, sich hier wie zu Hause zu fühlen.«

»Frau Barzani ist verschwunden, Franz«, klärte Schwester Elisabetta ihn auf. Dass sie und der Jesuit sich duzten, war den Ermittlern bisher nicht aufgefallen, war aber im Innergebirg selbst unter Ordensmännern und -frauen nicht unüblich.

»Was heißt das? Es kann viele Gründe haben, dass jemand das Haus verlässt. Muss deshalb gleich die Polizei hier rumtrampeln?«

»Gefahr im Verzug«, sagte Redl lakonisch. »Nach dem ungeklärten Mord an Frau Fliegenschnee ist die Möglichkeit weiterer sich ereignender Gewalttaten in nächster Zukunft leider nicht auszuschließen, weshalb allem Ungewöhnlichen nachzugehen ist. Wir dürfen also sehr wohl bei Ihnen rumtrampeln, Pater, wofür die schriftliche Ermächtigung natürlich nachgereicht wird. Zunächst aber wollen wir nach Herrn Schatzmann sehen, der nicht zum Frühstück im Speisesaal erschienen sein soll.«

»Vielleicht hat er es sich hinaufbringen lassen«, suchte Wagner abermals nach einer plausiblen Erklärung.

»Das wüsste ich dann aber«, widersprach Schwester Elisabetta.

Redl und Feuersang ließen den Hausherrn stehen und eilten, gefolgt von der Ordensfrau, die Treppe hinauf in den zweiten Stock. Widerstrebend schloss Wagner sich ihnen an.

Feuersang klopfte an die Tür mit der Nummer sechs – keine Antwort. »Herr Schatzmann, Polizei! Öffnen Sie bitte!«

Wieder keine Reaktion, dafür traten, angelockt durch den Lärm, Krautstingl und Pökelschot aus ihren Zimmern.

»Hat einer von Ihnen Herrn Schatzmann heute Morgen schon gesehen?«, fragte Redl.

Beide schüttelten den Kopf.

»Ich habe bemerkt, dass er und Frau Barzani nicht beim Frühstück waren, aber ist das gleich ein Grund, den Ausnahmezustand auszurufen?«, ätzte Pökelschot.

Schwester Elisabetta wählte noch einmal Schatzmanns Handynummer. Sofort erklangen hinter der Tür die Anfangstakte des Beatles-Songs »Yellow Submarine«, aber wieder hob niemand ab.

»Versuchen Sie, die Tür mit dem Hauptschlüssel aufzuschließen«, ordnete Redl an.

Aber Schwester Elisabetta gelang es nicht, den Schlüssel in das tosische Schloss zu schieben.

»Der Zimmerschlüssel steckt von innen«, stellte Wagner überflüssigerweise fest.

»Und die Klinke lässt sich auch nicht bewegen«, zeigte sie sich verwundert.

Nun versuchte Feuersang, die Klinke niederzudrücken, schaffte es aber nicht, sie auch nur einen Millimeter zu bewegen.

»Lass es lieber«, sagte Redl, der vermeiden wollte, dass Klinke und Türschloss unter den Kentaurenkräften des Pinzgauers Schaden nahmen. »Schatzmann muss sie von drinnen fixiert haben, vermutlich mit einem Stuhl.«

Sein Chefinspektor runzelte die Stirn. »Du meinst: Jemand hat einen Stuhl unter die Klinke geklemmt, und dieser Jemand muss nicht unbedingt er selbst gewesen sein.«

»Du sagst es. Also sollte einer von uns beiden vors Haus gehen und nachsehen, ob sein Fenster offen steht.«

Dass damit nicht gemeint war, auch durch das Fenster einzusteigen, ehe die Spusi angerückt war, bedurfte keiner Erwähnung.

Während also Feuersang der Aufforderung nachkam – nicht ohne im Abgang über die Delegierungslust mancher Vorgesetzter vor sich hin zu räsonieren, wischte Redl über die Kurzwahltaste für die Kriminaltechnik. »Stubi, es gibt Arbeit. Die Adresse: Pfarrhof Embach, Gemeinde Lend. Ihr müsst über ein Fenster im zweiten Stock zum mutmaßlichen Tatort einsteigen, wenn du nicht willst, dass wir die Zimmertür aufbrechen.«

»Untersteht euch!«, schloss Oliver Stubenvoll diese Alternative entrüstet aus. »Oder besteht unmittelbare Lebensgefahr für jemanden?«

»Sieht nicht danach aus.«

»Okay, wir sind in einer guten Stunde da.«

»Vielleicht nimmst du Pernauer gleich mit«, regte Redl an. »Ich hege nämlich den nicht unbegründeten Verdacht, dass wir im verbarrikadierten Zimmer die nächste Leiche finden werden. Hoffentlich die letzte in diesem Fall.«

»Holla, so schlimm? Ist denn der Chef auch vor Ort? Hab mich schon gewundert, weil er nicht im Büro nicht.«

»Jacobi ist in Wien. Im Innenministerium findet zurzeit das Briefing von Polizei-Führungskräften zur Organisation von Flüchtlingsaufnahmezentren statt. Ich dachte, das wüsstest du?«

»Muss ich tatsächlich verschwitzt haben. Dann bis gleich!«

Redls düstere Mutmaßungen riefen Unruhe unter den Umstehenden hervor – inzwischen war auch Dr. Unbescheid zu ihnen gestoßen – und sorgten da und dort für Getuschel. Aber weder einer der Kursteilnehmer noch jemand vom SPIZ-Personal stellte eine Frage.

Nach einigen Minuten kam Feuersang wieder ins Obergeschoss – mit Rauner im Schlepptau. Letzterem war nicht entgangen, dass der Chefinspektor vor dem Haus zum Fenster von Schatzmanns Zimmer geblickt hatte.

»Was ist mit Herrn Schatzmann?«, wollte der neurotische Manager von Redl wissen, der es freilich unterließ, eine Vermutung zu äußern, ehe er seinen Kollegen gehört hatte.

»Das Fenster ist gekippt«, sagte Feuersang knapp. »Für jemanden, der etwa an einem Seil gesichert da rausgestiegen ist, wäre es praktisch unmöglich, hinterher und von außen den für diese Stellung nötigen Scharnierwechsel vorzunehmen.«

»Wir warten jetzt auf die KTU«, entschied der Major. »Wenn die Kollegen da sind, wissen wir mit Bestimmtheit, ob jemand das Zimmer durch das Fenster verlassen hat. Ich nehme an, die Spusi wird eine Drehleiter brauchen. Mit einer, die auf einem schweren Einsatzfahrzeug montiert ist, dürfte es allerdings problematisch sein, den Fußweg zum Pfarrhof raufzufahren.« Und mit einem Seitenblick auf seinen Adlatus fügte er hinzu: »Ich kümmere mich um eine Alternative, schließlich kenn ich hier noch ein paar Leute. Und sowie wir die Leiter haben, werfen wir einen Blick durchs Fenster.«

»Müssten Sie nicht doch die Tür sofort aufbrechen? Was, wenn Herr Schatzmann besinnungslos oder in einem Zustand ist, in dem für ihn Lebensgefahr besteht?« Wieder war es Rauner, der diese Bedenken äußerte.

Redl schüttelte den Kopf. »Nach dem Mord gestern sowie angesichts dieser von innen verschlossenen Tür und des funktionstüchtigen Handys im Zimmer halte ich es für blauäugig zu glauben, Schatzmann könnte noch am Leben sein, Herr Rauner. Wir finden ihn da drinnen höchstens noch als Leiche. Eine andere Möglichkeit sehe ich nicht.«

»Doch. Die, dass wir schlimmstenfalls sogar zwei Leichen finden«, unkte Feuersang.

»Davon wollen wir mal nicht ausgehen«, wiegelte Redl ab. »Weshalb du dich jetzt gleich auf die Suche nach Frau Barzani machen wirst. Ich hoffe, Schwester Elisabetta unterstützt dich dabei. Bis die Leiter da ist, leiste ich Herrn Rauner Gesellschaft, aber nicht wie ursprünglich geplant im Tagungsraum, sondern draußen in der Natur. Nachdem es heute so schön ist, gehen wir ein wenig spazieren. Einen Moment noch, ich bin gleich so weit.«

Während sich Feuersang, begleitet von Schwester Elisabetta, daranmachte, Pfarrhof und SPIZ vom Keller bis zum Dach nach Shirin Barzani abzusuchen, rief Redl seinen Bruder Blasius an, der Mitglied der Freiwilligen Feuerwehr Embach war, und bat ihn, den Transport einer Anhängerdrehleiter zum Pfarrhof zu organisieren. Einer der Kursteilnehmer, ein Diabetiker, sei ins Azidose-Koma gefallen, seine Zimmertür aber von innen versperrt, und der Schlüssel stecke im Schloss. Als das erledigt war, wandte sich der Major wieder dem Windkraft-Manager zu. »So, Herr Rauner, und wir beide gehen jetzt gemeinsam ein Stückchen am Kirchbach entlang.«

17

SIE WAREN ERST WENIGE METER vom SPIZ entfernt, und Redl überlegte sich eben die erste Frage, als Rauner seinen verblüfften Begleiter am Ärmel fasste und ihm, sich verstohlen umblickend, zuraunte: »Ehe Sie mich stundenlang verhören, muss ich Ihnen unbedingt etwas sagen, Herr Major.«

»Lassen Sie bitte erst einmal meinen Arm los. – Danke. Also: Sie werden erstens nicht verhört, sondern als Zeuge befragt, und zweitens nicht stunden-, sondern nur so lang, bis ich mir über Ihr nicht ganz friktionsfreies Verhältnis zu Olga Fliegenschnee im Klaren bin.«

Rauners Augenlider begannen zu zucken.

»Und bis Sie mir gesagt haben, wo genau Sie am Sonntagmorgen zwischen zehn Uhr fünfzehn und zehn Uhr fünfundvierzig langgegangen sind.«

»Ist … ist das die halbe Stunde, in der Olga Fliegenschnee …?«

»In etwa, ja. Exakter kann unser Gerichtsmediziner die Todeszeit leider nicht eingrenzen. Also, was wollen Sie mir unbedingt sagen?«

»Ich habe vorhin angegeben, ich hätte Shirin Barzani vor Krautstingls Zimmer gesehen, dann aber gleich wieder die Tür zugemacht.«

»Ja, und?«

»Das entsprach nicht ganz der Wahrheit.«

»Sondern?«

»Nachdem Frau Barzani vergeblich an Krautstingls Tür geklopft hatte, hörte ich sie gleich darauf an meiner vorbei- und die Treppe hinuntergehen. Spontan schlüpfte ich aus meinen Hausschuhen und konnte ihr so leidlich lautlos folgen.«

»Warum?«

»Na, hören Sie! Nachdem ein Mensch ermordet wurde, schleichen nachts Personen durchs Haus, die als Täter in Frage kommen, das ist doch seltsam.«

»Personen? Wer denn noch – abgesehen von Ihnen?«, konnte Redl sich nicht enthalten hinzuzufügen.

Rauner schoss das Blut in die Wangen. »Mein Schicksalsgenosse, Herr Pökelschot«, murmelte er und vermied dabei die Bezeichnung »Kumpel«, obwohl er und Pökelschot früher beruflich mehrmals miteinander zu tun gehabt hatten und sogar locker befreundet gewesen waren.

»Wo und wann haben Sie Pökelschot gesehen?«

»Das war auch knapp nach Mitternacht. Frau Barzani war eben in ihr Zimmer im ersten Stock am Ende des Flurs zurückgekehrt und hatte die Tür hinter sich zugezogen, als sich gegenüber eine andere öffnete.«

»Jene zur Wohnung von Schwester Elisabetta«, vergewisserte sich Redl, der über ein gutes topografisches Gedächtnis verfügte und sich die Zimmerbelegung im ersten Stock vergegenwärtigte: Neben dem Stiegenaufgang befand sich Wagners Wohnung, es folgten die Zimmer von Dr. Unbescheid und Shirin Barzani, denen auf der anderen Flurseite in umgekehrter Reihenfolge die Wohnung von Schwester Elisabetta, das Zimmer von Olga Fliegenschnee und ein nicht belegtes gegenüberlagen.

»Allerdings«, bestätigte Rauner überrascht. »Aber nicht sie kam heraus, sondern Pökelschot. Er sah mich nicht, weil er nur die Tür fixierte, hinter der Frau Barzani verschwunden war. Also schlich ich schleunigst in den oberen Flur hinauf – denselben Weg, den ja auch er nehmen musste – und huschte in mein

Zimmer zurück. Pökelschot bewegte sich anscheinend ebenso lautlos durchs Haus, denn ich hörte ihn nicht mehr – vielleicht aber auch, weil mein Herz so laut pochte.«

»Und warum erzählen Sie mir das erst jetzt?«

»Warum wohl? Vorhin hätten ja beide, sowohl Schwester Elisabetta als auch Pökelschot, zugehört.«

»Okay, Herr Rauner, dann kommen wir jetzt zu Ihnen und der sogenannten kontemplativen Wanderung. Schildern Sie mir die Minuten zwischen Ihrem Aufbruch am Naturbad Vorderkaser und dem Augenblick, als Sie Frau Dr. Unbescheid am Luftenpass einholten, bitte so genau wie möglich. Geradezu ideal wäre es, wenn Sie an irgendeinem Punkt der Strecke auf die Uhr gesehen hätten, etwa an der Schotterhalde oder schon vorher.«

Rauner schüttelte den Kopf. »Ich weiß nur, dass ich Dr. Unbescheid trotz lädierter Hüfte – ich habe nämlich ein kürzeres Bein – um Punkt elf am Luftenpass einholte. Vorher hatte ich keinen Grund, nach der Zeit zu sehen. Und mit ungewöhnlichen Wahrnehmungen kann ich Ihnen auch nicht dienen, tut mir leid. War's das?«

»Moment. Herr Rauner, so schnell schießen die Preußen nicht und noch weniger österreichische Kriminalbeamte. Sie hatten einen Mordshass auf Olga Fliegenschnee, weil Sie ihr, wie Sie Dr. Unbescheid gegenüber erwähnten, die Hauptschuld am verlustträchtigen Kauf der Mohrenkopf-Aktie gaben.«

»Sie war die Hauptschuldige, weil sie Pökelschot, mich und vermutlich auch noch andere Dummköpfe überredet hat, gemeinsam mit ihr ein sogenanntes Mohrenkopf-International-Power-Aktienpaket zu ordern – ein Kleinaktionär allein hätte das nicht schultern können.«

»Ich dachte, Pökelschot hätte Sie mit ins Boot geholt?«

»Macht das einen Unterschied? Nicht er, sondern Olga Fliegenschnee war der Spiritus Rector dieses Luftschlosses, weshalb ich auch sie allein für mein Scheitern verantwortlich mache. Leider ist schon wieder eine Frau die Urheberin meiner Angstneurosen. Doch eines muss auch klar sein: Nie und nimmer hätte ich sie deshalb umgebracht. So etwas könnte ich gar nicht –

ehrlich! Außerdem ist an der leidigen Geschichte noch ein ganz anderer Aspekt zu berücksichtigen.«

»Nämlich welcher?«

»Olga Fliegenschnees Vorgesetzte haben sie bei ihren Spekulationen, die sie auch regelmäßig für die Tauernbergbahnen AG tätigte, so lange gewähren lassen, wie alles gut ging. Nachdem aber wegen plötzlich teurer gewordener Frankenkredite ein finanzieller Engpass entstanden war und der aus der Not geborene Ankauf eines großen Mohrenkopf-Pakets in die Hose ging, wälzten Manager und Aufsichtsrat die Verantwortung prompt auf die kleine Prokuristin ab und wuschen ihre eigenen Hände in Unschuld.«

»So läuft's nun mal in der Welt, in der großen wie der kleinen«, sagte Redl, der längst ahnte, worauf Rauner hinauswollte. »Ich glaube nicht, dass sich Olga Fliegenschnee irgendwelchen Illusionen hingegeben hat, schließlich war sie eine gelernte Bankkauffrau.«

»Trotzdem sollten Sie die Möglichkeit, dass Frau Fliegenschnee ihrem Leben selbst ein Ende gesetzt hat, nicht ganz aus den Augen verlieren. Auch ihr Privatleben war schließlich ein einziger Scherbenhaufen.«

»Und deshalb injiziert sie sich während einer Einkehrwoche, von der sie sich Trost und emotionale Unterstützung, vielleicht sogar Absolution von den Geschädigten erwartet hat, ein tödliches Gift und versteckt, ehe ihr Kreislauf zusammenbricht, die Spritze hinterher so gut, dass selbst die Kriminaltechniker sie nicht finden. Haben Sie sich das so gedacht?«

Rauner antwortete nicht.

»Sie schweigen, weil der Hase woanders im Pfeffer liegt. Ist es nicht so, Rauner?«, sagte Redl kalt. »Sie haben, wie von Ihnen selbst zugegeben, die Verantwortung für Ihre Fehlentscheidung auf die arme Olga Fliegenschnee projiziert und sie deshalb so lange gestalkt, bis sie sich gewehrt und Ihnen gedroht hat, ein Dossier über Atommülltransporte der Austria Onshore Company zu veröffentlichen.«

Der Windkraft-Manager schluckte zunächst, rang sich dann

aber doch zu einer Entgegnung durch. »Welches Dossier, welche Atommülltransporte, Major? Wenn Sie das glauben, sind Sie einer dicken Ente aufgesessen. Ich kann Ihnen –«

In diesem Moment spielte Redls Handy »California Dreamin'«. Er nahm das Gespräch entgegen und erfuhr vom diensthabenden Kollegen der Inspektion St. Johann im Pongau, dass man den Gatten von Olga Fliegenschnee inzwischen erreicht habe. Die Nachricht über den gewaltsamen Tod seiner Frau habe er betroffen, aber gefasst aufgenommen. Alles andere hätte die Beamten auch gewundert: Kurt Fliegenschnee hatte seinen Lebensmittelpunkt längst in der Frühstückspension seiner gut betuchten neuen Lebensgefährtin gefunden und konnte für Sonntagvormittag ein einwandfreies Alibi vorweisen: Er hatte die Pensionsgäste betreut, weil seine Partnerin geschäftlich unterwegs gewesen war. Zwei der Touristen waren wegen des schlechten Wetters im Quartier geblieben und hatten sich mit ihm einen Sonntagsfrühschoppen genehmigt.

Redl, der Kurt Fliegenschnee ohnehin nicht auf der Rechnung gehabt hatte, hakte die Gattenmord-Variante im Geiste endgültig ab. »Wo waren wir stehen geblieben, Herr Rauner?« Er wandte sich um, weil aus Richtung des Pfarrhofs Geräusche zu ihnen drangen. Drei Feuerwehrmänner hatten dort eben einen Anhänger mit Drehleiter von einem rot lackierten Jeep abgekoppelt und zogen ihn per Hand an die südliche Hausmauer heran, um ihn dort im Boden zu verankern.

»Ach ja, bei den Transporten von nuklearem Müll in den Kosovo«, beantwortete Redl seine eigene Frage. »Die sind also nur eine Erfindung von paranoiden Weltverbesserern, genauso wie die stattgefundene Überprüfung eines Containerzugs mit Geigerzähler.«

Rauners Gesicht nahm einen verschlagenen Ausdruck an. »Die Überprüfung hat nichts ergeben.«

»Herr Rauner, Umweltsünden zu ahnden, und mögen sie auch noch so schwer sein, ist nicht mein Geschäft. Ich habe einen Mord, vielleicht sogar mehrere aufzuklären. Wenn Sie also irgendetwas mit dem Tod von Olga Fliegenschnee zu tun haben oder etwas darüber wissen, dann wäre jetzt der richtige Zeitpunkt, um damit herauszurücken.«

»Wie oft denn noch? Ich habe diese Frau nicht mehr gesehen, seit ich am Sonntag kurz nach zehn am Naturbad Vorderkaser aufgebrochen bin, Herr Major. Und ermordet habe ich sie erst recht nicht.«

»Das hat bisher noch jeder Ihrer Wanderkameraden gesagt, mindestens einer oder eine von Ihnen sechs hat jedoch gelogen.«

Abermals meldeten sich die Beach-Boys in Redls Jackentasche. »Hans, was hast du für mich?« Der Major hörte Weider, dem Innendienstchef des Referats 112, interessiert zu, ohne ihn zu unterbrechen. Hin und wieder schüttelte er ungläubig den Kopf und legte schließlich auf.

Inzwischen hatten die Feuerwehrleute den Anhänger so vor der Pfarrhofmauer im Boden fixiert, dass sie die Drehleiter nicht allzu steil anstellen mussten, und richteten sie auf. Ein Mann kletterte auf den Anhänger und stieg in den Rettungskorb.

Die Zyklopengestalt hätte Redl auch aus noch größerer Entfernung erkannt: Es war Feuersang. Kaum hatte er den Korb hinter sich verriegelt, wurde die Leiter von den drei Männern, die das Handrad betätigten, langsam hochgefahren. Inzwischen hatten sich neben Schwester Elisabetta, Wagner, Dr. Unbescheid, Pökelschot und der Küchenfee auch Zaungäste aus der Nachbarschaft vor dem Pfarrhof eingefunden, um dem Treiben beizuwohnen. Nur Krautstingl und Nikodemus waren nicht darunter. Feuersangs noch ausstehender Anruf und die Anwesenheit Schwester Elisabettas unter den Zuschauern waren für Redl außerdem Zeichen genug, um zu wissen, dass man Barzani noch immer nicht gefunden hatte.

»Kommen Sie, Rauner, wir gehen zurück«, forderte er seinen Begleiter auf. »In den nächsten Minuten kann sich eine völlig neue Sachlage ergeben.«

Während sich Polizeimajor und Windkraft-Manager dem SPIZ im Laufschritt näherten, kam der Rettungskorb auf Höhe von Schatzmanns Zimmerfenster zum Stillstand. Chefinspektor

Feuersang musste jetzt freie Sicht in den höchstens noch einen halben Meter von ihm entfernt liegenden Raum haben.

Redl hielt es nicht mehr aus, er blieb unvermittelt stehen und holte sich den Kollegen ans Handy. »Was siehst du, Leo?«

Feuersang, wiewohl in luftiger Höhe, sprach gedämpft. »Ein Mann liegt mit dem Gesicht nach unten am Boden des Zimmers. Der Haarfarbe nach dürfte es Titus Schatzmann sein. Stubi und Pernauer sind bereits im Anmarsch und müssen jeden Augenblick eintreffen. Und ich habe noch eine schlechte Nachricht für dich: Shirin Barzani haben wir leider noch immer nicht gefunden.«

»Scheibenkleister! Ich hab auch was: Hans hat eben einen Anruf aus Linz reinbekommen. Über Schatzmann gibt es nichts Auffälliges zu berichten, wenn man davon absieht, dass er früher bei einem Wirtschaftstreuhänder angestellt, von einem Status als Berufsanwärter aber immer meilenweit entfernt war: Er hat keine einzige Prüfung abgelegt und muss als Buchhalter in den letzten Jahren hauptsächlich schwarz gearbeitet haben.«

»Das passt natürlich weniger gut zu einem angehenden Steuerberater.«

»Stimmt. Allerdings erweckt ein fast abbezahltes Loft in der Linzer Innenstadt den Eindruck, dass er auch so ganz gut über die Runden gekommen ist. Mit Aktienspekulationen scheint er sich die Bleibe jedenfalls nicht verdient zu haben. Er hat nur eine Unfall- und Kranken-, aber keine Lebensversicherung laufen. Ich habe die Linzer Kollegen gebeten, noch weiter nachzuhaken.«

»Gut. Noch was?«

»Ja. Pernauer hat sich ungewohnt rasch darauf festgelegt, dass es sich bei dem Pfeilgift, das Olga Fliegenschnee getötet hat, um eine Mischung aus verschiedenen Strychnos-Arten handelt. Jedes dieser Pflanzengifte zu isolieren, würde dauern, sagt er, aber es handelt sich zweifellos um Alkaloide, wie sie etwa in der Medizin als Muskelrelaxanzien bei Operationen und Schmerztherapien eingesetzt werden.«

»Die aber schon geringfügig überdosiert einen Patienten über den Jordan schicken können, richtig?«

»Allerdings. Bei Olga Fliegenschnee bewirkte das Gift bereits

Sekunden, nachdem es in ihre Blutbahn gelangt war, Atemlähmung und Bewusstlosigkeit – und schon nach Minuten starb sie einen Erstickungstod. Die petechialen Blutaustritte in der Gesichtshaut, sogenannte Tardieu-Flecken, sprechen da eine eindeutige Sprache«, wiederholte Redl den von Weider übermittelten Befund, wobei er angelegentlich seinen Begleiter Rauner ansah, der aber den Blickkontakt mied.

18 DER KORPULENTE ENDFÜNFZIGER Dr. Sebastian Pernauer erhob sich ächzend aus seiner knienden Stellung neben der Leiche und blickte auf seine Armbanduhr. »Zehn Uhr durch. Der Körpertemperatur nach dürfte der Mann ungefähr zwölf Stunden tot sein, wobei ich voraussetze, dass die Raumtemperatur bei gekipptem Fenster während dieser Zeit keinen großen Schwankungen unterworfen war. Die Totenstarre ist voll ausgeprägt, die Livores lassen sich nicht mehr wegdrücken, ebenso wenig ist ihre Verlagerbarkeit noch gegeben. Ich würde sagen, der Tod durch Ersticken trat gestern zwischen einundzwanzig und dreiundzwanzig Uhr ein. Genaueres erfahrt ihr, wenn er bei mir zu Hause auf dem Tisch liegt.«

»Also ist beziehungsweise wurde auch Schatzmann erstickt – aber nicht durch Gewalteinwirkung von außen?«, vergewisserte sich Redl.

»Ich will mich nicht festlegen, aber die Gesichtsverfärbung und die Hautreizung legen eine solche Todesart immerhin nahe. Genaueres wie gesagt –«

»Später, klar.«

Drei Beamte der Spurensicherung waren über die Drehleiter in das Zimmer eingestiegen, nachdem sie zuvor sämtliche Spuren an der Außenseite des Fensters gesichert hatten. Niemand hatte das Zimmer auf diesem Weg verlassen und nach den Gesetzen der Logik auch nicht durch die Tür, darauf hätte Abteilungsinspektor

Stubenvoll heilige Eide geschworen. Und dass eine zur Tatzeit anwesende zweite Person Schatzmanns Handy bestimmt nicht zurückgelassen hätte, hielt er für unnötig zu erwähnen.

Schon als die KTU am Tatort eingetroffen war, hatte Redl seinen Bruder Blås' und dessen Kameraden samt Equipment abrücken lassen. Natürlich nicht, ohne dabei zu betonen, dass der Diabetiker nun ins nächste Spital gebracht werden würde. So wenige Personen wie möglich sollten von den tatsächlichen Vorkommnissen im Pfarrhof etwas mitbekommen. Zu diesem Zweck hatte er auch den eigenen Leuten einen Maulkorb verpasst und ihnen, besonders was den zweiten Mord anlangte, jeden Kontakt zu den Medien untersagt – und zwar keineswegs nur, um den Ruf des SPIZ zu schützen.

Trotzdem würde kein Tag vergehen, bis die Journaille in der von ihm gestreuten Falschmeldung, die Zeugen für den Mord am Schiedergraben seien nach Hause geschickt worden, eine Finte erkennen und vor Ort aufschlagen würde. Dass nun auch die Umstände von Schatzmanns Tod das Referat 112 vor ein scheinbar unlösbares Rätsel stellten, sorgte nicht eben für Entspannung.

Wie schon eine Stunde zuvor vom Flur aus festgestellt worden war, steckte der Schlüssel innen im Schloss der versperrten Tür, deren Klinke zusätzlich durch einen daruntergeklemmten Stuhl arretiert worden war. Und obwohl unter diesen Voraussetzungen niemand das Zimmer hätte verlassen können, ging man doch von Fremdverschulden aus. Die von Schatzmann getroffenen Sicherheitsvorkehrungen passten einfach nicht zu einer suizidalen Person. Vielmehr wiesen sie darauf hin, dass er mit einer Attacke gerechnet und offensichtlich Angst vor seinem Mörder gehabt hatte. Abgesehen von einer Nachttischlampe hatte bei seinem Auffinden kein Licht gebrannt, und Schatzmann hatte, anscheinend, um den Zigarettenrauch abziehen zu lassen, nicht vor, sondern neben dem gekippten Fenster gestanden, wo er dann auch zusammengebrochen war. Offensichtlich hatte ihm die Furcht vor einem Sniper, der draußen lauerte, den Blick auf den Tod in seiner unmittelbaren Nähe verstellt.

Nachdem Stubenvoll und seine Helfer ihre Arbeit weitgehend erledigt hatten, durften sich auch Redl und Feuersang eingehender am Tatort umsehen, nicht befugte Personen blieben tunlichst ausgesperrt. An Schatzmanns Habseligkeiten konnten die beiden nichts Auffälliges entdecken. Seine Papiere und ein oberflächlicher Check des Wertkarten-Handys gaben nur das preis, was sie ohnehin schon von ihm wussten, weshalb Redl den Leichnam schließlich von den KTU-Leuten in einem Transportsarg zum bereitstehenden Kombi vor dem Pfarrhof hinuntertragen ließ.

Auf dem Flur vor Schatzmanns Zimmer warteten noch immer Wagner, Schwester Elisabetta, Dr. Unbescheid, Rauner und Pökelschot auf einen Kommentar von berufener Seite zu diesem zweiten grauenvollen Ereignis innerhalb von zwei Tagen. Ihnen stand der Schock ins Gesicht geschrieben, wogegen die Herren Krautstingl und Nikodemus das Schicksal des Ermordeten nicht allzu sehr zu berühren schien. Beide hatten sich trotz des kaum zu ignorierenden Trubels in und vor dem Haus noch nicht blicken lassen.

»Sie, Pater, Ihre Mitarbeiter und sämtliche Kursteilnehmer – soweit sie greifbar sind – begeben sich bitte jetzt in den Speisesaal«, ordnete der Major an, und dieses Mal hatte niemand etwas einzuwenden. »Der Mord an Herrn Schatzmann, der zweite eines Gruppenmitglieds innerhalb von vierundzwanzig Stunden, der sich diesmal im SPIZ zugetragen hat, besitzt eine Qualität, die außerordentliche Maßnahmen rechtfertigt. Zunächst tritt ein absolutes Kommunikations- und Ausgehverbot in Kraft, das ich verantworte und dessen Einhaltung von uns überwacht wird. Niemand von Ihnen telefoniert bis auf Weiteres mit Personen außerhalb des Gebäudes oder verlässt das SPIZ bis zu einer anders lautenden Verfügung. Wer der Anordnung zuwiderhandelt, wird das verdammt gut begründen müssen. Mittlerweile dürfte Ihnen klar sein, dass der anonyme Mörder von außerhalb Makulatur ist. Nur jemand, dem es sowohl im Schiederwald als auch hier im SPIZ möglich war, zuzuschlagen, kann der Täter respektive die Täterin sein. Wer immer also Frau Fliegenschnee und Herrn

Schatzmann auf dem Gewissen hat, ist entweder ein Kursteilnehmer oder gehört dem Personal an.«

Jetzt wurde es Wagner doch zu viel. »Bei allem Schrecklichen, das uns in den letzten Stunden widerfahren ist: Übernehmen Sie sich nicht ein wenig, Herr Major? Sie verdächtigen mich, Bruder Nikodemus und Schwester Elisabetta? Toll! Wenn ich nicht starr vor Entsetzen wäre, müsste ich darüber lachen.« Er lachte tatsächlich – kurz nur, aber das Geräusch klang schaurig durch Flur und Stiegenhaus.

Nicht nur Feuersang fiel auf, dass sich der Jesuit bei aller Empörung für keinen einzigen seiner Kursteilnehmer starkgemacht hatte.

»Und jetzt sollten Sie sich schon mal überlegen, was Sie zur Entspannung der Lage beitragen können, ehe diese noch weiter eskaliert«, schloss Redl, völlig unbeeindruckt von der Kritik. »Wir sehen uns im Speisesaal.«

Im Erdgeschoss gesellte sich auch Isidor Krautstingl, der eben noch unauffindbar gewesen war, wieder zu den anderen, und sogar Irmgard Loderer kam aus der Küche. Bruder Nikodemus hingegen war nach Shirin Barzani nun bereits die zweite Person im SPIZ, die nicht einmal per Handy erreichbar war.

Redl wies die Jugendfreundin an, wieder an ihren Arbeitsplatz zurückzukehren. »Danke, Irmi, aber deine Anwesenheit hier ist wirklich nicht vonnöten. Ich hab dir doch schon gesagt, dass du nicht verdächtigt wirst.«

Der Haushälterin, die nahe am Wasser gebaut war, kullerten dicke Tränen über die runden Wangen. »Aber ihr könnt doch nicht im Ernst unseren Herrn Pfarrer, einen Ordenspriester der Gesellschaft Jesu, eines Mordes bezichtigen!«

»Wir bezichtigen niemanden irgendeiner Tat, Irmi. Die getroffenen Maßnahmen dienen nur dazu, dem Mörder von Olga Fliegenschnee und Titus Schatzmann auf die Spur zu kommen, ehe diese noch gründlicher verwischt werden. Fass es nicht falsch auf, aber im Moment wirst du hier weniger gebraucht als in der Küche. Nach dem jüngsten Schock haben eure Gäste vielleicht keinen Appetit, aber dennoch ein warmes Mittagessen nötig.«

Alles andere als beruhigt kam Irmgard Loderer der Aufforderung Redls nach.

»Apropos Mittagessen«, meldete sich da Schwester Elisabetta. »Heute ist Montag, da muss ich um elf Uhr das Essen auf Rädern zum Hadrach-Hof bringen. Sie planen sicher wieder Zeugenbefragungen, Herr Major, ich würde es also begrüßen, als Erste vernommen zu werden, um noch alles zu schaffen.«

Die Frage, warum sie das Essen schon so früh abliefern wollte, ersparte sich Redl. Nicht nur im Innergebirg wurde auf Bauernhöfen gewöhnlich um elf Uhr oder nur etwas später zu Mittag gegessen. »Dem steht nichts im Wege, Schwester«, erwiderte er. »Aber ehe wir nun versuchen, im Geiste nachzustellen, was sich in der vergangenen Nacht in diesen Mauern abgespielt hat, wäre ich für einen Tipp dankbar, wo sich Nikodemus aufhalten könnte.«

»Ich kann wiedergeben, was er gestern Abend gesagt hat«, antwortete sie kühl. Offensichtlich war sie von Redl, dem Clooney-Lookalike, nicht so angetan wie die Damenwelt im Allgemeinen. »Er meinte, ohne begründeten Verdacht gegen seine Person lasse er sich von der Polizei nicht so mir nix, dir nix zu Hausarrest vergattern.«

»Verstehe. Ein Ziel seines Ausflugs hat er wohl nicht angegeben?«

»Doch. Er sagte, ein Besuch bei den Mönchen im Kapuzinerkloster Salzburg sei längst überfällig, und wollte dazu gleich in aller Frühe mit unsrem Pick-up aufbrechen. Nikodemus hilft den Kapuzinern beim Wiederaufbau ihrer jahrzehntelang brachliegenden Bienenzucht, jedenfalls ist das der Grund, den er für seine gelegentlichen Fahrten nach Salzburg – oder wohin auch immer – stets angibt.«

»Ich hatte Sie gestern doch alle ausdrücklich darum gebeten, das SPIZ nicht zu verlassen! Abgesehen davon mutet die Vorstellung, ein Jesuitenbruder würde Kapuzinern etwas beibringen, irgendwie seltsam an.«

»Nicht so seltsam wie die Tatsache, dass Nikodemus erst vor vierzehn Tagen am Kapuzinerberg war, um den Minderen Brüdern mit Rat und Tat zur Seite zu stehen«, warf Wagner mit tief gerunzelter Stirn ein.

Schwester Elisabetta zog die Schultern hoch. »Ich habe nur wiederholt, was Nikodemus gestern nach dem Abendessen im Speisesaal beim Abdecken der Tische vor sich hin gemurmelt hat.«

»Dann werden wir also jetzt nicht klären können, wo der Mann zu finden ist«, hielt Redl fest. »Aber weil Sie gerade von Ihrem hauseigenen Pick-up gesprochen haben: Irmi Loderer hat mir heute Morgen gesagt, dass Gidi Pfingstner, der Schwiegersohn vom Hadrach-Bauern, voriges Jahr in Maishofen von einem Geländewagen zum Krüppel gefahren wurde. Seine Frau, die Augenzeugin des Vorfalls wurde, konnte das Tatfahrzeug infolge ihres schweren Schocks nur äußerst vage beschreiben, was im Polizeibericht ausdrücklich erwähnt wird.«

»Kommen Sie zum Punkt, Major«, sagte Schwester Elisabetta unterkühlt, da sie natürlich längst wusste, welches neue Fass Redl aufzumachen beabsichtigte.

»Ich komme nirgendwohin, Schwester, und es liegt mir fern, einen wie auch immer gearteten Verdacht zu äußern. Mir ist nur eingefallen, dass manche Personen auch Pick-ups als Geländewagen bezeichnen.«

Auf Schwester Elisabettas glatter Stirn bildeten sich zwei steile Zornesfalten. »Hoffentlich haben Sie nicht vor, mit dieser hanebüchenen Theorie auf dem Hadrach-Hof für Furore zu sorgen. Die Schwabeneders haben wahrlich genug mitgemacht, als dass sie sich jetzt auch noch mit dem absurden Verdacht gegen Nikodemus oder mich auseinandersetzen müssten.« Hatte das Englische Fräulein sich eben noch von der frostigen Seite gezeigt, so klang sein Appell jetzt durchaus leidenschaftlich.

»Sie meinen: mit dem Verdacht gegen Nikodemus, Sie und Pater Franz – der Vollständigkeit halber«, präzisierte Redl kalt. »Aber im Moment interessiert mich ohnehin mehr, was manche Personen nachts auf den Fluren des Pfarrhofs umtreibt«, vollzog er abermals einen Themenschwenk. »Können Sie mir diesbezüglich weiterhelfen?«

»Nein, denn ich für meinen Teil habe meine Wohnung nach einundzwanzig Uhr nicht mehr verlassen«, sagte sie, ohne mit der Wimper zu zucken.

»Und Sie haben auch nichts gehört?«

»Nein, nichts. Nach den Aufregungen des vergangenen Tages war ich doch sehr müde. Der Schlaf hat mich rasch übermannt.«

Redl lag auf der Zunge, dass es seinen Informationen nach nicht der Schlaf war, der sie übermannt hatte, behielt das aber vorläufig für sich. »Ehe ich dieselben Fragen auch an die anderen richte, noch eine Anmerkung zum augenblicklichen Stand der Dinge: Der Fall Schatzmann legt nahe, dass die Spekulation mit den Mohrenkopf-Aktien offenbar nicht der Auslöser für den Mord an Olga Fliegenschnee war. Nach ersten Recherchen unsrer Zentrale interessierte sich das zweite Mordopfer nämlich nicht im Geringsten für Wertpapiere. Jene, die Olga Fliegenschnee als Schuldige an ihrer unglücklichen Situation sehen, können insofern aufatmen, als dass sie nun auf der Liste der Verdächtigen nicht automatisch ganz oben stehen.«

»Und das heißt im Klartext was, Major?«, wollte Wagner wissen.

»Das heißt, wie ich oben im Flur schon gesagt habe, dass als Mörder für Titus Schatzmann in erster Linie eine Person in Frage kommt, die nach den Gesetzen der Logik auch die Möglichkeit hatte, Olga Fliegenschnee aufzulauern beziehungsweise sie einzuholen und ihr eine tödliche Injektion zu verpassen, wobei wir bezüglich des Motivs nun wieder völlig im Dunkeln tappen.«

»In erster Linie?«

»Natürlich wären auch zwei Mörder denkbar, die für den jeweils anderen Mord ein Alibi haben«, sagte Redl trocken. »Nachdem aber schon der erste unter sehr mysteriösen Umständen stattgefunden hat, jedoch Parallelen zum zweiten aufweist, gehen wir vorerst von einem Täter aus, der in beiden Fällen ebenso lautlos wie heimtückisch getötet hat.«

»Und wen haben Sie dabei im Auge?«, fuhr Pökelschot Redl an. »Sagen Sie endlich, was Sie denken!«

»Wenn Sie schon fragen: Sie stehen nach wie vor ganz oben auf meiner Liste«, kam es postwendend retour. »Schatzmanns Zimmer liegt neben Ihrem, und für den Mord an Olga Fliegenschnee waren Sie in einer idealen Position, indem Sie unmittelbar vor ihr hergingen. Außerdem haben Sie ein lausiges Alibi für die in Frage kommenden Minuten.«

Der vormalige Trendscout breitete in einer hilflosen Geste die Arme aus. »Das ist mir bewusst, trotzdem habe ich Olga kein Haar gekrümmt. Und wie hätte ich dem Buchhalter den Garaus machen können, he? Das erklären Sie mir mal!« Er machte einen so überdrehten Eindruck, als hätte er getrunken oder sich etwas eingeworfen.

»Noch wissen wir es nicht, Herr Pökelschot«, antwortete jetzt Feuersang anstelle von Redl, »aber wir kommen noch dahinter, worauf Sie jenes Gift nehmen können, das Sie Schatzmann irgendwie beigebracht haben.«

»Ihr seid doch Idioten«, hielt der Bezichtigte, nun seltsamerweise in unaufgeregtem Plauderton, mit seiner Meinung nicht hinter dem Berg. »Ich gehe jetzt in die Küche, um mir etwas zu trinken zu holen.«

»Beamtenbeleidigung ist ein Offizialdelikt, und Sie gehen nirgendwohin!«, sagte der Chefinspektor ebenso bierernst und wollte Pökelschot zurückhalten, aber Redl, der den Mann für eine wichtige Schlüsselfigur hielt, schüttelte den Kopf. Also ließ Feuersang den aufsässigen Zeugen gegen seinen Willen in die Pfarrhofküche abtauchen.

»Was ist denn so rätselhaft an Herrn Schatzmanns Tod?« Diesmal war Schwester Elisabetta die Fragerin.

»Dr. Pernauer, der Gerichtsmediziner, hat wie schon bei Olga Fliegenschnee Atemlähmung als Todesursache diagnostiziert«, erläuterte Redl bereitwillig, wobei er die Mary-Ward-Ordensfrau nachdenklich musterte. »Den Todeszeitpunkt setzt er zwischen zwanzig und zweiundzwanzig Uhr an, also nach dem verspäteten Abendessen. Die Wirkungsweise des mutmaßlich verwendeten Gifts gibt jedoch Rätsel auf. Ein langsam wirkendes hätte Schatzmann etwa mit dem Mineralwasser, das in jedem Zimmer steht, zu sich nehmen können, aber die Flasche war unberührt. Wäre es ihm schon beim Abendessen beigebracht worden, hätte er vermutlich noch Zeit gehabt, Hilfe zu rufen, was er aber, wie wir wissen, nicht getan hat.«

»Und was ist mit einem rasch wirkenden Mittel?«, fragte Rauner, obwohl er die wenig befriedigende Antwort bereits zu kennen glaubte.

»Um ihm das zu verabreichen, hätte der Mörder oder die Mörderin bei ihm im Zimmer sein müssen, was laut Spurensicherung aber nicht der Fall war. Es existiert auch keine Tapetentür oder ein anderer geheimer Ausgang. Abteilungsinspektor Stubenvoll und seine Leute hätten einen solchen sicher nicht übersehen.«

»Welchen Schluss ziehen Sie also aus diesen … hm … Ermittlungsergebnissen?«

»Vorläufig noch keinen. Da wir das Motiv für beide Morde nicht kennen und gewissermaßen wieder am Anfang unserer Ermittlungen stehen, bleibt der Kreis der Verdächtigen fast unvermindert groß. Daher meine Frage an Sie, Pater Franz: Was haben Sie nach dem Abendessen und unsrer kurzen Unterredung gemacht?«

»Nichts Besonderes«, sagte der Jesuit achselzuckend. »Ich habe nach den Turbulenzen des vergangenen Tages zur Beruhigung noch ein wenig im Brevier gelesen und bin dann schlafen gegangen.«

»Hat irgendetwas Sie geweckt? Haben Sie irgendeine Wahrnehmung im Laufe der Nacht gemacht?«

Wagner, dessen Wohnung sich in der ersten Etage befand, in der außer ihm nur Frauen untergebracht waren, ließ sich mit der Antwort ungewöhnlich lange Zeit, sodass sich die Miene seines Gegenübers zusehends verfinsterte. »Ich bin durch ein Geräusch wach geworden und habe an meiner Tür jemanden vorbeihuschen hören«, sagte der Psychotherapeut endlich.

»Und? Haben Sie nachgesehen, wer da so spät unterwegs war?«, stieß Redl nach. »War es nur eine Person?«

»Es waren zwei, die allerdings zu verschiedenen Zeiten nach oben gegangen sind. Ich habe mich aber ehrlich gesagt nicht vor die Tür gewagt, sondern stattdessen begonnen, für diese Menschen zu beten.«

»Zu beten?«, wiederholte Feuersang verblüfft.

»Ja, ich betete, Gott möge sie das Richtige tun und von ihrem Vorhaben Abstand nehmen lassen.«

»Sie wussten also, was die Personen vorhatten?« Nicht nur die Ermittler waren baff. Die Augen sämtlicher Anwesenden richteten sich mit erstauntem, manche auch mit gespanntem Ausdruck auf den Priester.

»Nein, aber ich ahnte, nein, ich fürchtete, dass schon wieder etwas Schreckliches passieren könnte.«

»Hängt diese Ahnung vielleicht mit dem vertraulichen Gespräch zusammen, das Sie am Samstagabend mit Frau Fliegenschnee geführt haben?«, fragte Redl, einer plötzlichen Eingebung folgend.

»Mit einem Gespräch – ja. Aber ob mit jenem, das ich mit Olga Fliegenschnee führte, oder mit einem andern, werde ich nicht sagen. Ich werde weder verstorbene noch lebende Personen und auch nicht mich selbst durch einen Bruch des Beichtgeheimnisses kompromittieren.«

Redl blieb die Luft weg. »Ihnen ist aber klar, dass Personen, die der Polizei Informationen vorenthalten, die zur Aufklärung eines Kapitalverbrechens beitragen könnten, in Beugehaft genommen werden können?«, drohte er dem Geistlichen wider besseres Wissen.

»Das versuchen Sie mal bei einem katholischen Priester«, konterte Wagner kühl, um dann heftig fortzusetzen: »Aus Ihnen werde ich wirklich nicht schlau: Auf der einen Seite trampeln Sie im SPIZ herum wie der obligate Elefant im Porzellanladen, auf der anderen halten Sie uns wie Gefangene fest und verhängen eine Nachrichtensperre, damit ja keine Info über den zweiten Mord an die Öffentlichkeit gelangt, anstatt wie üblich in Frage kommende Zeugen auf eine Polizeiinspektion vorzuladen.«

Der Major hatte nur kurz die gebotene Fassung verloren und war nun um Deeskalation bemüht. »Zwei ungeklärte Morde innerhalb weniger Stunden erfordern nun mal ungewöhnliche Maßnahmen, Pater. Und ohne Ihnen weiter nahetreten zu wollen: Wenn Sie – egal, wie – in den Besitz von Informationen gekommen sind, die den oder die Mörder entlarven könnten, sind Sie ebenso gefährdet, wie es die beiden Opfer waren.«

Das war deutlich. Doch obwohl Wagner eben noch den Eindruck eines vorsichtigen, ja sogar ängstlichen Menschen vermittelt hatte, blieb seine Miene jetzt unbewegt. »Mein Leben liegt in Gottes Hand«, sagte er schließlich, wobei es Redl überlassen blieb, dies als Schicksalsergebenheit oder als Floskel zu werten.

»Übrigens hätte ich noch gern gewusst, wie Sie sich den weiteren Tagesablauf vorstellen«, überraschte der Jesuit nun mit einem Themenschwenk. »Wäre es für unsre Gäste nicht wünschenswert beziehungsweise notwendig, die gestern und heute erlittenen Traumata durch therapeutische Gespräche zu verarbeiten, so gut es unter diesen Umständen eben möglich ist?«

»Dagegen haben wir nichts«, meinte Redl.

»Dann wäre es nett, wenn die Polizei die Kursteilnehmer am Nachmittag in Ruhe lassen und mir dadurch die Gelegenheit geben würde, statt des vorgesehenen Vortrags einen anderen zu halten. Er trägt den Titel ›Mangelnde Gewissensbildung als Vorwand für destruktive Verhaltensweisen in Zivilgesellschaften‹.«

»Wenn unsere Befragungen abgeschlossen sind, sind alle wieder Herr ihrer Zeit innerhalb dieser Mauern. Vorausgesetzt natürlich, es ergeben sich keine neuen Fragen und Erkenntnisse«, stellte Redl klar.

Wagner nickte zufrieden. »Gut. Dann würde ich jetzt gern meinen Obliegenheiten als Pfarrer nachgehen. Ich habe, wie Sie vielleicht wissen, neben meiner derzeitigen Hauptbeschäftigung als Zeuge ja auch noch ein paar Nebenjobs.«

»Da Sie gerade die Fragen, die uns weiterbringen könnten, nicht beantworten und sich dabei auf das Beichtgeheimnis berufen, hat es wohl wenig Sinn, weiter auf Ihrer Anwesenheit zu beharren, Pater. Aber bleiben Sie bitte erreichbar.«

»Kann ich jetzt auch gehen und das Essen zu den Schwabeneders bringen?«, fragte Schwester Elisabetta, sichtlich um Entspannung der Atmosphäre bemüht. »Gidi wird unruhig, wenn seine Mahlzeiten nicht pünktlich geliefert werden.«

»Ich dachte, er ist schwerbehindert?«, fragte Redl gereizt, obwohl er keineswegs vorhatte, den Essenstransport zu unterbinden.

Schwester Elisabetta nickte. »Aber er hat ein gutes Zeitgefühl und hört außerdem die Kirchturmuhr schlagen.«

Redl winkte ab. »Gehen Sie nur. Ich wäre Ihnen allerdings verbunden, wenn Sie spätestens nach dem Mittagessen wieder hier wären.«

19 KAUM WAR WAGNER in seine Wohnung hinaufgegangen und Schwester Elisabetta mit dem tragbaren Essen unterwegs zum Hadrach-Hof, erkundigte sich Redl bei Feuersang angelegentlich, welche Räume auf der Suche nach Shirin Barzani überprüft worden waren und welche nicht.

»Wir haben sämtliche Gästezimmer, Aufenthalts-, Arbeits- und Vorratsräume gecheckt«, erstattete der Chefinspektor leicht verschnupft Bericht. »Schwester Elisabetta hat mich auch einen ausführlichen Blick in ihre Zwei-Zimmer-Wohnung und jene von Nikodemus werfen lassen. Sie wusste ja, dass er mit dem hauseigenen Pick-up, einem weißen Nissan Navarra, weggefahren war.«

Redl schüttelte zweifelnd den Kopf. »Ich erinnere mich, dass der Nissan nicht direkt beim Pfarrhof geparkt war. Max hat aber bis zum Morgengrauen kein Auto durchs Dorf fahren hören, was zugegeben nicht ausschließt, dass sich Nikodemus nicht eben dann mit der Barzani aus dem Staub gemacht hat. Aber es kann auch sein, dass wir hier vor Ort etwas übersehen haben. Also überprüfe bitte noch einmal sämtliche Räumlichkeiten vom Keller bis zum Dachboden, auch in der Remise. Lass keinen Winkel aus, schau in Kleiderkästen und unter den Betten nach, einfach überall, wo eine Frau von Barzanis Statur verborgen werden könnte.«

»Du … du meinst, man hat sie irgendwo versteckt – wie die Leiche von Olga Fliegenschnee?«, stotterte Feuersang, der sonst selten Emotionen erkennen und sich wohl auch diesmal nur zu einer solchen hinreißen ließ, weil er für die zwielichtige, aber attraktive Kurdin eine kleine Schwäche hatte.

»Geh zu Pater Franz. Er soll dir den Hauptschlüssel geben und dich auch einen Blick in sein Refugium tun lassen. Bitte ihn freundlich darum«, verfügte Redl, ohne die Frage seines Kollegen zu beantworten. »Sag ihm, auch für diese Maßnahme wird die richterliche Anordnung nachgereicht.«

»Ich will mich ja nicht zum Anwalt von Pater Franz aufschwingen«, meldete sich da Rauner wieder zu Wort, »aber wenn es um Shirin Barzanis Verbleib geht, wären die richtigen Ansprechpartner wohl anderswo zu suchen.« Er warf einen bezeichnenden Blick auf Krautstingl, der sich bisher im Hintergrund gehalten hatte.

»Allerdings! Shirin Barzani wollte zu diesem Dorfschulzen aufs Zimmer«, tat sich Pökelschot sehr viel weniger Zwang an, »und ist jetzt verschwunden. Was soll man davon halten?«

»Woher wollen Sie das überhaupt wissen?«, fragte Redl, sah aber dabei nicht ihn, sondern Krautstingl an, der die Anpöbelung mit unbewegter Miene über sich hatte ergehen lassen.

»Na, hören Sie! Wenn ich aus meinem Zimmer auf den Gang trete, blicke ich geradewegs auf die Tür des Zimmers von dem Herrn da. Shirin Barzani hat an ihr gekratzt wie eine rollige Katze.«

Redls Mundwinkel zuckten. »Ich wusste gar nicht, dass rollige Katzen an Türen kratzen.«

»Trotzdem stimmt es«, bekräftigte Rauner Pökelschots Aussage. »Ich habe Frau Barzani mit eindeutigen Absichten vor Krautstingls Tür stehen sehen, das hab ich Ihnen doch alles bereits gesagt, Herr Major.« Die vermeintliche Passivität des Kriminalbeamten machte den dünnhäutigen Manager kribbelig.

»Das habe ich mitbekommen, Herr Rauner«, versicherte Redl, »aber vorläufig interessiert mich eher, was Herr Pökelschot in Schwester Elisabettas Wohnung gesucht hat. Um welche Zeit, sagten Sie, war das gleich? Ein paar Minuten nach Mitternacht, nicht wahr?«

»Quatschmaul!«, fauchte Pökelschot den einstigen Freund an. »Was geht dich das überhaupt an? Hast du nicht genug eigene Probleme, denen du dich widmen kannst?«

»Nur eine Kleinigkeit stört mich an Ihren Aussagen, meine Herren«, stoppte der Ermittler kurzerhand Pökelschots Attacke gegen Rauner. »Herr Rauner hat Frau Barzani wenige Minuten nach Mitternacht vor Herrn Krautstingls Tür gesehen. Als der nicht öffnete, ist er ihr heimlich in den ersten Stock gefolgt und hat sie in ihr eigenes Zimmer gehen sehen. Unmittelbar darauf bemerkte er, wie Herr Pökelschot aus Schwester Elisabettas Wohnung kam. So weit, so gut! Aber wie, Herr Pökelschot, wollen Sie dann Frau Barzani an Herrn Krautstingls Tür gesehen haben?«

Der Befragte war keine Sekunde um eine Antwort verlegen. »Ganz einfach: Ich habe sie zu einem anderen Zeitpunkt dort gesehen, sie mich dagegen nicht, weil sie mir ja den Rücken zuwandte. Um die Sache abzukürzen, will ich gleich dazusagen, dass ich über die Beobachtung von Herrn Rauner nur unter vier Augen mit Ihnen reden werde.« Seine angespannte Wangenmuskulatur unterstrich, wie ernst er seine Worte meinte.

»Das lässt sich machen«, war Redl bemüht, den Druck von ihm zu nehmen. »Aber zuvor sollte noch Herr Krautstingl Gelegenheit bekommen, sich zu dem Besuch von Frau Barzani zu äußern.«

»Es gab keinen solchen Besuch kurz nach Mitternacht, wie Herr Rauner ja bestätigen kann«, berief sich der Kommunalpolitiker umgehend auf die Aussage des Windkraft-Managers. »Ich habe Frau Barzani wohl an meiner Tür gehört, aber nicht geöffnet. Was daran ist missverständlich?«

»So würde ich es auch formulieren, wenn ich nicht im Zimmer gewesen wäre und ein Alibi bräuchte«, höhnte Pökelschot.

»Sie bekommen Ihren Auftritt schon noch, Herr Pökelschot, aber die Ermittlungen führe ich«, klärte Redl zunächst die Zuständigkeiten, um sich sofort wieder dem anderen Zeugen zuzuwenden. »Hat Frau Barzani noch ein zweites Mal, vor oder nach Mitternacht, an Ihre Tür geklopft, Herr Krautstingl?«

Der Gefragte warf, ehe er antwortete, einen bedauernden Blick in Richtung Dr. Unbescheid, die seit Frau Barzanis Verschwinden völlig von der Rolle zu sein schien und jede Bemerkung, die sich auf sie bezog, mit fast hysterischer Aufmerksamkeit verfolgte. »Tut mir leid, es sagen zu müssen: Aber ja, das tat sie – und zwar schon zwei Stunden vor Mitternacht. Da hab ich die Tür ebenfalls einen Spalt breit geöffnet, obwohl ich bereits ahnte, wie der Hase laufen sollte. Als mir ihr Outfit meine Ahnung bestätigte, sagte ich, ich hätte Besuch. Die kleine Notlüge sollte uns beiden weitere Peinlichkeiten ersparen. Zunächst ließ sie sich abwimmeln und entfernte sich ohne Gutenachtgruß.«

»Sie muss ziemlich auf Crash gewesen sein, dass sie es gleich zweimal versucht hat«, mutmaßte Pökelschot, dem Kokainsucht zwangsläufig nicht fremd war.

Krautstingl, von ihm eben noch als Dorfschulze verunglimpft, pflichtete ihm bei. »Das denke ich auch. Ich glaube sogar gehört zu haben, dass sie, noch ehe sie um zweiundzwanzig Uhr bei mir angeklopft hat, schon am Flurende war, an der Tür von Nikodemus. Beschwören kann ich es allerdings nicht, weil ich zu diesem Zeitpunkt nicht bewusst darauf geachtet habe.«

»So ein Verhalten ist Shirin leider durchaus zuzutrauen«, schaltete sich Dr. Unbescheid mit belegter Stimme in das Gespräch ein. »Soll ich wiederholen, was ich gestern Herrn Feuersang über Bruder Nikodemus berichtet habe?«

Der Major winkte ab. »Wir haben bereits in Betracht gezogen, dass sich Frau Barzani möglicherweise von Nikodemus mit Koks versorgen lassen wollte.«

»Und dass sie vorhatte, das Geld dazu bei mir abzustauben, ist mir mittlerweile auch gedämmert«, sekundierte Krautstingl. »Na ja, immerhin hätte sie mir ja auch einiges dafür geboten«, fügte er seufzend hinzu.

»Sie sind ein Filou, Herr Krautstingl«, wies ihn Dr. Unbescheid zurecht, wirkte dabei aber seltsam unbeteiligt und resignativ.

»Und eben weil Herr Krautstingl ein Filou ist, hätte er in der geschilderten Situation ein solches Angebot nicht zurückgewiesen«, klinkte sich umso ambitionierter Pökelschot wieder in das Gespräch ein. »Die Situation war aber eine andere: Als Frau Barzani zum ersten Mal klopfte, konnte er sie nicht hereinbitten, weil er bereits Besuch hatte – von seinem späteren Opfer Schatzmann.«

»Sie wissen nichts, nehmen aber den Mund ziemlich voll, Pökelschot«, sagte Krautstingl eisig.

»Tu ich das? Falls Sie Schatzmann von früher kannten – ein Oberösterreicher den anderen –, wäre es für Sie doch ein Leichtes gewesen, diesen farblosen Spargeltarzan auf einen ganz besonderen Drink zu sich aufs Zimmer einzuladen, ihn dann, ehe das Gift zu wirken begann, in sein eigenes zu geleiten und ihm einzuschärfen, ja die Tür von innen abzusperren und zu verrammeln, gleich nachdem Sie gegangen waren. Schließlich könne man ja nicht wissen, was der Mörder von Olga Fliegenschnee sonst noch plante, nicht wahr?«

»Sie haben in der Tat eine blühende Phantasie.«

»Nix Phantasie! Ich hab meinen Job eben doch noch nicht verlernt und kann Menschen ohne viel Vorinformation beurteilen. Sie, Herr Krautstingl, haben es faustdick hinter den Ohren. Wenn auch Ihre Geschichte vom beruflich wie privat gescheiterten Grandseigneur teilweise stimmen mag, so fehlt daran sicher etwas ganz Entscheidendes: Den wahren Herrn Krautstingl haben Sie uns und der Öffentlichkeit bisher noch nicht gezeigt.«

»Wie auch immer, Ihrer Theorie fehlt jedenfalls das Wichtigste«, wandte Redl ein, der Pökelschot zunächst frisch von der Leber weg hatte reden lassen. »Welches Motiv hätte Herr Krautstingl gehabt, Schatzmann zu ermorden?«

»Das herauszufinden, ist ja wohl Ihre Aufgabe. Sie führen doch die Ermittlungen, das haben Sie mir eben noch aufs Brot geschmiert. Aber wenn wir schon dabei sind: Für den feinen Herrn da wäre es auch kein Problem gewesen, Olga abzupassen und sich hinterher von der suchtkranken Frau Barzani ein Alibi geben zu lassen. Die wiederum hat offenbar einen wichtigen Grundsatz außer Acht gelassen und mehr gefordert, als der Erpresste bereit war zu geben, weshalb sie letztlich selbst zum Opfer wurde. Oder warum ist sie plötzlich nicht mehr erreichbar?«

Um Anerkennung für seine investigative Brillanz heischend blickte Pökelschot von einem zum anderen. Falls er allerdings gehofft hatte, Krautstingl mit seinen Schnellschüssen aus der Reserve zu locken, wurde er umgehend eines Besseren belehrt.

»Angenommen, ich wäre ein Idiot, der sein Alibi von der Verlässlichkeit einer Suchtkranken abhängig macht«, hob der Innviertler den Fehdehandschuh auf, »und hätte Frau Fliegenschnee aufgelauert, die zwar ursprünglich am Naturbad hinter Frau Barzani hätte losgehen sollen, aber erst als Vorletzte gestartet ist, dann hätte ich, als ich nicht Olga Fliegenschnee, sondern Sie herankommen sah, meinen ursprünglichen Plan blitzartig durch einen wesentlich abenteuerlicheren ersetzen müssen: Ich hätte Sie vorbeilassen, auf Olga Fliegenschnee warten, sie ermorden, nach begangener Tat Sie, Pökelschot, wieder über- und danach Frau Barzani einholen müssen, um mit ihr nur wenige Minuten nach Dr. Unbescheid und Herrn Rauner in St. Martin einzutreffen. Halten Sie mich im Ernst für so bescheuert, ein solches Risiko einzugehen? Denn wie hätte ich im Voraus wissen können, dass Sie ein menschliches Bedürfnis auf Höhe der Schotterhalde in die Büsche zwingen würde? Oder ist Ihnen das etwa entfallen?«

»Vielleicht war Herrn Pökelschot seine Aussage auch deshalb nicht mehr so präsent, weil er gestern nach der Rast am Naturbad Vorderkaser zunächst wohl vor, dann aber wieder hinter Frau Fliegenschnee unterwegs gewesen ist«, erfolgte der Flankenangriff des Majors wie ein Blitz aus dem Dunkeln.

Der Pausengong in Form von »California Dreamin'« rettete Pökelschot vorerst, weil Redl den bereits erwarteten Anruf unverzüglich entgegennahm.

»Major Redl, LKA Salzburg.« Er hörte dem Anrufer zu, ohne ihn zu unterbrechen, blickte aber einige Male überrascht bald Krautstingl, bald Pökelschot an.

»Hören Sie, Kollege, ich habe noch einen Auftrag für Sie«, sagte er schließlich. »Er betrifft den Herrn, der den Mietwagen geordert hat. Überprüfen Sie bitte noch einmal sein Alibi, das ihm eine gewisse Tiffany Beifuß, Azubi in der Café-Konditorei Volgger in St. Martin, gegeben hat. Wenn es denn sein muss, auch in einer nachdrücklichen Vernehmung, und das Ganze möglichst noch gestern. – Sie kennen das Mädchen sogar persönlich? Umso besser. Bis demnächst also!« Er legte auf.

»Und nun wieder zu Ihnen, Herr Pökelschot –«

Abermals meldete sich sein Handy, diesmal mit Feuersang am andern Ende. »Ich bin in der Wohnung von Nikodemus. Du wirst es nicht glauben, aber ich habe Shirin Barzani in seinem Schlafzimmer gefunden.«

»Nein!«

»Doch. Sie lebt, ist aber in keinem guten Zustand. Die Rettung ist verständigt, benötigt aber für die Anfahrt etliche Minuten, weshalb es kein Fehler wäre, mir Dr. Unbescheid heraufzuschicken.«

»Okay, bleib dran!« Redl wandte sich an die Ärztin. »Frau Doktor, mein Kollege hat Frau Barzani in der Wohnung von Nikodemus gefunden, Ihre … äh … Bekannte benötigt dringend ärztliche Hilfe.«

»Mein Gott! Ist sie bei Bewusstsein?«

»Leo?«, fragte Redl und stellte sein Handy gleichzeitig lauter.

»Sie ist bei Bewusstsein«, gab Feuersang Bescheid, »droht aber immer wieder wegzukippen. Sie war geknebelt und hat wahrscheinlich stundenlang kaum Luft bekommen.«

»Sie haben es gehört, Doktor?«

»Ich komme sofort, muss nur rasch ein Kreislauf stützendes Mittel aus meinem Zimmer holen«, haspelte Dr. Unbescheid und war bereits auf dem Weg zum Ausgang des Speisesaals.

Redl aber hatte mit dem Kollegen noch ein Hühnchen zu rupfen. »Warum hast du die Frau eigentlich nicht schon früher gefunden, Leo? Du warst doch bereits in der Wohnung von Nikodemus.«

»Dachte ich mir doch, dass du das sagen würdest. Als ich zum ersten Mal gemeinsam mit Schwester Elisabetta in allen Räumen im Haupt- und Nebenhaus nach ihr suchte, hab ich darunter nicht verstanden, unter jedes Bett schauen zu müssen. Nachdem du aber darauf bestanden hattest, hab ich eben auch unter das altdeutsche Ungetüm im Schlafzimmer des Laienbruders geschaut, unter dem tatsächlich Barzani gelegen hat – mit Paketklebeband geknebelt und zu einem Bündel verschnürt, sodass sie grad mal durch die Nase atmen konnte.«

»Na, Hauptsache, du hast sie überhaupt gefunden, und zwar lebend! Ist sie vernehmungsfähig?«

»Sie scheint sich zwar rasch zu erholen, aber das kannst du vergessen. Auch ohne Medizin studiert zu haben, prophezeie ich dir, dass Dr. Unbescheid das nicht zulässt. Bestimmt will sie mit der Rettung ins Krankenhaus Schwarzach fahren.«

»Dann lass sie Barzani begleiten. Ich möchte nur, dass du den beiden in unserem Wagen folgst, auf Frau Barzani aufpasst und zur Stelle bist, sowie der zuständige Arzt im Spital ihrer Vernehmung zustimmt.«

»Wenn du glaubst, hier vorläufig allein zurechtzukommen?«

»Ich hoffe es, Leo.«

»Ach ja, eine Kleinigkeit hätte ich beinah vergessen«, erinnerte sich Feuersang, der schon im Begriff gewesen war aufzulegen. »In Laienbruders Bleibe sieht es verdammt nach überstürztem Aufbruch aus. Jemand hat aus einem Kleiderkasten eilig Unterwäsche und Hemden herausgerissen, und, was mir bei der ersten Inspektion der Wohnung noch nicht aufgefallen war: Auf dem Kasten muss, den Staubspuren nach zu urteilen, ein Gepäckstück, vielleicht ein mittelgroßer Koffer oder eine Reisetasche, gelegen haben.«

»Gut beobachtet, Alter. Ich rufe Hans an, er soll das Handy von Nikodemus anpeilen lassen. Apropos Gepäck: Richte Dr. Unbescheid aus, sie kann jederzeit ihre Zelte hier im SPIZ abbrechen und nach Hause fahren. Sie soll aber telefonisch für uns erreichbar bleiben, damit wir sie noch zur einen oder anderen Aussage der übrigen Zeugen rückfragen können.«

»Du streichst sie von der Liste der Verdächtigen?«

»Ja. Ich verlass mich da im Übrigen ganz auf dich. So wie du ihre Vernehmung gestern geschildert hast, kann man ihr unmöglich zutrauen, mit Frau Barzani so zu verfahren, wie es geschehen ist. Außerdem geht eine Person, die nach einem schweren Zusammenbruch dabei ist, sich zu erholen, nicht schwuppdiwupp her und bringt auf die Schnelle zwei Menschen um. Und drittens passt sie ohnehin nicht ins Profil.«

»In welches Profil denn, bitte?«

»Vergiss es. Ich kenn die Frau schon jahrelang. Sie ist eine gute Ärztin und keine Mörderin. Da ist ihr Schützling Shirin im Augenblick viel interessanter. Deshalb noch einmal: Pass mir ja auf sie auf! Wer immer sie gefesselt und geknebelt unter das Bett gesteckt hat, hat billigend ihren Erstickungstod in Kauf genommen.«

»Schon wieder! Das mit dem Ersticken wird echt unheimlich. Glaubst du, die Todesart hat etwas zu bedeuten?«

»Ich weiß es nicht, Leo. Vorläufig sehe ich die Bedeutung nur darin, dass der Mörder Wert darauf legt, möglichst lautlos zu töten. Ruf mich sofort an, sowie du mit Shirin Barzani sprechen konntest.«

Nach zwei vergeblichen Anläufen wandte sich Redl wieder an den abgehalfterten Headhunter. »So, Herr Pökelschot, ich habe Sie nicht vergessen. Wie war das also wirklich am Naturbad Vorderkaser? Wissen Sie eigentlich, dass unser KTU-Chef und seine Leute ziemlich auf Draht sind? Und nicht nur, was das Handwerkliche anlangt: Abteilungsinspektor Stubenvoll behält stets die gesamte Ermittlungsarbeit im Auge und entdeckt dabei oft Spuren, die andere sich nicht einmal im Traum vorgestellt hätten.«

Pökelschot ließ ihn nicht weiterreden. »Ich habe vorhin schon gesagt, mich dazu in dieser Runde nicht äußern zu wollen.« Die von ihm so bezeichnete Runde bestand inzwischen nur mehr aus vier Personen: aus ihm, Krautstingl, Rauner und dem Major.

»Und ich habe gesagt, dass es daran nicht scheitern soll«, versicherte ihm Redl. »Mit Herrn Rauner habe ich vorhin schon gesprochen, und Herr Krautstingl wird mir später noch die Ehre geben. Wir beide, Herr Pökelschot, werden unsre Unterredung in den Garten verlegen, die Befragung hier ist somit beendet.«

20 »HERR PÖKELSCHOT, Sie können sich denken, welche Spuren die KTU im Geräteschuppen an der Forststraße im Schiedergraben sichergestellt hat, nicht wahr?«, begann Redl und baute dem Ex-Research-Manager sofort eine Brücke, kaum dass sie den Gemüse- und Kräutergarten erreicht hatten.

»Keine Ahnung, was Sie meinen«, versuchte Pökelschot ungeachtet des recht anschaulichen Hinweises erst einmal auszuloten, wie viel die Polizei tatsächlich wusste.

»Ich meine, Sie sind am Naturbad zwar vor Frau Fliegenschnee losmarschiert, haben dann aber abseits der Straße gewartet, bis sie an Ihnen vorbeigegangen ist.«

»Ach?«

»Ja, und dann sind Sie zum Geräteschuppen zurückgekehrt, wo Schwester Elisabetta auf Sie gewartet hat. Wer hat eigentlich das Vorhängeschloss geknackt, Sie oder die keusche Ordensfrau?«

»Ich kann Ihnen immer noch nicht ganz folgen, Herr Major«, spielte Pökelschot weiter den Verständnislosen, wobei er in diesem Augenblick trotz der relativ großen Entfernung sofort die Frau erkannte, von der eben die Rede gewesen war: Schwester Elisabetta hatte gerade den Hadrach-Hof verlassen und steuerte wieder den Pfarrgarten an. Als sie die Männer sah, winkte sie ihnen zu.

»Ich denke, es war Schwester Elisabetta«, beantwortete sich Redl seine Frage selbst, während er ebenso wie Pökelschot der Genannten freundlich zurückwinkte. »Sie soll ja handwerklich äußerst geschickt sein. Wollen Sie das Versteckspiel nicht endlich aufgeben, Herr Pökelschot? Wir sind, wie von Ihnen gewünscht, ganz allein, niemand außer mir kann Sie hören, auch nicht Ihre Konkubine, dazu ist sie noch zu weit weg.«

»Konkubine?«

»Sie hatten in dem Schuppen Sex mit Schwester Elisabetta, Herr Pökelschot. Hinter altem Werkzeug und Gerümpel wurde ein kürzlich benütztes Kondom sichergestellt. Es konnte zwar noch kein DNS-Abgleich gemacht werden, aber Ihnen müsste eigentlich daran gelegen sein, uns das aufwendige kriminaltechnische Prozedere zu ersparen. Die Schwester und Sie können sich doch eigentlich kein besseres Alibi wünschen, und ich frage mich, warum –«

»Elisabetta wollte nicht, dass irgendjemand davon erfährt«, fiel Pökelschot dem Ermittler ins Wort. »Schon nachdem wir uns voriges Jahr zum ersten Mal nähergekommen waren, verlangte sie absolute Diskretion von mir.«

»Aber jetzt geht es um Mord, Herr Pökelschot – um zwei Morde, zwischen denen ganz klar ein Zusammenhang besteht.«

Der vormalige Headhunter zuckte mit den Schultern. »Auch wenn Schwester Elisabetta mit ihren Gelübden nicht klarkommt, scheinen sie ihr doch nicht gleichgültig zu sein. Also wollte ich mit der Ausrede von der Notdurft zumindest mein verspätetes Eintreffen in St. Martin begründen.«

»Das hätte ziemlich ins Auge gehen können. Wie ich schon sagte: Sie waren unser Favorit für den Mord an Olga Fliegenschnee. Und wie verhält es sich mit Rauners Beobachtung? Waren Sie in der vergangenen Nacht bei Schwester Elisabetta?«

»Ja, von etwa zehn Uhr bis nach Mitternacht. Ich war schon vorher auf dem Sprung zu ihr, musste aber hinter meiner Tür warten, weil Shirin Barzani eben bei Krautstingl angeklopft und anschließend dasselbe auch vergebens an Nikodemus' Tür getan hatte. Dann erst ging ich hinter ihr in das untere Stockwerk. Als ich später im Begriff war, Elisabettas Wohnung zu verlassen, hörte ich noch rechtzeitig im Flur Schritte und hatte das nämliche Déjà-vu: Durch den Türspalt sah ich abermals Shirin Barzani, die in ihr Zimmer zurückging.«

»Darüber hinaus muss sie in dieser Nacht noch ein drittes Mal versucht haben, Nikodemus zu sprechen«, überlegte Redl laut.

Pökelschot sah ihn von der Seite her an. »Sie meinen, sie hat es darauf angelegt, ihn mit einem speziellen Wissen zu erpressen, und dabei zu viel riskiert? Eben das glaube ich auch. Vorhin am Telefon haben Sie von einem Ihrer Kollegen verlangt, das Alibi von Nikodemus noch einmal zu überprüfen. Warum eigentlich?«

»Bruder Nikodemus hatte am Freitag einen Mietwagen, einen schwarzen Golf, von der Verleihfirma abgeholt«, klärte Redl den Zeugen auf. »Also besteht die Möglichkeit, dass er das Auto entweder noch am selben Tag für jemanden auf dem Rastplatz unweit der Auffindungsstelle von Olga Fliegenschnees Leiche geparkt hat oder selbst damit am Sonntag von St. Martin zum Schiedergraben gefahren ist, um Frau Fliegenschnee aufzulauern und zu töten, nach St. Martin zurückzufahren und den Wagen, wie mit der Mietfirma vereinbart, auf dem Parkplatz vor der Konditorei abzustellen.«

Redl hatte Pökelschot ganz bewusst an seinen Überlegungen teilhaben lassen, um ihn zu beobachten, konnte seiner Mimik aber nichts anderes als distanziertes Interesse entnehmen. Der ehemalige Research-Manager gewann dem zweiten Teil von Redls Ausführungen anscheinend nur wenig ab und schüttelte missbilligend den Kopf. »Dass Nikodemus einen Wagen für jemanden irgendwohin fährt, kann ich mir noch vorstellen, nicht aber, dass er selbst aktiv geworden ist. Dazu fehlt ihm schlichtweg das Format. Er mag, aus welchen Gründen auch immer, Koksheftchen verticken, aber kaltblütig zu morden – nein, das bringt der Typ nicht.«

Während Redl noch überlegte, ob Pökelschot die Raffinesse zuzutrauen war, für einen Verdächtigen Partei zu ergreifen, um selbst besser dazustehen, war Schwester Elisabetta zu ihnen getreten und blickte beide forschend an. Sie schien zu ahnen, dass ihr Sexualpartner auf dem Spaziergang mit dem Major ausgepackt hatte.

Auch Pökelschot erriet ihre Gedanken. »Ja, ich habe Major Redl von uns, dem Geräteschuppen in der Vorderkaserklamm und von der vergangenen Nacht erzählt. Es ist besser so, und Pater Franz muss es ja nicht unbedingt wissen, oder?« Die Frage galt begreiflicherweise nicht der Schwester, sondern Redl.

»Solange keine Notwendigkeit dafür besteht, muss dieser Aspekt ihm gegenüber tatsächlich nicht erwähnt werden«, hielt der sich alle Optionen offen.

Schwester Elisabetta sagte nichts. Sie hatte die Nachricht

gefasst aufgenommen, wich den Blicken der Männer aber nun aus.

Schämte sie sich?, wunderte sich der Major. Wenn ja, dann vermutlich nur, weil sie ihrem Lebensentwurf nun schon wiederholt nicht gerecht geworden war. Ihre Frage, ob sie im Moment noch gebraucht werde, verneinte Redl, worauf sie unverzüglich ihren Weg zum Pfarrhaus fortsetzte.

»Das hat ihr sichtbar nicht gepasst«, stellte Pökelschot fest und warf einen abschätzigen Blick auf sein Gegenüber. »Aber es ging wohl nicht anders.«

Redl nickte. »Sie sagen es. Da Sie sich mit Schwester Elisabetta ja schon bei Ihrem ersten Aufenthalt im SPIZ so gut verstanden haben und ich daher annehme, dass sie über gewisse Details aus Ihrem Privatleben informiert ist, wage ich einen Schuss ins Blaue: Falls Ihre Freundin über die Rolle von Frau Fliegenschnee bei dem Aktienkauf Bescheid wusste, ist vielleicht auch denkbar, dass Sie von ihr benachrichtigt worden sind, als ihr unter den Anmeldungen für diese Woche der Name Olga Fliegenschnee auffiel, nicht wahr?«

Die Männer spazierten mittlerweile ebenfalls wieder in Richtung Pfarrhof.

»Sie hat es mir vor einigen Wochen gemailt, ja«, gab Pökelschot zu. »Und es stimmt auch, dass ich die Info an Rauner weitergegeben habe. Aber ist das vielleicht schon ein Verbrechen? Ich hatte ohnehin vor, die Woche im SPIZ ein zweites Mal zu buchen – schon Elisabettas wegen. Außerdem hat Olga aus ihrer Reservierung kein Geheimnis gemacht und zum Beispiel Dr. Unbescheid persönlich darüber informiert, was sie sogar gestern beim Abendessen noch einmal erwähnt hat.«

»Stimmt, Olga Fliegenschnee hat sich in derselben Woche wie Unbescheid angemeldet«, bestätigte Redl, »und zwar nach ihr, wie aus den Daten eindeutig hervorgeht. Wahrscheinlich hat dabei auch ihr schlechtes Gewissen, das sie der Ärztin gegenüber empfand, eine Rolle gespielt. Konkretes dazu könnte uns Wagner sagen, was er aber nicht tun wird.«

»Die ganze Mohrenkopf-Malaise ist doch nach dem Mord

an Herrn Schatzmann ohnehin nicht mehr wichtig«, raunzte Pökelschot. »Sie selbst haben vorhin einen Racheakt in diesem Zusammenhang ausgeschlossen.«

»Davon gehen wir aus, also gibt es für Sie keinen Grund, nervös zu werden. Wir klären solche Fragen nur ab, um nichts zu übersehen. Haben Sie mir sonst noch etwas mitzuteilen?«

»Ich denke nicht. Die Theorie, dass Krautstingl der Mörder sein könnte, scheint Ihnen ja nicht zu schmecken. Dabei bräuchte er nur damit gerechnet zu haben, dass Elisabetta und ich mit Verspätung am Naturbad aufbrechen würden, und schon hätte ein Rädchen ins andere gegriffen. Shirin Barzani ist bestimmt –«

»Sie ist in Begleitung von Dr. Unbescheid und Chefinspektor Feuersang auf dem Weg ins Spital«, schnitt ihm Redl, der die Variante vom Doppelmörder Krautstingl nicht noch einmal hören wollte, kurzerhand das Wort ab. »Und Sie können sich drauf verlassen, dass sie, zusammengefaltet und ohne ihr dringend benötigtes Koks, uns alles Wissenswerte haarklein erzählen wird. Falls sie ihrem Wanderkameraden ein falsches Alibi gegeben hätte, wovon ich nicht ausgehe, werden wir auch das demnächst erfahren.«

»Aber meine Theorie fußt –«

»Ihre Theorie, Herr Pökelschot, die Ihren bevorzugten Täter in unsren Fokus rücken soll, fußt auf einer schwer nachvollziehbaren Hypothese: Abgesehen davon, dass Krautstingl es sich zehnmal überlegt hätte, sich von einem Junkie ein falsches Alibi geben zu lassen, wie zum Teufel hätte er wissen sollen, dass Schwester Elisabetta und Sie vorhatten, im Geräteschuppen zu poppen, und ihm daher nicht in die Quere kommen würden, na?«

Jetzt war auch der sonst nicht auf den Mund gefallene Pökelschot vorübergehend schmähstad.

Ehe sich Redl vor dem Pfarrhof von ihm trennte, um ein rasches Mittagessen in seinem Elternhaus einzunehmen, warnte er den Ex-Headhunter noch einmal vor Äußerungen Journalisten gegenüber, die jede Minute im SPIZ auftauchen konnten. »Beim augenblicklichen Stand der Dinge kann eine Meldung in den Medien, über deren Bedeutung sich weder der Informant noch der Reporter im Klaren ist, jederzeit weitere Bluttaten nach sich ziehen.«

21 SHIRIN BARZANI ERHOLTE SICH auf der Inneren II des Krankenhauses Schwarzach relativ rasch. Nicht zuletzt deshalb, weil sie den Intensivmedizinern schon von früheren Aufenthalten her bekannt war, während denen sie Nocaine als Kokain-Substitut verabreicht bekommen hatte. Dennoch musste sich Feuersang im Aufenthaltsraum etliche Cappuccinos lang in Geduld üben, bis sich der Kreislauf der Patientin so weit stabilisiert hatte, dass der Chefarzt eine Befragung gestattete, die allerdings nicht länger als zehn Minuten dauern durfte. Ein Mittagessen im Restaurant drei Stockwerke tiefer wäre sich für Genussesser Feuersang also locker ausgegangen, doch Redls Anordnung, auf die Patientin aufzupassen, war zu eindeutig gewesen, um auf die leichte Schulter genommen werden zu können.

Dr. Unbescheid wiederum war mit der Entscheidung des Chefarztes gar nicht zufrieden und wies auf die noch erkennbare Kurzatmigkeit ihrer ehemaligen Partnerin hin, stieß mit ihrer Fürsorge aber bei dem Kollegen, der die Patientin von der Intensivstation in ein normales Krankenzimmer verlegen ließ, nicht auf das erhoffte Verständnis. Als Shirin Barzani nun aber die Ex-Freundin bat, bei der Befragung anwesend zu sein, schüttelte diese zu Feuersangs Überraschung den Kopf.

»Nein, Shirin. Ich habe mich verständlicherweise um dich gesorgt, als ich erfuhr, wie man dir mitgespielt hat, schließlich hast du mir einmal sehr viel bedeutet. Aber ich will nicht hören, wie du Chefinspektor Feuersang erklärst, warum du nachts im Negligé durch die Gänge des Embacher Pfarrhofs schleichst, an die Zimmertür von Männern klopfst, die du kaum kennst, und dich sogar in tödliche Gefahr begibst. Auch wenn wir beide wissen, dass du Katastrophen anziehst wie ein Magnet, so hoffe ich doch in deinem eigenen Interesse, dass du mit den Morden an Olga Fliegenschnee und Titus Schatzmann nichts zu tun hast. Alles andere ist längst gesagt, wir sind fertig miteinander.«

»Das meinst du nicht ernst, Doris!« Shirin Barzani, deren Stimme noch sehr schwach war, fasste die einstige Gefährtin, die auf ihrem Bett saß, flehentlich am Arm. »Ich zahl dir das Geld, das ich mir geborgt habe, mit Zinsen zurück. Ich werde meine Schulden abarbeiten, versprochen! Zu dieser bescheuerten Einkehrwoche hab ich mich doch auch nur deinetwegen angemeldet.«

Ihre Beteuerungen waren Dr. Unbescheid ganz offensichtlich nicht einmal einen Kommentar wert. Wortlos erhob sie sich und bot Feuersang, der hinter ihr stand, den Stuhl an. Da begriff Barzani, dass das Worst-Case-Szenario eingetreten war: Die von ihr schamlos ausgebeutete Frau, die trotz allem immer wieder ihr letzter Rückhalt gewesen war, hatte sich tatsächlich von ihr gelöst.

»Wenigstens ein letztes Selfie mit dir – das wirst du mir doch nicht abschlagen.« Sie griff so hastig nach ihrem Smartphone auf dem Nachttisch, dass es beinahe hinuntergefallen wäre, doch Unbescheid winkte schon ab.

»Bemüh dich nicht! Es hat sich ausgeselfiet.« Ohne ihr ein letztes Mal die Hand zu reichen oder auch nur zurückzuschauen, verließ sie das Krankenzimmer.

Feuersang mutete die Szene an wie der Schluss der bekannten Schiller-Ballade »Der Handschuh«, die ihm noch aus der Schulzeit geläufig war: »Den Dank, Dame, begehr ich nicht.« Und obwohl er im Augenblick den Fokus natürlich darauf legte, von seiner Zehn-Minuten-Frist keine Sekunde zu vergeuden, musste er noch einmal an die Vernehmung der Ärztin tags zuvor denken. Selbst ihm, dem psychotherapeutischen Laien, war nicht entgangen, wie sie sich sukzessive ihren persönlichen Müll von der Seele geredet und sich so in die Lage versetzt hatte, mit dem schmerzhaften Kapitel Shirin Barzani abzuschließen. Wenn irgendjemand von dieser Einkehrwoche, in deren ersten drei Tagen zwei Menschen ermordet worden waren, etwas Positives mitnehmen würde, dann wohl Dr. Unbescheid.

Rasch eilte er ihr auf den Flur hinaus nach, erwischte sie noch vor dem Aufzug und informierte sie darüber, dass sie das SPIZ jederzeit verlassen und nach Hause fahren könne. »Wir danken Ihnen für die Mitarbeit und bitten Sie nur, für uns erreichbar zu bleiben«, sagte er abschließend. »Auf Wiedersehen, Frau Doktor, und alles Gute weiterhin! Bevor ich gehe, noch ein Rat von jemandem, der mindestens so viel Blut und Tränen gesehen hat wie Sie: Werden Sie bloß nicht rückfällig! Es tut Ihnen gut, konsequent zu bleiben, das merkt man jetzt schon.«

Seine Worte zauberten ein Lächeln auf ihre Lippen, der traurige Ausdruck in ihren Augen aber blieb. »Danke, Chefinspektor. Ihnen und Major Redl wünsche ich, dass Sie den Mörder von Olga Fliegenschnee und Titus Schatzmann möglichst schnell finden und dingfest machen, ehe noch weitere Menschen zu Schaden kommen.«

Die Lifttür schloss sich hinter ihr, und Feuersang ging zurück ins Krankenzimmer und setzte sich zu Frau Barzani ans Bett.

»Ich denke, wir sollten mit dem Überfall beginnen, Shirin«, sagte er aufgeräumt, wobei er sein antiquiertes Tonaufnahmegerät neben ihr Smartphone auf den Nachttisch legte.

»Sind Sie eigentlich verheiratet, Chefinspektor?«, nahm Barzani seine gute Laune zum Anlass, mit ihm zu schäkern. Schon in St. Martin hatte sie seine Blicke relativ oft auf sich gerichtet gesehen und gefühlt. Doch Feuersang, für weibliche Attraktivität sonst durchaus empfänglich, musste im Moment nicht nur auf sein Zeitlimit achten, weshalb er auf ihre Anmache nicht einging.

»Wann und wo sind Sie überwältigt worden? Können Sie sich daran erinnern – oder an ein anderes signifikantes Detail des Überfalls?«, fragte er und übersah dabei geflissentlich, dass sich während seiner kurzen Abwesenheit die OP-Hemd-Schlaufe in ihrem Nacken wie zufällig gelöst hatte.

»Nein, ich habe keine Ahnung, wer mich wo niedergeschlagen hat«, antwortete sie patzig. »Ich weiß ja nicht einmal, wo Sie mich gefunden haben.«

Die Mein-Name-ist-Hase-Nummer kam bei Vernehmungsspezialist Feuersang immer schlecht an. Während sich seine rot geäderte Quasimodo-Visage vollends zur infernalischen Fratze verzerrte, stoppte er den Rekorder, stand auf und beugte sich über die Zeugin. »Jetzt hör mir mal gut zu, du Koksnase«, flüsterte er, wobei seine permanente Knoblauchfahne ihr fast ebenso den Atem raubte wie Stunden zuvor das Paketklebeband. »Wir wissen, dass du in der vergangenen Nacht zweimal versucht hast, bei Krautstingl zu landen. Zwei Zeugen bestätigen das, also versuch erst gar nicht zu leugnen! Und jetzt wirst du schön der Reihe nach berichten, was dir wo und wann passiert ist, sonst lernst du mich kennen.« Barzani wollte den Alarmknopf drücken, aber Feuersang war schneller und hängte das Kabel außerhalb ihrer Reichweite über den Bettgalgen. »Lass den Unsinn, oder willst du in die Krankenabteilung der JVA überstellt werden? Bei deinen Vorstrafen würde uns jeder Staatsanwalt sofort dazu ermächtigen. Also?« Er schaltete den Rekorder wieder ein.

Und tatsächlich gab sich Barzani, nicht ohne ein paar unflätige Flüche gemurmelt zu haben, nun etwas handzahmer. »Mein Gott, ich hätt Krautstingl halt gern einen Riesen abgeknöpft, aber beim ersten Mal hat er mich mit der Ausrede, er hätte Besuch, abgewimmelt, und beim zweiten hat er gar nicht erst aufgemacht. Ein drittes Mal hab ich es nicht mehr versucht.«

»Du hast was vergessen.«

»Was denn?«

»Obwohl sich Krautstingl zweimal weigerte, deinen Freier zu geben, hast du nach jeder Abfuhr an die Tür von Nikodemus geklopft, der ebenfalls nicht aufmachte, nicht wahr?«

»Wenn du es ohnehin schon weißt, warum fragst du dann?«

»Weil deine Aussage da raufmuss.« Er deutete auf das Aufnahmegerät. »Also, wie ging's weiter, nachdem du auf deiner Herbergssuche von beiden Männern Körbe kassiert hast?«

»Nach der zweiten Pleite blieb mir nichts anderes übrig, als in mein Zimmer zurück und zu Bett zu gehen. Aber einschlafen konnte ich nicht.«

»Sicher nicht nur wegen der Vollmondnacht.«

»Haha! So gegen zwei Uhr stand ich wieder auf und rauchte bei Mondlicht eine Zigarette am offenen Fenster.«

»Du rauchst auch?«

»Stell dir mal vor: Auch ich rauche manchmal. Wie ich also da am Fenster stand, hörte ich die Haustür knarren. Aber als ich mich über das Fenstersims neigte, konnte ich nichts erkennen, weil der Eingang des Pfarrhofs im Schlagschatten des Nebengebäudes lag und der Nachtschwärmer ohnehin längst im Haus verschwunden war.«

»Das ist nicht uninteressant, Sweetie.«

»Spar dir deine Vertraulichkeiten. Du hattest deine Chance, jetzt will ich nicht mehr.«

»So ein Pech aber auch. Hast du wenigstens die Güte, weiterzuberichten?«

»Sonst wirst du ja nie Ruh geben. Also, ich war neugierig, wer da so spät noch unterwegs war, hatte nach dem Mord an Olga Fliegenschnee allerdings auch Bammel, mir könnte dasselbe passieren, wenn ich meine Nase zu tief in andrer Leute Angelegenheiten steckte. Obwohl Nikodemus auf mein Klopfen nicht reagiert hatte, brachte ich den Spätheimkehrer zunächst nicht mit ihm in Verbindung. Stattdessen glaubte ich, dass er sehr wohl daheim war und sich nicht gerührt hatte, um von mir nicht angeschnorrt zu werden. Oder dass er zu besoffen war, um wach zu werden.«

»Zunächst? Du hast Nikodemus später also doch noch erkannt?«

»Nicht direkt, aber du wirst gleich begreifen, dass nur er es gewesen sein kann. Neugierig öffnete ich also die Tür einen Spalt breit. Das Ganglicht brannte nicht, alles war dunkel, und ich hörte jemanden vom Parterre heraufschleichen und gleich die nächste Treppe in die zweite Etage nehmen. Da dort nur Männer untergebracht sind, musste es sich demnach um einen Mann handeln.«

»Du bist ihm nachgegangen?«

»Weil ich logischerweise annahm, dass es Nikodemus war, der im Weinkeller eingepennt war und nun so geräuschlos, wie es ihm in seinem Rausch möglich war, zu seiner Bleibe schlich.«

»Woher weißt du eigentlich, dass Nikodemus dealt? Nur aus diesem Grund bist du ihm doch nachgeschlichen«, preschte Feuersang einen Tick zu ungeduldig vor, was die eben noch so gesprächige Zeugin plötzlich schweigsam werden ließ und ihn veranlasste, wieder die Stopptaste des Rekorders zu drücken. »Uns interessiert dein Kontakt zu Nikodemus nur aus einem Grund: Er ist entweder der Mörder von Fliegenschnee und Schatzmann oder –«

»Was, Titus Schatzmann ist auch ermordet worden?«, hauchte sie entsetzt.

»Ja, ich hab Frau Unbescheid gebeten, es dir mit Rücksicht auf deinen Zustand nicht gleich zu sagen. Wir haben den Buchhalter am frühen Vormittag vergiftet in seinem Zimmer aufgefunden und stehen angesichts dieses zweiten Mordes mehr oder weniger wieder am Anfang der Ermittlungen. Da du wie deine Ex-Freundin nun nicht mehr unmittelbar verdächtig bist, könntest du zu einer wichtigen Kronzeugin werden. Vorausgesetzt, du bringst uns durch rückhaltlose Offenheit – allerdings nicht so, wie du das Wort vielleicht interpretierst – auf die richtige Fährte. Deine Drogendelikte sind für mich zweitrangig, also gib dir einen Ruck, es ist nur zu deinem Vorteil.«

Diesmal dauerte es lange, ehe sich Shirin Barzani wieder zur Zusammenarbeit mit der Polizei aufraffen konnte. »Was ich dir erzähle, darf nicht gegen mich verwendet werden, versprich mir das.«

»Solange du niemanden umgebracht oder bei einem Mord Beihilfe geleistet hast, lassen wir alles andere unter den Tisch fallen, Ehrenwort!« Feuersang, der ihr sonst was versprochen hätte, um sie zum Reden zu bekommen, setzte den Rekorder wieder in Betrieb.

Shirin Barzani gab sich tatsächlich einen Ruck. »Den Kontakt zu Nikodemus hat mir, ohne es zu wissen, Doris verschafft. Ich suchte damals gerade einen neuen Dealer, weil der alte das Base in einem nicht mehr tolerablen Maß streckte. Eines Abends, als Doris und ich es uns in ihrer Wohnung gemütlich gemacht hatten, erzählte sie mir von dem erschütternden Schicksal eines Jungen aus Taxenbach, dessen Junkie-Mutter ihn an Päderasten verkaufte. Einer von ihnen, dem Hörensagen nach ein Ordensbruder aus einem Nachbarort, versorgte die Mutter mit Heroin.«

»Und die paar Infos haben ausgereicht, um dich den Typen finden zu lassen?«

Sie nickte. »Profi-Dealer können jede Droge liefern, nicht nur Dope. Und so, wie Doris die Vorgehensweise des Mannes geschildert hatte, musste es sich bei ihm um einen Profi handeln. Es war leicht, den Kontakt herzustellen, zu diesem Zeitpunkt hatte ich ja fast immer Zugang zu Geld. Und solange ich welches hatte, bekam ich von Nikodemus Eins-a-Qualität. Er war es auch, der mich über die Buchung von Doris informiert hat.«

»Er wusste von deinem Verhältnis zu Dr. Unbescheid?«

»No na! Profi-Dealer machen sich nach Möglichkeit immer ein genaues Bild von ihren Stammkunden.«

»Du solltest dir also Geld von deiner alten Freundin besorgen, damit du deine Schulden bei ihm begleichen konntest, anstatt auf dumme Gedanken zu kommen?«

»Auf welche dummen Gedanken denn?«, gab Barzani jetzt wieder die Ahnungslose, denn so ganz traute sie Feuersang dann doch nicht über den Weg. Räuberische Erpressung war immerhin ein Kapitaldelikt.

»Vergiss es. Ich hatte dich unterbrochen. Du bist Nikodemus hinterhergeschlichen, und wie ging es weiter?«

»Als ich den Treppenabsatz im zweiten Stock erreicht hatte, hörte ich, wie er am anderen Ende des Gangs seine Wohnungstür aufsperrte, und sah noch, wie er drinnen das Licht einschaltete, ehe er die Tür hinter sich zuzog. Ich gebe zu, ich fühlte mich in diesem Moment unglaublich stark. Ich dachte, Tricky Niki, wie er in der Szene genannt wird, hätte unter den gegebenen Umständen keine andere Wahl, als mir ein paar Heftchen vorzustrecken, wenn …« Wieder zog Barzani es vor, nicht weiterzureden.

»Wenn er nicht wollte, dass du ihn am Morgen als Päderasten oder als noch Schlimmeres bei der Kripo hinhängst«, ergänzte Feuersang an ihrer statt, und sie widersprach nicht. »Du bist ihm also gleich nach, und dann?«

»Niki hatte die Tür nicht wieder abgeschlossen, ich also Tür auf und rein in die Wohnküche, wo er aber nicht war. Dafür drang Licht aus dem Schlafzimmer, dessen Tür einen Spalt breit offen stand. Ich rief nach ihm – keine Antwort. Natürlich hätte mich das misstrauisch machen müssen, aber ich konnte … ich wollte …« Wieder stockte sie.

»Du wolltest endlich guten Stoff bekommen«, half er ihr über die Klippe, »und bist deshalb flugs ins Schlafzimmer.«

Sie nickte. »Zumindest wollte ich das. Erinnern kann ich mich nur noch daran, dass ich die Tür weiter aufschob, dann herrscht große Leere. Irgendwann erlangte ich das Bewusstsein zwar wieder, hatte aber keine Ahnung, was mit mir geschehen war. Von da an befand ich mich mehr oder weniger in einer Art Dämmerzustand.«

»Das war vielleicht dein Glück. Bei vollem Bewusstsein hätte dich die Atemnot in Panik versetzt, und wer weiß, was dann passiert wäre.«

»Jedenfalls kam ich erst wieder richtig zu mir, als du mir die Klebestreifen vom Mund gerissen hast. Das tat vielleicht weh!«

»Sei froh, dass ich es sofort getan habe, Mädchen«, sagte Retter Feuersang böse grinsend. »Dr. Unbescheid hat nur Minuten danach festgestellt, wie nahe du dem Erstickungstod warst. Also etwas mehr Dankbarkeit, wenn ich bitten darf! Gerade das lässt eure Was-kostet-die-Welt-Generation ja manchmal vermissen.«

»Ich dachte, ich sollte Fragen beantworten?«, erwiderte sie spitz. »Eine Moralpredigt würde ich mir vielleicht von Pater Franz anhören, aber sicher nicht von einem bärbeißigen Bullen.«

»Dir fiele auch kein Zacken aus der Krone, wenn du einfach nur Danke sagen würdest. Du hast also nicht gesehen, wer dich niedergeschlagen hat?«

»Nein, aber wer sonst als Niki sollte es gewesen sein? Wo ist er überhaupt?«

»Angeblich ist er heute Morgen mit dem hauseigenen Pick-up nach Salzburg aufgebrochen, aber an der genannten Adresse nie angekommen.«

22 »WENN WIR NIKODEMUS bei den Kapuzinern in Salzburg gefunden hätten, wäre das auch höchst verwunderlich gewesen«, erklärte Redl seinem Kollegen Feuersang, der ihn, nachdem er Shirin Barzanis Krankenzimmer verlassen hatte, sofort über ihre Vernehmung informiert hatte. »Hans hat sein Smartphone inzwischen geortet, und nun rate mal, wo.«

»Sag's einfach, im Raten war ich noch nie gut.«

»In St. Paul im Lavanttal.«

»In Kärnten nahe der slowenischen Grenze?«, dachte Feuersang laut.

»Kennst du noch ein anderes St. Paul im Lavanttal? Die Klagenfurter Kollegen sind schon auf dem Weg dorthin. Ist ja nur ein Katzensprung von der Landeshauptstadt aus. Ich warte jede Minute auf weitere Meldungen von ihnen. Schwester Elisabetta, mit der ich noch mal in der Wohnung von Nikodemus war, hat übrigens festgestellt, dass seine große Louis-Vuitton-Reisetasche fehlt.«

»Ich sagte doch schon, dass auf seinem Kleiderschrank ein Gepäckstück gelegen haben muss. Aber eine Louis-Vuitton-Tasche und ein bescheiden lebender Konverse – das spricht doch schon für sich.«

»Zumindest die Frage, womit er sie bezahlt hat, können wir uns inzwischen selbst beantworten. Auf alle Fälle kommt jetzt Bewegung in den Fall.«

»Bist du eigentlich noch auf eurem Bauernhof oder schon wieder im SPIZ?«, fragte Feuersang scheinbar zusammenhanglos, doch Redl wusste, wo ihn der Schuh drückte.

»Ich bin schon seit einer Stunde wieder zurück im Pfarrhof, und auch hier hat man mittlerweile ein schnelles Mittagessen eingenommen. Selbst wenn du sehr hungrig bist, hast du leider nur eine Minute Zeit, dir einen Happen einzuschmeißen. Ich habe schon den nächsten Auftrag für dich, weil sich hier die Ereignisse überschlagen. Davon abgesehen benötigt Shirin Barzani keinen Personenschutz mehr, wenn sie nicht gesehen hat, wer sie bewusstlos geschlagen hat.«

»Was ist denn los?«

»Eine penetrante Journalistin von der ›Neuen‹ muss einen

Tipp von wem auch immer erhalten haben, dass eine zweite Leiche bei uns im Kühlfach liegt.«

»Doch nicht Amanda Piritz, die alte Brillenschlange?«

»Genau die. Sie wartet unten an der Rezeption auf mich und hat mir vorhin ein Ultimatum gestellt: Entweder gebe ich ihr jetzt gleich ein Exklusiv-Interview, oder sie hetzt uns noch heute die gesamte Regenbogen-Journaille auf den Hals.«

»Also erzählst du ihr … was eigentlich?«

»Nun, was wir haben: zwei Giftmorde, einen flüchtigen Dealer, einen Mietwagen als Vehikel für die erste Tat und vier weitere Verdächtige, von denen einer ein Priester ist, der uns zwar auf die Sprünge helfen könnte, dies jedoch nicht tut.«

»Aber was ist mit Motiven? Diesbezüglich tappen wir doch noch völlig im Dunkeln.«

»Nach zwei Morden, in die auch Nikodemus, der dealende Mönch aus Südtirol, verwickelt ist, können wir weder einen Revierkampf zwischen Drogenbanden ausschließen, noch dass wir es mit Auftragsmördern zu tun haben.«

»Ach?«

»Ja, und auch das werden wir der naseweisen Frau Piritz mitteilen. Die jüngste Meldung, dass die Azubi aus der Konditorei Volgger in St. Martin das Alibi von Nikodemus widerrufen hat, halten wir aber noch zurück.«

»Nein! Hat dieses Früchtchen die Kollegen aus Lofer gestern tatsächlich geleimt?«

»Das ist noch nicht endgültig geklärt. Jedenfalls hat sie behauptet, sie habe nicht mehr gewusst, wann genau Nikodemus am Sonntagvormittag in der Konditorei gewesen ist, und deshalb irrtümlich eine Stunde früher angegeben. Später soll ihr ein Stammgast eingefallen sein, der immer pünktlich um zehn Uhr dreißig kommt und am Sonntag fast zeitgleich mit Nikodemus das Lokal betreten hat. Dadurch sei sie auf ihren Irrtum aufmerksam geworden, wollte aber, um sich keine Schwierigkeiten einzuhandeln, ihre Aussage nicht mehr korrigieren.«

»Na toll, wenigstens hat sie es jetzt getan.«

»Johannes Zanetti, so heißt Nikodemus mit bürgerlichem

Namen, ist ohnehin schon zur Fahndung ausgeschrieben, aber jetzt verlangt man eine abermalige Befragung der Konditorei-Angestellten.«

»Man?«

»Ja, man – ein Spezialist soll die durchführen, also du, Leo. Wenn du deine zweite Leberkässemmel verdrückt hast, machst du dich sofort auf den Weg nach St. Martin.«

»Woher weißt du, dass ich schon eine verspeist habe?«

»Ich kann das durchs Telefon riechen, Leo. Ach ja, und noch was: Krautstingl ist weggefahren. Ich befinde mich gerade in seinem Zimmer.«

»Weggefahren? Etwa mit seinem Wagen?«

»No na, mit der Postkutsche! Natürlich mit seinem Wagen. Er sagte, er habe dringend etwas zu erledigen, wollte mir aber nicht verraten, was. Immerhin ist sein Gepäck noch da. Pökelschot hat jetzt natürlich Oberwasser und zankt unentwegt mit mir, dass ich das Offensichtliche nicht hab sehen wollen und den seiner Meinung nach Hauptverdächtigen einfach hab abhauen lassen.«

»Tja, wenn also Wagner seinen Vortrag wie geplant tatsächlich jetzt um fünfzehn Uhr hält, hat er nur noch zwei Zuhörer: Pökelschot und Rauner«, stellte Feuersang trocken fest.

»Eben nicht«, widersprach Redl gelinde verzweifelt. »Üblicherweise hält er die Vorträge nicht nur für Kursteilnehmer, sondern auch für externes Publikum aus der Region. Seine Veranstaltungen sind immer stark besucht. Ich habe die Zustimmung zum Nachmittagsvortrag einfach unüberlegt erteilt. Wenn da weiß Gott wie viele Leute antanzen, ist die verhängte Informationssperre so gut wie hinfällig.«

»Dann muss eine andere Strategie her.«

»Wird uns wohl nichts anderes übrig bleiben. Ich werd jetzt jedenfalls erst mal runter zu der Piritz gehen. Lass bald was von dir hören.«

23 »SO, FRAU PIRITZ, da bin ich wieder«, meldete sich Redl bei der bebrillten Reporterin zurück, die in seiner Abwesenheit auf der Suche nach Informationen bereits bis in die Küche vorgedrungen war und versucht hatte, die Pfarrersköchin auszuhorchen. Loderer war zwar aus Sorge um den Ruf ihres Arbeitgebers verschlossen wie ein Sakristeischrank geblieben, empfand die Situation aber als höchst unangenehm. Ihr Jugendfreund merkte es und trug dem gleich Rechnung. »Frau Loderer hat sicher nichts dagegen, wenn Sie nun mit mir vorliebnehmen. Wir haben heute so schönes Wetter, und im Pfarrgarten redet es sich ebenso leicht wie hier.«

Loderer verhehlte ihre Erleichterung darüber nicht, von der aufdringlichen Person befreit zu werden, und blickte Redl dankbar an. Amanda Piritz wiederum blieb nichts anderes übrig, als der Aufforderung des Majors nachzukommen und ihm ins Freie zu folgen.

»Wo ist eigentlich Oberst Jacobi?«, fragte sie, noch ehe sie ihr Aufnahmegerät, das sie kurzfristig weggesteckt hatte, wieder aus ihrer Umhängetasche hervorkramte. »Weder gestern noch heute war Ihr Chef in seinem Büro erreichbar, hat sich aber auch nicht verleugnen lassen. Ich war nämlich vorhin sogar noch vor Ort am Franz-Hinterholzer-Kai. Ist er krank?«

Redl, der eben im Begriff gewesen war, das Gartentor zu öffnen, wandte sich zu der Journalistin um. »Nein.« Und mit hochgezogenen Augenbrauen: »Hat man Ihnen nicht gesagt, dass er und seine Begleitung auf einer Tagung in Wien sind?« Sein ungläubiges Erstaunen hätte ihm so manche junge Volontärin abgenommen, nicht aber Amanda Piritz, die ihren Job bei der »Neuen« schon ein paar Jahre ausübte und nicht das erste Mal mit der Jacobi-Truppe zu tun hatte.

»Wie wir beide Oberst Jacobi kennen, will er über ungewöhnliche Fälle, die das Referat 112 bearbeitet, auch in Abwesenheit auf dem Laufenden gehalten werden. Und zwei so rätselhafte Morde, zwischen denen offenbar eine Verbindung besteht, sind ja wahrlich kein Klacks, oder?«

Sie spazierten die Kieswege zwischen den Gemüsebeeten entlang – Redl nun schon zum dritten Mal an diesem Tag –, doch wie seine anderen Gesprächspartner gönnte auch die Reporterin dem Frühlingsgrün zu beiden Seiten keinen Blick.

»Wir halten den Oberst natürlich auf dem Laufenden, wenn er das wünscht«, erwiderte Redl geschmeidig. »Bisher hat er jedoch einen solchen Wunsch nicht geäußert. Vielleicht wenn er morgen in der ›Neuen‹ liest, was ich Ihnen jetzt sage.« Redl berichtete detailliert über die beiden Mordfälle und auch über den Anschlag auf Shirin Barzani, wobei er unverblümt das Augenmerk auf die türkischstämmige Journalistin und den flüchtigen Nikodemus zu richten versuchte, die beide tief im Drogensumpf zu stecken schienen. Sogar Pökelschots suchtkranken Sohn zu erwähnen, vergaß er nicht.

»Sie glauben also, dass die Gewalt von einer nicht aktenkundigen Drogenmafia ausgeht, die ausgerechnet in der Pinzgauer Einschicht ein Exempel an untreuen Dealern oder Konkurrenten statuiert hat, um ihre Interessen zu wahren?« Piritz' Zweifel waren unüberhörbar.

»Das ist Stand der Ermittlungen«, bekräftigte Redl mit unbewegter Miene. »Daneben existiert zwar auch noch die Außenseiter-Theorie, die besagt, dass Angehörige eines Unfallopfers Rache an den Verantwortlichen üben wollten, die Fahrerflucht begangen hatten, aber um diese zu stützen, fehlen uns so gut wie alle maßgeblichen Indizien. Anfangs haben wir sogar eine dritte Spur verfolgt, weil sich zur Einkehrwoche teils zufällig, teils nach Verabredung mehrere Personen eingefunden hatten, die von der Börsenmanipulation zulasten der Mohrenkopf-International-Power-Aktie in existenzgefährdendem Ausmaß betroffen waren. Doch diese vier haben für den Mord an Olga Fliegenschnee, der Initiatorin des ruinösen Aktienkaufs, überzeugende Alibis, und zwischen dem in der vergangenen Nacht vergifteten Titus Schatzmann und der Skandalaktie gibt es keine sonst wie gearteten Berührungspunkte.«

»Eine tote Spur also?«

»So sieht es aus.« Noch während er ihr beipflichtete, ahnte Redl, wie ihre nächste Frage lauten würde.

»Wie gedenken Sie also, weiter vorzugehen, Major?«, wollte sie tatsächlich wissen.

»Aus ermittlungstaktischen Gründen kann ich Ihnen dazu keine Auskunft geben, das werden Sie sicher verstehen, Frau Piritz.«

»Verstehen kann ich das nicht, aber ich habe es befürchtet. Heißt das, Sie hegen einen Verdacht gegen eine bestimmte Person?«, blieb sie noch immer dran.

»Falls sich unser Verdacht als berechtigt herausstellt, erfahren Sie es als Erste, versprochen. Ich hab Ihnen ohnehin mehr gesagt als erlaubt. Dafür könnten Sie mir den Gefallen tun, diese Infos nicht an Medien weiterzugeben, die sie heute noch veröffentlichen könnten. Ihr Magazin geht ja erst morgen Abend in Druck und erscheint am Mittwoch, wenn ich mich recht erinnere. Das müsste ungefähr passen.«

Piritz' grell geschminkter Mund formte ein verblüfftes O. »Sie hoffen tatsächlich, beide Mordfälle bis morgen gelöst zu haben? – Oder sind Sie sich sogar sicher?«

»Kein Kommentar. Haben Sie übrigens schon mit dem Hausherrn, Pater Franz Xaver, gesprochen?« Er musste die Frage stellen, um Wagner als Informanten identifizieren oder ausschließen zu können.

»Ich habe es versucht, aber der Herr Pfarrer war noch zugeknöpfter als seine Köchin«, gab sie bereitwillig Auskunft. »Seine Schweigsamkeit begründete er allerdings mit einer Informationssperre, die Sie, Major, verhängt hätten«, fügte sie beiläufig hinzu. Es hätte nicht ihres lauernden Blicks von der Seite her bedurft, um Redl auf der Hut sein zu lassen.

»Das könnte ihm so passen«, parierte er ihren Ausfall lässig. »Olga Fliegenschnee, das erste Opfer, hat noch vorgestern Abend in seinem Beisein eine Beichte abgelegt, welche möglicherweise Hinweise auf ihren späteren Mörder enthalten hat. Aber jemand, der sich der Polizei gegenüber auf das Beichtgeheimnis beruft, sollte nicht versuchen, ihr den schwarzen Peter zuzuschieben.« Seine Empörung war gespielt, in Wirklichkeit war er ziemlich erleichtert, dass sich Wagner an die Informationssperre gehalten hatte. »Dabei wollen wir es für heute belassen. Ich rufe Sie morgen Abend noch vor Drucklegung der ›Neuen‹ an. Guten Tag, Frau Piritz.« Redl wandte sich um und ließ sie zwischen den Gemüsebeeten stehen.

24 WENN DER MAJOR INSGEHEIM gehofft hatte, der Mord an einer Kursteilnehmerin würde dem Montagnachmittag-Vortrag von Wagner einen Publikumsschwund bescheren, so sah er sich gründlich getäuscht. Das Gegenteil war der Fall. Auch die Information über die Themenänderung am Eingang der Remise hatte niemanden dazu bewogen, wieder umzukehren. Pater Franz hätte auch über die Unsterblichkeit der Maikäfer referieren können: Die Zuhörerzahl wäre dieselbe geblieben.

Schon beim Eintritt in die Remise hörte Redl am Geräuschpegel, der aus dem Vortragssaal drang, wie brechend voll dieser sein musste. Und obwohl alle Stühle vom Raum der Begegnung ins Obergeschoss hinaufgetragen worden waren, ergatterte er nur mehr einen Stehplatz neben der Tür. Zwischen diese und ihn zwängte sich dann auch noch zu seinem nicht geringen Entsetzen Amanda Piritz, die ihm anscheinend dicht auf den Fersen geblieben war.

Redl hatte Pökelschot und Rauner, die in den hinteren Reihen direkt am Fenster saßen, rasch entdeckt. Genauso wie Elisabetta, die sich wie Piritz und er mit einem Stehplatz begnügen musste, nicht aber Krautstingl, der anscheinend noch immer nicht von seinem Ausflug in die Umgebung zurück war.

Redl entspannte sich ein wenig, als er verschiedenen Gesprächsfetzen entnahm, dass ausschließlich der Mord an Olga Fliegenschnee die Gemüter beschäftigte, während die Schimäre vom zuckerkranken Schatzmann, der ins Azidose-Koma gefallen und von der Rettung abtransportiert worden war, zwar erwähnt, aber nicht hinterfragt wurde.

Auch Piritz spitzte die Ohren, und als sie mitbekam, dass die

Polizei den Embachern den zweiten Mord nach wie vor verheimlichte, signalisierte sie Redl mit einem boshaftem Grinsen, was sie von seiner Mitteilsamkeit hielt.

Ihm bewies die Szene wiederum, dass die Informationssperre noch halbwegs intakt war. Ob sich allerdings auch der undurchschaubare Jesuit noch länger an sie gebunden fühlte, würde sich gleich zeigen.

Doch seine Sorge war unbegründet. Wagner gab sich diesbezüglich keine Blöße. Nach der Begrüßung des Publikums informierte er bewusst unaufgeregt und ohne jedes Pathos über den gewaltsamen Tod einer Kursteilnehmerin, sprach aber Schatzmann mit keinem Wort an. Nachdem er die kurzfristige Änderung des Vortragsthemas in wenigen Sätzen begründet hatte, bat er alle Anwesenden, gemeinsam mit ihm ein kurzes Gebet für Olga Fliegenschnee und deren Mörder zu sprechen.

Die Überleitung zum Titel seines Vortrags »Mangelnde Gewissensbildung als Vorwand für destruktive Verhaltensweisen in Zivilgesellschaften« fiel dem routinierten Redner nicht schwer. Getreu seiner bewährten Taktik, Zuhörer mit provokanten Thesen zu schocken, stellte er gleich zu Beginn den dünnen Firnis zivilisatorischer Errungenschaften in Frage, sollte irgendeine Art von Gier oder Angst daran kratzen. Nach einer nicht allzu umfangreichen Abhandlung über Fort- und Rückschritte von Zivilgesellschaften auf ihrem Weg zu einem ausgewogenen Sozialwesen – wobei er die Rolle von Weltanschauungen und Konfessionen als Macht- und Ordnungsfaktor für einen Priester überraschend kritisch beleuchtete –, spitzte er das Thema schließlich ganz auf den Aspekt der Gewissensbildung zu. Seiner Meinung nach sei eine dahingehende Prägung die unabdingbare Voraussetzung für zivilisiertes Zusammenleben, innerhalb dessen, wenn schon nicht Religion, so doch wenigstens die Ideale der Aufklärung als Leitfaden dienen sollten: nämlich Vernunft, Freiheit des Denkens, Toleranz und jenes Maß an Altruismus, das nicht nur Duldung, sondern auch aktives Aufeinander-Zugehen beinhaltete.

Je länger Wagner sprach, umso stärker beschlich Redl das Gefühl, als wären der souverän parlierende Psychologe und der

Mann, der es aus Angst unterlassen hatte nachzusehen, wer nachts durch die Gänge seines Pfarrhofs schlich, nicht ein und dieselbe Person. Einen Reim auf diese Diskrepanz konnte er sich allerdings noch nicht machen.

»Manchen von Ihnen ist vielleicht Fritz Hochwälders Drama ›Das heilige Experiment‹ ein Begriff«, zog Wagner in diesem Moment zur Veranschaulichung seiner Kernthese ein Beispiel aus der Literatur heran. »Anhand des Scheiterns des sogenannten Jesuitenstaates in Paraguay, den die Anlieger-Feudalherren als Bedrohung ihrer Gesellschaftsordnung empfanden, stellt der Autor den Konflikt zwischen weltlicher und geistlicher Macht auf der einen und persönlichem Gewissen auf der anderen Seite dar.« Nach einer wohl berechneten Pause kam er auf den Punkt: »Einen ähnlichen Konflikt habe ich als junger Priester vor Jahren während eines Auslandseinsatzes in der Stadt Mocoa im kolumbianischen Bundesstaat Putumayo erlebt. Damals ließ die Regierung auf Druck der USA alle Kokafelder in der Umgebung mit dem Pflanzengift Roundup eines Saatgut-Monopolisten besprühen. Mit dieser Brachialmethode wollte sie die Kleinbauern nötigen, den Kokaanbau einzustellen. Der Wortführer der Landwirte, Manuel da Silva, und etliche Gleichgesinnte, darunter Esteban Cuchillo, waren in jenem Jahr nicht von Koka auf den Anbau von wenig profitablem Kaffee ausgewichen, sondern zur Gänze auf Paprika, Pfefferoni und Tomaten und hatten den Behörden die Lage ihrer Felder auf den Quadratmeter genau angegeben. Und siehe da: Ihre Pflanzungen wurden von den Giftbomberpiloten tatsächlich verschont.«

»Und was ist jetzt der Clou der Geschichte, Herr Pfarrer?«, fragte ein junger Mann aus Embach.

»Wenn du mich fertig erzählen lässt, wirst du es gleich wissen, Markus. Die Ernte von da Silva, Cuchillo und den anderen Gemüsebauern war von so ausgesucht guter Qualität, dass man sie ihnen auf den Märkten förmlich aus den Händen riss. Sogar über eine zweite Jahresernte und einen professionelleren Vertrieb wurde nachgedacht. So, Markus, und nun bist du dran: Was, glaubst du, ist in weiterer Folge passiert?«

Markus, Sohn eines ansässigen Bauern, war nicht auf den Kopf gefallen. »Wenn Sie schon so fragen, Herr Pfarrer, wird man vermutlich im Jahr darauf nicht nur die Kokapflanzungen, sondern auch die Gemüsekulturen mit Roundup besprüht haben.«

Wagner nickte. »Bist ein helles Köpfchen, Markus. Genau das ist geschehen. Den betroffenen Bauern wurde nicht etwa Bescheid gegeben, ob es sich dabei um ein Versehen handelte, geschweige denn entschuldigte sich jemand bei ihnen: Es erfolgte keine Reaktion von behördlicher Seite, gar nichts!«

Das Publikum war mucksmäuschenstill. Fast alle Anwesenden stammten aus bäuerlichen Familien und konnten die Verzweiflung der kolumbianischen Berufskollegen nachempfinden.

»Jemand wird in den neuen Gemüsebauern eine Gefahr gesehen haben – wie seinerzeit die paraguayanischen Feudalherren im Sozialkonzept der Jesuiten«, meldete sich eine Zuhörerin, die den Inhalt des Dramas von Hochwälder offenbar kannte. »Man hat sich einfach über geltendes Recht hinweggesetzt und Willkür walten lassen.«

»Sagt unsre Lehrerin und Organistin Susanne Breitebner und hat natürlich recht damit«, pflichtete Wagner der Rednerin bei. »Dazu sei auch angemerkt, dass sich der hohe Klerus in Mocoa ähnlich verhalten hat wie der paraguayanische im ›Heiligen Experiment‹. Mit Billigung von noch weiter oben hat er sich mit der Staatsmacht arrangiert, während Priester und Nonnen, die den ohnmächtigen Bauern zur Seite standen, diszipliniert wurden.«

Trotz der – weil von einem Jesuiten geübten – bemerkenswerten Kritik an der kirchlichen Obrigkeit wurde im Publikum kaum Missbilligung an deren Verhalten laut, was dem gebürtigen Embacher Redl nur bestätigte, was er ohnehin schon wusste: Die Pinzgauer waren auch noch im 21. Jahrhundert überwiegend linientreue Katholiken.

»Die Geschichte ist aber noch nicht zu Ende«, fing Wagner sein Publikum noch einmal mit Grabesstimme ein. »Im Jahr darauf erfuhr Pedro Cuchillo, der Sohn Estebans, bei einem Besuch in der Stadt rein zufällig von einer Bekannten, die Hausdame in der Villa eines einflussreichen Distriktpolitikers und Latifundistas war, dass man die Gemüsekulturen tatsächlich mit voller Absicht vernichtet hatte – und warum. Das geglückte Experiment, Gemüse statt Koka anzubauen, durfte nicht Schule machen, weil es den Interessen des Großimporteurs und seiner ausländischen Geschäftsfreunde zuwiderlief. Also besprühte man die Felder der Kleinbauern nicht mehr selektiv, sondern flächendeckend und verkaufte diese Maßnahme den ausländischen Medien als Kreuzzug gegen den Drogenanbau.«

»Und das haben sich die Cuchillos gefallen lassen?«, fragte Amanda Piritz.

»Pedro Cuchillo nicht, aber er brach bei dem Versuch, sich zu wehren, ebenfalls irdische und göttliche Gesetze«, fing Wagner den Ball auf. »Wie so oft, wenn Verzweiflung das Handeln bestimmt. Der Gedanke, etwas tun zu müssen, trieb ihn vorwärts, wobei ein attraktiver Mann wie er Zugang zu Infos bekam, die er als x-beliebiger Schlemihl kaum erhalten hätte. So erfuhr er unter anderem Namen und Adresse des Piloten, der bestimmte Felder mit Roundup zu besprühen hatte. Pedro Cuchillo suchte ihn in seiner Wohnung auf, stellte ihn zur Rede und wollte ihn von der Ungerechtigkeit der Maßnahme überzeugen. Doch er scheiterte an der Biederkeit des Mannes, der ihm zwar zugestand, moralisch im Recht zu sein, aber nicht daran dachte, seinen Job durch Insubordination zu gefährden. Dem temperamentvollen Pedro brannten daraufhin alle Sicherungen durch, und er erschlug den Piloten in einer Kurzschlussreaktion. Zu Hause rechtfertigte er die Tat vor dem Vater als Akt der Notwehr. Esteban Cuchillo aber befahl seinem Sohn, sich den Behörden zu stellen, und wurde deshalb, kaum dass sich die Gefängnistore hinter Pedro geschlossen hatten, von seiner Frau und den beiden Töchtern verlassen.«

»Und was geschah mit den Feldern?«, wollte Bauernspross Markus wissen.

»Wie nicht anders zu erwarten, wurden sie von einem Ersatzpiloten besprüht und waren danach für den Gemüseanbau endgültig unbrauchbar. Das Unrecht an der Familie Cuchillo hat sich durch ein anderes Unrecht nicht aufhalten oder gar egalisieren lassen. Was aus Pedro und seinen Angehörigen geworden ist, weiß ich nicht, denn ich wurde bald nach jenen Ereignissen zurück nach Europa beordert. – Und jetzt würde mich interessieren, wie Sie, meine Damen und Herren, die Entscheidung Esteban Cuchillos beurteilen. Hat Pedros Vater der korrupten Staatsgewalt, seinem Sohn, der übrigen Familie und schließlich auch dem eigenen Gewissen gegenüber das Richtige getan?«

Es gab etliche Wortmeldungen, an denen sich eine angeregte Diskussion entzündete. Pökelschot, Schwester Elisabetta, Redl und Piritz beteiligten sich nicht daran, sondern verließen einer nach dem anderen den Tagungsraum. Nur Charon Rauner blieb zurück.

Redl hielt sich im Pfarrhof noch so lange in Pökelschots Nähe auf, bis Piritz zur Hauptstraße gegangen war, um nach Hause zu fahren. Erst dann ging er nach draußen.

Während er auf dem Kiesweg zwischen Kirche, Landhaus und Remise auf und ab spazierte, rief er Weider zurück, der schon vor einer halben Stunde während Wagners Vortrag bei ihm angeklopft hatte. Als der Major dabei angelegentlich zum Sims jenes Tagungsraumfensters hinaufschaute, an dem sich noch am Vortag ein Vogel das Genick gebrochen hatte, begegnete er kurz dem Blick von Rauner, der sich daraufhin rasch abwandte.

25 »HANS? ICH KONNTE LEIDER nicht früher. Also: Was sagen die Kärntner?«

Dass der Innendienstchef und Koordinator des Referats Delikte gegen Leib und Leben sich seiner Wichtigkeit bewusst war und es genoss, ein Puzzleteilchen für den SPIZ-Fall in der Hand zu haben, erkannte Redl sofort an den Sekunden, die Weider verstreichen ließ, ehe er mit den Informationen herausrückte. »Oberstleutnant Glantschnigg hat wie angekündigt jene Revierinspektorin losgeschickt, die das Handy von Johannes Zanetti in St. Paul im Lavanttal geortet hat. Sie ist bereits dort.«

»Und? Hat sie Nikodemus festgenommen?«

»Fehlanzeige. Um den müsst ihr euch schon selbst kümmern. In St. Paul ist er nirgendwo gesichtet worden, ebenso wenig der Pick-up, in dem er angeblich unterwegs sein soll. Revierinspektorin Ingrid Petritsch hat nur sein Smartphone im Handschuhfach eines anderen Lieferwagens, genauer gesagt eines Kühlwagens sichergestellt. Du errätst nicht, wo der gestanden hat.«

»Ich habe auch nicht vor zu raten, Chefinspektor Weider. Wo stand der Wagen?«, fragte Redl ungeduldig. In Fällen, deren Ermittlungen Ähnlichkeit mit dem Lauf eines Haken schlagenden Feldhasen hatten, konnten die Allüren Weiders ganz schön nerven.

»Im Hof der bekannten Lavanttaler Fleischerei Sonntag, unweit des noch bekannteren Benediktinerstifts St. Paul«, gab der Gefragte entsprechend förmlich Auskunft. »Kollegin Petritsch hat mir nach Auffinden des Handys nicht nur die Anrufliste überspielt, sondern auch umgehend eruiert, welche Route ein Angestellter der Fleischerei zuletzt mit dem Wagen gefahren ist.«

»Alle Achtung, die ist wirklich auf Draht.«

»Mit dem Fahrzeug wurde heute in aller Herrgottsfrühe Fohlen- und Schweinebrät aus einer kleinen Ortschaft im Unterpinzgau abgeholt.«

»Aus Embach, vom Hadrach-Bauern«, mutmaßte Redl nicht von ungefähr.

»Du sagst es. Aber der richtige Hammer kommt erst noch: Johannes Zanetti alias Nikodemus hat in den letzten zwei Wochen mehrmals mit einer Nummer telefoniert, die wir einem Handy zuordnen konnten, das in unsrer Asservatenkammer mittlerweile unter der Nummer E127 katalogisiert ist.«

»Das Handy von Olga Fliegenschnee?«

»Nein, das von Titus Schatzmann. Das letzte Gespräch ist am Freitag geführt worden.«

»Am Freitag hat Zanetti auch den Golf bei der Firma Happycar gemietet. Weißt du, was das bedeutet?«

»Auf jeden Fall, dass jetzt Licht in die Angelegenheit kommt und du einiges in die Wege zu leiten hast. Melde dich, wenn du noch was brauchst.« Er legte auf.

Redl rief sofort Feuersang an, der schon in St. Martin eingetroffen sein musste.

26 DER CHEFINSPEKTOR PARKTE den grauen Dienstwagen an derselben Stelle vor der Café-Konditorei Volgger, an der laut den Angestellten von Happycar der gemietete Golf wie vereinbart an diesem Morgen um acht Uhr abgeholt worden war. So einladend die Terrasse auch war: Um diese Jahreszeit spätnachmittags im Freien Platz zu nehmen, ließ selbst ein abgehärteter Innergebirgler sein, wenn er in der Pâtisserie noch freie Tische vorfand.

Der Chefinspektor zeigte der Inhaberin über die Mehlspeisvitrine hinweg seinen Ausweis und ersuchte darum, ihm seine Bestellung, einen Cappuccino und eine Kardinalschnitte, von der Azubi Tiffany Beifuß an den freien Ecktisch bringen zu lassen.

Tiffany befand sich im zweiten Lehrjahr, trug das braune Haar zu einem kurzen Zopf geflochten, war adrett gekleidet, weder gepierct noch tätowiert und wäre auch sonst die Unauffälligkeit in Person gewesen, hätte Feuersang nicht die winzigen Schweißperlen auf ihrer Oberlippe bemerkt, als sie das Tablett vor ihn auf den Tisch stellte.

»Setz dich einen Augenblick zu mir, Tiffany.« Eine knappe Geste unterstrich seine Aufforderung. »Keine Angst, es dauert nicht lange.«

Die Azubi blickte hilfesuchend zur Chefin. Als die aber nur beipflichtend nickte, nahm Tiffany sichtbar widerstrebend Platz.

»Weißt du«, begann der Ermittler, »mein Vorgesetzter kommt nicht klar damit, dass du Bruder Nikodemus gestern Vormittag noch ein Alibi für die Zeit zwischen neun Uhr fünfzehn und zehn Uhr dreißig gegeben, heute aber deine Aussage auf zehn Uhr dreißig bis elf Uhr korrigiert hast.«

Während er auf eine Erklärung des Teenagers wartete, kostete er die frische Kardinalschnitte und verdrehte verzückt die Augen. »Wirklich exzellent, eure Mehlspeisen. Weniger gut scheint dagegen dein Gedächtnis zu sein. Wie von den Kollegen der Inspektion Lofer anhand des Kassabons überprüft, bestand die Konsumation von Herrn Nikodemus aus zwei Cappuccinos, einem Heidelbeer-Sahne-Baiser und zwei Vierteln Blaufränkischem. Du selbst hast die vier Posten eingegeben, und zwar exakt um zehn Uhr fünfunddreißig. Und da willst du dich plötzlich so in der Zeit geirrt haben?«

Das Mädchen zuckte die Schultern. »Es war so, wie ich gesagt habe. Der Mann, dessen Foto mir gezeigt wurde, ist erst um halb elf gekommen. Die von Ihnen angeführte Rechnung kann ja auch von einem anderen Gast stammen.«

»Apropos ›Gast‹: Du erwähntest einen Stammgast, der fast täglich um halb elf zu euch kommt und auch gestern etwa zur gleichen Zeit wie Herr Nikodemus hier angetanzt sein soll. Wie heißt er?«

»Das weiß ich nicht. Er hat sich mir nie vorgestellt.«

Die Farbe von Feuersangs alptraumhafter Physiognomie wechselte von gesundem Nussbraun zu alarmierendem Blaurot. Dennoch behielt er die gedämpfte Lautstärke bei. »Na gut, wenn du den Namen nicht kennst, kann ihn mir vielleicht deine Chefin sagen. Der Kontakt zur Kundschaft scheint ihr wichtig zu sein, ich kann mir also kaum vorstellen kann, dass sie –«

»Nein, bitte nicht!« Tiffany Beifuß geriet in Panik. »Wenn ich schon wieder den Namen eines Gastes nicht weiß, behält sie mich nicht bis zum Ende meiner Lehrzeit.«

Der Inhaberin war der Dissens zwischen den beiden nicht entgangen, und sie kam an den Tisch.

»Irgendetwas nicht in Ordnung?«

»Fräulein Beifuß hat ein kleines …« Problem mit ihrem Gedächtnis, wollte Feuersang sagen, kam aber nicht dazu, weil dem Mädchen bereits die Augen übergingen.

Die Konditorin nahm Tiffany sanft beim Arm und sagte zu dem Beamten: »Kommen Sie, wir gehen nach hinten ins Büro, da redet es sich wahrscheinlich leichter.«

Einige Gäste, die aufmerksam geworden waren, sahen ihnen nach und steckten dann eifrig flüsternd die Köpfe zusammen.

In der Abgeschlossenheit des Firmenbüros beruhigte sich Tiffany Beifuß ein wenig und war zumindest wieder ansprechbar. Feuersang bat die Chefin, ihnen eine Minute lang Gesellschaft zu leisten. Ihre Anwesenheit, so hoffte er, würde dem Mädchen nach dem bisherigen Verlauf der Befragung relativ rasch die Zunge lösen.

»Zunächst geht es um einen Stammgast, der regelmäßig um halb elf in Ihre Konditorei kommt, Frau Volgger«, klärte er die Inhaberin auf.

»Um Herrn Raabe? Was ist mit ihm? In der letzten Woche war er kein einziges Mal bei uns, wahrscheinlich wegen seiner Gesundheit. Tja, das liebe Cholesterin – Willi schafft es auch mit Tabletten nicht, seinen LDL-Spiegel auf ein für ihn bekömmliches Maß zu senken.«

»Er hat die Konditorei also letzte Woche gar nicht besucht?« Feuersang blickte Tiffany Beifuß vielsagend an.

Frau Volgger schaltete schnell. »Hat Tiffany das behauptet? Aber warum denn, Mädel? Wir haben doch noch am Wochenende darüber gelästert, dass Willis Hausarzt ihm wahrscheinlich wieder die Hölle heißgemacht hat.«

Die Azubi blickte wortlos zu Boden, die Tränen begannen zu fließen. Die Chefin nahm sie in die Arme, was die Schleusen endgültig öffnete. Wild schluchzend klammerte sich Tiffany an sie.

»Was ist denn los mit dir?«, fragte Frau Volgger, wobei sie Tiffany beruhigend übers Haar strich. An den Beamten gewandt merkte sie an: »Sie ist sonst wirklich nicht so nah am Wasser gebaut.«

Die Sechzehnjährige schüttelte den Kopf und würgte dann stoßweise hervor: »Ich darf nicht … drüber reden.«

Feuersang ging ein Licht auf. »Wirst du bedroht, Tiffany?«

Die Geschäftsinhaberin sah ihn entsetzt an, als die Angesprochene auch schon ihr Smartphone aus der Tasche der Servierschürze zog und es mit nicht ganz ruhiger Hand vor Feuersang auf den Schreibtisch legte.

»Die Nachricht mit der unterdrückten Nummer«, sagte sie mit erstickter Stimme.

Feuersang rief die SMS auf, überflog sie kurz und las sie dann laut vor:

»Tiffany, ändere deine Alibi-Aussage auf 10.30 Uhr bis 11 Uhr ab und denk dir eine gute Begründung dafür aus. Tust du es nicht, kann das für dich und deinen Bruder gefährlich werden. Die Leute, die diesen kleinen Gefallen von dir verlangen, werden sehr ungemütlich, wenn man ihnen in die Quere kommt.«

Erst nachdem Tiffanys Chefin ihrer Empörung und ihrem Entsetzen Luft gemacht hatte, war es Feuersang wieder möglich fortzufahren. »Ein Hinweis auf den Verfasser fehlt natürlich. Hast du einen Verdacht, wer dir die Nachricht geschickt haben könnte, Tiffany? Es muss jemand sein, der über deine Familie Bescheid weiß. – Ja, nur so jemand kommt in Frage«, sagte er nachdenklich. »Also hat der Mann, der dir mittlerweile als Bruder Nikodemus bekannt ist, für die Zeit von Viertel nach neun bis halb elf noch immer ein Alibi?«, vergewisserte er sich dann.

Tiffany Beifuß nickte. »Aber ich kannte ihn schon vorher, denn jedes Mal, wenn die Kursteilnehmer vom SPIZ in Embach ihre Wanderung nach Maria Kirchental machen, kommt er vormittags auf einen Frühschoppen zu uns. Meine erste Aussage ist die richtige. – Wie geht es jetzt weiter?«, fragte sie, wieder von Panik erfasst. »Bekommen mein kleiner Bruder und ich Polizeischutz?«

»Ich sage den Kollegen von der Inspektion Lofer Bescheid, dass sie auf euch aufpassen sollen, versprochen«, versicherte Feuersang. »Aber mach dir nicht so große Sorgen, deinem Bruder und dir droht nicht wirklich Gefahr, Tiffany. Ihr seid dem Absender der SMS völlig powidl. Der einzige Zweck dieser Nachricht ist, auf einen ohnehin schon Verdächtigen einen noch stärkeren Verdacht zu lenken. Trotzdem wird die Streife zur Sicherheit jede

Nacht mehrmals bei euch zu Hause vorbeifahren, bis der Mörder gefasst ist. Und ich kann dir versichern, dass das demnächst der Fall sein wird.«

Wirklich beruhigt war das Mädchen nicht, schien sich aber damit abzufinden. Auch das Angebot der Chefin, sich den Tag freizunehmen, lehnte es ab und ging wieder nach vorn in den Verkaufs- und Kundenbereich.

»Besteht wirklich keine Gefahr für sie?«, fragte Frau Volgger, nachdem Tiffany außer Hörweite war.

Feuersang schüttelte den Kopf. »Auch wenn die SMS auf Leute hinweist, die gefährlich werden könnten, hätte doch zweifellos nur eine Person einen Nutzen von einer derartigen Nachricht. Sie haben von dem Mord gestern gehört?«

Die Inhaberin der Konditorei nickte. »Natürlich. Wer nicht?«

»Mit der eben angesprochenen Person meinte ich den Mörder von Olga Fliegenschnee. Der oder die ist aber voll damit beschäftigt, sich von uns nicht erwischen zu lassen, und wird kaum Zeit damit vergeuden, sich als Kinderschreck zu betätigen.«

Feuersang ging an seinen Tisch zurück und widmete sich, nachdem er telefoniert hatte, mit Andacht seiner Mehlspeise. Erst danach machte er sich auf den Rückweg nach Embach.

27 CHANTAL TRENKER WAR UNRUHIG, ihre Hände zitterten. Zwar hatte sie versucht, Charly einen Teil der Hausarbeit abzunehmen, weil er montags immer lange in der Schule bleiben musste, brachte aber nicht einmal mehr so einfache Dinge wie Bügeln zuwege. In ihrer Fahrigkeit hatte sie das Lieblings-T-Shirt ihres Jungen mit einem Brandloch verziert, während sie zu lang und zu ausgiebig an einer Gauloises gezogen hatte.

Noch am Morgen hatte sie sich eine Spritze zwischen die Zehen gesetzt, weil die Injektionen in die harten Armvenen immer mehr zur Tortur gerieten, aber selbst das gute Dope von Niki hielt in ihrem Zustand nicht mehr lange vor. Charly musste – ja, er musste noch mehr ranschaffen, eine andere Möglichkeit sah sie nicht.

Chantal stöhnte laut auf bei dem Gedanken an ihre Verkommenheit. Aber was half es, täglich das eigene Spiegelbild zu bespucken? Außerdem hatte die Wirkung der Droge mittlerweile zu stark nachgelassen, um ihr noch ein Bad in Selbstmitleid zu ermöglichen, also beschränkte Chantal Trenker sich darauf, dumpf auf den hässlichen braunen Fleck auf dem T-Shirt zu starren und das wiederholte Läuten an der Wohnungstür zu ignorieren. Charly konnte es nicht sein, er hatte einen Schlüssel und kam montags nie vor siebzehn Uhr nach Hause, und bis dahin waren es noch zehn Minuten. Ihre beiden Freier, die pensionierten Lehrer, klopften nur mittwochs und donnerstags bei ihr an, der eine nach dem Sparvereinsabend, der andere nach der wöchentlichen Chorprobe. Blieb also nur das Jugendamt.

»Frau Trenker, machen Sie auf! Ich weiß, dass Sie da sind«, sagte ein Mann im Flur. »Oder sollen alle in der Siedlung hören, warum ich hier bin?«

Weinerlich fluchend bemühte sich die Fixerin ins Vorzimmer und spähte durch den Spion. Draußen stand ein älterer Mann in Straßenkleidung, dem weder das blondierte Haar unter dem knautschigen Fischerhut noch die Designer-Sonnenbrille den jugendlichen Touch verleihen konnten, den diese Accessoires wohl hätten bezwecken sollen. Trotz ihres nur langsam funktionierenden Gehirns stellte Trenker fest, dass der Mann nicht vom Jugendamt war, denn die Mitarbeiter der dicken Anna kannte sie mittlerweile nur zu gut.

»Sind Sie vom Jugendamt?«, fragte sie dennoch sicherheitshalber.

»Nein.«

»Was wollen Sie dann von mir?«

»Von Ihnen nichts, ich will mit Ihrem Sohn Karl sprechen.«

Weitgehend verkümmerte Mutterinstinkte regten sich in ihr. Hatte Charly mit irgendeinem seiner ekelhaften Kunden Zores gehabt? Hatte er vielleicht gar einen abgezogen?

»Charly ist nicht da und wird so schnell auch nicht nach Hause kommen«, sagte sie rasch und so überzeugend, wie es ihr möglich war.

Der Mann trat dicht an die Wohnungstür heran, ging in die Hocke und murmelte durch den Türschlitz: »Er kommt sicher um fünf, schließlich will er ja nach seiner suchtkranken Mutter sehen.«

»Verschwinden Sie, sonst rufe ich die Polizei!«

»Das würde ich an deiner Stelle nicht tun, sonst kannst du dir deinen Dope-Nachschub abschminken«, wechselte der Mann zum respektlosen Du. »Ich bin – na ja, sagen wir, ich bin ein Bekannter von Nikodemus und will wissen, was neuerdings in Embach abgeht. Und jetzt mach auf!«

Der angedrohte Drogenentzug wirkte. Chantal Trenker zögerte zwar noch einige Sekunden unschlüssig, öffnete dann aber die Tür.

»Na also, geht doch.« Der Fremde trat ein, zog, ohne dazu aufgefordert worden zu sein, seinen Sommerlodenmantel aus, hängte ihn samt Hut an die Garderobe im Vorzimmer und betrat die Wohnküche. »Keine Angst, ich bleib nicht lange, 's ist eh gleich fünf.« Er setzte sich an den Tisch, an dem seine unfreiwillige Gastgeberin zuvor noch mit wenig Geschick versucht hatte, Oberbekleidung zu bügeln, und wechselte vorerst kein weiteres Wort mit ihr. Stattdessen schenkte er seiner unmittelbaren Umgebung umso mehr Aufmerksamkeit und entdeckte dabei ein antiquiertes Handy, das nur wenige Zentimeter entfernt auf der schäbigen Kommode zu seiner Linken lag.

Die drogenabhängige Frau bereute bereits, den Mann in ihre Wohnung gelassen zu haben. »Muss ich mir Sorgen um meinen Jungen machen?«, fragte sie schließlich, um das minutenlange Schweigen zu durchbrechen.

»Die hättest du dir vielleicht machen sollen, ehe du ihn auf den Strich geschickt hast. Von mir hat er nichts zu befürchten. Ich will nur eine Auskunft von ihm. In der Schule war ich schon, hab ihn dort aber nicht mehr angetroffen. Eigentlich müsste er längst hier sein. Trödelt er manchmal auf dem Nachhauseweg?«

»Nie, weder nach dem Unterricht noch nach dem Einkaufen,

aber vielleicht hat er –« Ihre Rechte fuhr zum Mund. War sie denn schon komplett gaga? Ohne Not hätte sie Charly, ihren Augenstern, jetzt beinah diesem Typen ausgeliefert!

Beinah? – Der Mann mit der Sonnenbrille hatte plötzlich ein Klappmesser mit Hirschhorngriff in der Hand und begann, mit der gefährlich aussehenden Klinge seine Fingernägel zu reinigen. »Er hat vielleicht – was, Chantal?«, fragte er sanft. »Überleg dir gut, was du sagst. Wenn du versuchst, mir einen Bären aufzubinden, hetz ich dir nicht nur das Jugendamt auf den Hals. Du weißt, was das für deinen Sohn, vor allem aber für dich bedeutet.«

Doch so dusselig, wie der Fremde zu glauben schien, war Chantal Trenker nun doch nicht. »Seit wann informiert ein Candyman die Behörden, he? Das wäre ja ganz was Neues.«

Ihr Gegenüber verzog keine Miene. »Hör zu, du Trutscherl: Mir ist es völlig wurscht, was aus dir wird. Das Geschäft im Unterpinzgau läuft auch ohne dich weiter. Aber wenn einer meiner Leute plötzlich verschwindet, will ich wissen, was Sache ist. Also: Was wolltest du eben sagen? Raus mit der Sprache!«

Trenkers Tremor wurde zusehends stärker, sie verschränkte die Arme, um das Zittern zu verbergen.

Der Mann zog ein Zellophantütchen mit weißem Pulver aus seiner Jackentasche und schwenkte es vor ihrer Nase hin und her.

»Dope?«, fragte sie heiser, und augenblicklich brach ihr der Schweiß aus.

»Was sonst? Ich höre, Chantal.«

»Charly hat eine anonyme SMS erhalten, die ihn sehr beschäftigt hat. Den genauen Text kenn ich nicht, er hat sie mir nicht gezeigt. Aber …« Sie stockte wieder.

»Aber was?«, setzte der ungebetene Gast nach, wobei er ihre wiederholten Versuche, das Tütchen zu erhaschen, immer wieder vereitelte.

»Es hatte irgendwas mit der Bienenhütte des Hadrach-Bauern zu tun. Deshalb vermute ich, dass er nach der Schule …«

»Nach Embach hinaufgeht, um dort nach dem Rechten zu sehen?«, ergänzte er, nachdem sie abermals erschrocken innegehalten hatte.

»Ja!«, rief sie verärgert, weil es ihr noch immer nicht gelungen war, ihm das Dope zu entreißen.

Schließlich warf der Mann es auf den Küchentisch, und während sie damit beschäftigt war, mit zittrigen Fingern den Knoten aufzufummeln, nahm er, von ihr unbemerkt, das Handy auf der Kommode an sich.

Als Trenker einen Finger befeuchtete, um das weiße Pulver mit der Zunge zu prüfen, klärte er sie auf: »Es ist nur Staubzucker, ich würde es mir an deiner Stelle nicht spritzen.«

Sekunden verstrichen, ehe die frustrierende Realität ins Hirn der Fixerin sickerte. »Du … du Schwein, du Drecksau!«, heulte sie umso hysterischer und ging mit bloßen Fäusten auf den bewaffneten Mann los.

Doch der wich den unbeholfenen Attacken lässig aus, war mit zwei Schritten im Vorzimmer an der Garderobe, schnappte sich Mantel und Hut und verließ die Wohnung mit den Informationen, für die er gekommen war.

28 OHNE EILE SCHLENDERTE ER zu einem anthrazitgrauen Audi RS4, der am Ende des Häuserblocks parkte, fuhr gemächlich auf die Bundesstraße, bog auf Höhe der Post nach rechts in die sogleich stark abfallende Kitzlochklamm-Straße ein, überquerte am Talgrund die Salzachbrücke, behielt dann aber nicht die Richtung zum Klammparkplatz bei, sondern blieb auf der Landstraße, die in weiten Schleifen durch den Dechantwald bergan führte.

Ein Stück unterhalb der Marienkapelle von Embach-Rain sah er den schmächtigen Jungen auf der Straße, die auch hier noch Kitzlochklamm-Straße hieß, dahintrotten. Charly Trenker zog eben ein Smartphone aus der Tasche seines Sweaters und schien eine Nummer zu wählen.

Im dunkelgrauen Audi klingelte es, aber der Fahrer hob nicht ab. Er überholte den Jungen, hielt an und ließ die Fensterscheibe auf der Beifahrerseite herunter, als Charly zum ihm aufschloss. »Du kannst deine Mutter im Moment nicht erreichen und solltest stattdessen lieber mit mir ein paar Takte reden.«

Der Junge überschlug rasch, welche Fluchtmöglichkeiten sich ihm boten, und fühlte sich, da er in der Gegend jeden Zentimeter kannte und der Fremde noch dazu im Wagen saß, zunächst im Vorteil. Nur dass der Mann über seinen vergeblichen Anruf zu Hause Bescheid wusste, beunruhigte ihn. »He, Alter, warum kann ich sie nicht erreichen? Und wer sind Sie überhaupt?«

»Ich habe das Handy deiner Mutter.« Der Mann im Sommerlodenmantel hielt zum Beweis das Mobiltelefon in die Höhe. »Du bekommst es wieder, wenn wir beide uns unterhalten haben.«

»Sind Sie also auch so einer?«

»Nein, ich bin nicht auch so einer, ich will wirklich nur mit dir reden. Hier ist mein Ausweis.« Der Audi-Fahrer hielt eine Legitimation im Scheckkartenformat zum Fenster hinaus.

Doch Charly ging nicht näher an den Wagen heran. »Solche Ausweise kann sich heute jeder besorgen«, erwiderte er achselzuckend. »Und meine Mutter hat das Handy bestimmt nicht freiwillig rausgerückt.«

Der solchermaßen Abgefertigte hatte sich unter Kontrolle und verzog keine Miene. »Ich weiß, dass deine Mutter der wichtigste Mensch auf der Welt für dich ist, Charly, und ich will dir auch keine Predigt halten, was bei euch beiden alles schiefläuft. Aber wenn du jetzt davonrennst, wie du es vorhast, wirst du ab morgen keinen Kontakt mehr zu ihr haben, das garantiere ich dir.«

Der Junge spürte, dass der Fremde nicht bluffte. Innerhalb von Sekunden hatte er eine Entscheidung getroffen. »Verstanden. Was wollen Sie?«

»Ich muss unbedingt wissen, was in der SMS von diesem Unbekannten stand.«

»Ich will aber bei Mom bleiben«, sagte der Junge halb trotzig, halb verzweifelt.

»Niemand wird euch auf Dauer trennen, Charly, aber um einen Entzug wird sie nicht herumkommen. Wie bisher kann es weder mit ihr noch mit dir weitergehen, deshalb werde ich mich persönlich zunächst um einen Therapieplatz für sie bemühen. Also, was stand in der SMS?«

»Ich sollte Nikodemus gestern außerhalb der üblichen Termine um zweiundzwanzig Uhr zur Bienenhütte des Hadrach-Bauern bestellen, das ist –«

»Ich weiß, wo das ist, Charly. Berichte nur weiter.«

»Als Begründung sollte ich angeben, dass Mom ihr wöchentliches Dope durch ein Ungeschick unbrauchbar gemacht hat und deshalb neues braucht. Der Absender drohte mir, so wie Sie eben auch, mit dem Jugendamt, sollte ich nicht spuren.«

»Und? Hast du gespurt und Nikodemus in die Hütte gelockt?«

»Warum gelockt? Es war nur von ›bestellen‹ die Rede.«

»Sorry, das hab ich eh gemeint«, beeilte sich der Fremde im Lodenmantel zu versichern. »Und? Hast du?«

»Was blieb mir denn anderes übrig? Ist Niki etwas passiert?« Fast hatte es den Anschein, als würde sich Charly um den Mann sorgen, der ihn regelmäßig missbrauchte und an andere Päderasten vermittelte.

»Er ist seit gestern nicht mehr erreichbar«, lautete die wenig aufschlussreiche Antwort. »Du musst jedenfalls nicht zum Hadrach-Gut hinaufgehen, um nach ihm zu sehen, das werden andere für dich übernehmen. Ich bringe dich jetzt zu deiner Mutter zurück, und in ein paar Tagen wird man dir Bescheid geben, wie es mit dir und ihr weitergeht. An deiner Stelle würde ich in euer beider Interesse mit ihr noch nicht über den Entzug reden, du kannst dir vorstellen, wie sie darauf reagieren würde. Und jetzt komm, steig ein!« Der Mann öffnete die Wagentür auf der Beifahrerseite.

Aber Charly schüttelte den Kopf. »Ich steig nicht zu fremden Leuten ins Auto und finde schon allein nach Hause. Das Handy meiner Mom hätte ich trotzdem gern zurück. Werfen Sie's mir zu?«

»Auch gut«, sagte der Blondierte und tat, was der Junge verlangt hatte.

Charly fing das alte Teil auf, steckte es ein, überquerte dann hinter dem Wagen die Straße, und schon war er in Richtung Salzach im Wald verschwunden.

Der Mann im Sommerloden blickte dem Jungen bedauernd, aber auch mit dem melancholischen Neid des Älteren hinterher – bedauernd, weil der an Charly begangene Missbrauch Eindrücke in dessen Gemüt hinterlassen würde, die sich nie mehr zur Gänze tilgen ließen, mit Neid, weil nicht jeder Fünfzigjährige, noch dazu ohne Wanderstöcke, so unbekümmert über die Bankettkante in den Wald hinunterspringen konnte wie der Junge eben.

»Die Wanderstöcke!«, murmelte er in seinen Dreitagebart und klatschte sich mit der flachen Hand an die Stirn. »Danke, Charly, du hast was gut bei mir.«

29 RAUNER HATTE EBEN sein Äußeres ein wenig nachjustiert und war im Begriff, sein Zimmer zu verlassen. Dass der Major noch vor dem Abendessen kurzfristig eine Zusammenkunft der noch anwesenden Zeugen im Speisesaal anberaumt hatte, verhieß nichts Gutes, ließ aber auch keine bahnbrechenden Erkenntnisse erwarten. Die Riege der Verdächtigen hatte sich seit Nachmittag nicht mehr verändert: Neben ihm selbst, Rauner, standen Wagner, Schwester Elisabetta, Pökelschot und Krautstingl, der sich eben erst wieder im Pfarrhof eingefunden hatte, weiterhin im Fokus der Ermittlungen, welche allerdings immer mehr zur Farce gerieten. Warum durfte sich der Vize-Dorfschulze den ganzen Nachmittag rumtreiben, ohne dass Major Redl es unterband, andere Verdächtige hingegen nicht? Shirin Barzani und Dr. Unbescheid etwa brauchten gar nicht mehr wiederzukommen, so überzeugt von ihrer Unschuld war Redl, der vielleicht als Unterhosen-Model hätte reüssieren können, aber als Ermittler auf der ganzen Linie versagte. Dabei war die Entlassung Dr. Unbescheids noch einigermaßen nachzuvollziehen, denn an der Reputation der Ärztin schien jeder Verdacht abzuprallen. Außerdem hatte nicht sie den Kontakt zu Olga Fliegenschnee über das SPIZ gesucht, sondern umgekehrt. Und schließlich war ja auch er, Rauner, ihr Begleiter auf der Wanderung gewesen und somit Zeuge ihrer Unschuld. Aber Shirin Barzani einfach gehen zu lassen, eine Drogenabhängige, die Krautstingl und damit auch sich selbst ein mehr als fragwürdiges Alibi gegeben hatte, das war nicht nur fahrlässig, sondern geradezu haarsträubend dumm.

Rauner machte sich trotz seiner Paranoia keineswegs jedes gängige Vorurteil zu eigen, dennoch war auffällig, dass die Beamten vom LKA Salzburg tatsächlich gleich mehrere Klischees zu bedienen schienen.

Er verschloss die Zimmertür hinter sich, überprüfte, ob auch wirklich abgesperrt war, und machte sich eben auf den Weg nach unten, als er aus dem Raum zu seiner Linken Geräusche hörte. Sie kamen aus Zimmer Nummer sechs. Aus Schatzmanns Zimmer!, durchfuhr es ihn wie ein Blitz. Die Tür stand halb offen, das polizeiliche Siegel war durchtrennt. Um den Mann zu berühren, der drinnen an der Garderobe stand, hätte Rauner nur die Hand auszustrecken brauchen.

Es war Krautstingl. Er begutachtete einen Wanderstock, besser gesagt hatte er einen der dort lehnenden Teleskopstöcke auseinandergeschraubt und befingerte jetzt den Griff des oberen Teils.

Dass auf dem Gang jemand stehen geblieben war, hatte er längst gehört. Während er sich Rauner zuwandte, ließ er aus dem hohlen Rohr einen stiftartigen Gegenstand in seine andere Hand gleiten, den Rauner wegen des Haarbüschels an seinem einen Ende zunächst mit einem Staubwedel assoziierte, wie ihn Uhrmacher zum Säubern von Mikromechanik verwenden.

»Das wäre das Reserveprojektil gewesen, für den Fall, dass der erste Schuss danebengegangen wäre«, erklärte Krautstingl.

Erst jetzt erkannte Rauner das typische Design eines Betäubungspfeils. Also war, wie Pökelschot schon immer vermutet hatte, dieser Dorfschulze tatsächlich … Rauner verfolgte den Gedanken nicht weiter, sondern sprintete los wie Usain Bolt. »Hilfeeee! Krautstingl ist es! Er ist der Mörder!« In halsbrecherischer Manier sprang er, mehrere Stufen auf einmal nehmend, das enge Stiegenhaus hinunter.

Die von ihm erhoffte Reaktion auf seine Rufe blieb allerdings aus. Redl und der mittlerweile zurückgekehrte Feuersang kamen nicht mit entsicherten Pistolen vom Parterre die Treppe heraufgestürmt, sondern erwarteten ihn im Erdgeschoss an der Rezeption. Es sah so aus, als hätten sie schon einige Zeit lang dort gestanden.

Feuersang fing den aufgeregten Mann, der panisch ins Freie stürmen wollte, an der Haustür ab. »So beruhigen Sie sich doch, Herr Rauner! Ihnen passiert nichts, versprochen. Gehen Sie nur vor in den Speisesaal, wir kommen gleich nach.«

»Haben Sie denn nicht gehört, was ich gerufen habe? Krautstingl –«

»Herr Krautstingl ist niemandes Mörder, Herr Rauner. Vertrauen Sie uns.«

Im Speisesaal traf der schwer geschockte Rauner auf Schwester Elisabetta, Wagner und Pökelschot, die an einem der drei Tische saßen, an denen nunmehr für insgesamt sechs Personen gedeckt war. Er hatte sich kaum zu ihnen gesellt, als auch schon die beiden Kriminalbeamten eintraten. Hinter ihnen, zu Rauners nicht geringer Beunruhigung, Krautstingl, der das als Wanderstock getarnte Blasrohr nach wie vor in der Hand hielt. Und noch etwas fiel dem Windkraft-Manager auf: Der Mann, den er für den gesuchten Mörder hielt, trug keine Sonnenbrille mehr und kam ihm mit seiner charakteristischen Leichenbittermiene irgendwie bekannt vor.

Wieder einmal kombinierte Headhunter Pökelschot, dem die Veränderung an Krautstingl ebenfalls aufgefallen war, einen Tick schneller als Rauner. »Sagen Sie, waren Sie nicht schon das eine oder andere Mal im Regionalfernsehen zu sehen, Herr Krautstingl? Halt, jetzt hab ich's: Sie mögen vielleicht auch irgendwann mal Kommunalpolitiker gewesen sein, aber in erster Linie sind Sie Exekutivbeamter. Vor etlichen Jahren haben Sie die Ermittlungen bei der Seilbahnkatastrophe im Wiesbachtal geleitet, stimmt's?«

»Stimmt«, antwortete Major Redl anstelle des Gefragten. »Darf ich vorstellen: Oberst Oskar Jacobi, LKA Salzburg, Leiter des Referats für Delikte gegen Leib und Leben.«

»Und ehe Sie jetzt all die berechtigten Fragen an mich stellen, die Ihnen auf der Zunge liegen«, knüpfte Jacobi daran an, »lassen Sie mich einige davon gleich vorweg beantworten.«

Wie seine Leute hatte auch er sich mittlerweile vor dem Tisch aufgebaut, an dem die vier saßen. Deren Reaktionen auf seine Metamorphose waren zwar unterschiedlich, aber zu verhalten, um sie wirklich einschätzen zu können. Während sich Pökelschot, der justament Krautstingl beide Morde hatte anlasten wollen, sehr rasch auf die neue Situation eingestellt hatte und relativ gefasst wirkte, runzelte Schwester Elisabetta verunsichert die Stirn, als wüsste sie nicht so recht, was der neuerliche Wegfall eines potenziellen Täters für die restlichen Verdächtigen bedeutete. Wagners Miene blieb dagegen so unbewegt, dass man sie ebenso gut als kummervoll wie als versteinert hätte bezeichnen können. Lediglich Rauner, der gerade noch vor dem vermeintlichen Mörder in heller Panik geflohen war, war eine gewisse Genugtuung anzusehen, hatte doch Pökelschot gerade bei der Beurteilung von Krautstingl weiter danebengelegen als alle anderen.

»Der Anlass für meinen Undercover-Einsatz war eine vertrauliche Terrorwarnung, mit der man sich an mich gewandt hatte und die aus Gründen des Quellenschutzes und, um einer Panik vorzubeugen, entsprechend diskret zu behandeln war und ist«, umriss Jacobi lakonisch die Herangehensweise an das Problem.

In Rauners Gesicht erstarrte das schadenfrohe Grinsen zur Maske. »Das hieße doch, weder die Sache mit der Mohrenkopf-Aktie noch Drogen waren die Ursache für die Morde?«

»So ist es«, bestätigte der Oberst.

»Also alles Schimäre – wie auch Ihr seltsamer Auftritt mit gefärbten Haaren und Sonnenbrille?«, konnte sich Pökelschot nicht enthalten einzuwerfen.

»Wieder richtig. Obwohl sich uns nach dem Anschlag auf Frau Fliegenschnee infolge der Aktiengeschichte die Mordmotive förmlich aufdrängten, sodass wir unter anderen Voraussetzungen sicher in diese Richtung weiterermittelt hätten, bestätigte die Ermordung Schatzmanns unverzüglich und auf makabre Weise den

Wahrheitsgehalt der Terrorwarnung. Um der Forderung nach Diskretion zu entsprechen, habe ich nur die Kollegen Redl und Feuersang von Beginn an eingeweiht, weshalb ich gezwungen war, mich im Hintergrund zu halten, als die KTU und später auch eine Journalistin hier auftauchten. Das viel größere Hemmnis stellte aber von Beginn an die dürftige Informationslage dar: Mir war ausschließlich mitgeteilt worden, dass mit einem Anschlag im SPIZ Embach zu rechnen sei, aber weder ein genaues Datum, noch wem er gelten sollte, noch woher er drohte, weshalb ich den ersten Mord beim besten Willen nicht hätte verhindern können.«

»Und warum den zweiten nicht? Da waren Sie doch bereits gewarnt, und neben Ihnen waren auch schon die beiden Herren hier vor Ort.« Schwester Elisabetta wies mit dem Kinn auf Redl und Feuersang.

»Aber wie hätten wir den Giftanschlag auf den Profikiller Titus Schatzmann voraussehen können, Schwester Elisabetta?«, wies Jacobi den Vorwurf zurück. »Selbst wenn LKA-Beamte in Zugstärke angerückt wären, hätte das unsern Info-Rückstand nicht ausgleichen können.«

»Profikiller? Schatzmann war ein Auftragsmörder?« Diese und ähnliche Fragen schwirrten durcheinander, aber mindestens eine der anwesenden Personen musste die Aufregung spielen.

»Chefinspektor Feuersang konnte diese Information erst heute Nachmittag endgültig absichern«, bestätigte der Oberst. »Und auch, dass Bruder Nikodemus sein Komplize ist oder war und ihm für den ersten Mord einen Mietwagen auf den Rastplatz Höhe Dürnbergkapelle gestellt hat.«

»Das ist alles sehr verwirrend«, meldete sich nun auch Wagner. »Was haben wir uns zum Beispiel unter der Differenzierung ›Nikodemus ist oder war Komplize‹ vorzustellen?«

»Da die Motive nach wie vor im Dunkeln liegen, könnte zumindest theoretisch auch Nikodemus der Mörder von Schatzmann sein, obwohl er ihm zunächst zur Hand gegangen ist, wie die Handykontakte zwischen beiden beweisen«, räumte Jacobi ein, der wie seine Kollegen mit Argusaugen alle Zeugen beobachtete. Doch keiner von ihnen zuckte auch nur mit der Wimper. »Das wäre der Fall, wenn er nach Lee-Harvey-Oswald-Manier beauftragt gewesen wäre, Fliegenschnees Mörder nach begangener Tat sofort aus dem Verkehr zu ziehen. Dazu würde vordergründig auch die raffinierte Fluchtvariante passen, sein Handy in einem Lieferwagen zu deponieren, der nach Kärnten fährt, während er selbst mit hauseigenem Pick-up eine andere Route nimmt und inzwischen schon ein weiteres Mal den Wagen gewechselt hat. Aber würde er uns dann mit der Nase ausgerechnet auf sein Handy und damit auf seine Kontakte zu Schatzmann stoßen?«

»Was glauben Sie also?«, fragte Schwester Elisabetta.

»Für plausibler halte ich, dass Nikodemus bereits in derselben Nacht getötet wurde wie Schatzmann, eben weil er dessen Komplize war. Für diese Hypothese spricht auch der Ort, an dem man uns Frau Barzani hat finden lassen. Wäre sie nämlich Nikodemus zu später Stunde in die Quere gekommen und hätte er sie k.o. geschlagen, wäre er wohl kaum so einfältig gewesen, die verschnürte Frau unter seinem Bett zu verstecken, sondern hätte sie zumindest in ein anderes Zimmer geschafft, um den Kreis der Verdächtigen wie im Fall Schatzmann möglichst groß zu halten.«

»Außerdem hat jemand versucht, die Azubi Tiffany Beifuß von der Konditorei Volgger in St. Martin zu nötigen, das Alibi von Nikodemus zu widerrufen«, sekundierte Feuersang. »Was nicht nur nahelegt, dass Nikodemus als Mörder von Olga Fliegenschnee nicht in Frage kommt, sondern auch, dass jene dritte Person ihn der Polizei als Täter andienen wollte, um von sich abzulenken.«

»Und dass diese Person auch den elfjährigen Charly Trenker gezwungen hat, Nikodemus gestern abends per SMS in die Bienenhütte zu locken«, ergänzte wiederum Jacobi. »So ein Vorgehen weist mehr als alles andere auf einen Insider hin. Denn wer sonst hätte über den Ort Bescheid wissen können, an dem Nikodemus seine Obsession auszuleben pflegte, wenn nicht jemand aus seiner unmittelbaren Umgebung? Die Spusi wird die Hütte morgen akribisch unter die Lupe nehmen.« Auf den

Zusatz, die KTU hätte ohnehin noch etwas wiedergutzumachen, verzichtete er.

»Um auf Schatzmann zurückzukommen«, klinkte sich nun auch Redl ein, »der Oberst hatte ihn von Beginn an im Verdacht, was er mir gestern im Zuge der Vernehmungen bereits sagte.«

Er hatte den Satz noch nicht zu Ende gesprochen, als ihm Pökelschot auch schon ins Wort fiel. »Ihr absurdes Vernehmungstheater schlägt dem Fass wirklich den Boden aus: Pure Behördenwillkür war das! Wozu haben Sie zum Beispiel mich und Charon wegen dieser Aktiengeschichte weiterhin sekkiert, wo Sie doch längst wussten, dass die Mörder andere Motive hatten? Welche eigentlich?«

»Die eben kennen wir noch nicht, wie ich schon sagte«, räumte Jacobi ein. »Wir können detailliert rekonstruieren, wie Frau Fliegenschnee ermordet wurde, vermuten, wie man Schatzmann vergiftet hat, und bestenfalls spekulieren, ob Nikodemus das Weite gesucht oder bereits das Zeitliche gesegnet hat. Aber was Anlass und Zweck der Gewalttaten ist, wissen wir nach wie vor nicht. Besonders der Mord an Olga Fliegenschnee ergibt im Kontext mit der Terrorwarnung noch immer keinen Sinn.«

»Damit stellt sich Ihre Truppe ja nicht unbedingt ein Vorzugszeugnis aus«, merkte Schwester Elisabetta trocken an.

»Den Vorwurf der unnötigen Scharade müssen wir trotzdem zurückweisen«, verteidigte Redl ihre Herangehensweise an diesen ungewöhnlichen Fall. »Uns wurde gesagt, dass wir auch mit Lauschangriffen zu rechnen hätten. Daran haben wir uns natürlich orientiert – sogar wenn Kollege Feuersang oder ich mit Oberst Jacobi allein in einem Raum waren.«

Wie von Jacobi zuvor angeregt, begann er, die bisher gesammelten Erkenntnisse zu erörtern. Angefangen bei Nikodemus' und Schatzmanns Vorbereitungen für den ersten Mord, der Tat selbst – wobei er den Schnitzer der KTU, das als Wanderstock getarnte Blasrohr nicht entdeckt zu haben, abermals in kollegialer Solidarität überging – und bis zu Schatzmanns Entscheidung danach, trotz seiner offensichtlichen Angst vor einem Gegenschlag an den SPIZ-Kursteilnehmern dranzubleiben.

»Dass er hierher zurückgekehrt ist, anstatt sich nach dem Mord aus dem Staub zu machen, passt nicht zu einem Profi und muss gerade deshalb einen stichhaltigen Grund gehabt haben«, schaltete sich Jacobi an dieser Stelle ein. »Ein solcher könnte zum Beispiel sein, dass er die falsche Person liquidiert hat. Aber was der Anlass war, einen so gravierenden Fehler zu begehen, bliebe dann noch immer ein Rätsel.«

»Jedenfalls wäre er dann – wenn wir den Gedanken weiterverfolgen – hierher zurückgekehrt, um den Fehler zu korrigieren, ehe irgendjemand den Spieß umdrehen und ihm zuvorkommen konnte«, setzte Redl fort. »Dieser Jemand musste ihn aber nach unsrem Dafürhalten schon bald nach dem Auffinden von Olga Fliegenschnees Leiche als Täter ausgemacht und seine Liquidierung in die Wege geleitet haben, als er noch nicht damit rechnete.«

»Und Sie meinen jetzt, diese Person unter uns vieren suchen zu müssen?«, fragte Wagner in erwartet unterkühltem Ton.

Jacobi nickte. »Wir sehen keine andere Möglichkeit – vor allem, weil sämtliche Alibis im Mordfall Fliegenschnee nun in keinem direkten Zusammenhang mehr mit dem Anschlag auf Schatzmann gesehen werden können, aber dennoch ein Einkehrwochen-Kursteilnehmer oder SPIZ-Mitarbeiter dessen Mörder sein muss. Jeder andere Erklärungsversuch wäre absurd. Schatzmann hat übrigens gestern Vormittag um zehn Uhr zwanzig, vermutlich gleich nachdem er Frau Fliegenschnee getötet hatte, Nikodemus angerufen und der wiederum sofort danach jemanden, dessen Empfängergerät unweit der Vatikanischen Gärten in Rom eingeloggt war.«

Es wurde so still im Speisesaal des Pfarrhofs, dass man eine Stecknadel hätte fallen hören. Nach einer sekundenlangen Pause knisternder Spannung war es wieder Wagner, der sich zu Wort meldete. »Das hört sich in der Tat recht … äh … abenteuerlich an, und wahrscheinlich liege ich nicht falsch, wenn ich annehme, dass sogleich weitere Eröffnungen folgen sollen. Trotzdem müssen Sie mich jetzt entschuldigen, oder besser gesagt für mindestens eine Stunde auf meine Gesellschaft verzichten.«

»Ich dachte, das Abendessen sei heute für neunzehn Uhr angesetzt worden«, unterbrach ihn Redl brüsk, da er das Störfeuer des Psychotherapeuten allmählich satthatte.

»Stimmt, aber meine Anwesenheit ist dabei nicht unbedingt vonnöten. Wohl aber drüben in der Kirche, um Menschen, die beichten wollen, die Gelegenheit dazu zu geben, Major. Der übliche Termin ist Mittwoch, achtzehn Uhr dreißig, und manchmal auch am Montag zur selben Zeit.« Er blickte auf seine Armbanduhr. »Ich bin ohnehin schon spät dran.«

»Scheint nicht von ungefähr Ihre Spezialität zu sein, sich immer dann, wenn's ans Eingemachte geht, hinter dem Sakrament der Beichte zu verschanzen.« Redl ging ihn ungewohnt untergriffig an und fühlte sich sogar bemüßigt hinzuzufügen: »Schließlich waren es Jesuiten, die diese spezielle Form der Vertraulichkeit in der katholischen Kirche etabliert haben.«

Demonstrativ geräuschvoll stieß Wagner die Atemluft durch seine gewaltige Nase aus. »Eine derartige Bemerkung zu kommentieren, erübrigt sich wohl.« Er stand auf und verließ den Saal.

»Tja, ich muss leider ebenfalls weg«, stellte Schwester Elisabetta bedauernd fest, kaum dass sich die Tür hinter dem Hausherrn geschlossen hatte. »Ich wollte es Ihnen vorhin schon sagen: Der Zacherl, also der Hadrach-Altbauer, hat heute noch einmal geschlachtet – Dienst für einen Stammkunden sozusagen –, und zu zweit ist das Gröbste wesentlich rascher erledigt als allein. Die Verarbeitung von vier Schweinehälften kann nicht warten und überfordert einen Siebzigjährigen, der noch dazu nicht gesund ist, erheblich.«

Redl, normalerweise ein Muster an Selbstbeherrschung, drohte jetzt endgültig der Kragen zu platzen. Ausgerechnet die zwei Ordensangehörigen, die Angaben zu den Kontakten von Nikodemus nach Rom hätten machen können, verlangten in dieser heißen Phase der Ermittlungen kaltschnäuzig eine Auszeit – zu einem Zeitpunkt, an dem es auch für Mörder Nummer zwei zusehends enger zu werden drohte.

Aber Redl wäre nicht Redl gewesen, hätte er nicht zu Jacobi

hinübergelinst, ehe er seiner Empörung Luft machte. Der Chef schüttelte fast unmerklich den Kopf.

»Okay, wir treffen uns also um zwanzig Uhr an derselben Stelle wieder«, verfügte der Major daraufhin so gelassen, dass ihn Pökelschot und Rauner ungläubig anglotzten. Doch als sie sich ebenfalls von ihren Plätzen erheben wollten, winkte Jacobi ab.

»Moment, Sie beide ersuche ich, noch einen Moment zu bleiben. Ein paar Details zu den Vorgängen auf der Wanderung und hier im SPIZ gestern Nacht bedürfen noch der näheren Erläuterung.«

30 NACHDEM AUCH SCHWESTER ELISABETTA den Raum verlassen hatte, nahmen die Beamten den beiden Freiberuflern gegenüber Platz, Jacobi in der Mitte, rechts von ihm Redl, links Feuersang.

Der Neurotiker Rauner glaubte, den Sinn hinter dieser kafkaesken Sitzordnung sofort zu erkennen: Hier sollte nicht mehr, wie schon wiederholt geschehen, eine Befragung abgehalten werden, sondern ein Tribunal. Und die drei Büttel auf der anderen Seite würden sich nicht eher vom Tisch erheben, bis einer von ihnen beiden als Schuldiger feststand.

Doch schon die ersten Worte Jacobis fingen seine Phantasie wieder ein. »Herr Pökelschot, haben Sie uns noch etwas zu sagen?«

Während Rauner befreit ausatmete, hob der Angesprochene fragend die Brauen. »Ich wüsste nicht, was. Alles, was im Zusammenhang mit der gestrigen Wanderung noch relevant war, weiß Major Redl längst und ist, seit Schatzmann als Mörder von Olga Fliegenschnee feststeht, ohnehin nicht mehr von Belang.«

»Sie und die anderen Kursteilnehmer sind von Major Redl gebeten worden, auch über alles Ungewöhnliche, das Ihnen in den letzten achtundvierzig Stunden begegnet ist, mit uns zu reden. Ich wiederhole diese Bitte jetzt nicht nur, sondern füge ihr hinzu, dass noch weitere Menschenleben von Ihrer Antwort abhängen könnten.«

»Ich bin's wirklich leid, mich ständig zu wiederholen«, sagte Pökelschot achselzuckend.

»Gut, dann frage ich Sie, warum Sie am Samstag beim gemeinsamen Coming-out als einziger aller Kursteilnehmer – von mir einmal abgesehen – in einem signifikanten Punkt gelogen haben. Das ist schon deshalb bemerkenswert, weil sogar Schatzmann seine psychischen Probleme wahrheitsgetreu geschildert hat, wie wir überprüft haben. Letztlich hat wohl ein gefühlsarmer, mitleidloser Vater die Weichen für sein verpfuschtes Leben gestellt, wogegen Ihrer Ex, Herr Pökelschot, Gefühlsarmut durchaus nicht vorzuwerfen ist. Denn entgegen Ihrer Darstellung hat nicht sie der Beziehung keine Chance mehr gegeben, sondern Sie selbst, so sehr sich Ihre Gattin auch dagegen wehrte.«

»Und? Standen wir bei dieser bizarren Sitzung etwa unter Wahrheitspflicht?«

»Nein, aber auch, wenn ich nicht über Wagners Fachwissen verfüge, drängt sich mir der Gedanke auf, dass Sie ausgerechnet in der jetzigen heiklen Lage nicht nur sich, sondern auch jemand anderem Stehvermögen beweisen wollen – eine Eigenschaft, die Sie in Ihrer Ehekrise nicht aufbringen konnten.«

Pökelschots Wimpernschlag war kaum zu sehen gewesen, aber Feuersang hatte das nervöse Zucken dennoch bemerkt und deutete es richtig. »Sehen Sie, Herr Pökelschot«, tönte er mit samtweichem Bass, der angesichts seiner perchtenartigen Visage geradezu paradox anmutete, »etwas Ungewöhnliches zu melden, heißt nicht automatisch, jemanden zu vernadern oder ihm etwas anzuhängen. Uns aber könnte es helfen, Mosaiksteinchen an ihre passenden Stellen zu setzen und so Zusammenhänge zu erkennen, auf die man ohne den richtigen Hinweis nicht kommt. Dieser Aspekt müsste einem Research-Manager doch mehr als geläufig sein.«

»Ich weiß immer noch nicht, worauf Sie hinauswollen.«

»Sollen wir wirklich noch deutlicher werden? Durch Ihre Nähe zu gewissen Personen konnten Sie sowohl am Naturbad

Vorderkaser als auch hier im SPIZ Eindrücke gewinnen, die anderen Kursteilnehmern vermutlich verwehrt blieben.«

»Auf diesem Biertisch-Niveau rede ich erst recht nicht mit Ihnen.«

»Nun mal halblang, Herr Pökelschot!«, wurde Feuersang etwas energischer. »Sie sind geschieden und ungebunden. Wenn Sie versuchen, auf verklemmten Spießer zu machen, vergeuden Sie nur unsre und auch Ihre Zeit.« Unvermittelt wurde seine Stimme wieder weich. »Schon seit Ihrer ersten unverbindlichen Befragung auf dem Parkplatz von St. Martin wissen wir, dass Ihnen etwas auf der Seele liegt. Nur handelt es sich dabei gewiss nicht um das Date an der Schüttach und erst recht nicht um jenes in Schwester Elisabettas Wohnung.« Er deutete mit dem Daumen nach oben Richtung Bogengewölbe. »Denn warum sollte ein Weltmann wie Sie deshalb Gewissensbisse haben?«

Rauners betretene Miene nötigte Pökelschot trotz der unbehaglichen Situation ein Schmunzeln ab.

Der Ermittler nutzte diesen Moment stiller Heiterkeit. »Es ist etwas anderes, das Sie gesehen haben, aber nicht einordnen können – vielleicht bisher auch nicht einordnen wollten.« Er spürte förmlich, wie die Abwehrhaltung des anderen zu bröckeln begann, und setzte sanft nach: »Aber jetzt, Pökelschot, jetzt wollen Sie es, nicht wahr?« Er hielt inne, wohl wissend, dass jedes Wort zu viel den Zeugen wieder in Oppositionshaltung verharren lassen würde.

Auch Redl und Jacobi, die in Feuersangs Instinkt vollstes Vertrauen hatten, beschränkten sich tunlichst darauf, die Strohblumen der Tischdekoration zu betrachten, statt mit Zwischenfragen die sorgfältige Choreografie des Kollegen durcheinanderzubringen.

»Es hat vielleicht ohnehin nichts zu bedeuten«, sagte Pökelschot nach einer Minute gemeinsamen Schweigens, in der nur die Geräusche aus der Küche zu hören gewesen waren, verstummte aber gleich wieder.

»Was hat nichts zu bedeuten?«

»Ach, nichts.«

»Sie begehen keinen Verrat an irgendjemandem, Pökelschot«, sagte Feuersang so treuherzig, dass sogar seine gewöhnungsbedürftige Physiognomie plötzlich vertraueneinflößend und bieder wirkte. »Überlegen Sie doch: Wer Schatzmann umgebracht hat, könnte sich auch gezwungen sehen, einen weiteren Präventivmord zu begehen. Die Info zur rechten Zeit kann Leben retten – vielleicht sogar Ihres, und das sollte Ihnen ja nun wirklich nicht gleichgültig sein. Kommen Sie, geben Sie sich einen Ruck!«

Es dauerte dennoch weitere gezählte dreißig Sekunden, bis sich Pökelschot zu einer Entscheidung durchringen konnte. »Oberst Jacobi hat vorhin die Vermutung geäußert, Olga Fliegenschnee könnte einem Irrtum zum Opfer gefallen sein«, begann er schließlich zögernd. »Das hab ich doch richtig verstanden, oder?«

»Das wird unter anderem von uns in Betracht gezogen«, bestätigte Feuersang vorsichtig, während er einen überraschten Blick mit dem Chef tauschte.

Auch Pökelschot suchte, von widerstreitenden Gefühlen hin- und hergerissen, den Blickkontakt mit Jacobi. »Es muss wie gesagt nichts mit Olgas Tod zu tun haben, aber ...« Wieder stockte er, bevor er endgültig fortfuhr. »Als wir am Naturbad Vorderkaser jene kurze Rast einlegten, trug Elisabetta ihren roten Parka. Das weiß ich deshalb so genau, weil ich mich noch wunderte, dass sie ihr Portemonnaie aus der Innentasche nahm und es in eine Außentasche ihres Rucksacks steckte.«

»Und?«, fragte Feuersang, dem sich noch ebenso wenig wie Jacobi erschloss, wohin die Reise gehen sollte.

»Leo, erinnere dich«, sagte da Lorenz Redl. »Auf dem Parkplatz vor der Kirchental-Mautstraße haben wir Schwester Elisabetta zum ersten Mal gesehen. Was hatte sie da an?«

»Verdammt, jedenfalls nichts Rotes. Ich glaube, es war eine gelbe Wind- oder Segeljacke.«

Pökelschot nickte. »Schon im Geräteschuppen an der Schüttach hab ich ihr aus dieser Jacke geholfen und sie sogar flüchtig auf die andere rote angesprochen. Sie tat meine Bemerkung als Nebensächlichkeit ab und meinte, sie habe der erkälteten Olga Fliegenschnee angeboten, die Jacken zu tauschen, weil sie mit dem dicken Parka sicher besser bedient wäre. Aber …« Wieder tat er sich schwer weiterzureden.

»Ja?«, drängte Jacobi, der sich insgeheim schon die bittersten Vorwürfe machte.

»Aber später, als wir im SPIZ zurück und über Olgas Ableben bereits informiert waren, bat sie mich, den Jackentausch der Polizei gegenüber nicht zu erwähnen. Lästige Behördenfragen würden nur Vorhaltungen Wagners zur Folge haben, der es hasse, irgendwo hineingezogen zu werden. Er würde einen Akt der Fürsorge wie den Jackentausch nur als Wichtigtuerei abqualifizieren.«

»Und diese halbgare Begründung haben Sie ihr abgenommen?«, ätzte Jacobi, dem bewusst war, dass er Pökelschot als Blitzableiter für seinen Frust benutzte. Er hatte Schwester Elisabetta am Naturbad Vorderkaser und in St. Martin gesehen, und trotzdem war ihm der Anoraktausch nicht aufgefallen. Es war zum Aus-der-Haut-Fahren!

»Ich habe mich zu diesem Zeitpunkt nicht weiter damit beschäftigt«, verteidigte sich Pökelschot. »Ihnen würde es nicht anders ergehen, Herr Oberst, wenn Ihnen eine so scharfe Braut wie Elisabetta in den Schritt fasst.«

»Meine Exzitabilität durch Frauenhand steht hier nicht zur Debatte, Herr Pökelschot. Schon eher, dass Sie sich über die Folgen des Jackentauschs selbst dann keine Gedanken gemacht haben, als Ihr Gehirn nicht mehr zwei Etagen tiefer positioniert war. Olga Fliegenschnee wurde ermordet, weil Schatzmann, ein Auftragskiller, sie für Schwester Elisabetta gehalten hat.«

Pökelschot schüttelte ungläubig lächelnd den Kopf. »So ein Unsinn! Warum sollte jemand Elisabetta, eine Ordensfrau, ermorden wollen? Und vor allem: Wer sollte einen so bizarren Auftrag erteilt haben?«

»Wir werden die Schwester fragen – vorausgesetzt, wir erreichen sie noch.«

Redl hatte das Smartphone schon in der Hand und wählte ihre Nummer. Das Freizeichen ertönte zwei-, dreimal … fünfmal. Niemand ging ran.

»Versuch's bei den Schwabeneders«, sagte Jacobi. »Die sollen zurückrufen, wenn sie bei ihnen eintrifft.« Schnell verbesserte er sich: »*Falls* sie bei ihnen eintrifft.«

Redl wiegte verneinend den Kopf. »Ich hab die Nummer nicht eingespeichert, aber Irmgard Loderer weiß sie bestimmt.« Er erhob sich und verschwand in die Küche.

»Können wir jetzt gehen?«, fragte Rauner aufgeräumt, da sich die Polizei ganz offensichtlich nicht mehr für ihn interessierte.

»Falls Sie nicht ohnehin gleich zu Abend essen wollen, steht es Ihnen frei zu gehen, wohin Sie wollen, Herr Rauner«, befand Jacobi. »Aber Herr Pökelschot bleibt bitte noch hier.«

»Was soll das werden?«, begehrte der abgehalfterte Headhunter auf. »Haben Sie mich noch nicht gründlich genug ausgequetscht?«

»Anscheinend nicht, denn Sie halten nach wie vor wichtige Informationen zurück, die Schatzmanns Ermordung oder das Verschwinden von Nikodemus oder sogar beide Tatbestände betreffen könnten.«

»Davon weiß ich nichts!«, heulte Pökelschot auf, ganz der von bornierten Beamten genervte Bürger. Doch Inszenierungen dieser Art hatten Jacobi schon immer kaltgelassen.

»Wie war das heute Nacht? Herr Rauner hat Sie um Mitternacht aus Schwester Elisabettas Wohnung kommen sehen. Diese Aussage wurde durch Ihre eigene, zwei Stunden bei ihr gewesen zu sein, bekräftigt.«

»Und? Das habe ich Major Redl gegenüber doch längst eingeräumt.«

»Herr Pökelschot!« Feuersangs Bass klang nun gar nicht mehr weich, sondern wie das Knarren einer hundertjährigen Weinpresse. »War Schwester Elisabetta um diese Zeit wirklich in ihrer Wohnung? Oder war diese leer – wie auch schon um zehn Uhr abends, als Sie zum ersten Mal versuchten, Ihren Kurschatten zu erreichen?«

»Wieso vergeblich? Ich verstehe nur Bahnhof.«

»So?« Mit gesenktem Schädel und geblähten Nüstern erinnerte der Chefinspektor mehr denn je an einen Kampfstier.

Fehlt nur noch, dass er mit einem Vorderhuf zu scharren beginnt, dachte Rauner.

»Aber wer ›Bahnhof‹ versteht, Herr Pökelschot, der sollte auch begreifen, dass der Zug bereits abgefahren ist«, brummte der Kampfstier zunächst noch verhalten, um dann umso heftiger zu brüllen: »Andernfalls nehme ich Sie vierundzwanzig Stunden lang so in die Mangel, dass Sie mir Dinge erzählen werden, die Sie sich selbst bisher niemals eingestanden haben! Also: Haben Sie Schwester Elisabetta gestern Abend in Ihrer Wohnung angetroffen – ja oder nein?«

Pökelschot schwieg. Wenn er jedoch gehofft hatte, dadurch den Druck aus dem Verhör nehmen zu können, wurde er rasch eines Besseren belehrt. Doch nicht er, sondern der noch immer anwesende Rauner zuckte zusammen, als Feuersang seine klobigen Fäuste auf den Tisch donnern ließ und seine Alptraum-Visage so dicht vor Pökelschots Nase schob, dass er ihm jederzeit in diese hätte hineinbeißen können.

»Wie hat die Gute denn diesmal argumentiert, warum Sie, Jens Pökelschot, eine leere Wohnung vorgefunden haben? Sagen Sie es uns! Raus damit!« Feuersang redete sich derart in Rage, dass Rauner seine archaische Performance mit weit aufgerissenen Augen verfolgte.

»Herr Rauner, wollten Sie nicht gehen?«, erinnerte ihn deshalb Jacobi, was Pökelschots Entschluss zu kooperieren prompt beflügelte.

»Okay, okay. Es stimmt: Elisabetta war gestern Nacht nicht in ihrer Wohnung, nicht um zweiundzwanzig Uhr und auch nicht um Mitternacht.«

»Aber du warst doch bei ihr, zumindest um Mitternacht! Ich selbst hab dich aus ihrer Wohnung kommen sehen«, widersprach Rauner, der den früher oft beneideten Filou jetzt zusehends bedauerte.

Der lächelte, allerdings sichtlich resignativ. »Danke, dass du mir helfen willst, Charon. Aber man kann eine nicht abgeschlossene Wohnung auch betreten, wenn sie verlassen ist. Ich hatte Bock auf Elisabetta und wollte sie aufsuchen, obwohl sie mich schon nach dem Abendessen gebeten hatte, eben das bleiben zu lassen, weil sie nach all den Aufregungen sehr erschöpft sei. Ich hab trotzdem versucht, sie zu sehen – zweimal sogar, aber Elisabetta war beide Male nicht da.«

»Beantworten Sie jetzt die Frage des Chefinspektors!«, verlangte Jacobi, dem plötzlich wieder einfiel, wie unausgeschlafen das Englische Fräulein am Morgen gewirkt hatte. »Wie hat Schwester Elisabetta angesichts des Tatbestands, dass auch Schatzmann Opfer eines Giftanschlags geworden ist, ihre nächtliche Abwesenheit Ihnen gegenüber begründet?«

»Sie hat sich ähnlich entschuldigt wie vorhin: Sie habe bis tief in die Nacht dem Zacharias Schwabeneder im Schlachthaus geholfen, weil sie untertags nicht dazu gekommen sei.«

»Obwohl sie so müde war?«, warf Feuersang bissig ein.

Pökelschot zuckte mit den Achseln. »Pikanterweise habe es sich diesmal um eine Schwarz-Schlachtung gehandelt, die, wie ich sicher verstehen würde, weder der Polizei noch Pater Franz gegenüber erwähnt werden dürfe. Letzterer würde maßlose Enttäuschung darüber heucheln, dass sie, Elisabetta, den Zacherl bei Schwarz-Geschäften unterstützt, was freilich zu verkraften sei. Doch Major Redl suche immer noch einen Sündenbock für die rätselhaften Morde und könnte ihr große Unannehmlichkeiten bereiten.«

»Und diese Darstellung haben Sie ihr abgenommen?« Die buschigen Brauen des Chefinspektors hoben sich wie Vogelschwingen.

»Elisabetta hat mir versichert, mit den schrecklichen Vorgängen im SPIZ nichts zu tun zu haben.«

»Und sie sagte wörtlich, Wagner würde Enttäuschung heucheln?«, hakte Jacobi an dieser Stelle noch einmal nach.

»Ja, obwohl mir das erst später auffiel. Major Redls Schlussfolgerung, wer immer Fliegenschnee und Schatzmann auf dem Gewissen habe, müsse entweder Kursteilnehmer oder SPIZ-Mitarbeiter sein, beschäftigte mich zu diesem Zeitpunkt viel mehr.«

»Ihre Bedenken haben Sie aber bis jetzt recht gut zu verbergen gewusst«, merkte Feuersang sarkastisch an.

Pökelschot schüttelte unwillig den Kopf. »Sehen Sie, ich finde Elisabetta nicht nur attraktiv, ich habe sie wirklich gern. Mit ihr verbindet mich mehr als gelegentlicher Sex und der Reiz des Anrüchigen, sie war an einem Tiefpunkt meines Lebens für mich da. So jemanden haut man nicht gleich in die Pfanne, wenn einem ein bisschen Gegenwind ins Gesicht bläst.«

»Ein bisschen Gegenwind?«, empörte sich Redl, der aus der Küche zurückgekommen war. »Zwei Menschen sind ermordet worden, und das nennen Sie ›ein bisschen Gegenwind‹?« Er wandte sich an Jacobi. »An ihr Handy geht nach wie vor niemand ran, und beim Hadrach-Bauern wird sie auch nicht erwartet. Mir wurde gesagt, man habe am Samstagnachmittag zum letzten Mal geschlachtet, Fohlen- und Schweinebrät sei Montagfrüh vom Käufer abgeholt worden.«

»Okay. Leo, sorge dafür, dass Wagner antanzt – und wenn du ihn dafür aus dem Beichtstuhl zerren musst«, befahl Jacobi. »Es geht nicht an, dass er bei diesem Stand der Ermittlungen noch immer seine schützende Hand über Schwester Elisabetta hält. Jetzt wird auch auf ihn keine Rücksicht mehr genommen, Priester hin, Psychotherapeut her! Es wird Zeit, dass er mit einigen Hintergrundinfos über seine Mitarbeiterin herausrückt: Wo sie vor Reichenhall und Embach zugange war und warum es sie ausgerechnet hierher in die Einschicht verschlagen hat.«

Feuersang machte sich umgehend auf den Weg und war noch kaum draußen im Flur, als ihm unverkennbar Brandgeruch in die Nase stieg. Ahnungsvoll öffnete er die Haustür, und beißender Qualm wehte ihm entgegen.

Trotz fortgeschrittener Tageszeit und eingeschränkter Sicht konnte er anhand der Windrichtung feststellen, woher der Rauch kam. Durch die Schwaden sah er roten Widerschein schimmern. Augenblicklich rannte er in den Speisesaal zurück.

»Lenz, ruf deinen Bruder an, die Remise brennt! Wer noch wichtige Sachen auf den Gästezimmern hat, soll sie jetzt gleich holen, ehe die Feuerwehr den Pfarrhof evakuiert! Außerdem helfen bis zu ihrem Eintreffen alle mit, Wasser auf das Dach an der Südfassade zu kippen.« Feuersang war als junger Gendarm in seiner Oberpinzgauer Heimat Mitglied der freiwilligen Feuerwehr und der Bergrettung gewesen, was ihn jetzt veranlasste, die Initiative zu ergreifen.

Auch Irmgard Loderer hatte in der Küche den Alarm mitbekommen und reagierte geistesgegenwärtig. »Ich habe hier zwei Eimer, weitere zwei befinden sich draußen im Gartenhäuschen. Gleich daneben ist der Brunnen.«

Keinem der Anwesenden fiel es ein, zunächst auf sein Zimmer zu rennen, um seine Habseligkeiten zu retten. Alle machten sich umgehend daran, möglichst viel Wasser in die zweite Etage zu schleppen, wo Feuersang die Eimer per Zuruf in einem der bergseitig gelegenen Zimmer in Empfang nahm und so routiniert durchs Fenster an die Traufe schüttete, als erledigte er diesen Job jeden Tag. Von seinem Standort aus konnte er verfolgen, wie sich das Feuer im oberen Stockwerk des Nebengebäudes aufgrund des sehr alten und eisenharten Holzes eher langsam ausbreitete. Zu seiner Erleichterung deutete nichts darauf hin, dass jemand sich dort aufhielt. Auch die Gefahr eines Überspringens des Brandes auf das Haupthaus oder auf die noch weiter entfernt stehende St.-Laurentius-Pfarrkirche war bei maximal Windstärke eins auf der Beaufortskala in den nächsten Minuten nicht gegeben.

Während ein sichtlich aus der Puste geratener Rauner dem Chefinspektor zum dritten Mal einen Eimer vor die Füße stellte, hörte er draußen das erwartete Einsatzfahrzeug der Feuerwehr jenen Weg den Kirchenhügel heraufklettern, den er bei seiner Ankunft vorgestern ebenfalls heraufgefahren war. Seither schien eine Ewigkeit vergangen zu sein.

»Das reicht«, sagte Feuersang lakonisch, nachdem er den Inhalt des Kübels von Jacobis Zimmer aus mit energischem Schwung an die Dachunterkante gekippt hatte. »Jetzt sollen die Profis weitermachen.«

»Gott sei Dank!«, japste der Windkraft-Manager. »Ich fühle mich allmählich schon wie der Besen im ›Zauberlehrling‹.«

Feuersang konnte ihm die Erschöpfung durchaus nachfühlen. Auch er war nach dem letzten Kraftakt kaum noch imstande, die Arme zu heben. Wie von ihm vorhergesagt, ordnete der Gruppenkommandant der örtlichen Feuerwehr zuerst die Evakuierung des Pfarrhofs an, während sich drei Männer der sechsköpfigen Löschmannschaft vergewisserten, dass sich im brennenden Objekt keine Personen befanden, und die anderen drei im Handumdrehen eine Leitung zum nächsten Hydranten legten. Schon Sekunden nach dem Ruf »Wasser marsch!« war die Südfassade des Pfarrhofs flächendeckend befeuchtet, und wenig später zeichnete sich bereits ab, dass man auch das Feuer in der Remise in absehbarer Zeit unter Kontrolle bringen würde.

31 DIES ABZUWARTEN, HATTEN die Beamten des LKA Salzburg nicht vor. Denn Wagner hätte, von Lärm und Brandgeruch angelockt, längst unter den Gaffern zwischen Kirche und Pfarrhof aufgetaucht sein müssen.

Feuersang hatte schon während seiner kräfteraubenden Brandverhütungsmaßnahmen im obersten Stockwerk immer wieder nach ihm Ausschau gehalten – allerdings vergeblich. »Hat jemand Pater Franz während unserer Löscharbeiten ins Haus zurückkommen sehen?«, fragte er denn auch sofort, als er außerhalb des mit Banderolen abgegrenzten Gefahrenbereichs auf dem kleinen Platz zwischen Pfarrhof und Kirche wieder mit Jacobi, Redl und den beiden Projektmanagern zusammentraf, erntete reihum aber nur Kopfschütteln.

»Ich kann mir nicht vorstellen, dass er sich bei all dem Trubel noch drüben in der Kirche aufhält«, sagte Jacobi, »aber seht besser trotzdem nach.« Seine Order galt Redl und Feuersang, die sich umgehend in Bewegung setzten. Dann wandte er sich an Rauner und Pökelschot. »Nach unserem letzten Gespräch ist klar geworden, auf welche Personen sich die Ermittlungen nun beschränken, weshalb auch Sie beide logischerweise nicht mehr als unmittelbar verdächtig gelten. Sie können also jederzeit abreisen, sowie die Feuerwehr ihrerseits den Pfarrhof freigegeben hat. Falls Sie, Herr Pökelschot, uns aber noch irgendetwas zu sagen haben, so ist jetzt der allerletzte Zeitpunkt dafür, wollen Sie nicht riskieren, dass man Sie später wegen Behinderung der Ermittlungen belangt.«

»Ich schwöre, ich habe Ihnen alles mitgeteilt, was mir in den letzten drei Tagen seltsam und ungewöhnlich vorgekommen ist.«

»Gut. Sollte sich allerdings herausstellen, dass Sie uns essenzielle Informationen vorenthalten haben oder jetzt noch mit Schwester Elisabetta in Kontakt stehen, dann können Sie sich warm anziehen.« Jacobi ließ die zwei stehen und ging zum Garten hinüber. Am Zaun, etwas abseits von den Schaulustigen, hatte er den Hadrach-Bauern entdeckt.

»Grüß Sie, Herr Schwabeneder, gut, dass ich Sie hier treffe. Sie sind auf dem Weg hierher nicht zufällig Schwester Elisabetta begegnet?« Er leuchtete den Dienstausweis zur besseren Lesbarkeit mit einer Lampe an, die er bei Bedarf auch auf seiner Glock arretieren konnte.

»Oha, ein Oberst von der Kripo! Wenn ich mich recht erinnere, hast du dich mir vorgestern noch als Volksschuldirektor und Gemeindepolitiker vorgestellt«, sagte der Altbauer anzüglich. »Und nein, Elisabetta hab ich das letzte Mal mittags gesehen, als sie uns das Essen gebracht hat. Warum fragst du?«

»Nicht so wichtig.« Dass der Bauer ihn duzte, kratzte Jacobi nicht, und auch er wechselte nun die Anrede. »Wann ist sie dir im Schlachthaus das letzte Mal zur Hand gegangen?«

»Am Samstagnachmittag. Am Anreisetag der Gäste hatte sie nach deren Einführungsveranstaltung nicht mehr allzu viel zu erledigen. Zwei Fohlen und ein Fåck waren aufzuarbeiten. Das Brät davon hat der Kunde heute Morgen abgeholt.«

Die Angaben entsprachen exakt jenen, die er Irmgard Loderer gegenüber am Telefon gemacht hatte, konstatierte Jacobi.

»Seither ist keine Metzgerarbeit mehr angefallen?«, fragte er sicherheitshalber nach. »Auch keine nicht angemeldete?«

»Nein, schwarz zu schlachten, kann sich heutzutage keiner mehr leisten. Aber …«

»Aber was?«

»Jemand muss nach Samstag noch einmal im Schlachthaus gewesen sein. Die elektrische Knochenmühle war in Betrieb. Ihr Zählwerk für die anfallenden Kubikmeter Knochenmehl hat heute Morgen geringfügig mehr als am Samstag angezeigt. Vorgestern Abend bin ich nicht mehr zum Saubermachen gekommen, gestern war Sonntag, also habe ich es erst heute in der Früh bemerkt.«

»Du führst Buch über das Knochenmehl?«

Zacharias Schwabeneder hob die Schultern an, was alles und nichts bedeuten konnte. »Nur hier oben.« Er tippte sich an die Stirn. »Mein Kopf funktioniert ja zum Glück noch einigermaßen.«

»Du sagst, zwischen Samstagnachmittag und heute Morgen müsse jemand im Schlachthaus gewesen sein«, sprach Jacobi noch einmal den entscheidenden Punkt an. »Wer kommt dafür deiner Meinung nach in Frage?«

Der Altbauer schirmte die Augen in stillem Protest gegen den aufdringlichen Lichtkegel der Stablampe ab und antwortete erst, als der nicht mehr auf ihn gerichtet war. »Die Personen, die das Schlüsselversteck kennen, kann man an einer Hand abzählen.«

»Und welche sind es?«

»Nun, abgesehen von unsrer Familie nur noch Elisabetta und Irmgard Loderer.«

»Was ist mit Bruder Nikodemus? Er geht dir doch bei der Imkerei zur Hand, und Schlachthaus und Bienenhütte stehen nur wenige Meter voneinander entfernt.«

»Nikodemus geht in der Bienenhütte ein und aus, aber für das Schlachthaus hat er sich noch nie interessiert.«

»Und Pater Franz? Kennt er das Schlüsselversteck?«

Der Hadrach-Bauer runzelte erbost die Stirn. »Was für eine Frage! Allein schon die Idee, der Pfarrer würde sich heimlich Zutritt zum Schlachthaus verschaffen, ist absurd. Wenn er dort reinschauen möchte, braucht er das mir doch nur zu sagen.«

»Niemand will Pater Franz etwas unterstellen, aber gefragt wird manchmal eben auch nach dem Ausschlussprinzip, verstehst du das, Schwabeneder?«

»Ich muss nicht immer alles verstehen«, gab sich der Bauer begriffsstutzig.

»Kennt Wagner also das Schlüsselversteck oder nicht?«

»Ich glaube nicht.«

»Nun, das ändert ohnehin nichts daran, dass ich heute noch zu dir auf den Hof kommen werde, um einen Blick in das Schlachthaus zu werfen. Vermutlich wird es später werden. Bis dann also.«

Die Löscharbeiten hatten mittlerweile so große Fortschritte gemacht, dass sich die Feuerwehrmänner bereits dem Brandherd im Stockwerk genähert hatten und jeden Moment das Kommando »Feuer aus!« ertönen konnte. Da eine Selbstentzündung der Folder und Unterlagen in der alten Kommode im Tagungsraum als ausgeschlossen galt, bestand kein Zweifel daran, dass die Beamten es mit Brandlegung zu tun hatten.

So aufregend diese Erkenntnis und der Kampf gegen die Ausbreitung des Feuers für die Beteiligten auch sein mochten: Dass Redl und Feuersang sich noch nicht aus der Pfarrkirche gemeldet hatten, beunruhigte Jacobi im Moment wesentlich mehr. Das konnte nur bedeuten, dass sie Wagner nicht angetroffen hatten und nun nach ihm suchten. Er griff nach dem Handy. »Lenz, was ist los? Habt ihr Wagner nicht gefunden?«

»Du sagst es. Der Beichtstuhl war leer, worüber uns übrigens schon ein Zettel mit der Aufschrift ›Heute keine Beichte‹ am Kirchentor informiert hatte. Im Moment durchsuchen Leo und ich das Innere des Kirchenschiffs. Irmgard Loderer hat uns Licht gemacht und sogar die Sakristei aufgesperrt, aber auch dort war Wagner nicht.«

»Ich bin auf dem Weg zu euch.«

Beim Betreten der neugotischen Kirche fiel Jacobi, der das Innere von gotischen Gotteshäusern sonst eher mit Düsternis und Morbidität assoziierte, der helle und freundliche Charakter des Raumes mit seinen bunten Deckenmalereien und den klassizistischen Stuckpilastern auf. Nicht zu übersehen war auch, wie gut sich der barocke Hochaltar mit dem optischen Zentrum der Kirche, der Pietà von Maria Elend, in einer für diesen Baustil untypischen Schlichtheit in das klassizistische Gesamtensemble einfügte. Dazu zählten unter anderem die Kanzel mit Motiven vom Jüngsten Gericht, auf der gegenüberliegenden Seite eine Statue des Erzengels Michael als architektonische »Gegenkanzel« und schließlich der Beichtstuhl.

Redl und Feuersang, die dem Chef bereits entgegenkamen, war dessen Blick auf die Kanzel nicht entgangen. »Dort oben haben wir auch schon nachgesehen«, sagte Redl, »obwohl ich mir nicht vorstellen kann, dass …« Er sprach den Satz nicht zu Ende.

»Dass Schwester Elisabetta einen Hundert-Kilo-Mann auf die Kanzel hinaufgezerrt hat?«, setzte Jacobi an seiner statt fort. »Ich würde ihr das zutrauen. Man oder besser frau muss viel Schmalz haben, um Schlachterarbeiten ohne das vollautomatische Equipment einer Großmetzgerei zu erledigen, wie es das zarte Englische Fräulein beinahe wöchentlich tut. Und da Schwester Elisabetta den Brand schon vor der letzten Zeugenbefragung im Speisesaal gelegt haben muss, blieb ihr noch genügend Zeit, Wagner in die Kirche zu folgen, ihn zu überwältigen und irgendwohin zu schaffen.«

»Du schließt also aus, dass sich der Pater nur verdrückt hat, um nicht mit uns reden zu müssen?«, vergewisserte sich Redl.

»Das tue ich. Wagner hat sich zwar bisher uns gegenüber nicht eben kooperativ verhalten, aber mit den SPIZ-Morden definitiv nichts zu tun. Hans hat sowohl seine beiden Alibis als auch ihn selbst haarklein durchleuchtet, soweit das bei einem katholischen Priester möglich ist. Seine Vita weist keinerlei Brüche auf, wenn man davon absieht, dass er sich durch seine Nähe zur Befreiungstheologie trotz bester Referenzen eine steilere Karriere verbaut hat.«

»Glaubst du wirklich, Schwester Elisabetta könnte ihn …?« Feuersangs Geste des Garrottierens ersetzte die fehlenden Worte.

Jacobi hob die Schultern und drehte die Handflächen nach oben. »Wollen wir es nicht hoffen. Aber auch wenn ihm nichts passiert ist, wird er mir nicht ungeschoren davonkommen. Er muss zumindest geahnt haben, dass Elisabetta etwas mit den Morden zu tun hat.«

»Aber wenn sie tatsächlich die Person ist, derentwegen man dich herbeordert hat, warum sollte sie – eine Frau, die zwei Jahre lang immer für andere da war – sich plötzlich veranlasst sehen, Menschen Gewalt anzutun, anstatt beim ersten Anzeichen einer Bedrohung entweder zu verschwinden oder zumindest polizeilichen Schutz anzufordern?«

»Wie viel oder besser gesagt wie wenig unser Schutz manchmal vermag, haben wir gestern gesehen«, merkte Jacobi selbstkritisch an. »Was aber die Frage nach Schwester Elisabettas Gewaltbereitschaft betrifft, so hab ich da schon eine recht konkrete Vorstellung. Doch Gewissheit werden wir erst haben, wenn wir sie zu fassen kriegen. Lenz hat die Fahndung nach ihr und dem weißen Nissan Navarra veranlasst, jene nach Zanetti alias Nikodemus läuft bereits seit Mittag.«

Gemeinsam traten sie vor die Kirche. Mittlerweile war ein Teil der Löschmannschaft mit Aufräumungsarbeiten an der arg angekohlten Remise befasst. Die übrigen Feuerwehrleute verstauten ihr umfangreiches Equipment, was die Schaulustigen veranlasste, nach und nach zu verschwinden. Auch Pökelschot und Rauner waren nicht mehr zu sehen. Vermutlich hatte man ihnen gestattet, ihre Zimmer im Pfarrhof aufzusuchen, und sie waren schon beim Packen.

Der Gruppenkommandant der Feuerwehr zeigte sich zwar etwas befremdet darüber, dass sich der Hausherr, Pater Franz, noch immer nicht hatte blicken lassen, gab aber schließlich den Befehl zum Abrücken. Jedoch nicht, ohne die obligate Brandwache für das teilweise stark verkohlte Holzgebäude abgestellt zu haben.

»Ich glaube, wir unterliegen, was Wagners Verschwinden anlangt, einer Art Selbstsuggestion«, sagte Redl, der mit Jacobi und Feuersang noch immer vor dem Gotteshaus stand. »Dass er vorhatte, hierherzugehen und sich in den Beichtstuhl zu setzen, heißt ja nicht automatisch, dass er es auch wirklich getan hat. Vergessen wir nicht, dass Schwester Elisabetta unmittelbar nach ihm den Speisesaal verlassen hat.«

Jacobi schaltete schnell. »Sie könnte ihn um ein vertrauliches Gespräch im Büro oder in seiner Wohnung gebeten haben.«

»Oder ihm gefolgt sein, als er eine der beiden Räumlichkeiten aufgesucht hat. Vielleicht wollte er sich Stola und Brevier für die Stunde im Beichtstuhl holen«, ergänzte Redl.

»Wie auch immer: Leo, schau bitte nach«, ordnete der Oberst an. Und an die Brandwache gewandt: »Ich nehme an, dass der Pfarrhof wieder freigegeben ist?«

Der Feuerwehrmann nickte.

32 »BINGO!«, ERTÖNTE FEUERSANGS sonorer Bass aus Jacobis Handy. »Pater Franz war in seiner Wohnung. Und zwar genau so mit Paketklebeband verschnürt und geknebelt, wie wir schon Shirin Barzani in Nikodemus' Schlafzimmer vorgefunden haben. Die Wohnungstür war natürlich abgesperrt.«

»Wie ist sein Gesundheitszustand?«, wollte Jacobi wissen.

»Ungleich besser als der von Barzani heute Mittag. Pater Franz ist wohlauf und sitzt vor mir an seinem Schreibtisch. Schließlich hat er nur ungefähr eine Stunde auf einem weichen kolumbianischen Maglia-Teppich vor seiner lavendelfarbenen Fiquefaser-Couch liegen müssen –«

»Oha? Woher beziehst du dein Wissen über indianische Textilien?«, fragte Jacobi amüsiert.

»Das ist keine große Kunst«, raunzte Feuersang, »wenn man eine Frau und Töchter hat, die für exotisches Folklorezeugs schwärmen.«

»Verstehe. Aber wie hat Schwester Elisabetta es geschafft, einen Zwei-Meter-Mann wie Wagner zu überwältigen?«

»Ganz einfach: Sie ist dem Pater in die Wohnung gefolgt, wo er, wie Lenz richtig vermutete, Brevier und Stola holen wollte, und hat ihm eine Pistole mit Schalldämpfer unter die Nase gehalten. Dann hat sie ihn vor die Wahl gestellt, erschossen zu werden oder sich selbst die Handschellen anzulegen, die sie in weiser Voraussicht dabeihatte. Dann hat sie ihn mit Paketklebeband verpackt und die Handschellen wieder mitgenommen.«

»Also hat sie bei der letzten Vernehmung im Speisesaal schon die Pistole bei sich getragen?«, resümierte Jacobi mit beträchtlichem Unbehagen. Im Nachhinein war er froh, dass er Schwester Elisabetta hatte ziehen lassen. Falls es für sie eng geworden wäre, hätte sie sicher nicht jeden von ihnen dreien erwischt – Redl zum Beispiel war ein irrsinnig schneller Schütze –, aber ... Es war wohl ohnehin besser, den Gedanken nicht im Detail weiterzuverfolgen.

»Logischerweise«, kommentierte Feuersang die rhetorische Frage. »Sie muss geahnt haben, dass die Endrunde eingeläutet wird, weshalb sie sogar einkalkuliert hat, sich den Rückzug freischießen zu müssen.«

»Dann mach Dr. Wagner doch gleich klar, dass die Zeit der Ausflüchte jetzt vorbei ist. Ich kann mir vorstellen, dass er unter den gegebenen Umständen ohnehin etwas mitteilsamer sein wird als bisher.« Jacobi sprach laut, sodass der Geistliche ihn hoffentlich hörte. Die Drohung, sich widrigenfalls an den Pater Provinzial der Societas Jesu zu wenden, verkniff er sich – und wurde für seine Zurückhaltung umgehend belohnt.

»Sagen Sie Oberst Jacobi, ich habe mir schon während meiner unfreiwillig eingelegten Bedenkzeit vorgenommen, ihn zu einer Aussprache einzuladen, sowie man mich befreien würde«, hörte er Wagner zu Feuersang sagen. »Und das nicht nur wegen des letzten unerquicklichen Erlebnisses. Aber erst will ich mit eigenen Augen sehen, welchen Schaden Elisabetta angerichtet hat.«

»Ich habe Ihre Worte vernommen, Pater. Wir werden Sie bei dieser traurigen Inspektion begleiten und setzen uns anschließend zusammen.«

»Am besten hier in meiner Wohnung«, sagte Wagner, der nun selbst an Feuersangs Handy war. »Ich lass uns von Irmgard einen kleinen Imbiss raufbringen, wir alle haben an diesem schrecklichen Tag ja kaum etwas gegessen. Für wie viele Personen soll angetragen werden?«

»Maximal für vier. Pökelschot und Rauner sind schon abgereist, wir werden aber besonders Ersteren an seiner Heimatadresse im Auge behalten, bis seine Beteiligung an Schwester Elisabettas Taten endgültig geklärt ist.«

Wagner schien Fesselung und Knebelung tatsächlich ohne größere Blessuren überstanden zu haben. Blass wurde er erst, als er mit den LKA-Beamten vor dem Portal des unversehrten Haupthauses stand und das ganze Ausmaß der Verwüstung erfasste, das der Brand und anschließend die Löscharbeiten an der Remise angerichtet hatten.

»Gott sei Dank ist wenigstens kein Mensch dabei zu Schaden gekommen«, seufzte er.

Er wollte sich im Inneren des ramponierten Holzbaus umsehen, doch die Brandwache hielt ihn zurück. »Zu diesem frühen Zeitpunkt sollten Sie das lieber lassen, Herr Pfarrer. Erstens ist das Restrisiko eines wiederaufflammenden Brandes noch nicht kalkulierbar, und zweitens legt sich der Geruch zäh auf Kleider, Haut und Haare. Wenn Sie jetzt hineingehen, duften Sie tagelang wie eine frisch geräucherte Speckseite, da hilft weder Shampoo noch Waschpulver.«

»Stattdessen sollten wir uns davon überzeugen, dass Schwester Elisabetta vor diesem Spektakel abgereist ist«, regte Redl an, ohne die Genannte expressis verbis der Brandstiftung zu bezichtigen.

Wagner verstand dennoch sofort, und sein Blick wurde traurig. »Sie meinen, wir sollten uns ihre Wohnung ansehen?«

Die drei Kriminalbeamten nickten unisono, und Feuersang, der in Mienen lesen konnte wie in einem Buch, sagte: »Sie kennen Schwester Elisabetta besser als wir, Pater, umso deplatzierter sind jetzt moralische Skrupel wegen einer Verletzung ihrer Privatsphäre. Wir bräuchten also Ihren Hauptschlüssel.«

»Den hat im Moment Irmgard Loderer. Sie und Elisabetta springen bei Bedarf für die jeweils andere ein.«

»Umso besser. Frau Loderers Blick auf Schwester Elisabettas Habseligkeiten kann uns von Nutzen sein.«

Bei einer oberflächlichen Überprüfung von Schwester Elisabettas Zwei-Zimmer-Wohnung deutete zunächst kaum etwas auf eine überstürzte Abreise hin. Doch Loderer entging nicht, dass der Kleiderschrank im Schlafzimmer leerer war als sonst. »Es fehlen eine Jeans, ein paar Sweater und T-Shirts, eine Jacke, ein schwarzer Trainingsanzug und Unterwäsche«, stellte sie nach einer ersten flüchtigen Sichtung der Garderobe fest. »Dafür hängen die unscheinbaren Ensembles, die sie anstelle eines Habits zu tragen pflegt, und ihre zwei Overalls im Schrank.«

»Das heißt, sie hat für ihr Englisches-Fräulein-Outfit und ihre Arbeitskluft keine Verwendung mehr«, sagte Jacobi, da Wagner sich dazu nicht äußerte.

Die Haushälterin, die längst mitbekommen hatte, wie der Hase neuerdings lief, ging zum Nachttischchen neben dem Kopfende des spartanischen Betts, wandte sich aber an Wagner, ehe sie die Schublade öffnete. »Darf ich, Herr Pfarrer?«

Er nickte. »Mach nur, Irmgard.«

Ihr genügte ein kurzer Blick. »Die kleine Dokumentenmappe ist nicht mehr da. Sie lag immer hier drinnen, ich hab sie zweimal gesehen – immer beim alljährlichen Osterputz.«

»Danke, Irmgard«, sagte Major Redl.

»Willst du denn gar nicht wissen, was die Mappe enthielt?« Ihr schnippischer Tonfall ließ erkennen, dass sie ihm die Fragerei am Morgen noch nicht verziehen hatte.

»Du hast hineingesehen?«, fragte er stirnrunzelnd. »Das hätte auch ins Auge gehen können. Bis vor Kurzem wusste ja niemand, wie gefährlich diese Frau werden kann, wenn sie sich bedroht fühlt.«

Augenblicklich verflog Loderers Unmut. Dass ihr Jugendschwarm sich um sie sorgte, schmeichelte ihr. »Normalerweise krame ich auch nicht in anderer Leute Sachen herum. Aber als Elisabetta die Mappe beim letzten Osterputz rausnahm, ist sie ihr entglitten und zu Boden gefallen. Der Verschluss ging auf, und neben einigen anderen Papieren fielen drei verschiedenfarbige Reisepässe heraus. Sie hob sie schnell auf und erklärte, sie seien abgelaufen und stammten von ihren verstorbenen Eltern und einer Tante. Sie habe es nur noch nicht übers Herz gebracht, sich davon zu trennen.«

»Ich höre aus deinen Worten gewisse Zweifel heraus.«

»Damals dachte ich mir nichts dabei, aber vor dem Hintergrund dessen, was in den letzten Tagen passiert ist, kann ich nicht glauben, dass die Papiere bloß nostalgische Erinnerungen waren.« Plötzlich füllten sich Loderers Rehaugen mit Tränen. »Warum hat sie bloß all diese schrecklichen Dinge getan? Dabei hat sie jeder hier gemocht und geschätzt, nicht wahr, Herr Pfarrer?«

»Ja … ja, natürlich.« Dass Wagners Antwort mit – wenn auch kaum wahrnehmbarer – Verzögerung erfolgte, sprach Bände. Egal, wie er zu Elisabetta gestanden haben mochte, er hatte gewusst, dass ein Geheimnis sie umgab.

Redl seufzte. Wie lange schon und wie weit der Pater darin eingeweiht war, würde er den Ermittlern – Beichtgeheimnis hin oder her – nun einigermaßen zufriedenstellend erklären müssen. »Elisabetta sah von heute auf morgen plötzlich ihr Leben bedroht«, nahm er auf Loderers Frage Bezug. »Das hat sie Amok laufen lassen, nachdem sie zuvor zwei Jahre lang ihre Rolle als unauffälliges Englisches Fräulein im SPIZ mehr als hundertprozentig gespielt hatte. Aber sie war eben nicht wirklich eine Ordensfrau, was Sie, Pater Franz, wussten oder zumindest ahnten.«

Wagner kommentierte die Behauptung nicht, ließ aber – nicht zum ersten Mal an diesem Tag – einen lauten Seufzer hören. »Jetzt gehen wir erst mal in meine Wohnung hinunter.«

33 DER KLEINE IMBISS, den Loderers Küchenhilfe inzwischen auf Wagners Wohnzimmertisch platziert hatte, ließ wenig zu wünschen übrig. Es gab frisches, ofenwarmes Bauernbrot, Gailtaler Schinkenspeck und Käse, Jauntaler und ungarische Salami, geräucherte Kärntner Lachsforelle, Prosciutto aus dem Friaul, Wiener Heurigen-Liptauer, Camembert aus der Normandie und dazu Bier sowie Most aus den Voralpen. Mit einem Wort das Beste, das Speisekammern und Keller Österreichs sowie seiner Nachbarländer an kalter Küche zu bieten hatten.

Die passende kulinarische Unterlage für die zu erwartende brisante Aussprache mit dem Hausherrn. Die zusätzlich benötigten Sitzgelegenheiten hatten sich die Beamten in den anliegenden Zimmern besorgt.

Jacobi hatte auch Irmgard Loderer dazugebeten – nicht aus Dankbarkeit für das deftige Abendbrot, sondern weil sich die Küchenchefin gegebenenfalls erneut als effektive Auskunftsquelle erweisen konnte, auf die er nicht verzichten wollte. Die Geheimniskrämerei hatte ohnehin weitgehend ausgedient, und für besondere Eile oder Hektik bestand auch kein Grund mehr. Schwester Elisabetta, die laut ihrer in Spittal ausgestellten Geburtsurkunde Elisabeth Riedler hieß, schien Embach unmittelbar, nachdem sie Wagner gefesselt und geknebelt in seiner Wohnung zurückgelassen hatte, den Rücken gekehrt zu haben. Seither lief anhand des einzigen Fotos, das von ihr existierte, jenem auf der SPIZ-Homepage, die Fahndung nach ihr. Er, Jacobi, und sein Team konnten von hier aus vorläufig nicht viel mehr tun, als ihre Spur in die Vergangenheit zurückzuverfolgen. Und genau das nahm er nach einer ausgiebigen Stärkung in Angriff.

»Nun, Pater Franz, Sie wollten uns berichten, was Sie über Elisabeth Riedler wissen beziehungsweise wie diese Frau zu Ihnen nach Embach gekommen ist. Dass die Mary-Ward-Schwestern von St. Zeno sie Ihnen als Hilfskraft geschickt haben sollen, wird ja wohl Teil ihrer Legende gewesen sein.«

»Das ist es nicht. Elisabeth war vor ihrer Zeit hier tatsächlich einige Wochen in der ehemaligen Augustiner-Abtei – ein Manöver, um ihre Spuren weiter zu verwischen. Die Gefährtinnen wussten über ihre Tarnexistenz nicht Bescheid, sondern hielten sie für eine der ihren.«

»Im Gegensatz zu Ihnen«, unterbrach ihn Redl. »Was die Frage aufwirft, warum Sie eingeweiht waren und die Mary-Ward-Schwestern nicht.«

»Eingeweiht ist wohl zu viel gesagt. Das wenige, das ich weiß, hat mit meinem Aufenthalt in Mocoa zu tun, der Jahrzehnte zurückliegt. Ich kannte dort eine Missionsschwester, die auch heute noch in der Entwicklungshilfe tätig ist. Elisabeth hatte sich an sie mit der Bitte um Hilfe gewandt, als sie auf der Flucht vor einer nicht näher bezeichneten Organisation Unterschlupf suchte.«

»In Kolumbien?«, entschlüpfte es Feuersang. »Donnerwetter, die Frau ist ganz schön rumgekommen. Woher kannte sie die Missionsschwester?«

»Schwester Margareta und Elisabeths Mutter waren in ihrer Kinder- und Jugendzeit Freundinnen und haben sich auch später bis zum Krebstod von Frau Riedler geschrieben.«

»Sie, Pater, haben für Ihren Vortrag vorhin kurzfristig das Thema ›Gewissensbildung‹ gewählt und die tragische Geschichte der Familie Cuchillo darin eingebaut. War das zufällig der Versuch, der anwesenden Elisabeth Riedler vor Augen zu halten, dass auch die Angst vor Todfeinden nicht dazu berechtigt, staatliches und göttliches Recht außer Kraft zu setzen?« Wieder war Redl, der den Vortrag mitverfolgt hatte, der unbequeme Frager.

Der Psychotherapeut schüttelte unwillig den Kopf. »Wenn ich die Frage mit Ja beantworte, würde ich damit gleichzeitig einräumen, dass Elisabeth einen derartigen Tatbestand mir gegenüber zugegeben hat. Also sage ich gar nichts.«

»Aber warum Riedler damals auf der Flucht war, ist Ihnen doch bekannt?«, insistierte nun Jacobi.

»Ich habe keine Ahnung, Oberst. Sie hat sich nie darüber geäußert, auch nicht über die Leute, die hinter ihr her waren, und ich habe sie nie dazu gedrängt. Ich gebe aber zu, dass ich mich bei Schwester Margareta nach ihr erkundigt habe. Mir wurde versichert, dass Elisabeth nicht verfolgt wurde, weil sie gegen ein göttliches Gebot verstoßen hat.«

»Damals vielleicht noch nicht«, polterte Feuersang.

»Jedenfalls wurde ihr irgendwann auch in Mocoa der Boden zu heiß«, fuhr Wagner den Einwurf übergehend fort. »Schwester Margareta wandte sich also an eine Vertrauensperson im Vatikan, die Elisabeth zunächst ermöglichte, inkognito nach Rom zu fliehen und von dort aus über einige Umwege bei uns in der Pinzgauer Einschicht unterzutauchen. Wie vollkommen sie hier in ihrer Rolle aufgegangen ist, haben Sie selbst erleben können:

Sie war uns allen eine äußerst wertvolle Hilfe – eine echte Mary-Ward-Gefährtin hätte es nicht besser machen können.«

»Dennoch ist sie eine Mörderin«, hielt Jacobi fest.

»Vor Kurzem muss man ihr abermals auf die Spur gekommen sein«, fügte Wagner, auch diese Anmerkung ignorierend, hinzu. »Und alles andere wissen Sie schon.«

Jacobi schüttelte den Kopf. »Bei Weitem nicht! Zum Beispiel können wir über das Schicksal von Nikodemus nach wie vor nur Mutmaßungen anstellen. Ebenso wenig wissen wir, wie es Ihrem Schützling gelungen ist, Titus Schatzmann das Gift beizubringen, an dessen Zusammensetzung unser Leichenfledderer, will sagen Gerichtsmediziner wahrscheinlich noch Tage, wenn nicht Wochen tüfteln wird.«

»Mir gefällt die Bezeichnung ›Ihr Schützling‹ nicht. Elisabeth Riedler wurde mir von der Kontaktperson in Rom zugeteilt, kam aber, damit ihre Spur nicht so leicht verfolgt werden konnte, erst über die Zwischenstation St. Zeno in Reichenhall zu uns. Ich habe mich weder als Schutzpatron angeboten noch mir eine solche Rolle angemaßt. Mehr kann und will ich jetzt nicht mehr sagen, denn nicht nur Olga Fliegenschnee hat von der Möglichkeit eines Beichtgesprächs Gebrauch gemacht. Eigentlich dürfte ich nicht einmal das erwähnen.«

»Aha, das Ei des Kolumbus: Riedler hat Ihnen mindestens einen Mord im Rahmen einer Beichte gestanden und auch, dass sie Olga Fliegenschnee zu Testzwecken in den Tod geschickt hat. Doch diese Geständnisse dienten nur einem Zweck: Sie wollte sich Ihrer Diskretion versichern und damit eine Zeugenaussage Ihrerseits uns gegenüber unterbinden.«

»Kein Kommentar.«

»Deshalb konnten Sie auch in der letzten Nacht nicht schlafen und haben nicht nur Shirin Barzani, sondern um zwei Uhr nachts auch diese unselige Person durchs Haus schleichen gehört – oder haben sie vielleicht sogar gesehen, weil Sie eben nicht in Ihrer Wohnung geblieben sind, um für sie zu beten, wie Sie uns weismachen wollten.«

Wagner äußerte sich erwartungsgemäß nicht mehr dazu,

was aber Jacobis These nur bestätigte. »Ihr Schweigen spricht für sich, Pater. Auch gut. Dann werden wir Ihnen jetzt sagen, welche Erkenntnisse wir über den Fall Elisabeth Riedler in der Zwischenzeit gewonnen haben.«

»Erwarten Sie aber nicht von mir, dass ich dazu Stellung beziehe.«

»Keine Sorge. Mit Ihrer Verschwiegenheitspflicht sind Sie nämlich nicht allein auf der Welt, auch die Polizei unterliegt ihr – und je höher der Dienstrang, umso größer der Zwang zur Verschwiegenheit. Wobei ich mich nicht nur auf das so oft bemühte Amtsgeheimnis beziehe.«

»Dass Oberst Jacobi nicht wegen einer Terrorwarnung hier als Isidor Krautstingl aufgetreten ist, bedarf nun wohl keiner weiteren Erläuterung mehr«, schaltete sich an dieser Stelle Redl wieder ein. »Dazu nur so viel: Man hat ihn gebeten, einen untergetauchten politischen Flüchtling vor einem geplanten Anschlag zu bewahren. Der Haken dabei war: Nicht einmal sein Kontaktmann wusste über die Identität der zu schützenden Person Bescheid. Dieses Manko ließ uns in weiterer Folge ständig den obligaten Schritt hinterherhinken, sodass Elisabeth Riedler selbst tätig wurde und ihr Ding sowohl auf dem Pinzgauer Marienweg als auch hier im SPIZ durchzog, was nur bedeuten kann, dass man sie ebenfalls gewarnt hatte.«

»Aber auch Nikodemus muss, abgesehen von Schatzmann, noch von jemandem kontaktiert worden sein«, knüpfte Feuersang daran an. »Andernfalls hätte er wohl kaum sofort nach der irrtümlichen Ermordung von Olga Fliegenschnee eine Nummer in Rom angerufen.«

»Wo kann er jetzt nur sein?«, fragte die neben ihm sitzende Irmgard Loderer, die von den Köstlichkeiten aus ihrer Küche bisher nicht einen Bissen gegessen hatte. »Diese Ungewissheit macht mich ganz nervös. Nicht dass ich ihm groß nachtrauern würde, aber hat nicht sogar ein Mensch wie er ein Recht darauf, dass sein Schicksal aufgeklärt wird?«

»Warum sagst du das, Irmi?«, fragte Redl, während Jacobi kurz darüber nachdachte, was mit »ein Mensch wie er« gemeint sein könnte. »Ist dir etwas aufgefallen? Oder weißt du sogar etwas, das wir nicht wissen?«

Die Haushälterin schüttelte energisch den Kopf. »Dann hätte ich es längst gesagt. Ich dachte nur an das permanent angespannte Verhältnis zwischen Nikodemus und Elisabeth. Seine Faulheit und Trunksucht waren schon immer mit zusätzlicher Arbeit für sie verbunden. Der Herr Pfarrer war ständig gezwungen, zwischen den beiden zu vermitteln. Jetzt, da dieses ganz andere Bild von ihr im Raum steht, lässt mir das keine Ruhe mehr.«

»Du traust ihr also zu, bei einem Ungustl wie Nikodemus bis zum Äußersten gegangen zu sein?«, fragte Redl.

Sie nickte heftig, und in ihren Augen stand blanke Angst.

Da er bei ihrem ersten Zusammentreffen am Morgen wohl das nötige Feingefühl hatte vermissen lassen, legte er nun ganz beiläufig den Arm um ihre Schultern und fragte leise: »Was hast du gesehen, Irmi?«

Sie senkte den Blick auf die in ihrem Schoß verschränkten Hände. »Elisabeth sah heute früh ziemlich übernächtigt aus …«

»Das ist mir auch aufgefallen«, entfuhr es Redl, was ein missbilligendes Stirnrunzeln des Chefs zur Folge hatte. Unter Ermittlern galt es als Todsünde, willige Zeugen gleich zu Beginn ihrer Aussage zu unterbrechen.

»Sie schien auch ihre Morgentoilette recht nachlässig betrieben zu haben«, fuhr Loderer fort. »Da sie gestern Abend anscheinend keine Zeit mehr gefunden hatte, sich die Haare zu waschen, was sie sonst jeden zweiten Tag tut, hat sie nicht einmal bemerkt, dass eine Locke an ihrer Schläfe klebte.«

Diesmal unterbrach Redl sie nicht.

»Das, was ihre Haare zusammenkleben ließ … das war Blut«, brach es aus seiner Jugendfreundin heraus. »Und bestimmt nicht ihr eigenes, denn sie hatte nirgendwo am Kopf auch nur den kleinsten Kratzer.«

»Und Tierblut konnte es auch nicht sein«, setzte Jacobi nach und vergegenwärtigte sich den Diskurs mit Schwabeneder. »Seit Samstagnachmittag ist auf dem Hadrach-Gut kein Schlachtvieh mehr verarbeitet worden.«

Wieder nickte Irmgard Loderer, sagte nun aber nichts mehr. Das war auch nicht mehr notwendig.

»Die KTU wird sich morgen früh das Schlachthaus vornehmen. Sie muss ohnehin die Bienenhütte nebenan untersuchen, in die man Nikodemus gestern Abend bestellt hat«, befand Jacobi. Und weil Wagner und Loderer ihn perplex anblickten, klärte er sie auf: »Jemand, höchstwahrscheinlich Riedler, hat seinen Lustknaben Charly Trenker genötigt, ihn unter einem Vorwand dorthin zu locken. Gewiss nicht, um mit ihm über die Imkerei zu fachsimpeln.«

»Seinen ... Lustknaben?«, wiederholte Wagner so konsterniert, dass sogar ein Verhörspezialist wie Feuersang es ihm abnahm, von Zanettis Beziehung zu Karl Trenker nichts gewusst zu haben.

Er eröffnete ihm, dass Bruder Nikodemus nicht nur als Päderast rückfällig geworden, sondern auch ein Dealer gewesen war.

»Und Sie gehen tatsächlich davon aus, dass Elisabeth auch Nikodemus ... also, dass sie ihn ...« Wagner brachte es nicht fertig, den Satz zu Ende zu sprechen.

»Wir haben bereits nach dem Auffinden seines Handys im Kühlwagen der Firma Sonntag damit gerechnet, dass er nicht mehr am Leben ist«, setzte Jacobi nun fort. »Was übrigens auch schon ein recht deutlicher Hinweis auf Frau Riedler war, denn wer außer den Schwabeneders kann sich zu jeder Tages- und Nachtzeit auf dem Hadrach-Hof frei bewegen, ohne dass es jemandem auffällt?«

»Aber die logische Täterin hat sich uns immer wieder durch ihre geschickt ausgetüftelten Alibis entzogen«, assistierte Redl. »So lange, bis Sancho Pansa alias Jens Pökelschot nicht mehr konnte. Jetzt wissen wir mit an Sicherheit grenzender Wahrscheinlichkeit, dass Elisabeth Riedler eine Doppelmörderin ist, die in der letzten Nacht nicht nur Schatzmann auf nach wie vor ungeklärte Weise vergiftet hat, sondern auch Nikodemus in der Bienenhütte aufgelauert, ihn betäubt und ins Schlachthaus geschafft hat, um ihn dort nach einem peinvollen Verhör zu töten. Über ihre Motive können wir nach wie vor nur spekulieren.« Nur Redl selbst fiel auf, dass Jacobi seine letzte Anmerkung unkommentiert im Raum stehen ließ und stattdessen nach dem

Blick auf die Uhr aufstand und damit seine Mitarbeiter zwang, dasselbe zu tun.

»Beinahe dreiundzwanzig Uhr. Es ist spät geworden, und morgen ist auch noch ein Tag. Vielen Dank für Ihre Einladung, Pater – obwohl die hervorragende Brotzeit letztlich doch etwas reichhaltiger war als Ihre Auskünfte. Für heute Nacht nehme ich die Gastfreundschaft des Spirituellen Zentrums noch in Anspruch, doch sowie morgen unser KTU-Team die Spurensuche in der Bienenhütte und im Schlachthaus für abgeschlossen erklärt, sind Sie uns los. Sofern nichts mehr dazwischenkommt.«

34 REDL HATTE DAS SPIZ in Richtung seines Elternhauses verlassen, Feuersang war wieder auf dem Heimweg nach Salzburg, als Jacobi sich in sein Quartier zurückzog, um sich, wie zuvor in einem kurzen Telefonat versprochen, bei seiner Lebensgefährtin Melanie Kotek in Wien zu melden. Er hielt das Smartphone bereits in der Hand, verschob den Anruf aber doch noch einmal. Nicht weil es infolge des Brandes im Zimmer roch wie in einer Selchkammer und er deshalb nochmals an die frische Luft wollte, sondern weil ihm daran gelegen war, das mit Schwabeneder begonnene Gespräch noch an diesem Abend fortzusetzen. Wenn möglich, direkt im Schlachthaus. Für den Gang durch den Pfarrgarten und die nachtfeuchten Wiesen des Hadrach-Gutes wechselte er rasch das Schuhwerk, dann machte er sich auf den Weg.

Auch draußen hing der Brandgeruch noch immer in der Luft. Jacobi, der den Garten schon fast durchquert hatte, hörte plötzlich weit hinter sich eine Frau und einen Mann einige Worte wechseln. Er hielt inne. Irmgard Loderer, die Seele des Pfarrhofs, hatte anscheinend auch die Brandwache nicht vergessen. Dem Rascheln von Papier und einem lauten »Vergelt's Gott« war zu entnehmen, dass sie den jungen Mann mit den beim Imbiss in Wagners Wohnung übrig gebliebenen Köstlichkeiten versorgt hatte.

Jacobi ging weiter, und die Geräusche aus dem Dorf wurden immer leiser. Bei gelegentlichen Blicken zurück konnte der nächtliche Spaziergänger das Licht der Laterne zwischen Kirche und Pfarrhof im Abendnebel kaum noch wahrnehmen. Hätte er die kleine Stablampe nicht dabeigehabt, er hätte wohl trotz der geringen Entfernung nicht so rasch zum Hadrach-Hof gefunden.

In einem Raum des Anwesens brannte tatsächlich noch Licht. Der Altbauer hatte Jacobis Ankündigung, noch an diesem Tag mit ihm zu sprechen, also nicht vergessen.

Zacharias Schwabeneder hatte den Schein der Taschenlampe, der sich seinem Hof näherte, längst gesehen und erwartete den Oberst vor der Haustür. »Also bist doch noch 'kommen. Ich wollt mich grad aufs Ohr hauen – muss ja morgen wieder früh raus. Ridi ist schon schlafen gegangen, das arme Luder ist jeden Tag stehend k.o.«

»Bin leider aufgehalten worden, Schwabeneder. Auch nach dem Brand hat man meine Leute und mich noch ganz schön auf Trab gehalten.«

»Na gut, dann gehen wir gleich rüber. Du wolltest doch ins Schlachthaus, oder ist das nicht mehr aktuell?«

Erst jetzt sah Jacobi, dass der Bauer ebenfalls eine Stablampe in der Hand hatte. »Doch. Was ich noch auf dem Herzen hab, kann ich dich auch unterwegs fragen. Dann sind wir bestimmt gleich fertig, und du kannst ebenfalls schlafen gehen. – Du hast vorhin gesagt, du hättest im Schlachthaus heute Morgen sauber gemacht«, begann er, nachdem sie losgegangen waren. »Wie sauber? Hast du alles mit dem Wasserschlauch abgespritzt?«

»Das war nicht mehr nötig: Es war bereits so sauber, dass du von den Fliesen hättest essen können, obwohl Elisabetta und ich nach der Rackerei am Samstag den Raum nur flüchtig geputzt haben. Die Komplettreinigung und Desinfektion haben wir ausnahmsweise auf heute verschoben.«

»Nachdem euch wohl kaum die Heinzelmännchen die Arbeit abgenommen haben, kommst du also zu welchem Schluss?«

»Pass auf, dass du nicht in die Odelgrube trittst, die Holzabdeckung ist ziemlich morsch«, sagte der Bauer statt einer Antwort, nachdem sie den Innenhof hinter sich gelassen hatten.

Terrier Jacobi schaltete seine Lampe vorsichtshalber wieder ein, ließ sich aber durch die Bemerkung nicht von der einmal aufgenommenen Fährte abbringen. »Ich hab dich etwas gefragt, Schwabeneder.«

»Weißt du, Oberst, ich erzähl dir jetzt mal eine andere Geschichte. So viel Zeit wirst du ja noch haben, wenn du mir schon um elf Uhr nachts auf die Bude rückst.«

»Wenn sie nicht allzu lang gerät.«

»Keine Sorge. Es geht um den Unfall, den mein Schwiegersohn erlitten hat.«

»Lorenz Redl hat mir davon berichtet.«

»Umso besser, dann kann ich gleich zum Wesentlichen kommen. Ich hab einen anonymen Brief erhalten – wahrscheinlich wusste der Absender, dass ich kein Handy habe und nur ein Festnetz-Telefon benutze –, und in dem stand, dass der Pick-up vom SPIZ an jenem Tag, an dem Gidi niedergemäht worden ist, im Mitterpinzgau unterwegs war. Wenn ich mehr wissen wolle, sollte ich mich an eine bestimmte Werkstatt wenden, deren Besitzer für zwei Dinge bekannt ist: dass er kokst und Autoreparaturen schwarz macht.«

»Und? Was hast du von dem Mann erfahren?«

»Nichts. Und auch von einem Lehrling, den ich mir abseits der Werkstatt vorgeknöpft habe, nur so viel, dass in der fraglichen Woche tatsächlich ein Nissan Pick-up in einer Box gestanden hat und niemand außer dem Meister an das Fahrzeug randurfte. Leider wusste der Junge nicht, wer den Wagen in die Werkstatt gebracht hatte.«

»Hast du Nikodemus mit deinem Verdacht konfrontiert?«

Der Hadrach-Bauer antwortete erst mit beträchtlicher Verzögerung. »Nein, aber ich hab mich Elisabetta anvertraut und sie um Rat gefragt, wie ich mich in der Situation verhalten soll.«

»So große Stücke hältst du auf sie? Dabei hätte rein theoretisch auch sie den Unglückswagen fahren können.«

»Unsinn. Den Pick-up benutzt hauptsächlich Nikodemus. Elisabetta nimmt ihn nur gelegentlich, um ein paar Leuten im Ort das Essen auf Rädern vorbeizubringen. Außerdem meidet sie Alkohol, während der Unglücksfahrer allem Anschein nach betrunken war.«

»Und warum hast du dich mit dem anonymen Schreiben nicht an die Polizei gewandt?«, wollte Jacobi wissen, obwohl ihm der schwache Punkt seines Appells bewusst war. Sofort bekam er die Quittung dafür.

»Mit einem anonymen Brief? Wer von eurer Zunft hätte da auch nur mit dem Ohrwaschel gewackelt? Nein, da habe ich mich schon lieber auf Elisabettas Urteil verlassen. Ohne ihre Hilfe hätte ich den Hof im letzten Jahr nicht halten können, nachdem Gidi von der treibenden Kraft – ich muss es so hart sagen – zum Klotz am Bein geworden ist. Ridi wird mit seinem Schicksal nicht fertig und ist am Ende ihrer Kräfte, sie erlischt mir über kurz oder lang wie eine Kerze bei offenem Fenster. Dann bin nur noch ich da. Was in absehbarer Zeit aus meiner Enkeltochter werden soll, will ich mir gar nicht vorstellen.«

»Ridi weiß von dem Verdacht bis heute nichts, nicht wahr?«

»So ist es.«

»Hat dir Elisabetta dazu geraten, ihr nichts davon zu sagen?«

»Nicht nur das: Sie meinte, ich solle abwägen, was die Folgen einer Anzeige gegen Nikodemus seien. Ob man ihm die Schuld vor Gericht hieb- und stichfest nachweisen könne und natürlich auch, wie Ridi reagieren würde, wenn alles von Neuem aufgerissen würde.«

»Also hast du die Angelegenheit auf sich beruhen und Nikodemus sich sogar weiter um deine Bienen kümmern lassen. Aber Elisabetta teilte dieses Geheimnis nun mit dir und hatte damit ein Eisen im Feuer, auf das sie im Notfall zurückgreifen konnte. Und dieser Notfall ist vor Kurzem eingetreten.«

»Ich weiß zwar nicht, was du damit andeuten willst, aber es ist durchaus möglich, dass auch Menschen wie Elisabetta ihr Los zu tragen haben«, zog sich Schwabeneder auf einen kryptischen Allgemeinplatz zurück. »Auf der anderen Seite stellen linke Typen wie Nikodemus für alle, die mit ihnen zu tun haben, eine ständige Gefahr dar.«

»Das ist kein Freibrief, an solchen Leuten Lynchjustiz zu üben.«

»Habe ich etwas Derartiges behauptet? Dass Leute wie Nikodemus letzten Endes nicht ungestraft davonkommen, dafür hat schon immer eine höhere Gerechtigkeit gesorgt.«

»Der Satz stammt nicht von dir, sondern von Elisabetta, nicht wahr?«

»Und wenn schon?«

»Aber nach dieser Äußerung von ihr über Nikodemus ist dir klar geworden, wer dir die anonyme Nachricht zukommen hat lassen.«

»Wir sind da«, sagte Schwabeneder, anstatt zu antworten. Sie standen vor dem Eingang des Schlachthauses, über dem eine kleine Sparlampe brannte, an deren Schein sich Jacobi schon auf dem Hinweg orientiert hatte. Der Hausherr zog an einer Stelle der Grundmauer einen losen Ziegelstein heraus, entnahm dem Loch einen Schlüssel und sperrte die mit Stahlblech beschlagene Tür auf. Als das Licht anging, blickte Jacobi in einen bis zur Decke weiß verfliesten und – wie vom Bauern beschrieben – fast klinisch blank geputzten Raum. Der schwere Schlachtertisch mit Blutrinne, etliche verzinkte Bottiche und Stahlwannen, sogar die Geräte wie die automatischen Messer und Sägen blitzten vor Sauberkeit.

»Da vorn steht die Knochenmühle, die dich so interessiert. Die gegenwärtige Mengenangabe zeigt zehn Kilogramm mehr an als am Samstag. Bist du jetzt zufrieden?«

»Wann hast du die Differenz bemerkt?«

»Das hab ich doch schon am Pfarrhof gesagt: heute Morgen.«

»Jetzt mal ehrlich, Schwabeneder: Hast du bemerkt, dass sich Elisabetta gestern Nacht im Schlachthaus zu schaffen gemacht hat?«

Die grauen Augen des Altbauern waren starr, seine Lider taten keinen Wimpernschlag, als er die Frage beantwortete. »Weder ich noch Ridi hätten in der vergangenen Nacht etwas mitbekommen. Vor lauter Erschöpfung haben wir geschlafen wie tot.«

Jacobi wusste, dass kein Staatsanwalt jemals eine Chance haben würde, ihm das Gegenteil zu beweisen, weil Ridi wahrscheinlich wirklich geschlafen hatte und deshalb völlig unbeschwert aussagen konnte. Ob dasselbe für ihren Vater galt, blieb dahingestellt. Schwabeneder war zwar noch keine siebzig, sah aber aus wie achtzig und hatte vermutlich einen leichten Schlaf. Er könnte ohne Weiteres bemerkt haben, dass jemand das Schlachthaus betreten hatte. Und in diesem Fall wäre ihm auch sofort klar gewesen, um wen es sich handelte.

Jacobi versuchte es anders: »Wer hat heute Morgen das Brät in den Kühlwagen der Firma Sonntag geladen?«

Der Altbauer blickte ihn an, als hätte er nicht mehr alle. »Ich natürlich. Wenn der Geselle vom Sonntag den Wagen arschlings vor das Tor gefahren hat, heb ich mit dem Hubstapler«, er zeigte auf das betreffende Gefährt, das gleich neben dem Eingang parkte, »die Wannen auf die Ladefläche.«

»Wird die Ware vorher nicht noch gewogen?«

»Das ist doch längst passiert. Der Sonntag und ich vertrauen einander. Er kann sich drauf verlassen, dass er bekommt, was auf dem Lieferschein angegeben ist. Was 's wiegt, das hat's, so heißt es bei uns.«

»Na gut, dann bleiben wir eben bei der Knochenmehlmenge, die das Display auf der Mühle zunächst am Samstag und dann am heutigen Montagmorgen ausgewiesen hat«, kam Jacobi noch einmal auf das Indiz zurück, auf das ihn der Bauer selbst aufmerksam gemacht hatte. Vielleicht, um gegebenenfalls später seine Kooperationsbereitschaft als Beweis für seine Ahnungslosigkeit anführen zu können. »Ungefähr zehn Kilo wiegt das Skelett eines mittelgroßen erwachsenen Mannes. Nikodemus ist oder besser gesagt war mittelgroß.«

»Du … du glaubst …? Also, das schlägt dem Fass ja den Boden aus!«

Und dir bringt dieser Auftritt noch lange nicht den Grimme-Preis ein, dachte Jacobi.

Schwabeneder hingegen ließ seiner Empörung weiter freien Lauf. »Das sind doch Spekulationen, wilde Spekulationen! Vielleicht hab ich den letzten Eimer Sauknochen nicht mitgezählt, was weiß denn ich? Die Differenz der Werte auf dem Display kann viele Gründe haben.«

»Als wir vorhin beim Pfarrhof so nett beieinanderstanden, hast du sie noch als unerklärlich bezeichnet.«

»Das sind doch Wortklaubereien. Auf so einer Basis brauchen wir nicht mehr weiterreden. Ich gehe jetzt schlafen.«

»Und ich werde die Tür polizeilich versiegeln. Das Schlachthaus ist erst wieder zugänglich, wenn die KTU es morgen nach Abschluss der Untersuchung freigibt. Außerdem würde ich mich jetzt noch gern ein wenig hier umsehen«, versuchte Jacobi einen letzten Schreckschuss. »Du hast doch nichts dagegen?«

»Mach nur, aber vergiss nicht, hier drinnen das Licht auszumachen, und leg den Schlüssel nach dem Zusperren wieder hinter den Ziegel. Das Außenlicht bleibt an.« Dann schlurfte Schwabeneder grußlos davon.

35 DA JACOBI NICHT ERNSTLICH glaubte, in dem blitzblank geputzten Raum etwas zu entdecken, das die Vermutungen über Nikodemus' Schicksal zur Gewissheit werden ließ, war er mit seiner Inspektion in wenigen Minuten fertig. Wie angekündigt, versah er die Stahltür mit einem polizeilichen Siegel, sperrte ab und wollte sich schon auf den Rückweg zum Pfarrhof machen, als ihn das Knarren einer Tür zusammenzucken ließ.

Aufgrund der Deutlichkeit des Geräuschs konnte es nur vom Zugang zur Bienenhütte kommen, die er auf dem Hinweg kurz vor dem Schlachthaus passiert hatte. Er unterdrückte den Impuls, sie anzuleuchten, knipste stattdessen sofort seine Lampe aus und duckte sich abseits des Pfarrgartenpfads unter den tief hängenden Ästen eines blühenden Apfelbaums ins Gras.

Jeder andere Polizeioffizier mit dreißig Dienstjahren hätte ein solches Räuber-und-Gendarm-Versteckspiel lächerlich gefunden, nicht so Jacobi. Ihm bescherte der Gedanke an die Bienenhütte regelrechte Geistesblitze.

Er und seine Leute waren davon ausgegangen, dass sich Elisabeth Riedler bereits am frühen Abend, noch ehe die Fahndung rausgegangen war, mit dem irgendwo in der Nähe versteckten Pick-up aus dem Staub gemacht hatte. Dabei hatte die Frau in den letzten drei Tagen doch wahnsinnig viel um die Ohren gehabt und in der Nacht zuvor kaum geschlafen. Eine gut vorbereitete Flucht, die sie zweifellos seit der an sie ergangenen Warnung geplant hatte, hätte anders ausgesehen. Natürlich konnte Elisabetta sich gegebenenfalls mit Muntermachern wachhalten, doch Jacobi traute ihr durchaus auch die Abgebrühtheit zu, sich ein paar Stunden Schlaf in der Bienenhütte zu gönnen. Schließlich rechnete sie kaum damit, dass ihre Verfolger über ihre SMS an Charly Bescheid wussten.

Jacobis Intuition schien ihm wieder einmal recht zu geben: Er hatte die eigene Lampe noch keine fünf Sekunden ausgeschaltet, als wenige Meter vor ihm eine andere aufblitzte und der Lichtkegel den sogenannten Pfarrgartenpfad abtastete. Kein Zweifel. Die zu der Lampe gehörende Person war an der Bienenhütte, besser gesagt aus dem lang gezogenen Holzbau herausgetreten. Und obwohl sie sehr darauf bedacht war, beim Zuziehen der Tür kein weiteres Geräusch zu machen, konnte sie ein abermaliges Knarren – diesmal allerdings gedämpfter – nicht vermeiden.

Anschließend war eine Zeit lang nichts mehr zu sehen, denn das Licht war wieder erloschen. Dafür war leises, sich wiederholendes Rascheln zu hören – wie wenn ein Mensch durch halbhohes Gras geht. Der nächtliche Schleicher schien sich, wie Jacobi zuvor, am Positionslicht über der Schlachthaustür zu orientieren und sich darauf zuzubewegen.

Der Beobachter unter dem Apfelbaum starrte gebannt in Richtung Schlachthaus. Tatsächlich schob sich in absehbarer Zeit eine rasch und weit ausschreitende Gestalt zwischen ihn und die Sparlampe. So diffus deren Licht auch war: Elisabeth Riedler, diesmal in einem eng anliegenden dunklen Trainingsanzug, war deutlich zu erkennen. Als sie an der Schlachthaustür stehen blieb und kurz die eigene Lampe wieder aufblitzen ließ, vermutlich, um sich trotz guter Ortskenntnis im Dunkeln mit dem Weg zu ihren Füßen vertraut zu machen, konnte Jacobi sogar aus der Entfernung von mindestens zwanzig Metern die Tasche identifizieren, die sie in der anderen Hand trug: Es war eine Louis-Vuitton-Reisetasche. Anscheinend jene, auf deren Fehlen sie Redl aufmerksam gemacht hatte, um die Mär von Nikodemus' überstürzter Flucht noch glaubhafter zu machen.

Jacobi konnte den Blick nicht von der Tasche wenden. Was enthielt sie? Er dachte an Schwabeneders Knochenmühle, und seine Phantasie schlug Purzelbäume.

Doch Elisabeth Riedler war schon weitergegangen. Jacobi musste sich entscheiden, ob er ihr heimlich folgen oder gleich versuchen sollte, sie zu stellen. Was aber ein ziemlich heikles Unterfangen gewesen wäre, denn dass sich die Frau ihm ohne Gegenwehr ergeben würde, war nicht anzunehmen. Oder sollte er einfach stehen bleiben, nach Dienstvorschrift Redl & Co. beziehungsweise das EK Cobra informieren und die Dinge ihren Lauf nehmen lassen?

Ihm war klar, dass es zur dritten Variante eigentlich keine Alternative gab, konnte sich mit ihr aber partout nicht anfreunden. Sogar mit dem Macho-Argument, es im Fall der Fälle doch hoffentlich mit einer Frau aufnehmen zu können, versuchte er, die Stimme der Vernunft in sich zum Schweigen zu bringen. Und außerdem war die Sicherheitsvariante die am wenigsten erfolgversprechende: Bis die Cobra vor Ort war und man an den Ausfallstraßen Sperren errichtet hatte, saß die Zielperson schon hundertmal im irgendwo bereitstehenden Fluchtwagen und empfahl sich auf Nimmerwiedersehen.

Erst als Jacobi am Hadrach-Hof vorbei und auf dem Weg am Wasser in angemessenem Abstand hinter der Flüchtigen herschlich, gestand er sich ein, sich schon für die erste Taktik entschieden zu haben, noch ehe er die anderen überhaupt in Erwägung gezogen hatte. Er wollte wissen, was in dieser verdammten Tasche war und wie Riedler ihre Flucht – oder was auch immer sie vorhatte – zu bewerkstelligen gedachte.

Es war Mitternacht, und in kaum einem der Häuser im Dorf brannte noch Licht, sodass es für Riedler – Fahndung hin oder her – mit wenig Risiko verbunden war, gemütlich durch Embach zu joggen. Schon hatte sie die Hauptstraße überquert und war auch am Salater-Hof vorbei, als es Jacobi dämmerte, wohin sie wollte: über Embach-Rain hinunter in die Klamm, genauer gesagt zum Klammparkplatz, wo vermutlich der Nissan, vielleicht aber auch ein unauffälligeres Fluchtfahrzeug auf sie wartete.

Als sie trotz stockdunkler Nacht die Abkürzung nach rechts hinunter in den Wald nahm, wurde Jacobis Vermutung zur Gewissheit. Für ihn würde es nun ungeheuer schwierig werden, ihr unbemerkt auf den Fersen zu bleiben. Denn ohne ständig das Gelände auszuleuchten, wie Elisabeth Riedler es tat, war nicht nur die Verletzungsgefahr hoch, sondern auch eine geräuschlose Verfolgung nicht mehr möglich.

Schon wollte der Oberst seinen nächtlichen Alleingang abbrechen, als er am sich ändernden Licht ihrer Lampe sah, dass sie umgekehrt war und auf ihn zukam. In allerletzter Sekunde konnte er hinter einem großen Holzstoß am Straßenrand verschwinden, dann stand Riedler auch schon wieder auf der Embach-Rain-Forststraße. Es schien ihr doch zu riskant zu sein, bei diesen Licht- und Geländeverhältnissen die Abkürzung zu nehmen, jedenfalls entschied sie sich für den Umweg über die Forststraße, die in einer weiten S-Kurve talabwärts führte.

Jacobi wäre nicht Jacobi gewesen, hätte er nicht seinerseits die Abkürzung als Chance erkannt, weiter unbemerkt an der Frau dranzubleiben. Doch auch der Marsch bei Taschenlampenlicht durch den nächtlichen Wald nach Embach-Rain hinunter eignete sich noch immer bestens dazu, sich den Hals zu brechen. Dass die rätselhafte Doppelmörderin die Route nicht genommen hatte, verstand ihr Verfolger schon auf den ersten Metern nur zu gut, schaffte es aber letztlich doch, ohne gröbere Blessuren den Weiler zu erreichen. Auf der Klammstraße ging er weiter, der Flüchtenden quasi voraus, denn nur so konnte er seine Lampe benutzen und trotzdem unentdeckt bleiben. Diese unorthodoxe Art der Beschattung setzte natürlich voraus, dass Riedler tatsächlich vorhatte, bis zum Salzach-Talgrund zu marschieren, und dass nicht irgendwo auf einem Zubringerweg ihr Fluchtwagen stand, mit dem sie noch vor Tagesanbruch zurück nach Embach und über die L 266 zur B 311 hinunterfahren wollte. Aber darauf musste es Jacobi jetzt ankommen lassen.

Doch Moment! Selbst wenn Riedler zum Klammparkplatz wollte, würde sie den letzten Streckenabschnitt dorthin nicht auf der Klammstraße zurücklegen, die größtenteils weitab von der eigentlichen Klamm verlief und nach Taxenbach führte. Stattdessen würde sie den gut ausgebauten Treppelweg durch die Schlucht wählen, der ihr gestattete, den Parkplatz aus sicherer Distanz zu beobachten, ehe sie sich näher wagte.

Plötzlich wusste Jacobi, was er zu tun hatte. Unweit der Stelle auf der Klammstraße, an der er Charly Trenker eingeholt hatte, zweigte nach links der Wanderweg in die Kitzlochklamm ab. Genau dort würde er sich in die Büsche schlagen, um noch vor dem stark kupierten und verwinkelten Pfad durch die Klamm wieder hinter die Verfolgte zu gelangen.

Er musste nicht lange warten. Kaum hatte er sich oberhalb der Abzweigung hinter einen Baum-Zwilling gekauert, von wo aus er sowohl Straße als auch Weg beobachten konnte, ohne selbst entdeckt zu werden, sah er bereits den Lichtkegel einer Taschenlampe von oben her näher kommen. Trotz ihres Umwegs auf der Forststraße hatte Riedler nicht viel Zeit auf ihn verloren. Sie musste sich beeilt haben.

Keine Minute später war sie auch schon an ihm vorbeigegangen. Sie schien sich relativ sicher zu fühlen, leuchtete nur selten ihre Umgebung ab und blieb, solange Jacobi den Schein ihrer Lampe im Blick hatte, auch nur einmal stehen, um zu lauschen.

Als er ihr Licht nicht mehr sehen konnte, dimmte er die Beleuchtung auf seiner Glock auf Minimalstärke und verließ seinen Beobachtungsposten, um den Abstand zu Riedler nicht zu groß werden zu lassen. Während er ihr so geräuschlos wie möglich nacheilte, achtete er darauf, den ohnehin schwachen Lichtstrahl nie direkt nach vorn, sondern immer nach halb links zur Bergseite zu richten.

Zunächst verlief der Pfad wenig spektakulär durch Mischwald und Unterholz, aber je näher Jacobi der eigentlichen Schlucht kam, umso schroffer und steiniger wurde das Gelände und umso bedrohlicher das Rauschen der Rauriser Ache zwischen den Felswänden.

Schließlich erreichte er den kurzen Tunnel durch einen vorspringenden Felsen, der ihm den Beginn des weitgehend mit Holztreppen ausgebauten Weges durch das Naturdenkmal ankündigte. Da er die Klamm vor Jahren schon einmal im Zuge eines Betriebsausflugs durchwandert hatte, erinnerte er sich dunkel an den stillgelegten Stollen wenige Meter hinter dem Durchgang und an die sogenannte Einsiedelei, ein zimmergroßes Felsengewölbe, das sich direkt im Eingangsbereich des Stollens befand.

Vorsichtig, Schritt für Schritt, durchquerte er den Tunnel und verharrte dann fast eine Minute lang bewegungslos an dessen Ende. Bei Tageslicht hätte er von hier aus einen Großteil des Treppelwegs eingesehen, der in einem weiten Bogen nach rechts beziehungsweise auf die linke Seite der Rauriser Ache führte. Jetzt sah er gar nichts, und eben das machte ihn stutzig. Die unübersichtlichen Krümmungen des Weges konnten nicht der Grund sein, warum der Schein von Riedlers Taschenlampe verschwunden war. War sie vielleicht nicht weitergegangen und stand vorn am Stolleneingang?

Auch wenn Jacobi nicht mit einem Hinterhalt rechnete, musste er die Möglichkeit in Betracht ziehen. Soweit er sie mittlerweile kennengelernt hatte, würde Elisabeth Riedler alle Register ziehen, wenn sie sich unmittelbar bedroht fühlte.

Kaum hatte er sich wieder in Bewegung gesetzt, blieb er wie elektrisiert stehen. Nein, es war keine Sinnestäuschung, er hatte tatsächlich Stimmen gehört – Plural. Kein Zweifel, die Doppelmörderin hatte sich im Stollen mit jemandem getroffen, möglicherweise mit einem Fluchthelfer. Sofort schaltete er seine Lampe aus.

Um zu verstehen, was gesprochen wurde, war er zu weit entfernt, aber am Tonfall hörte er sehr wohl, dass die beiden sich über etwas nicht einig waren. Sie gaben sich kaum Mühe, leise zu sein, aber wer hätte sie so weit oben in der Klamm um Mitternacht auch hören sollen?

Jetzt galt es: Entweder ließ er die Verfolgung bleiben und drehte um, oder er schlich sich näher ran. Jacobi entschied sich für Letzteres, wagte aber nicht, seine Lampe kurz wieder einzuschalten. Langsam tastete er sich an den Stolleneingang heran, hörte nach wie vor die erregten Stimmen, sah aber immer noch kein Licht. Drinnen wie draußen: nur ägyptische Finsternis. Auf Zehenspitzen machte er noch zwei Schritte ins Dunkel hinein, doch selbst, als er den Zugang zum Felsengelass der Einsiedelei mit der freien Hand erfühlte, drang nicht der dürftigste Lichtschimmer zu ihm. Wer immer da drinnen mit Elisabeth sprach, benötigte dazu offensichtlich keine Beleuchtung.

Jacobi wusste, dass es spätestens jetzt nicht nur das Vernünftigste, sondern sogar seine Pflicht als Sicherheitsorgan gewesen wäre, sofort den Rückzug anzutreten und Verstärkung anzufordern. Aber die Glock mit der Lampe in seinen Händen vermittelte ihm ein Gefühl von Souveränität: Er war überzeugt, der Situation gewachsen zu sein.

In Gedanken zählte er bis drei, dann machte er das Licht an.

Aber da war nichts. Nichts und niemand! Abgesehen von einem grob gezimmerten alten Tisch und einer unansehnlichen Holzbank erfasste der hin und her huschende Lichtkegel nur ein leeres Gewölbe und ein fensterartiges Guckloch Richtung Klamm, durch das der Grabenwind schauerlich pfiff.

Halt! Lag da nicht etwas auf dem Tisch? Einen Sekundenbruchteil zu spät begriff Jacobi, dass es sich um einen Rekorder handelte, aus dem nach wie vor die Stimmen drangen.

Der wuchtige Schlag auf seinen Hinterkopf ließ ihn nach vorn taumeln, seine Beine gaben nach, und ihm wurde schwarz vor den Augen.

36 ALS ER WIEDER ZU SICH KAM, brummte sein Kopf gewaltig. Er war nur ganz kurz bewusstlos gewesen und gewann rasch die Herrschaft über seine Sinne zurück. Mit über Kopf gestreckten Armen fand er sich rücklings auf etwas Hartem liegend wieder – vermutlich auf dem Holztisch, der direkt am Guckloch der Einsiedelei stand. Erkennen konnte er in der absoluten Finsternis nichts. Seine unbequeme Haltung und die Geräusche, die er bei jeder Bewegung verursachte, deuteten allerdings darauf hin, dass er beidhändig an das eiserne Fensterkreuz des unverglasten Gucklochs gekettet war. Und zwar mit seinen eigenen Handschellen, die er zur letzten Zeugenvernehmung im Pfarrhof mitgenommen hatte.

Ohne das Handicap der Fixierung hätte er sich mit Wonne die Haare einzeln ausgerissen. Jetzt war ihm klar, dass die Doppelmörderin absichtlich auf sich aufmerksam gemacht hatte, als sie die Tür zur Bienenhütte knarren ließ. Sie hätte doch blind und taub sein müssen, um Schwabeneder und ihn beim Schlachthaus nicht zu bemerken. Wahrlich eine intellektuelle Meisterleistung der besonderen Art, erst jetzt darauf zu kommen!

Nur ein Eiferer wie er, Jacobi, konnte so einfältig sein zu glauben, er würde sich einer Ahnungslosen an die Fersen heften. Und die Louis-Vuitton-Tasche hatte das Ihre dazu beigetragen, ihn, den ambitionierten Deppen, neugierig zu machen und in die Kitzlochklamm zu locken. In der Einsiedelei hatte Elisabeth Riedler dann als ebenso simples wie wirksames Ablenkungsmanöver die Aufnahme eines beliebigen Gesprächs laufen lassen, ehe sie sich hinter der nächsten Kurve oder unter dem Steg versteckte, um ihn zu überrumpeln. Aber warum der ganze Aufwand?

»Versuchen Sie erst gar nicht, am Fensterkreuz zu rütteln, Oberst Jacobi.« Die Doppelmörderin, die er als hilfsbereite Ordensfrau kennengelernt hatte, stand plötzlich neben ihm. »Es ist alt und rostig, und Sie würden sich nur verletzen. Leider war es nötig, Sie zu fixieren, denn anders kann ich mit Ihnen vermutlich nicht reden. Außerdem habe ich so gar keine Lust, mich an meiner Abreise hindern zu lassen.« Sie schaltete die Stablampe ein und richtete den Lichtstrahl auf ihn, sodass er sie erst recht nicht sehen konnte. »Als Erstes interessiert mich: Wer hat Sie nach Embach geschickt, und wozu?«

»Vorher sagen Sie mir lieber, seit wann Sie schon wissen, wer ich bin.« Jacobis Stimme klang belegt – er musste sich mehrmals räuspern.

»Meinetwegen, wenn das für Sie wichtig ist«, kam es aus dem Dunkel hinter dem Lichtkranz zurück. »Als Sie Samstagvormittag das Pfarrhaus betraten, kam mir Ihre Physiognomie gleich bekannt vor. Also googelte ich die verfügbaren Daten zu Isidor Krautstingl, und siehe da: Der einstige Vizebürgermeister von Hochburg ist zwar aschblond, war aber fast ebenso groß wie Wagner, ehe ihm Parkinson den Rücken krümmte.«

»Zurzeit hat er übrigens in einer ähnlichen Einrichtung wie dem SPIZ, im Stift Admont, Quartier bezogen«, merkte Jacobi an.

»Lassen Sie mich raten: um dort eine Einkehrwoche mitzumachen?«

»Exakt.«

»Wie auch immer: Ich wusste zwar nun über Ihre falsche Identität Bescheid, ordnete Sie aber aufgrund meiner Paranoia zunächst falsch ein. Erst tags darauf in St. Martin brachte mich die Art, wie Sie und Redl kommunizierten, sich sozusagen die Bälle zuspielten, auf die richtige Spur. Zu spät allerdings für Olga Fliegenschnee, wie wir wissen. Auf der Rückfahrt zum SPIZ googelte ich dann das LKA Salzburg. Muss ich weiter fortfahren?«

»Nein.«

»Dann erklären Sie mir jetzt, warum die Salzburger Kripo *Terrier* Jacobi verdeckt gegen mich ermitteln lässt und Sonnenbrille und blondiertes Haar als Tarnung für einen ihrer bekanntesten Beamten für ausreichend hält.«

»Erstens hat nicht meine Dienststelle mich herbeordert, sondern ich bin privat hier, und zweitens wollte ich ursprünglich keineswegs gegen Sie ermitteln. Im Gegenteil, ich bin gebeten worden, Sie zu schützen.« Der Oberst unterließ es nach wie vor, den Kopf nach links zu wenden, um vom starken Lichtstrahl nicht geblendet zu werden.

»Verarschen kann ich mich selbst, aber dafür habe zumindest

ich keine Zeit«, erwiderte Elisabeth Riedler ruhig. »Schließlich wollen Sie mehr von mir wissen als ich von Ihnen. Also?«

»Vor ein paar Wochen rief mich der Generaldirektor für öffentliche Sicherheit aus Wien an«, beeilte sich Jacobi zu erklären, da ihm ihre Skepsis nicht geheuer war. Immerhin hatte die Frau mit einer Kaltblütigkeit ohnegleichen an einem Abend zwei Menschen ermordet. Andererseits klammerte er sich an den Strohhalm, von ihr nur fixiert und noch nicht liquidiert worden zu sein. Riedler hatte also noch etwas mit ihm vor, und darin lag vielleicht seine Chance, die er sich auf keinen Fall durch mangelnde Auskunftsfreude vermasseln wollte. »Er verwendete ein bestimmtes Losungswort, was bedeutete, dass er über ein Krypto-Handy zurückgerufen werden wollte.«

»Sie sind also ein Vertrauter des Generaldirektors?«

»Sagen wir es so: Für ihn ist es praktisch, jemanden außerhalb der Sektion II an der Hand zu haben, den er mit einer heiklen Angelegenheit betrauen kann, ohne es gleich am nächsten Tag in der ›K.u.K.‹ zu lesen. Ich rief ihn also zurück und erfuhr, dass ein hoher Würdenträger im Vatikan ihn gebeten hat, einen Gisvogel vor einem Anschlag zu schützen, der im Spirituellen Zentrum Embach während einer der nächsten Einkehrwochen stattfinden sollte.«

»Einen … Gisvogel?«

»Gisvogel ist ein Dialektwort für den Eichelhäher«, erklärte Jacobi, »und steht im Polizeijargon wie der Kiebitz für Whistleblower, Verräter. Dem GÖS war mitgeteilt worden, dass auf die betreffende Person seit Jahren ein Kopfgeld ausgesetzt ist und Nachrichtendienste beiderseits des Atlantiks noch immer hinter ihr her sind. Nach Monaten der Flucht von Versteck zu Versteck sollte es dem Gisvogel schon länger gelungen sein, in eben jenem Staat, in dem einst seine Flucht begann, nämlich in Österreich, unterzutauchen, und das, obwohl er von seinen Verfolgern vom Whistleblower zum Sungrazer upgegradet wurde. Was immer das heißen mag.«

»Ein Sungrazer ist ein Komet, der der Sonne zu nahe kommt und dadurch einen weithin sichtbaren Kometenschweif hinter sich herzieht«, klärte Riedler nun ihrerseits Jacobi auf. »Im Jargon der Nachrichtendienste bedeutet das, dass jemand auf nicht legalem Weg an besonders brisantes Material gelangt ist, dessen Weitergabe oder Veröffentlichung unabsehbare, global wirksame Folgen haben könnte.«

»Und das trifft auf Sie zu?«

»So ist es. Offiziell wurde ich zwar wegen politischer Morde gesucht, die ich vor Jahren als IRA-Aktivistin begangen haben soll und mit denen ich natürlich nicht das Geringste zu tun habe, aber intern galt ich von dem Moment an als Sungrazer, als man die Manipulation an einer der Überwachungskameras und am Laptop eines Konferenzgastes im Hotel Interalpen Tyrol entdeckt hatte.«

»Im Interalpen, dem bekannten Hotel in Telfs?«, vergewisserte sich Jacobi ungläubig.

»Exakt in diesem. Mich wundert allerdings, dass Sie das wundert. Das Haus wird sehr gern für Treffen von hochrangigen Leuten verwendet. Zunächst einmal seiner exponierten Lage wegen, aber auch seine absolut diskrete Leitung zeichnet es aus. Jedenfalls hatte der Anfängerfehler, der mir unterlaufen war und für den ich mich heute noch ohrfeigen könnte, eine Odyssee ohnegleichen für mich zur Folge. Details meiner Flucht dürften für Sie kaum von Interesse sein. Vielmehr denke ich, auch Sie haben sich nicht eben professionell verhalten, als Sie bei dem Versuch, mich zu schützen, so umständlich zu Werke gegangen sind, statt einfach als Oberst Jacobi hier aufzuschlagen. Möglicherweise hätte das Schatzmann veranlasst, von seinem Vorhaben Abstand zu nehmen.«

»Möglicherweise. Aber aufgeschoben wäre nicht aufgehoben gewesen, und wir alle, auch Sie, hätten dann nicht gewusst, wie nahe Ihnen der SIS bereits auf den Pelz gerückt war. Dennoch gebe ich gern zu, dass der Vorwurf der Unzweckmäßigkeit seine Berechtigung hat«, räumte Jacobi ein. »Die von oben verordnete Geheimhaltung war eher hinderlich als förderlich und hat mich und meine Leute ziemlich genervt. Etwa das Aufrechterhalten meiner Rolle als Isidor Krautstingl, selbst unter vier Augen, weil wir angeblich ständig damit zu rechnen hatten, abgehört zu werden. Das hat vieles – meiner Meinung nach unnötig – verkompliziert und aus dem Ruder laufen lassen, aber Diskretion hatte eben von Beginn an oberste Priorität. Als mich der GÖS aufforderte, Urlaub für den Undercover-Einsatz zu nehmen und im SPIZ einzuchecken, wusste ich nicht einmal, wer überhaupt der Whistleblower war, wen ich also beschützen sollte.«

»Dann war es ja nicht unbedingt ein Fehler, dass ich die Angelegenheit selbst in die Hand genommen habe«, spottete die Ex-Agentin.

»Auch nach dem ersten Mord, der durch den Irrtum Schatzmanns vollends für Verwirrung sorgte, wurde es uns noch nicht gestattet, die Strategie zu ändern«, fühlte sich Jacobi bemüßigt, sich und sein Team zu verteidigen. »Alles, das auch nur im Entferntesten geeignet schien, einen diplomatischen Eklat zu verursachen, hatte tunlichst zu unterbleiben.«

»Höre ich da einen Vorwurf an Ihren Generaldirektor heraus?«

»Der war ja – Staatsräson hin oder her – auch nur ein Getriebener, der besagtem geistlichen Würdenträger einen Gefallen schuldig war«, wiegelte der Oberst ab. »In der Regel hüten sich unsre Offiziellen, ungehörige oder gar hässliche Trittsiegel auf dem internationalen Parkett zu hinterlassen, das dürfte Ihnen bekannt sein.«

»Tja, unter diesen Umständen mussten die Dinge wohl ihren Lauf nehmen – wenngleich eine Möglichkeit, diesen Lauf zu ändern, durchaus bestanden hätte.«

»Hinterher kann jeder die Welt neu erschaffen.«

Aber Riedler war für Sarkasmus nicht empfänglich. »Wenn Sie, auch ohne über meine Identität Bescheid zu wissen, bei einer der Mahlzeiten am Samstag eine warnende Bemerkung hätten fallen lassen, die nur der Sungrazer hätte verstehen können, hätte ich Embach noch am selben Tag verlassen und Frau Fliegenschnee wäre noch am Leben.«

»Aber der Verräter Nikodemus hätte trotzdem dran glauben müssen«, dachte Jacobi laut, obwohl er keine Bestätigung seiner Schlussfolgerung erwartete.

»Wie kommen Sie auf ›Verräter‹?«

»Durch sein Handy, das Sie uns gütigerweise überlassen haben.«

»Sie wollten vorhin wissen, wann ich Sie identifiziert habe, Oberst«, wechselte Riedler erwartungsgemäß das Thema. »Jetzt frage ich Sie: Wann haben Sie herausgefunden, wer die Whistleblowerin ist?«

»Auf jeden Fall nicht früh genug, um Sie am Mord von zwei Menschen zu hindern. Nachdem uns Pökelschot reichlich spät über den Quickie im Geräteschuppen aufgeklärt hatte, geriet ja das zweite Alibi, das von ihm suggerierte Tête-à-tête gestern Nacht, praktisch zum Selbstläufer. Vor allem, weil sich seine Aussage mit Rauners Beobachtung deckte. Also strich ich Sie zum zweiten Mal von der Liste der Verdächtigen.«

»Das hat Jens nicht schlecht gemacht. Schade, dass er nicht länger dichthalten konnte.«

»Der Druck auf ihn war zu groß geworden«, sah sich Jacobi gezwungen, die Dinge ins Lot zu rücken. »Vergegenwärtigen Sie sich nur die Minuten im Speisesaal, als Sie zwar schon das Feuer im Tagungsraum gelegt, aber Wagner noch nicht als Paket verpackt in seiner Wohnung gebunkert hatten. Wir hatten Schatzmann eben als Killer von Olga Fliegenschnee identifiziert und die Geheimhaltung insofern aufgehoben, als wir vorgaben, eine Terrorwarnung erhalten zu haben. Sämtliche Personen im SPIZ waren aufgefordert, ohne Vorbehalt alles Ungewöhnliche zu benennen, weil mit weiteren Bluttaten zu rechnen sei.«

»Und?«

»Da ahnten Sie, dass Ihre Tarnexistenz kurz davorstand aufzufliegen. Sicherheitshalber entfernten Sie sich unter einem Vorwand, womit Sie aber unsre Ermittlungen ungewollt beschleunigten: Erst als Pökelschot Sie nicht mehr an seiner Seite wusste, war ihm die Unsicherheit anzumerken. Der Rest war Routine. Wir haben ihn so in die Mangel genommen, dass ihm schließlich nichts anderes übrig blieb, als auszupacken. Und wenn wir schon dabei sind: Der Mord an Olga Fliegenschnee geht auch auf Ihr Konto, zumindest anteilig.« Obwohl der Vorwurf unwidersprochen blieb, fühlte Jacobi sich bemüßigt, ihn zu erläutern. »Sie haben am Naturbad Vorderkaser mit ihr die Anoraks getauscht. Ihr eigener Parka, der inzwischen von der Kriminaltechnik untersucht wird, ist rot, Fliegenschnees nicht gefütterte Windjacke dagegen gelb. Ein ziemlich perfider Schachzug.«

»Auch das kann Ihnen nur Pökelschot verraten haben«, sagte Riedler, ohne ihre hinter dem Tausch stehende Absicht einzugestehen. »Nur er hat bemerkt, dass ich plötzlich eine andere Jacke anhatte, als er sie mir im Geräteschuppen auszog.«

»Stimmt, im Gegensatz zu ihm ist mir der Tausch nicht aufgefallen, was mich noch immer maßlos ärgert. Dass ich die Leiche von Olga Fliegenschnee nie selbst in Augenschein nehmen konnte, entschuldigt meinen Fehler nicht. Ich hätte sehen müssen, dass Sie bei Ihrem Eintreffen in St. Martin die gelbe Jacke trugen. Aber wir wollen nicht abschweifen: Sie sind gewarnt worden, nicht wahr? Und haben eine völlig Ahnungslose zu dem Tausch überredet, um sie als Köder voraus- und damit in den Tod zu schicken.«

»Jetzt werden Sie mal nicht melodramatisch, Jacobi, das passt nicht zu Ihnen. Aber ja, man hat mir vor ein paar Wochen eine Warnung zukommen lassen. Jemand hatte etwas gehört, das er nicht hätte hören sollen –«

»Erreichte Sie die Warnung über Ihr Handy?«, entschlüpfte es ihm, und er wusste, ohne Elisabeth Riedlers Gesicht sehen zu können, dass sie jetzt mitleidig lächelte.

»Oh Gott, nein! In Zeiten, in denen Regierungschefs systematisch abgehört werden, übermittelt man essenziell Wichtiges besser nicht elektronisch«, sagte die Whistleblowerin nachsichtig. »In besonders heiklen Fällen bevorzugt man zur Kontaktaufnahme wie eh und je anonyme Postfächer.«

Jacobi unterließ es nachzustoßen, von wem sie gewarnt worden sei. Sie hätte es ohnehin nicht gesagt. »Der Anoraktausch – warum?«, wiederholte er stattdessen, aber auch diesmal ließ Elisabeth Riedler sich mit der Antwort so lange Zeit, dass er schon nicht mehr mit einer rechnete.

»Nach der Warnung habe ich wie schon erwähnt jede Anmeldung für das SPIZ gecheckt«, setzte sie endlich fort, »was meine Paranoia allerdings nicht minderte. Drei Wochen hindurch konnte ich keinen Verdächtigen ausmachen und misstraute jedem Neuankömmling – bis sich unter den Anmeldungen für diese Woche gleich mehrere Personen befanden, die mir bekannt waren: Jens hatte ich schon bei seiner ersten Einkehrwoche im vorigen Jahr näher kennengelernt, weiters Olga Fliegenschnee, die mir durch Jens' Klagelied über seine missglückte Börsenspekulation ein Begriff war, und schließlich Dr. Unbescheid, die ich von einem Krankenhausaufenthalt in Schwarzach/St. Veit her kannte. Diese drei Menschen konnte ich als ungefährlich abhaken, aber mehr wusste ich bis zu unsrer Rast am Naturbad nicht.«

»Doch Sie rechneten damit, dass der Killer – wenn überhaupt – spätestens diesmal dabei war, also einer der übrigen vier Kursteilnehmer sein musste. Und da kamen Sie auf die perfide Idee, der erkälteten Olga Fliegenschnee Ihren gefütterten Anorak aufzuschwatzen und sie, die ja unbedingt allein gehen wollte, als Köder ins Feuer zu schicken. Wobei Ihnen ihre Angewohnheit, beim Gehen den Kopf tief zu senken, die auch mir aufgefallen ist, zusätzlich gelegen kam. So konnte Schatzmann ihr Gesicht unter der Kapuze kaum erkennen.«

»Es war mehr als Kalkül«, sagte Elisabeth Riedler, vom Vorwurf gänzlich unberührt. »Natürlich hatte ich die Identitäten aller Kursteilnehmer überprüft und einen Verdächtigen ausgemacht: Zunächst einmal Sie! Schon vergessen?«

»Stimmt, Sie hatten Krautstingl ja gegoogelt. Soll ich jetzt vielleicht auch noch schuld sein an Fliegenschnees Ermordung?«

»Die Situation brachte mich in Zugzwang«, fuhr sie fort, als hätte sie Jacobis sarkastischen Einwurf nicht gehört. »Und als außer uns dreien, Jens, Fliegenschnee und mir, niemand mehr am Naturbad war, äußerte ich ganz bewusst noch einmal Zweifel an ihrer Fitness, damit der Anoraktausch auch gelingen würde. Ob mir Fliegenschnee meine Fürsorge für sie abnahm, weiß ich nicht. Jedenfalls war sie ihr lästig, und um endlich Ruhe vor mir zu haben, willigte sie ein, vorübergehend ihre gelbe Windjacke gegen meinen dicken roten Parka zu tauschen.«

»Was ihr Todesurteil war«, hielt Jacobi an dieser Stelle fest.

Die Whistleblowerin ließ ein unwirsches Schnauben hören. »Nicht ich habe den Giftpfeil auf sie geschossen. Aber so sehr ich ihren Tod auch bedauere, verschaffte er mir doch immerhin vorerst etwas Luft. Drei Kursteilnehmer hatten noch eine Rechnung mit der alten Zockerin offen, was die Aufmerksamkeit der Polizei natürlich auf sich zog.«

»Wenn Sie schon die Zynikerin geben, haben Sie bestimmt auch einen Tipp für unsern Gerichtsmediziner bezüglich des Gifts, mit dem der Injektionspfeil befüllt war. Einige von Auftragskillern verwendete Substanzen dürften Ihnen ja geläufig sein. Unser Labor, sonst schlimmstenfalls mit Arsen-Gattenmorden befasst, würde wahrscheinlich Wochen brauchen, um die von Schatzmann eingesetzte Mischung zu bestimmen. Einer Anfangsvermutung nach könnte es sich um einen Cocktail aus verschiedenen Strychnos-Arten handeln, also um eine Art Curare.«

»Dann sind Ihre Leute ja auf der richtigen Spur«, sagte Riedler gönnerhaft. »Für Morde dieser Art wird gewöhnlich eine Mixtur aus hochtoxischen Alkaloiden auf der Basis von Aconitin, Batrachotoxin, manchmal auch Colchizin oder eben Curarin verwendet. Suchen Sie sich's aus. Alle diese Substanzen wirken als Muskelrelaxanzien und führen entsprechend dosiert eine sofortige Atemlähmung herbei. Wenn etwa siebenundzwanzig Milligramm Batrachotoxin genügen, um einen achtzig Kilogramm schweren Mann zu töten, können Sie sich ausmalen, was das von Schatzmann eingesetzte Konzentrat im Körper von Olga Fliegenschnee angerichtet hat. Schon als sie sich bückte, um nachzusehen, was sich da in ihren Schenkel gebohrt hatte, wird sie ein Schwindel erfasst haben. Und Sekunden später schwanden ihr bereits die Sinne.«

»Und Schatzmann selbst ist es später nicht besser ergangen. Womit haben Sie ihn außer Gefecht gesetzt?«

»Mit Burundanga. Das ist –«

»Eine unter Kriminellen und Geheimdienstlern geläufige Bezeichnung von Scopolamin«, nahm ihr Jacobi, den ihre Oberlehrer-Attitüde zusehends nervte, das Wort aus dem Mund.

»Eine geruch- und geschmacklose klare Flüssigkeit, mit der ahnungslose Opfer betäubt oder getötet werden. Aber wie haben Sie sie Schatzmann beigebracht? Er musste ja seinen Fehlgriff erkannt haben und nun auf einen Präventivschlag gefasst sein. Warum er die Aktion nicht abgebrochen und das Weite gesucht hat, um auf eine bessere Gelegenheit zu warten, ist mir ohnehin ein Rätsel.«

»So etwas kann nur ein Staatsbeamter sagen, der jeden Monat pünktlich sein Gehalt überwiesen bekommt. Die Kontaktperson von Schatzmann hat natürlich auf die Vollzugsmeldung gewartet, also musste er liefern. Ohne Leistung kein Lohn. Das gilt auch für Auftragskiller.«

»Apropos: Woher wussten Sie dann gestern plötzlich, dass er der Mörder war?«

»Ich ahnte es bereits, als Major Redl uns in St. Martin im Kleinbus verhörte. Rauner, Dr. Unbescheid und Shirin Barzani – Letztere war ja bei Ihnen gewesen – hatten für meine Begriffe unanzweifelbare Alibis, und da Jens in der fraglichen Zeit mit mir zusammen war, blieb nur Schatzmann als möglicher Täter übrig.«

»Hätte es nicht auch Nikodemus sein können? Immerhin war er mit seiner Pädophilie erpressbar.«

»Hätte er – zumindest theoretisch –, aber nur, bis Ihre Leute sein Alibi in der Café-Konditorei Volgger überprüft hatten.«

»Das von Ihnen ja vorübergehend wieder ausgehebelt worden war, indem Sie die arme Azubi mit einer indirekten Morddrohung dazu brachten, ihre Aussage zu widerrufen.«

»Tja, leider hat Ihr Kollege die Finte sofort durchschaut, womit mein Vorsprung wieder futsch und Nikodemus aus dem Schneider war. Nun wussten Sie, dass sich Schatzmann von ihm am Samstag einen Wagen auf jenen Rastplatz in der Nähe des Tatorts hatte hinstellen lassen und nach der irrtümlichen Liquidierung von Fliegenschnee auf der Bundesstraße nach St. Martin gefahren war, vorbei an Ihnen und den anderen drei, die nach ihm am Naturbad Vorderkaser gestartet waren. Irgendwo vor dem Maut-Parkplatz stellte er den Wagen ab, ehe er zu Fuß und als Erster dort eintraf.«

»Noch so ein vermeidbares Versäumnis von uns«, räumte Jacobi verdrießlich ein. »Wir hätten umgehend sämtliche in der Nähe geparkten Pkws überprüfen und der Spur gemieteter Fahrzeuge folgen müssen. Wäre Nikodemus bereits am Sonntag als Mieter des Golfs ausgeforscht worden, hätten wir eine realistische Chance gehabt, ihn und Schatzmann lebend zu erwischen. Aber die Antwort auf meine Frage sind Sie mir noch immer schuldig.«

»Wie ich Schatzmann das Burundanga verabreicht habe? Das war keine Hexerei, er war Raucher. Als wir am Sonntagnachmittag in den Speisesaal zitiert wurden, rannte ich unter dem Vorwand, etwas vergessen zu haben, noch mal in die zweite Etage und verschaffte mir Zutritt zu seinem Zimmer.«

»Mit Ihrem Hauptschlüssel«, flocht Jacobi ein.

»Richtig. Später wäre das nicht mehr möglich gewesen, denn selbstverständlich schloss sich Schatzmann gleich nach dem Abendessen in seinem Zimmer ein und klemmte sogar einen Stuhl unter die Türklinke. Nach seinem Misserfolg war er doppelt vorsichtig und wusste, dass er jetzt nicht mehr nur Jäger, sondern auch Gejagter war. Im Speisesaal hat er aus Angst sogar den zur kalten Platte gereichten Tee stehen lassen.«

»Ebenso das Mineralwasser, das jedem Gast aufs Zimmer gebracht worden war. Stattdessen begnügte er sich mit Leitungswasser.«

»Was ihm auch nicht geholfen hat, am Leben zu bleiben. Ich bin also rein und habe nichts angerührt, das Verdacht hätte erregen können – etwa die Wanderstöcke, von denen einer als Blasrohr und der andere als Behälter für die Injektionspfeile gedient hatte. Auf seinem Nachttisch lag nun diese kaum angebrochene Packung Camel, die mir sehr gelegen kam. Anstatt auf die unsichere Mineralwasser-Methode angewiesen zu sein, bot sich mir so die Gelegenheit, den Tabak der zwei vordersten Zigaretten jeweils mit einem Tropfen der Droge zu beizen und mit dem Föhn kurz anzutrocknen.«

»Verwendeten Sie eine Dosis, die sofort zum Tod führte oder die ihn langsam und qualvoll ersticken ließ?«

»Er muss eine der präparierten Zigaretten geraucht haben,

während er am gekippten Fenster stand«, sinnierte Elisabeth Riedler, anstatt direkt zu antworten. »Dort fand man ihn, nicht wahr? Verstorben an Atemlähmung wie Olga Fliegenschnee.«

»Wie vorteilhaft für Sie, dass auf seinem Smartphone die Gespräche mit Nikodemus aufgelistet waren, nicht wahr?«, ahmte Jacobi den affektierten Ton nach, der von Schwester Elisabetta zuvor nie zu hören gewesen war.

»Auch eines von jenen Indizien, die Sie von mir ablenken sollten, die aber – wie man sieht – allesamt zu wenig Wirkung entfaltet haben.«

»Auch dass Sie den Anschein erwecken wollten, Nikodemus habe Shirin Barzani niedergeschlagen, als die ihm spätnachts auf die Bude gerückt und ihm bei seinen Fluchtvorbereitungen in die Quere gekommen war.«

»Das war so nicht geplant, Ihre Mutmaßung entspricht daher nur zum Teil dem wirklichen Ablauf der Ereignisse. Als ich vom Schlachthaus wieder zum Pfarrhof zurückgeeilt und dort in der Tat im Begriff gewesen war, es in Nikodemus' Schlafzimmer nach einer überstürzten Flucht aussehen zu lassen, hörte ich jemanden den vorderen Raum seiner Wohnung betreten und leise nach ihm rufen: ›Hey, Niki, du hast doch sicher 'ne Prise für eine alte Freundin, oder?‹ Ich erkannte Shirin Barzani an der Stimme, und mir war klar, dass sie vorhatte, Nikodemus mit ihrem Insiderwissen Koks abzupressen. Natürlich durfte sie mich nicht sehen –«

»Sonst hätte auch sie dran glauben müssen«, warf Jacobi bitter ein.

»Was-wäre-wenn-Überlegungen sind nach allem, was hinter uns liegt, ziemlich überflüssig und bringen niemandem etwas. Ich stand hinter der Schlafzimmertür und habe Barzani ausgeknockt, als sie ihren Kopf durch den Türspalt steckte. So what!«

»Dass Sie eine sich zufällig bietende Gelegenheit benützt haben, um uns an der Nase herumzuführen, ist von Ihrer Warte aus noch zu verstehen. Aber warum haben Sie dieselbe Nummer auch noch mit Wagner, Ihrem Mentor, abgezogen, von der Brandstiftung ganz zu schweigen?«

»Das Timing, Jacobi! Das Timing stimmte nicht mehr. Noch

ehe Sie Jens geknackt hatten, wusste ich bereits, dass Sie mich verdächtigten. Um meine Flucht nicht zu gefährden, musste ich mir also Luft verschaffen.«

37 »WIE UND WANN VERFIELEN SIE überhaupt auf die Wahnsinnsidee, eine unter höchster Geheimhaltung stattfindende Konferenz abzuhören?«, wechselte Jacobi unvermittelt das Thema. Es erschien ihm nicht sehr sinnvoll, mit Elisabeth Riedler über Dankbarkeit zu debattieren. »Und – was wohl die wichtigere Frage ist – wie war Ihnen das möglich?«

»Das ist rasch erklärt: Zu Beginn der großen Finanzkrise gehörte ich einem der Eavesdropping-Teams im Dienst des SIS an, die solche Konferenzen vor Lauschangriffen schützen sollen.«

»Man könnte annehmen, dass Sie als Angehörige des britischen Geheimdienstes englische Staatsbürgerin sind, aber Sie sprechen fast wie eine Einheimische.«

»Meine Mutter war Kärntnerin und hatte ein kleines Wirtshaus abseits der großen Touristikzentren. Wegen ihres Krebsleidens musste sie Konkurs anmelden und weit unter Wert verkaufen. Es würde jetzt zu weit führen, ins Detail zu gehen, aber nur so viel: Mein Stiefvater, ein Waliser, stellte die beruflichen Weichen für mich in England. Er brachte mich, da ich wie der verblichene Schatzmann Buchhaltung gelernt hatte, in der staatlichen Verwaltung unter. Nicht zuletzt dank meiner IT-Kenntnisse landete ich irgendwann beim SIS.«

Sie hielt einen Moment lauschend inne, um aber gleich darauf fortzusetzen. »Vor drei Jahren musste unsre Crew eine Konferenz-Suite im schon erwähnten Telfser Hotel Interalpen Tyrol überprüfen. Der Raum war für acht Personen reserviert, was mich mehr beschäftigte, als es einer kleinen Nummer bei der Spionageabwehr guttut. Insider wissen nämlich sehr wohl, dass die Bedeutung derartiger Zusammenkünfte umso höher zu gewichten ist, je weniger Personen daran teilnehmen. Zudem wurde das Treffen, wie von Ihnen bereits angemerkt, tatsächlich geheim gehalten und fand weder vorher noch nachher einen wie auch immer gearteten Niederschlag in den Medien. Wie es der Teufel nun wollte, hatte ich drei Tage zuvor einen der einflussreichsten US-Investmentbanker mit dem absoluten Alphatier der arabischen Waffenhändler in der hintersten Ecke eines Cafés in Telfs sitzen sehen, ohne dabei allerdings selbst von den Herren wahrgenommen worden zu sein.«

»Aber deren bloße Anwesenheit hat Sie schon auf den Gedanken gebracht, Ihren Dienstauftrag zu konterkarieren?«, entschlüpfte es Jacobi.

»Ich konnte mir ausrechnen, dass die beiden an besagter Konferenz teilnehmen würden«, fuhr die Ex-SIS-Angehörige fort, ohne auf den Einwurf einzugehen. »Sie waren zwei Wochen zuvor schon im Regent Palace Piccadilly in London abgestiegen, wo ebenfalls ein Treffen internationaler Schwergewichte stattfand. Diese Zusammenkunft hatte die aus dem Ruder laufenden Entwicklungen im nahen und ferneren Osten zum Inhalt gehabt, weshalb ich beiläufig zu wissen glaubte, worüber sich die acht Herren im Interalpen verständigen wollten.«

»Woraus Sie welche Konsequenzen zogen?«

»Geduld, Jacobi! Sie werden sie noch brauchen. Da aber mir die Zeit knapp wird, mach ich es tatsächlich kurz: Was mich beunruhigt hatte, war die Teilnahme des Wahhabiten Yusuf ibn Nasr, jenes Waffenhändlers, an der Konferenz. Er wird auch Al Noun, die Krake, genannt, weil er seine Finger überall drinhat und mit wirklich jedem Geschäfte macht – mit dem sogenannten Kalifenstaat und dessen Finanziers ebenso wie mit anderen Parteien. Ich bin aber nicht ihm, sondern dem Banker ins Interalpen gefolgt, wo er bereits eingecheckt hatte. Bei ibn Nasr hätte ich das nicht wagen dürfen, da bekanntlich ständig mehrere Bodyguards um ihn herumlungern und immer einer von ihnen vor seiner Suite Wache steht, wenn er ausnahmsweise in einem Hotel absteigt, anstatt sich im Privatjet mal rasch zu einer seiner über den Globus verstreuten Prunkvillen oder zu seiner Yacht fliegen zu lassen.«

»Was war Ihre Intention? Wollten Sie Ihrem Dienstgeber, dem SIS, zuarbeiten, oder ging es Ihnen einzig und allein um einen lukrativen Coup? Sie werden ja kaum vorgehabt haben, den Lauf der Welt zu ändern?«

»Das nicht. Ich könnte jetzt sagen, es sei mir um die Aufklärung von Milliarden für dumm verkaufter Zeitgenossen gegangen, um die Aufdeckung einer Verschwörung, aber – wie Sie richtig vermuten – so war es nicht. Ehe ich über den Inhalt der Konferenz Bescheid wusste, ging es mir ganz banal nur um den Reibach, der mit einem allfälligen Lauschangriff vielleicht zu machen war. Es wäre überflüssig gewesen, dem SIS zuzuarbeiten, da sich auch Regierungsvertreter und Lobbyisten der westlichen Hemisphäre unter den Konferenzteilnehmern befanden.«

»Aber warum sind Sie das ungeheure Risiko gegangen? Nur des Geldes wegen? Da muss doch noch ein anderer, stärkerer Antrieb dahintergesteckt haben.«

»Wie klug Sie doch sind«, spottete Elisabeth Riedler. »Tatsächlich war ich noch vor wenigen Jahren ebenso naiv wie unsterblich verliebt und träumte davon, das Objekt meiner Begierde mit dem Ertrag aus diesem Coup aus einer vermeintlich unglücklichen Partnerschaft freizukaufen und mir gemeinsam mit ihm unter neuer Identität in der Karibik oder der Südsee ein Paradies zu erschaffen.«

»Aber daraus wurde nichts?«

»Würden wir beide sonst in dieser finsteren Höhle miteinander palavern?«

»Und jetzt? Was haben Sie mit dem Abhörprotokoll vor?«

»Jedenfalls werde ich es niemandem mehr zum Kauf anbieten, wie es ursprünglich geplant war. Ein Bankraub wäre dagegen das reinste Kinderspiel. Ich habe dem Vertreter jenes Landes, das mich nun aufnimmt, vorab ein Backup zukommen lassen, sozusagen als Einstandsgeschenk. Ein weiteres will ich einer Vertrauensperson übermitteln, von der ich annehme, dass sie die darin enthaltenen Infos nur dann der Öffentlichkeit zugänglich macht, wenn Bedarf besteht. Das Original befindet sich im Tresor eines Notars, der vom Inhalt des Kuverts keine Ahnung, aber den Auftrag hat, es an den ›Spiegel‹ weiterzuleiten, sollte ich mich innerhalb eines Jahres nicht mehr bei ihm melden.«

»Wie gelang Ihnen dieser Coup überhaupt? Wie hat es eine Person im Alleingang geschafft, ein wichtiges geheimes Treffen in einem Raum abzuhören, der zuvor von Profis überprüft wurde?«

»Freilich nur, weil ich selbst einer dieser Profis war. Für mich stellte es kein Problem dar, den Türöffnungscode zur Suite von Banker X im Interalpen zu kopieren, während er die Tür aufschloss. Als ihn später eine dralle Kreolin abholte, um mit ihm in eines der Hotelrestaurants zu gehen, verschaffte ich mir Zutritt zu seiner Suite und platzierte eine winzige Wanze in dem Laptop, den X bei Konferenzen immer dabeihatte, also auch – wie ich hoffte – zu der anstehenden mitnehmen würde.«

»Was dann ja der Fall war, oder?«

»Allerdings. Ich konnte alles mithören und aufnehmen, was in der nur wenige Stunden dauernden Zusammenkunft besprochen wurde. Und das hatte es wirklich in sich: Gleich zu Beginn wurde eine vorbereitete Einigung über bestehende Einflusssphären besiegelt. Diese sollten, ob mit Völkerrecht kompatibel oder nicht, von den Global Playern, als deren Bevollmächtigte die acht auftraten, vorerst zwanzig Jahre lang nicht mehr in Frage gestellt werden.«

»Ich nehme an, damit sind vor allem die Dauerkrisenherde auf dem Dach der Welt, im Nahen Osten und in Afrika gemeint?«

»Ja. Im Lauf der letzten Jahrzehnte hat sich das Verhältnis der USA zu Kabul, Teheran, Bagdad, Riad, Damaskus und Ankara mehrmals geändert. Wie man weiß, nicht immer zum Besseren. Nachdem infolge zu kurz gedachter Entscheidungen der Bush- und Obama-Administrationen und der dadurch befeuerten Konflikte in der Region – etwa zwischen Arabiens Wahhabiten und dem Iran, zwischen syrischen Rebellen und Baschar al-Assad, zwischen der Türkei und den Kurden und schließlich zwischen dem Kalifenstaat IS und dem Rest der Welt – die Energie-Lobbys ihren Einfluss vor Ort bedroht sahen, plädierten manche US-Politiker schon wesentlich früher als allgemein bekannt für eine Annäherung an den Erzfeind Iran. Dem traute man mehr staatsmännische Vernunft zu als den heillos zerstrittenen sunnitischen Blöcken, während andere wiederum eine solche Rochade als politisches Harakiri betrachteten.«

»Das wird je nach Interessenlage unterschiedlich gesehen«, warf Jacobi ein, wobei ihm bewusst wurde, wie geschickt die vermeintliche Ordensfrau bis zu dieser Nacht auch einen vergleichsweise harmlosen Charakterzug vor ihrer Umgebung verborgen hatte. Sie war eitel und gefiel sich sogar jetzt, auf dem Sprung in ein neuerliches, sicher nicht angenehmes Flüchtlingsdasein, in der Rolle der politischen Kommentatorin.

»Und weil das so ist«, knüpfte sie daran an, »und sich in Vorderasien nicht nur die größten Öl- und Erdgasressourcen der Welt, sondern auch andere wertvolle Bodenschätze befinden, hatten sich die Verhandlungen zuvor jahrelang hingezogen, und die Amis waren erst dann bereit gewesen, umzudenken und gewisse Kompromisse in Erwägung zu ziehen, als auch loyale EU-Staaten die Rücksichtnahme auf den Wahhabiten-Block nicht mehr mittragen wollten. Vor allem, als Gerüchte an die Öffentlichkeit gelangten, dass Europa gedrängt wurde, den Osmanen so viele Nahost-Flüchtlinge wie nur möglich abzunehmen. Dieses Entgegenkommen erwartete die Türkei nicht nur, weil sie sich als Dreh- und Angelpunkt in der Region sieht, sondern auch dafür, dass die US-Luftwaffe weiterhin von ihrem Hoheitsgebiet gegen den IS starten darf.«

»Das klingt ziemlich hanebüchen.«

»Ich gebe nur wieder, was in der Konferenz gesagt wurde. Hinter vorgehaltener Hand wird allerdings behauptet, der wahre Grund für das Großmachtgehabe der Regionalmacht sei das Beispiel, das Saddam Husseins entmachtete Offiziere mit dem Aufbau der IS-Organisation gegeben hatten. Einen ähnlich unzufriedenen Offiziersblock soll es neben dem ohnehin vorhandenen IS-Bodensatz auch in der Türkei geben, vom Kurdenproblem ganz zu schweigen, weshalb die USA befürchten, dass der NATO-Stützpunkt Türkei eines Tages zur Disposition gestellt werden könnte. Oder warum sonst überlegt die NATO seit einiger Zeit, dem strategisch günstig gelegenen Montenegro die Mitgliedschaft anzubieten? Vor jener Konferenz hatte in europäischen Kabinetten das geflügelte Wort die Runde gemacht, dass man wohl Partner, nicht aber Pudel der USA sein wolle.«

»Was auch mit einer realitätsfernen Nabelschau mancher EU-Staaten zu tun hat, die sich schwertun zu akzeptieren, dass die Vereinigten Staaten geostrategisch denken und handeln und dabei nur bedingt auf den politischen Zaungast Europa Rücksicht nehmen.«

»Sieh da: Oberst Jacobi ein Zyniker?«

»Kein Zyniker, nur Realist.«

»Wie auch immer. Einige Wortmeldungen ließen jedenfalls darauf schließen, dass die strittigen Punkte schon vor der Zusammenkunft im Interalpen Tyrol im Großen und Ganzen besprochen worden waren.«

»Worum ging es dann konkret?«

»Zunächst einmal um die noch größeren Flüchtlingsströme, die in Zukunft aus Afrika zu erwarten sind und die durch die weltweite Klimaveränderung immer stärker werden. Schon in Vorgängerkonferenzen muss dabei mit Hängen und Würgen ein Durchbruch über den Modellfall Nigeria erzielt worden sein. Internationale Großkonzerne, die, bestens vernetzt mit den eingeborenen Eliten, von der Ausbeutung des Landes bis dahin am meisten profitiert hatten, sollten die erforderlichen Demokratisierungs- und Reorganisierungsprogramme mitfinanzieren, damit zumindest der Exitus aus dieser Ecke des Kontinents verlangsamt werden kann. In der betreffenden Konferenz war man sich einig, nicht länger hinnehmen zu wollen, dass Staatsbürger von an Bodenschätzen reichen Ländern bewusst arm und ungebildet gehalten und links liegen gelassen werden. Der Prozess der Änderung in Nigeria sollte medial weltweit aufbereitet und schließlich in Gang gebracht werden.«

»Sehr ambitioniert – wenn es denn wahr ist. Aber so eine gewaltige Kraftanstrengung kann man Konzernen nicht abverlangen, ohne eine Gegenleistung anzubieten.«

»Wieder richtig. Um die Konjunktur in der Region zusätzlich

anzukurbeln, sollten jede Menge neuer Lizenzen an diese Wohltäter der Menschheit vergeben beziehungsweise alte zu noch günstigeren Konditionen erneuert werden.«

»Klingt schon pragmatischer.«

»Eine weitere Vereinbarung wird Ihnen noch vertrauter vorkommen. Man griff auch auf ein anderes bewährtes Rezept zurück: Wer den Frieden sichern will, rüste für den Krieg! Sturmgewehr und Stacheldraht boomen von Frisco bis Tokio.«

»Aber eben diese Präventionstaktik führt immer wieder in die Sackgasse«, warf Jacobi entsetzt ein. »Nicht umsonst macht man den Industriestaaten, unter anderen auch Deutschland, den Vorwurf, sämtliche Irren dieser Welt mit Waffen zu beliefern.«

»Daran wird sich in absehbarer Zeit wenig ändern. Die Waffenlobbys und ihre Proponenten wie Yusuf ibn Nasr sitzen schon ungeduldig in den Startlöchern und warten darauf, dass endlich die Global Player – wohlgemerkt nach dem peniblen Abstecken ihrer Interessensphären – an einem Strang ziehen, sodass man die von Islamisten devastierten Regionen befrieden und nebenbei auch die eigenen Claims sichern kann. Für dieses Szenario wird sogar eine neuerliche Verknappung fossiler Brennstoffe und anderer Ressourcen in Kauf genommen, um nicht zu sagen begrüßt. So will man die auf niedrigem Niveau dahindümpelnden Rohstoffpreise wieder in schwindelerregende Höhen treiben, um – jetzt kommt's – nach dem unvermeidlichen Crash die Notwendigkeit eines globalen Schuldenschnitts auf Dollarbasis zu begründen.«

»Ah, der Schwertstreich durch den zu groß gewordenen Gordischen Knoten?«

»Ja. Ein ganz offen zutage tretendes Symptom dafür ist übrigens, dass der Goldbedarf Chinas und Indiens in den letzten Jahren mehr als zwei Drittel des weltweiten Aufkommens ausmacht. Die Währungen dieser beiden Staaten gehen also zur Goldanbindung zurück und wollen sich so vor allfälligen Manipulationen schützen. Letzteres wurde in der Konferenz freilich mit keiner Silbe erwähnt, und auch über die Festlegung des Zeitpunkts für ›Mayflower‹ – so lautet der Code für den Tag X – sollte erst in einem gesonderten Treffen Einigung erzielt werden.«

Jacobi fröstelte. »Darauf also soll das Ganze hinauslaufen? Auf einen globalen Finanz-Relaunch, damit das große Monopoly-Spiel nach den kaum vorstellbaren Turbulenzen, die ›Mayflower‹ auslösen wird, wieder von vorn beginnen kann?«

»›Turbulenzen‹ ist gut. Die daraufhin höchstwahrscheinlich ausbrechende Krise würde zu Auseinandersetzungen führen, gegen die der Zweite Weltkrieg im Nachhinein wie ein harmloses Scharmützel wirkt. Niemand sollte sich der Illusion hingeben, davon verschont zu bleiben.«

»Die Meldung über einen Schuldenschnitt würde jedenfalls einschlagen wie eine Bombe«, bemühte sich Jacobi, von Riedlers apokalyptischen Visionen wieder zum Wesentlichen zurückzukehren. »Aber nur, wenn vorher nicht das Geringste durchsickert. Dass man unter solchen Umständen einen Preis auf Ihren Kopf aussetzt, nachdem Sie vom Gärtner zum Bock mutiert sind, sollte Insider nicht überraschen.«

»Möchten Sie, dass ich fortfahre, oder wollen wir hier über verschüttete Milch jammern?«

»Bitte Ersteres.«

»Nun gut. Dem Abkommen wurde auch eine beunruhigende Klausel beigefügt: Für den Fall, dass sich die Vertragspartner nicht an die Übereinkunft gebunden fühlen und Plan A deshalb nicht oder nur unzureichend umgesetzt werden kann, existiert auch ein Plan B, auf den aber in der Konferenz nicht näher eingegangen wurde. Einer Äußerung eines Teilnehmers zufolge könnte sein Inkrafttreten jedoch mit einer unheilvollen Entwicklung für Kontinentaleuropa verbunden sein. Die Versuchung gewisser Kreise, wieder einmal alles kurz und klein zu schlagen, um es danach schöner, moderner und lukrativer aufzubauen, so hieß es, sei so groß wie schon lange nicht mehr.«

»Ich bin gar nicht scharf drauf, mehr über diesen Plan zu erfahren«, sagte Jacobi. »Ich will nachts nicht daran denken müssen, was meine Tochter in Zukunft erwartet. Jetzt wiederum möchte ich nicht länger von Ihrer Taschenlampe geblendet werden.«

Der Lichtkegel schwenkte von seinem halb abgewandten Gesicht auf seine Brust.

»Wir werden uns höchstwahrscheinlich nicht wiedersehen, Oberst, unabhängig davon, wie lange ich mich meinen Verfolgern noch entziehen kann.« Elisabeth Riedler schien auf ihre Armbanduhr geblickt zu haben, deren Leuchtzifferblatt Jacobi kurz zu sehen glaubte, und nestelte nun an einer Innentasche seines Anoraks herum. »Im Nachspann, um den ich die Aufnahme ergänzt habe, werden neben ibn Nasr auch die sieben anderen Personen genannt, die sich im Hotel Interalpen Tyrol getroffen haben. Beides, sowohl mein Kommentar als auch das Gesprächsprotokoll der acht zu den geostrategischen Themen und zum globalen Finanz-Relaunch, befindet sich auf dem Backup, das jetzt in Ihrer Brusttasche steckt. Es ist die erwähnte zweite Kopie. Einzig und allein durch die Namen und die Netzwerke, die damit in Verbindung gebracht werden, erhält die Aufnahme ihre Brisanz, denn die Vereinbarungen haben sicher noch immer Gültigkeit, andernfalls hätten sich die Medien längst darauf gestürzt. Also lassen Sie den Stick ja nicht in die falschen Hände geraten.«

Während Jacobi sein Glück, dass ihm nun definitiv kein Haar gekrümmt werden sollte, kaum fassen konnte, lauschte Riedler wieder in die Dunkelheit, als würde sie jeden Moment mit dem Auftauchen eines neuen Schatzmanns rechnen. Doch abgesehen vom Rauschen der Rauriser Ache war nichts zu hören.

Schließlich fuhr sie um eine weitere Nuance gedämpfter fort: »Nachdem Ernst Birnbaum Sie extra zu meinem Schutz abkommandiert hat«, sogar der Vorname des GÖS ist ihr geläufig, durchfuhr es Jacobi, »hielt ich es für angebracht, dass Sie ihm den Stick eigenhändig übergeben. Birnbaum wird in den SIS-Akten als besonders integer und besonnen beschrieben und wird wissen, unter welchen Bedingungen das Material einzusetzen ist.«

»Das werde ich gern tun, aber Sie haben zwei Menschen ermordet, Frau Riedler – oder wie sonst wollen Sie genannt werden?«

»Roberts, Elisa Roberts. Ich habe den Familiennamen meines Stiefvaters angenommen, aber das wissen Sie sicher schon.«

Ich weiß nur, dass das nicht der Name ist, den du in Zukunft führen wirst, dachte Jacobi. Doch stattdessen sagte er: »Frau Roberts, Sie müssen sich stellen!«

Eine reflexartige Bewegung ihrer Rechten – Ausdruck des Ärgers über den aus ihrer Sicht einfältigen Vorschlag – ließ den Lichtstrahl hochzucken. »Ich würde in der U-Haft keine vierzehn Tage überleben, Jacobi. Reden Sie also kein Blech, das passt nicht zu Ihnen. Ich halte Sie für einen Mann, dem Vernunft und Augenmaß noch als Richtschnur dienen, weshalb wir es uns sparen sollten, leeres Stroh zu dreschen. Als ich meine Vertrauensstellung missbrauchte und jenes Gespräch abhörte, habe ich zugegebenermaßen nicht aus Notwehr gehandelt. Gestern Abend aber sehr wohl, das wissen Sie so gut wie ich. Wäre ich Schatzmann – oder wie auch immer der Killer in Wirklichkeit geheißen haben mag – nicht zuvorgekommen, hätte er seinen Irrtum ehebaldigst korrigiert.«

Ehebaldigst! Wieder überlief Jacobi ein kalter Schauer. Das Wortungetüm verwendete seine Tochter Nadine mit Vorliebe. »Was soll ›wie immer der Killer in Wirklichkeit geheißen haben mag‹ bedeuten?«, fragte er deshalb heftiger als eigentlich beabsichtigt. »Schatzmann wird doch wohl aus demselben Stall gekommen sein wie Sie, oder?«

Zum Zeichen ihrer Geringschätzung ließ Roberts die Luft stoßweise aus ihrem Mund entweichen. »Ein höherer Beamter wie Sie müsste doch wissen, wie Nachrichtendienste der westlichen Hemisphäre funktionieren, Jacobi. Archetypen der Filmindustrie à la James Bond sind da nicht zugange. Staatlich lizensierte Auftragsmörder wären für Politiker in einer Demokratie ein unwägbares Risiko, weshalb es sie angeblich nur in Quasi- oder tatsächlichen Diktaturen gibt. Die Schatzmanns dieser Welt sind meistens ehemalige Söldner, Security-Leute, Bodyguards et cetera – gescheiterte Existenzen aus aller Herren Länder und die letzten Glieder in einer Kette von Kontaktleuten, von denen sie angeheuert und nach Erledigung des Jobs umgehend wieder freigesetzt werden. Außerdem würde man beim SIS kaum so naiv sein, jemanden zu schicken, dem ich schon einmal begegnet sein könnte.«

»Okay. Aber Frater Nikodemus? Warum musste auch er sterben? Hätte es nicht genügt, ihn wie Shirin Barzani oder Wagner nur auf Zeit aus dem Verkehr zu ziehen?«

»Es gibt da einen gewissen Monsignore in Rom, dessen Privatsekretär er einst war und der nicht weniger erpressbar ist als er selbst«, sagte Roberts, die Fragen glattweg überhörend. »Dieser korrupte Herr muss durch die unabsichtliche Indiskretion eines anderen Würdenträgers, der den Befreiungstheologen zugerechnet wird, von meiner Tarnexistenz in Embach erfahren und die Info weitergegeben haben.«

»Der Befreiungstheologe erkannte aber seinen Fehler und wandte sich daraufhin nicht nur an Sie, sondern auch an Birnbaum«, kombinierte Jacobi. »Ihm gegenüber hielt er sich allerdings bedeckt, was die Identität des Whistleblowers betraf. So wird's wohl gelaufen sein. Doch warum Privatsekretär? Dann war Nikodemus ja ebenfalls –«

»Er war Priester mit aussichtsreichen Karrierechancen«, kürzte Roberts das Frage-und-Antwort-Spiel ab, »lebte aber seine pädophilen Neigungen so exzessiv aus, dass er nicht mehr tragbar war. Er wäre letztlich mit Schimpf und Schande davongejagt worden, hätte ihm nicht jener Monsignore ermöglicht, sich als Frater Nikodemus in die Einschicht nach Embach zurückzuziehen. Eben dieser Monsignore hat ihn vor Kurzem kontaktiert und über mich ausgefragt.«

»Und um das zu erfahren, hielten Sie es für nötig, Nikodemus im Schlachthaus zu foltern, ehe Sie ihn umbrachten.« Es war keine Frage, und wenn Jacobi noch vor Tagen Mitleid, ja sogar Sympathie für den ihm anempfohlenen, aber unbekannten Schützling empfunden hatte, so war davon in diesem Moment nichts, aber auch gar nichts mehr vorhanden.

»Es bedurfte keiner großen Überredungskunst, ihm zu entlocken, was ich wissen wollte«, sagte Roberts trocken. »Es genügte die Drohung, seine Dealer-Tätigkeit und die päderastischen Verfehlungen, derentwegen ihm bereits die Priesterwürde aberkannt worden war, ins Netz zu stellen.«

Jacobi wusste, dass sie log. »Noch einmal meine Frage: Warum auch ihn?«

»Liegt das nicht auf der Hand?« Elisa Roberts klang jetzt sehr ungeduldig, der Zeitpunkt, an dem sie aufbrechen musste, schien nahe zu sein. »Schatzmann tot und Nikodemus unauffindbar: Wen würde die Polizei unter diesen Umständen zunächst für den Killer halten, nach wem würde sie fahnden?«

»Heißt das, Sie haben ihn nur getötet, um abermals Zeit zu gewinnen?« Wieder überzog Jacobis Arme eine Gänsehaut, die nicht ausschließlich auf die niedrigen nächtlichen Temperaturen in der Einsiedelei zurückzuführen war.

»Ginge es um Ihr Leben, würden Sie sich derart moralinsaure Fragen sparen. Im Gegenteil, Sie würden darüber staunen, wozu Sie unter solchen Umständen imstande wären.« Die Doppelmörderin, die Jacobi am Wochenende als warmherzige Ordensfrau kennengelernt hatte, ließ keinerlei menschliche Regung erkennen. »Außerdem ist Nikodemus sicher der letzte Mensch, der Mitleid verdient«, schloss Elisa Roberts daran an, als wäre ihr seine Abscheu doch nicht ganz gleichgültig. »Er dealte, hat zig Kinderseelen für immer ruiniert und Eugidius Pfingstner zum sabbernden Krüppel gefahren. Er war wie eine Spinne, die instinktgesteuert ihre Fäden zieht, und hat keine Sekunde gezögert, mich ans Messer zu liefern, als man das von ihm verlangte.«

»Aber mussten Sie den Mann deshalb gleich durch den Fleischwolf drehen?« Bei dem Gedanken daran, dass Teile von Nikodemus, zu Hackfleisch verarbeitet, in einem der Bottiche im Schlachthaus gelegen hatten, stülpte sich Jacobi fast der Magen um.

»Machen Sie sich nicht lächerlich! Was zählt so ein Aspekt, von dem der Kinderschänder ohnehin nichts mehr gespürt hat, verglichen mit den Plänen, die bei der Achter-Konferenz im Interalpen Tyrol gewälzt wurden? Sein gründliches Verschwinden sollte Sie eine Zeit lang beschäftigen, sodass ich meinen eigenen Abgang ungefährdet durchziehen konnte, oder wozu sonst, glauben Sie, hab ich den ganzen Zirkus mit ihm veranstaltet?«

Nikodemus war ohne Zweifel ein unappetitlicher Zeitgenosse gewesen, aber dass Elisa Roberts seine Massakrierung mit einer Zirkusnummer verglich, warf ein bezeichnendes Licht auf die

Beschaffenheit ihres Gemüts. Eine Bemerkung dazu verkniff sich Jacobi wohlweislich.

Während der Oberst in Gedanken kurz ins weite Feld menschlicher Anomalien abgebogen war, hatte Elisa fortgesetzt: »Leider sind Sie und Ihre Leute mir trotzdem zu schnell auf den Pelz gerückt, was folglich auch Informationsgleichstand für die Nachrichtendienste bedeutet. Der Vorsprung von mindestens einem Tag, den ich zu gewinnen hoffte, ist seit gestern auf ein paar Stunden zusammengeschrumpft, und die brauche ich nun dringender als je zuvor. Sie, Jacobi, bleiben hier angekettet, bis die ersten Touristen Ihr Rufen hören oder Redl & Co. Sie über Ihr Handy anpeilen. Ich denke, eins von beidem wird relativ bald der Fall sein. Trotzdem bin ich dann schon außer Landes.« Wieder blickte sie auf ihre Uhr, nahm ihm dann das Handy ab und ertastete auch den Reserveschlüssel für die Handschellen in der Tasche unter dem Gürtel seiner Jeans. »So müssen Sie wenigstens nicht im letzten Augenblick den Helden spielen und mir in halsbrecherischer Manier bis zum Klammparkplatz hinterherstolpern«, sagte sie, während sie Handy und Schlüssel außer Reichweite seiner Füße am Eingang der Einsiedelei deponierte. »Glauben Sie mir: Es ist besser so.«

»Wenn ich aber noch stundenlang so hingestreckt in der Kälte liegen muss, bin ich höchstwahrscheinlich demnächst ein Fall für den Orthopäden und den Urologen«, maulte Jacobi.

»Immer noch besser als einer für den Pathologen«, relativierte Roberts, und das war nicht nur so dahingesagt.

Ein weiteres Mal wechselte der Oberst rasch das Thema. »Sie haben Ihre Flucht also nicht erst seit gestern vorbereitet?« Einerseits fuchste es ihn, wie lässig die Ex-Agentin ihn ausgespielt hatte, andererseits musste er sich seine Erleichterung eingestehen, von ihr als Überbringer des Backups an Birnbaum vorgesehen worden zu sein. Dass auch eine Alternative möglich gewesen wäre, hatte ihm die Frau, die Nikodemus geschlachtet hatte, eben recht plastisch ins Gedächtnis gerufen.

»Allerdings. Ich bin vor zwei Jahren mit wenig Gepäck hierhergekommen und verlasse Embach auch so. Um aber meine nächste Zuflucht zu erreichen, ohne gleich die Henker an den Hacken zu haben, musste ich mit den Leuten, die mir Asyl gewähren, einiges in die Wege leiten und Tag und Stunde meines Absprungs exakt festlegen. Andernfalls wär ich doch nach der Warnung aus Rom sofort eine Staubwolke gewesen, lange ehe der auf mich angesetzte Killer hergefunden hätte.«

»Apropos Gepäck: Die Tasche, mit der Sie mich vorhin geködert haben, besaßen Sie aber bei Ihrer Ankunft in Embach noch nicht, oder?«, provozierte Jacobi ein weiteres Mal.

»Nein, die Louis-Vuitton-Tasche gehörte Nikodemus. Ich hatte sie Sonntagnacht in der Bienenhütte versteckt, um den Eindruck zu erwecken, er sei damit getürmt. Ein Teil meines Gepäcks befindet sich schon seit gestern unten auf dem Klammparkplatz, den Rest enthält die Tasche hier, die, wie Sie richtig bemerkt haben, unter anderem dazu diente, dass Sie mir folgten. Ich nehme an, Sie vermuteten, die Tasche würde Körperteile ihres Besitzers enthalten, aber damit waren Sie auf dem Holzweg: Die Knochen von Nikodemus sind längst zu Düngemehl zermahlen, und die Innereien habe ich ein Stück weit oberhalb des Hadrach-Guts in ein Dickicht geworfen, wo Rabenvögel, Füchse und Marder das Ihre getan haben: Schon heute Mittag war nichts mehr davon übrig – ich habe mich davon überzeugt, nachdem ich das Essen bei den Schwabeneders abgeliefert hatte.«

»Und was geschah mit seinem Fleisch?«, fragte Jacobi in einer Anwandlung von Masochismus, da er die Antwort ohnehin zu kennen glaubte.

»Sie wissen es doch. Aber schön, es ist mit Fohlen- und Schweinebrät vermischt heute Morgen in der Metzgerei Sonntag im Lavanttal zu Hartwurst verarbeitet worden«, gab ihm Elisa Roberts ungerührt Bescheid. »Den veränderten Geschmack werden nur Gourmets bemerken.«

Wieder ersparte sich Jacobi einen Kommentar. In den Jahrzehnten beim LKA hatte er manche Grauslichkeit erlebt, aber diese Art von Humor erinnerte ihn einmal mehr daran, wes Geistes Kinder Geheimdienstler waren. Stattdessen nahm er auf die von Roberts erwähnte »nächste Zuflucht« Bezug. »Ich vermute, Sie werden mir nicht verraten, wie Sie sich Ihre Zukunft vorstellen.«

»Damit liegen Sie vollkommen richtig, und hiermit ist unsre nächtliche Plauderei auch schon zu Ende. Mein Taxi wartet nur zehn Minuten, ich muss also pünktlich auf dem Parkplatz sein. Leben Sie wohl, Jacobi, und denken Sie immer daran: Je weniger Leute von dem Stick wissen, umso sicherer sind Sie und Menschen, die Ihnen nahestehen.«

Der Lichtkegel ihrer Stablampe wanderte zum Ausgang der Einsiedelei, und Jacobi konnte im Widerschein der Felsen für einen kurzen Moment noch einmal die Umrisse von Elisa Roberts erkennen. Dann verschwand das Licht, und gleich darauf waren auch ihre Schritte vor dem gleichbleibenden Rauschen der Rauriser Ache nicht mehr zu hören.

38 ER MACHTE SICH NICHTS VOR: Er war erleichtert, dass die Operation Gisvogel diesen Verlauf genommen hatte, wenn auch das Resümee, das er daraus zog, alles andere als ein Ruhmesblatt für ihn darstellte. Die schutzwürdige Person hatte zunächst einmal – quasi unter seinen Augen – den Tod einer unbeteiligten Frau mitverschuldet, sich anschließend in einem mörderischen Befreiungsschlag des auf sie angesetzten Killers und seines Wasserträgers entledigt und weitere Personen vorübergehend aus dem Verkehr gezogen, um Zeit zu gewinnen, ehe sie von ihm, dem verdeckt agierenden Schutzbeauftragten, endlich identifiziert worden war. Super! Nicht einmal, dass er sie vorhin an der Bienenhütte auf dem Hadrach-Gut aufgespürt hatte, war sein Verdienst, sondern eine von Elisa Roberts bewusst herbeigeführte Situation gewesen. Die hatte ihr gestattet, ihn als Boten zu benutzen, ohne sich selbst den Behörden stellen zu müssen. Sein Anfängerfehler, sie zu verfolgen, ohne Redl zu benachrichtigen, und sich dann noch mit einem Nullachtfünfzehn-Ablenkungstrick aufs Kreuz legen zu lassen, fügte sich nahtlos in die Reihe der anderen Plutzer, die er und die Spusi sich geleistet hatten. So gesehen durfte er trotz der bescheidenen Lage, in die er aus eigener Schuld geraten war, noch heilfroh sein, so glimpflich davongekommen zu sein.

Ein Knall, gefolgt von einem zweiten, riss ihn aus seiner gedämpft euphorischen Stimmung. Zwei Pistolenschüsse, so dicht hintereinander, dass sie wie einer klangen: So schoss nur ein Profi.

Aber der hieß vermutlich weder Redl noch Feuersang. Leo war nach Hause gefahren, und Lenz schlief bereits in seinem Elternhaus den Schlaf des Gerechten, um später an diesem Morgen mit dem Chef die Heimfahrt nach Salzburg anzutreten. Keiner von beiden würde also zu seiner Rettung herbeigeeilt und der Whistleblowerin begegnet sein. Jacobi hatte in Wagners Wohnung zwar erwähnt, noch einmal zum Hadrach-Gut gehen zu wollen, infolge seines wenig entwickelten Teamgeists es aber nicht der Mühe wert befunden, zumindest Kontakt zu Redl zu halten. Also konnte der nicht wissen, dass der Chef zufällig – oder eben nicht zufällig – auf Elisa gestoßen war. Lebensmensch Melanie Kotek wiederum, die ihn vor wenigen Stunden aus Wien angerufen hatte – weil er zwei Tage lang nichts von sich hatte hören lassen! –, war von ihm ausdrücklich beruhigt worden, dass er nach anfänglichen Schwierigkeiten bei seinem Personenschutzprojekt nun alles unter Kontrolle habe, weshalb sie sich keine Sorgen machen bräuchte.

Und Elisa Roberts selbst? Sie würde wohl kaum geschossen haben, hätte es sich irgendwie vermeiden lassen. Aber jemand *hatte* geschossen, wobei es reiner Euphemismus war zu glauben, ein zweiter Killer, mit dem Roberts ja immer gerechnet hatte, hätte in jedem Fall einen Schalldämpfer verwendet. In der Klamm trug selbst der Knall einer 38er nur einige Dutzend Meter weit – ein Umstand, den sich ein Profi bei Bedarf selbstverständlich zunutze machen würde.

Das Warten auf das, was da auf ihn zukam, versetzte Jacobis vegetatives Nervensystem derart in Aufruhr, dass es sich anfühlte, als würde Schwachstrom durch seine Eingeweide kriechen. Es war die Angst, die sich leider nicht früher eingestellt hatte, als es noch Sinn gemacht hätte. Redl, der ihn manchmal besser kannte als er sich selbst, hatte ihn noch ausdrücklich gebeten, ihn jederzeit zu wecken, sollte sich etwas Neues ergeben. Und was hatte er getan, als er das Knarren der Bienenhüttentür gehört hatte? Jedenfalls hatte er nicht zum Handy gegriffen, was eine Sache von Sekunden gewesen wäre.

Die blödesten und überflüssigsten Gedanken zuckten ihm durch den Kopf, etwa, wie sehr er sich gelegentlich zu Hause vor dem Patschenkino darüber aufregte, wenn sich ein Protagonist in einem Thriller um der Effekthascherei willen ohne Not in Gefahr begab. Goethe hatte viele kluge Sachen gesagt, die von der grauen Theorie war wohl mit die klügste. Jacobi musste kein Hellseher sein, um zu wissen, dass die Person, die geschossen hatte, auch in die Einsiedelei kommen würde.

Schon spürte er einen kalten Luftzug, und das Licht einer Stablampe blitzte auf. Am schlanken Lichtstrahl erkannte er, dass es sich um ein Aufsteck-Fabrikat handelte, wie es auch Exekutivbeamte verwendeten, doch sehen konnte er die Person hinter der Lampe nicht.

Der bläulich weiße Diodenschein huschte rasch seinen Körper entlang und verharrte dann oberhalb seines Kopfs, vermutlich wollte die Person seine Fesselung überprüfen.

»Frau Roberts?«, flüsterte er, obwohl im Umkreis von mehreren Kilometern sicher keine andere Menschenseele unterwegs war.

»*Non*. Aber sagen Sie mir, wo ’at Isabel die USB-Stick ’ingesteckt?«, lautete die Gegenfrage in gebrochenem Deutsch. Die männliche Reibeisenstimme mit französischem Akzent erinnerte Jacobi an den Chansonnier Gilbert Becaud – eine Assoziation, die ihn weit weniger beunruhigte als der Gedanke, der Neuankömmling könnte ein ehemaliger Fremdenlegionär sein. Gewisse Angehörige der Légion étrangère wurden nach ihrem Ausscheiden aus dem regulären Dienst nur allzu gern von einschlägigen Agenturen als Männer fürs Grobe angeheuert.

»Isch ’abe draußen ge’orscht«, sagte der Mann, der nach billigem Tabak roch, um die Angelegenheit abzukürzen. »Isch weiß, Sie 'aben die USB-Stick. *Alors où?*«

Jacobi spürte den Lauf einer Pistole an seiner Schläfe, und der Überlebenswille ließ ihm keine andere Wahl. »Er befindet sich in der rechten Innentasche meines Anoraks.«

Der Mann nahm den Datenträger an sich. Nach den anderen Kopien fragte er nicht. Entweder hatte er nicht mitbekommen, dass solche überhaupt existierten, oder es war nicht seine Aufgabe, sich um sie zu kümmern. Er begutachtete noch Jacobis Dienstausweis, den er mit dem Stick herausgezogen hatte, und steckte ihn dann wieder in die Innentasche zurück.

Wenige Sekunden verstrichen – allerdings Sekunden, die die Länge von Stunden hatten und zu den unangenehmsten in Jacobis Leben wurden –, bis der Tod mit Gilbert Becauds Stimme den furchtbaren Satz sagte: »Tut mir leid, aber isch kann Sie nischt leben lassen.«

Jacobi wurde stocksteif vor Angst. Erneut spürte er das kalte Metall an seiner schweißfeuchten Kopfhaut, wollte schreien, konnte aber nicht. Stattdessen gab der Schließmuskel seiner Blase nach. Er spürte weder das warme Rieseln in seinem linken Hosenbein, noch hörte er das Summen aus der Richtung, in der er den Killer wusste. An der Schwelle zum Jenseits stehend, wartete er schmerzhaft verkrampft auf das Ende.

Dass er noch lebte, weil sein Henker nach dem Handy gegriffen und telefoniert hatte, wurde ihm erst bewusst, als er schon lange keinen Druck mehr an seiner Schläfe fühlte.

»Un colonel de la police judiciaire, oui«, hörte er die Reibeisenstimme sagen, die anschließend den Befehl des Gesprächspartners wiederholte. *»Ne tirez pas! Oui.«*

Unmittelbar nachdem er aufgelegt hatte, wandte sich Gilbert Becaud, wie Jacobi den Profikiller insgeheim bereits nannte, an ihn. »Sie 'aben Glück, *mon cher*. Noch mehr Aufsehen, als diese Stümper Schatzmann schon erregt hat, ist nischt … wie sagt man gleisch?«

»Erwünscht«, krächzte Jacobi mit trockenem Mund.

»Erwünscht. *Très bien*. Aber isch soll Ihnen einen Rat mitgeben: Vergessen Sie, was Isabel Ihnen zugesteckt hat, das ist wirklisch für alle das Beste – für alle, *mon colonel*, nischt nur für Sie!«

Einen ganz ähnlichen Rat hatte ihm auch Elisa Roberts gegeben, dachte Jacobi, und ihm wurde bewusst, dass sie zu diesem Zeitpunkt bestenfalls noch fünf Minuten zu leben gehabt hatte. Er musste mehrmals schlucken, ehe er sich imstande sah, nach ihr zu fragen. »Was … was ist mit Elisa Roberts? Ist sie … tot?«

Gilbert Becaud antwortete nicht. Doch es musste noch eine bange Viertelstunde vergehen, ehe Jacobi begriff, dass er in der Einsiedelei wieder allein war. Als angesichts dieser Erkenntnis seine arg strapazierten Nerven nun endgültig ihr Recht einforderten, war er für das Alleinsein sogar dankbar.

Je mehr Minuten allerdings verrannen, umso unangenehmer machte sich auch wieder die nasskalte Realität vor Ort bemerkbar. Die Freude darüber, noch am Leben zu sein, wog derlei Banalitäten dennoch bei Weitem auf, ebenso der Gedanke, welch unverdientes Glück es war, wenn lebensgefährliche Fehler, wie sie ihm unterlaufen waren, nur einen Blasenkatarrh zur Folge hatten.

39

»OSKAR! BIST DU HIER?«

Der laute Ruf ließ Jacobi jäh aus seinem fiebrigen Halbschlaf hochschrecken, aus dem ihn im letzten Drittel der Nacht nur gelegentliche Schüttelfrost-Anfälle gerissen hatten.

Das war Lenz' Stimme, kein Zweifel! Ein Gefühl unendlicher Erleichterung durchflutete ihn. Aber wie konnte …? Und plötzlich schien auch Jacobis Gehirn wieder tadellos zu funktionieren: Unmittelbar nach seiner Aktion bei Chantal Trenker war er von Melanie angerufen worden, und weil er nicht gleich gesagt hatte, wo und warum er unterwegs war, hatte er Mühe gehabt, ihre Bedenken zu zerstreuen, und dabei versprochen, sich abends noch einmal bei ihr zu melden. Aber eben das hatte er nicht getan – und später nicht mehr tun können. Vermutlich hatte Melanie nach zig Versuchen, ihn zu erreichen, an seiner statt Redl angerufen.

»Ich bin hier, Lenz, hier in der Einsiedelei!«

Ein schwacher Lichtschein, mutmaßlich der einer Taschenlampe, huschte durch das Fensterloch an die Decke des Felsengewölbes, wobei Jacobi gleichzeitig feststellte, dass draußen, wenn auch noch kaum merklich, der Morgen graute. Redl musste noch ein Stück weit entfernt sein, kam aber vom Klammparkplatz herauf, was seinen Weitblick und seine Vertrautheit mit dem Gelände bewies.

»Bist du gefesselt?«

Die Frage klang nicht sehr geistreich, denn dass er, Jacobi, fixiert sein musste, verriet ja schon der Hinweis auf seinen Standort – andernfalls hätte er sich mit seiner Lampe bemerkbar gemacht oder wäre Redl entgegengekommen. Aber die Frage war keineswegs so naiv, wie sie sich anhörte, sondern eine Chiffre für derartige Situationen.

»Bin ich!«, rief er zurück, denn jede andere Antwort hätte bedeutet, dass Gefahr drohte. »Elisa Roberts, die Frau, die wir als Schwester Elisabetta kannten, hat mich ausgetrickst und in der Höhle angekettet. Aber es scheint, als wäre es ihr nicht gelungen, ihre Flucht fortzusetzen. Ich habe Schüsse gehört, und anschließend war noch jemand hier bei mir. Ist allerdings auch schon eine Weile her.«

»Mit deiner Vermutung hast du leider recht: Die Frau wird nirgendwohin mehr fliehen.« Redls Stimme klang jetzt dumpf, wie ein unheimliches Echo von weither. »Sie liegt auf dem Treppelweg – an der Abzweigung zur Maria-Elend-Kapelle. Zwei großkalibrige Projektile haben sie mitten ins Herz getroffen, sie dürfte es kaum mitbekommen haben. Hab noch einen Augenblick Geduld. Ich rufe nur schnell die Bereitschaft und unsern Journaldienst an, dann bin ich gleich bei dir.«

»Lass dir Zeit! Auf die paar Minuten hin oder her kommt es auch nicht mehr an. Die Sache ist gelaufen.«

Die »Sache«, wie Jacobi sein gescheitertes Personenschutz-

Projekt schnoddrig betitelte, ging ihm mehr an die Nieren, als es die kalte Maiennacht vermochte. Redl kannte seinen Freund und Chef gut genug, um zu wissen, dass er sich zumindest mitschuldig am Tod von vier Menschen fühlte. Von Handschellen konnte man jemanden befreien, von Selbstvorwürfen dagegen nicht so leicht.

Mit dem beginnenden Morgengrauen erreichte er die Höhle und half Jacobi aus seiner misslichen Lage. »Auf dem Parkplatz steht übrigens der Nissan Navarra. War ganz schön keck von Riedler alias Roberts, das gesuchte Fahrzeug dort zu parken.«

»Noch dazu, weil sie von dort abgeholt werden wollte«, sagte der Chef. »Stubis Team soll jeden Quadratzentimeter des Pick-ups unter die Lupe nehmen.«

»Du tippst auf einen Peilsender?«, fragte Redl einigermaßen erstaunt.

»Vielleicht hat Nikodemus schon nach der Rückkehr von Maria Kirchental einen solchen am oder im Wagen angebracht. Er wusste um die Gefährlichkeit von Elisa Roberts und rechnete nach dem fehlgeschlagenen Anschlag auf sie mit dem Schlimmsten.«

»So hätte er sich noch im Tod an seiner Mörderin gerächt, indem er dem zweiten Killer eine Orientierungshilfe lieferte.«

»Dessen Job wäre dadurch sehr vereinfacht worden, selbst wenn er Roberts Sonntagnacht verpasst hätte, als sie den Pick-up nach dem Abendessen zum Parkplatz fuhr. Vermutlich trabte sie sofort wieder zum SPIZ hinauf, um rechtzeitig vor Nikodemus in der Bienenhütte zu sein.«

Redl tütete eben die Handschellen ein, als ihn Jacobis Zähneklappern nötigte zu versichern: »Die Bereitschaft bringt Decken, heißen Tee und Vogelbeerschnaps mit, und das Notarztteam habe ich auch nicht nur angefordert, um den Tod von Elisa Roberts festzustellen.«

Jacobi massierte seine schmerzenden Handgelenke und blickte dabei nach der Zeit. »Es ist jetzt fünf Uhr morgens. Also hab ich über drei Stunden auf diesem Gestell hier gelegen. Begonnen hat alles damit, dass ich Elisa Roberts zufällig an der Bienenhütte sah, als ich vom Hadrach-Schlachthaus auf dem Weg zurück ins SPIZ war.« Dass die SIS-Deserteurin sich absichtlich von ihm hatte entdecken lassen, unterschlug er, weil er sonst auch den USB-Stick hätte erwähnen müssen. »Natürlich folgte ich ihr«, setzte er stattdessen fort, »fühlte mich mit Glock und Lampe der Situation ja auch relativ gewachsen.«

»Natürlich«, bekräftigte Redl ironisch. Für den Leichtsinn, sich nicht wenigstens durch eine Nachricht abzusichern, hätte jeder in Jacobis Team den Kopf gewaschen bekommen, aber er war der Chef. *Quod licet Jovi, non licet bovi.*

»Verständlicherweise musste ich deshalb das Handy stumm schalten«, versuchte Jacobi, seinen Fehler zu relativieren, doch ganz so leichten Kaufs ließ ihn Freund Redl nicht davonkommen.

»Und für eine Nachricht war auch keine Zeit, nachdem du Roberts entdeckt hattest?«

Aber über diese Klippe wollte Jacobi nicht mehr springen. »Wie auch immer: Jedenfalls war rasch klar, dass sie in die Klamm wollte. Dort übertönte zwar das Rauschen des Wassers meine Schritte, trotzdem musste ich genügend Abstand halten, was es ihr wiederum ermöglichte, mich mit einem Rekorder-Trick reinzulegen. Als ich nachsehen wollte, mit wem sie hier drinnen sprach, schlug sie mich von hinten nieder und kettete mich an das Fensterkreuz. Da sie aber anscheinend auf eine Art Taxi zu warten schien, das wie gesagt unten zum Klammparkplatz kommen sollte, nahm sie sich die Zeit, mir in groben Zügen zu schildern, warum sie noch immer vor einigen Geheimdiensten auf der Flucht war.«

»Nämlich warum?«

»Das, mein lieber Lorenz, willst du gar nicht wissen, und glaub mir, es ist besser so.«

Die Whistleblowerin war in der letzten Stunde ihres Lebens sehr mitteilsam gewesen – vielleicht infolge einer unbewussten Todesahnung –, wohingegen er, Jacobi, schon nach dem Abgang von Gilbert Becaud beschlossen hatte, sich in Zukunft beim Thema »Elisa Roberts« so diskret wie Pater Franz zu verhalten.

Redl war nicht im Geringsten beleidigt. Wenn der Chef seinen Vornamen in voller Länge aussprach, war, was immer darauf folgte, sehr ernst gemeint. »Wie ging's weiter? Sowohl Roberts als auch der Killer, der sie erschossen hat, haben dich verschont. Und beide haben dir sogar dein Handy gelassen.«

Jacobi nahm das noch immer stumm geschaltete Smartphone an sich, das Redl am Eingang der Einsiedelei entdeckt hatte. Auf der Anrufliste sah er, dass Lebensmensch Melanie Kotek zigmal versucht hatte, ihn zu erreichen.

»Du verdankst meine Anwesenheit nur Melanie, die mich angerufen hat«, sagte Redl. Dass er wiederum Wagner und Schwabeneder aus dem Bett geläutet hatte, um sich über Jacobis Verbleib zu erkundigen, hielt er nicht für erwähnenswert. »Aber wir waren bei dem Killer, der Elisa Roberts erschossen hat und anschließend hierherkam.«

»Der Mann ist Franzose, vielleicht auch Belgier. Er«, Jacobi musste wieder schlucken, »er wollte auch mich erschießen, rief aber noch jemanden an. Sein Gesprächspartner muss angeordnet haben, mich am Leben zu lassen. Ihm schien – wie unsrem GÖS auch – daran gelegen zu sein, jedes unnötige Aufsehen zu vermeiden.«

Redl musste nicht geschildert bekommen, was man als Betroffener in solchen Momenten empfand, er selbst hatte während seiner Zeit in Jacobis Team dem Tod nicht nur einmal buchstäblich in die schwarzen Augen geblickt. Jedenfalls sagte er erst einmal nichts, sondern wartete, dass Jacobi weiterredete.

»Weißt du, als er mir die Pistole an die Schläfe setzte, hab ich mir zunächst vor Angst glatt in die Hose gemacht und war, als er mich dann doch verschonte, natürlich unendlich erleichtert. Aber später … später fragte ich mich angesichts der Horrorszenarien, die Elisa Roberts entworfen hatte –«

»Horrorszenarien?«

»Sie erzählte mir von einer Konferenz, die sie illegal abgehört hatte. In der ging es um nichts weniger als um das zukünftige Schicksal großer Teile der Welt. Wenn ich das Gespräch noch einmal Revue passieren lasse, frage ich mich ganz im Ernst, ob es nicht besser gewesen wäre, wenn der französische Profi seine Kontaktstelle nicht angerufen hätte.«

»So schlimm?«

Jacobi nickte. »So schlimm, Lorenz.«

40 »WAS HABT IHR DANN überhaupt protokolliert, wenn sogar das Innenministerium Wert darauf legt, den Ball möglichst flach zu halten?«, fragte Melanie Kotek.

Achtundvierzig Stunden nach der bewegten Nacht von Montag auf Dienstag saß sie mit Jacobi, der nach einem Gesundheitscheck im LKH Salzburg eben in seine Wohnung in die Ignaz-Rieder-Straße zurückgekehrt war, bei Kaffee und seinen geliebten Mandelbögen auf der Dachterrasse. Vorläufig verzichtete sie darauf, ihm den Kopf zu waschen, weil er am Montagabend weder sie noch Redl angerufen und ihn eben diese Unterlassung um ein Haar das Leben gekostet hatte. Dass er aber über das in der Einsiedelei stattgefundene Zwiegespräch mit der ominösen Elisa Roberts absolut nichts sagen wollte, kränkte sie, weil sie sein Schweigen als Mangel an Vertrauen auslegte.

»Unterschlagen wurde eigentlich nur, dass Elisa Roberts dem SIS angehörte und ohne Ermächtigung eine sehr geheime Konferenz abgehört hatte«, beantwortete Jacobi sichtlich entspannt ihre Frage. »Stattdessen wird sie nun, einer bereits vorhandenen Legende entsprechend, offiziell als ehemalige IRA-Attentäterin geführt, die einer späten Agentenrache zum Opfer gefallen ist. Alles andere hat Hans in etwa so protokolliert, wie es sich von Samstag bis Dienstagmorgen zugetragen und die Spusi detailliert nachgewiesen hat.«

»Mit Ausnahme dessen, was Elisa dir in der Einsiedelei gesagt hat«, versuchte Kotek noch einmal, ihn aus der Reserve zu locken.

Aber Jacobis Antwort bestand nur aus einem beiläufigen Nicken. Er hatte seiner Partnerin, dem neben seiner Tochter für ihn wichtigsten Menschen, nicht nur den Inhalt des Gesprächs mit Elisa Roberts vorenthalten, sondern auch den USB-Stick verschwiegen, der sich für ein paar Minuten in seinem Besitz befunden hatte. Wer nichts wusste, konnte sich auch nicht verplappern. Welche Folgen eine unbeabsichtigte Indiskretion nach sich ziehen konnte, hatte das Beispiel jenes nicht näher genannten Befreiungstheologen gezeigt, der von Rom aus eine Lawine von Gewalttaten losgetreten hatte.

Nein, Gilbert Becaud hatte keine leere Drohung ausgesprochen, daran zweifelte Jacobi nicht im Geringsten, weshalb er beim Telefonat mit dem GÖS, das er vom Krankenbett aus geführt hatte, die anderen USB-Sticks auch mit keinem Wort erwähnt hatte. Wozu auch? Abgesehen von der zurzeit hochvirulenten Gefahr, abgehört zu werden, hatte die Frau, die er als Schwester Elisabetta kennengelernt hatte, ja ohnehin gesagt, dass das Original der »Spiegel« bekäme, wenn sie sich bei dem von ihr erwähnten Notar nicht mehr meldete. Nun, sie würde sich ganz bestimmt bei niemandem mehr melden.

Jacobi biss ein Stück vom letzten Mandelbogen ab und sagte mit vollem Mund: »Weißt du, Katze, auch im Informationszeitalter ist es manchmal von Vorteil, nicht über alles Bescheid zu wissen.«

Glossar

arschlings – (mdal.) rücklings (adverbial verwendet)

Burundanga – Scopolamin, ein Tropan-Alkaloid, das in Nachtschattengewächsen vorkommt; auch chemisch herstellbar

Candyman – Drogendealer

Charon – mytholog. Fährmann, der die Seelen der Verstorbenen über den Fluss Styx in die Unterwelt geleitet

Crash – andere Bez. für »auf Turkey sein«

Disposition – (med.) Veranlagung, Anfälligkeit für eine bestimmte Krankheit

Eavesdropping-Team – Lauschabwehr-Team

EKIS – Elektronisches Kriminalpolizeiliches Informationssystem Österreichs

Exzitabilität – Erregbarkeit

Fåck – (bayr.-österr.) Hausschwein

Feinspitz – Gourmet

Gisvogel – (ugs.) Eichelhäher; der schöne Rabenvogel verrät durch sein Geschrei jeden Reviereindringling und ist deshalb bei Jägern und Beutegreifern gleichermaßen unbeliebt

Göd – Tauf- od. Firmpate, ugs. Anrede für großzügigen Gönner od. spöttisch für Besserwisser

GÖS – Generaldirektor für die öffentliche Sicherheit

Hiefler – (mdal. »Hiafla«, österr.) gutmütige Bez. für »Tollpatsch«; urspr. Gestänge zum Heutrocknen

Konverse – geistlicher Laienbruder, Mönch ohne Priesterweihe

Latifundista – (span.) Großgrundbesitzer

Lercherl – (österr. Diminutiv für »Lerche«) etwas Bedeutungsloses

link – hinterlistig, hinterfotzig (abgeleitet von »links«)

Livores – Totenflecke

Modus Operandi – Übereinkunft, wie etwas zu handhaben ist
Muskelrelaxanzien – Substanzen, die im zentralen Nervensystem für eine Entspannung der Skelettmuskulatur sorgen
Odelgrube – Jauchengrube
Plutzer – (österr. ugs.) Kopf; grober Fehler, Panne; urspr. Tonkrug, hohler Kürbis
police judiciaire – (franz.) Kriminalpolizei
powidl – (österr. ugs.) großgeschrieben: böhmisches Pflaumenmus; kleingeschrieben: egal, belanglos
Quod licet Jovi, non licet bovi. – Was Jupiter erlaubt ist, ist dem Rind noch lang nicht erlaubt.
SAG – Salzburger Aluminium Gesellschaft
schmähstad – sprachlos, platt, um eine Antwort verlegen, ohne Charme und Esprit
Schmalz haben – über große Körperkraft verfügen
Schmock – (jidd.) unpassend auftretender, stilloser Mensch, meist aber scherzhaft bzw. mild tadelnd verwendet
SIS (Secret Intelligence Service) – brit. Auslandsgeheimdienst
Tieless-Look – krawattenloser, legerer Herren-Look
Trutscherl – (bayr.-österr. abfällig) mäßig begabte junge Frau
Ungustl – widerwärtiger Zeitgenosse
vernadern – jemanden in Misskredit bringen, verleumden

Danksagung

Für die freundliche Erlaubnis, das Geistliche Zentrum Embach, im Roman »Spirituelles Zentrum Embach« genannt, als einen der Handlungsschauplätze zu verwenden, möchte ich mich bei Herrn Pfarrer Oswald noch einmal ausdrücklich bedanken.

Der Autor

Georg Gracher
KUCKUCKSKÜKEN
Broschur, 272 Seiten
ISBN 978-3-95451-146-4

»Gebirgskrimi mit Österreich-Flair, interessanten Charakteren und charmanten Sprach-Einsprengseln.« ekz

Georg Gracher
EISRIESENGRAB
Broschur, 272 Seiten
ISBN 978-3-95451-714-5

»Neben dem bereits bekannten und sehr sympathischen Figurenensemble ergänzt der Autor neue Charaktere, die gewohnt unterhaltsam sind und unterschiedlicher nicht sein können.«
Pongauer Nachrichten

www.emons-verlag.de